CALEDRINA CEFYR
e a fonte perdida

GABRIELA COSTA

Todos os direitos deste livro são reservados pela Editora Quatro Ventos.

Editora Quatro Ventos
Avenida Pirajussara, 5171
(11) 99232-4832

Diretor executivo: Raphael T. L. Koga
Editora-chefe: Marcella Passos
Gestora de Projetos: Acsa Q. Gomes

Supervisão Editorial:
Giovana Mattoso
Hanna Pedroza
Natália Ramos Martim

Equipe Editorial:
Ana Paula Cardim
Anna Padilha
Carolyne Larrúbia D. Lomba
Eduarda Seixas
Felipe Gomes
Josiane Anjos
Milena Castro
Nadyne Campinas
Rebeca Rocha

Proibida a reprodução por quaisquer meios, salvo em breves citações, com indicação da fonte.

Revisão: Eliane V. Barreto

Equipe de Projetos:
Melissa F. Aquile
Tamires de Assis
Witalo Silva

Coordenação de projeto gráfico: Ariela Lira
Diagramação: Suzy Mendes
Capa: Vinícius Lira
Ilustração de capa: Artur Rocha Silva

Todo o conteúdo aqui publicado é de inteira responsabilidade da autora.

1ª Edição: maio 2023

Catalogação na publicação
Elaborada por Bibliotecária Janaina Ramos – CRB-8/9166

C837c

Costa, Gabriela

Caledrina Cefyr e a fonte perdida / Gabriela Costa. – São Paulo: Quatro Ventos, 2023.

(Caledrina Cefyr, V. 1)

472 p., il.; 16 X 23 cm

ISBN 978-65-89806-64-6

1. Ficção. 2. Literatura brasileira. I. Costa, Gabriela. II. Título.

CDD 869.93

Índice para catálogo sistemático
I. Ficção : Literatura brasileira

SUMÁRIO

CAPÍTULO I	31
CAPÍTULO II	45
CAPÍTULO III	51
CAPÍTULO IV	57
CAPÍTULO V	69
CAPÍTULO VI	79
CAPÍTULO VII	89
CAPÍTULO VIII	97
CAPÍTULO IX	105
CAPÍTULO X	115
CAPÍTULO XI	125
CAPÍTULO XII	135
CAPÍTULO XIII	145
CAPÍTULO XIV	155

CAPÍTULO XV	167
CAPÍTULO XVI	175
CAPÍTULO XVII	189
CAPÍTULO XVIII	197
CAPÍTULO XIX	205
CAPÍTULO XX	213
CAPÍTULO XXI	223
CAPÍTULO XXII	231
CAPÍTULO XXIII	239
CAPÍTULO XXIV	247
CAPÍTULO XXV	257
CAPÍTULO XXVI	265
CAPÍTULO XXVII	271
CAPÍTULO XXVIII	281
CAPÍTULO XXIX	291
CAPÍTULO XXX	303
CAPÍTULO XXXI	313
CAPÍTULO XXXII	325
CAPÍTULO XXXIII	335
CAPÍTULO XXXIV	343

CAPÍTULO XXXV	**353**
CAPÍTULO XXXVI	**363**
CAPÍTULO XXXVII	**375**
CAPÍTULO XXXVIII	**383**
CAPÍTULO XXXIX	**393**
CAPÍTULO XL	**401**
CAPÍTULO XLI	**409**
CAPÍTULO XLII	**417**
CAPÍTULO XLIII	**429**
CAPÍTULO XLIV	**439**
CAPÍTULO XLV	**453**
CAPÍTULO XLVI	**463**

APRESENTAÇÃO DA AUTORA

O fascínio por histórias inspirou Gabriela Costa a escrevê-las desde cedo. Começou esboçando alguns textos que logo ganharam forma de poemas, roteiros e até mesmo composições musicais. Aos 17 anos, quando as folhas de seus cadernos não eram mais suficientes para conter tantas criações, ela lançou o seu primeiro livro.

Apaixonada pelo Evangelho, Gabriela é dona de uma escrita potente e criativa, que reflete o Reino eterno de paz, justiça e alegria. A jovem autora é reconhecida como um dos nomes mais influentes da sua geração e já publicou três obras, incluindo o best-seller *A lágrima de vidro*. Atualmente, vive nos Estados Unidos, onde estuda teologia no Christ for the Nations (CFNI).

A TODO AQUELE QUE ESTÁ SEDENTO.

AGRADECIMENTOS

Agradeço Àquele que me fez encontrar grande beleza em minhas próprias cores. Àquele que, antes que eu Lhe dedicasse este livro, dedicou um livro a mim. Esta história é sobre Ele e para Ele.

Palavra alguma descreveria a gratidão que tenho pela equipe maravilhosa que esteve comigo em cada etapa da publicação. Obrigada por terem abraçado este projeto de maneira tão dedicada e excelente!

Também sinto uma gratidão extravagante por:

Minha mãezinha, mesmo que me fizesse parar no meio de um capítulo de imensa tensão para que eu me alongasse.

Meu pai, que me ensinou a ouvir a voz do Vento e a amar as palavras d'Ele.

Minha irmã, por acreditar em mim e ouvir os milhões de detalhes de cada uma das minhas histórias diárias. Ainda que, sempre após a minha tagarelice, conseguisse resumir tudo em apenas dois minutos — só para me mostrar que é possível.

Eu os amo imensamente, para sempre.

Obrigada!

PRÓLOGO

◆

Por alguns instantes, graças à exagerada euforia de sua irmã, Cally quase se arrependeu de ter levado o filhote de lêmure para dentro. Boquiaberta, ela observava May brincar com a criaturinha ali no quarto empoeirado. Era nesse lugar que seu pai guardava todas as armas que possuía. Era também o único local, em toda a casa, seguro do olhar dele. Nem a tosse incômoda, efeito da enorme quantidade de poeira, parava a pequena. May mexia celeremente os bracinhos do animal, imaginando que ele estava diante das sete coroas da corte, dançando para entretê-las. Ela não se intimidava com os olhinhos arregalados do filhote e o agarrava tão apertado, que o fazia gritar. Enquanto isso, Caledrina apenas pensava, paralisada, em uma inocência quase tão infantil quanto a da irmã, que era a primeira vez que ouvia um lêmure emitir um som de desespero como aquele.

Deixando um suspiro pesado escapar por entre os lábios ressecados, num impulso mais dedicado a espantar os pensamentos intrusivos sobre o lêmure do que a absorver e expulsar o ar, Cally deslizou para trás, até que se esparramasse pelo chão frio de madeira. Embora o animalzinho estivesse claramente desconfortável, o que deixava certa tensão no ambiente, era estranho como o som da risada entusiasmada da irmã mais nova parecia trazer leveza para aquele quarto sombrio onde estavam. Olhando para cima, com as mãos repousadas sobre a barriga, Caledrina observava cada traço tortuoso das madeiras que formavam o teto, buscando por desenhos que pudessem ser criados em sua imaginação. E, se esses traços ganhassem vida, com certeza revelariam os segredos de seu pai e as atrocidades cometidas por ele naquele cômodo. Aquelas madeiras, por certo, guardavam informações dos maiores bárbaros, os quais dominavam inúmeras armas. Ainda assim, a jovem Caledrina se importava apenas com uma coisa: no mais profundo de si, desejava que pudessem falar, para lhe contar tudo o que sabiam; afinal, talvez assim pudesse surpreender seu pai e, de alguma forma, suprir seu anseio por ouvir um "muito bom, garota", receber um abraço e a atenção que uma menina de nove anos almeja. Num novo suspiro, Cally as invejou. Mas logo se convenceu, em sua própria imaginação, de que um dia seria tão temida e habilidosa quanto o seu pai.

Ela estava destinada a isso.

Por alguns segundos, de tão centrada em seus pensamentos que estava, teve a impressão de que era a única pessoa ali e dedicou sua atenção a estudar o quarto. Lembrou-se de que seu pai lhe ensinara que um corpo forte começava em uma mente forte. Desde o momento em que conseguiu ficar de joelhos sem o auxílio de sua ama ou da mamãe, ele começou a treinar o cérebro dela, bem antes que tivesse idade para pegar em armas também. Como herdeira da liderança da facção preta, ela tomaria posse de tudo. Cally sabia disso e mal podia esperar.

Mesmo depois de ter aprendido a manusear algumas armas, tinha como uma de suas tarefas obrigatórias estudar a respeito de tudo. Vários assuntos. Todos os dias. Por horas. Seu pai também lhe ensinara que um verdadeiro gênio não espera por algo, ele cria oportunidades que lhe darão tudo quanto deseja e precisa. Por mais que amasse ler livros, nem sempre estaria com um em mãos, e, nesses momentos,

PRÓLOGO

leria as pessoas, os objetos, os animais, as árvores que cresciam com magia e os cômodos de cada ambiente. Ela criaria as possibilidades — ainda que não existissem — para ser melhor do que todas as outras crianças.

Em meio a profundos devaneios, Cally passou os dedos em uma pequena elevação em seu braço esquerdo. A pele ainda quente e pulsante refrescou a memória de que esquecer o que estudou poderia ser dolorido. Sacudindo a cabeça, numa tentativa de se livrar daquela lembrança, respirou fundo mais uma vez e voltou a observar o ambiente, atentando-se aos mínimos detalhes.

O quarto de armas do pai de Cally se tornava pequeno pela disposição de tantos móveis, livros e armas. Ele era revestido com um material abafador de som, de modo que ela, May e sua mãe não podiam escutar nada que acontecia ali dentro. Essa fora a razão de escolher o cômodo para levar o animal para casa; ao menos ali, as gargalhadas de May estariam seguras.

Havia uma mesa de madeira escura e velha próxima a uma cadeira feita do mesmo material. Imaginou que os móveis serviam para interrogatórios, afinal, sabia que seu pai tinha conversas com os inimigos das sete coroas, e elas nunca eram muito longas; como ele sempre dizia, tinha a habilidade de fazer todos confessarem rapidamente os seus erros. À direita da porta, armas de todos os tipos ocupavam completamente a extensão da parede. Em muitas delas, Cally ainda não tinha permissão para tocar. Algumas, ela já havia manuseado. Outras, conhecia por já terem sido usadas contra a sua pele. Voltando a passar os dedos sobre o machucado recente no braço esquerdo, pensou que se analisasse cada traço da mobília e ambiente com a atenção que seu pai exigia, talvez até evitasse indesejáveis pequenos companheiros doloridos em seu corpo.

Cally decidiu estudar o seu móvel favorito do quarto: um armário imenso que ocupava metade do espaço. Feito de uma madeira ainda mais escura, e aparentemente mais forte do que a da mesa e da cadeira, o armário poderia abrigar um elefante e seu filhote, uma vez que era enorme. De repente, começou a refletir sobre os elefantes e pensou que provavelmente sofreriam de câimbras severas se tivessem de morar dentro de um armário. Se é que elefantes sentem câimbras. Talvez fosse necessário estudar sobre esses animais também, afinal. Só em caso de seu pai perguntar. Com os olhos fixos nas maçanetas prateadas do móvel, Cally fantasiou os milhões de mistérios que aquelas portas abrigavam. O armário lhe era proibido. Na verdade, o quarto sem a presença de seu pai lhe era estritamente proibido. E, exatamente por esse motivo, ele se tornara tão atrativo para Caledrina. Ela voltou sua atenção para o lustre de ferro, de vinte e seis pontas afiadas para cima, que lembrava o formato de uma coroa. Ele dividia a luz para todos os cantos do cômodo, sendo o suficiente para incomodar seus olhos. Cally pensou que talvez fosse melhor ficar apenas com a luz da Lua, que entrava pela janela riscada e, assim como tudo no quarto, também guardava seus segredos. Seus olhos, impressionantemente, não eram mais sensíveis que os de todas as outras pessoas. Ao menos era isso o que ela pensava. Nunca tivera outro par de olhos, em um tom diverso, para comparar.

Voltando à realidade, virou-se de bruços e olhou a irmã mais nova acariciar seu novo entretenimento. Questionou-se, pela décima quarta vez, desde que a Lua se fizera presente, se quando tinha o tamanho da irmã havia tido uma aparência física como a da pequena menina. May era, sem dúvidas, uma das únicas pessoas capazes de gerar em seu coração algum sentimento que lembrasse o verão em sua fase de maior calor. Ainda assim, uma camada de ciúme encobria os olhos de Caledrina quando o assunto era a caçula. Mordendo inconscientemente o cantinho dos lábios, de forma que os dentes pareceram colar na pele seca, Caledrina refletiu, enquanto a fitava atentamente, como era diferente da pequena. A sua irmã parecia… normal.

May era perfeita. Seus cabelos negros eram desenhados em cachos graúdos, e seus olhos — verdes como as árvores descritas

PRÓLOGO

nos livros secretos de papai — competiam em luminosidade com qualquer tocha acesa. Caledrina, porém, possuía cabelos e olhos cinzas, a única criança em toda a Corte dos Sete a não nascer com madeixas negras ou ruivas. Por conta da intensidade do preto ou laranja pigmentados, cada morador deixava os cabelos crescerem até os joelhos, apenas para exibir ainda mais as suas cores em penteados extravagantes. Tão comum eram tais costumes, que era possível discernir um intruso apenas pela cor de seus cabelos. Aqueles tons não eram somente uma característica do povo, eles eram o povo. E Caledrina não era como eles. O fato de estar em uma posição elevada, como filha do líder da facção responsável pela proteção da Corte dos Sete, já era suficiente para ter alguns olhares atentos sobre si. Mas a peculiar tonalidade de seus cabelos e olhos a condenava a ser o alvo de diversos cochichos maldosos, dedos apontados e das gargalhadas mais escarnecidas, fosse nas reuniões do palácio ou na rua do comércio ao acompanhar os passeios de sua mãe.

Deixando escapar um riso baixinho, que se uniu às gargalhadas da irmã, concentrada em rodopiar o lêmure pela centésima vez, Cally desejou que May fosse um pouco mais velha para que pudesse lhe mostrar cada uma das facções e lhe ensinar por que a Corte dos Sete era o lugar mais temível da Terra. May certamente veneraria cada uma das bandeiras e se orgulharia de ter a bandeira preta como casa. Conhecendo a maneira como a irmã transformava cada situação em uma oportunidade para agir de forma travessa, Cally sorriu ainda mais ao pensar que, talvez, ela faria graça até mesmo com a terra amaldiçoada da corte. Lembrar da tal terra fez o seu sorriso ir embora imediatamente. Em toda a Corte dos Sete, a única coisa que não exalava o poder e a autoridade das coroas era a famigerada terra cinzenta que há anos fora condenada a uma maldição.

Trocando o seu desejo, ela decidiu que, em vez das madeiras do teto, se pudesse conceder o dom da fala a algo inanimado, certamente seria à terra cinzenta. Ela, sim, a entenderia. Condenada a se parecer com a terra amaldiçoada, tudo o que a irmã mais velha de May desejava era trocar o cinza de seus olhos e cabelos pela cor do fogo ou da noite, desesperada para ser um pouquinho mais... comum.

Cally torceu o nariz para afastar tais pensamentos e, esboçando um biquinho divertido, aproximou-se da irmã, juntando suas gargalhadas com as dela novamente.

— Se papai descobrir que estamos no quarto proibido com um animal de rua, ele vai se zangar; portanto, esse será o nosso segredinho, tudo bem? — sussurrou Caledrina, entrelaçando os dedos nos cachinhos da irmã. Fingindo despreocupação, tentava agir corajosamente, como uma típica irmã mais velha, para tranquilizar May, ignorando o sentimento gelado que lhe atormentava e dizia que seriam descobertas. Seu pai não gostava de surpresas. E Cally sabia muito bem que era perigoso contrariá-lo. — Você deu um nome para ele?

— Ince — May respondeu, prontamente.

— Igual ao nome do rei da facção amarela? Os olhos esbugalhados deles dois realmente são iguais. — Cally irrompeu sua própria fala numa gargalhada sincera. Um respingo de ingenuidade que restou na criança ecoou pelo quarto. De fato, não era difícil fingir estar despreocupada na companhia de May. — Às vezes, parece que você já é grande como eu — concluiu, referindo-se à pequena irmã.

Inclinando o corpo para frente, na tentativa de agarrar o lêmure, May apenas bateu palma no ar, enquanto Ince escalava a parede de armas.

— Cally, as armas! — gritou May.

Levantando-se rapidamente, na intenção de impedir que o animal se cortasse com as pontas afiadas, presentes a cada oito centímetros da parede, Cally substituiu seu nervosismo por uma nova onda de gargalhadas quando Ince enroscou-se na corda do chicote, movimentando-se como se bailasse com ele.

PRÓLOGO

— Animalzinho bobo, se tivesse ido pela direita, teria escalado a estante de livros do papai.

De repente, um estranho som, que vinha do imenso armário, fez May correr até a irmã e segurar em suas pernas. Talvez o móvel realmente abrigasse um elefante atormentado por câimbras severas, Cally pensou. Ela definitivamente leria mais sobre elefantes no primeiro raiar do sol. Ajoelhou-se, então, e tocou o rosto miúdo de May.

— Ei, está tudo bem. Não se preocupe. É só um armário velho — disse.

Ignorando o ocorrido, Caledrina voltou a rir da cena que era, literalmente, embaraçosa para o animal. Ainda mais forte, um novo barulho fez May correr novamente, dessa vez até o quadro de chaves, que estava ao lado do armário. Na ponta dos pés, com seu tamanho sendo o bastante apenas para alcançar o molho de chaves, May o alcançou num pulinho. O medo deu lugar à curiosidade e os seus olhos brilhantes contemplavam o prateado de uma das chaves, como se dissessem que ela combinava com a maçaneta. Nem sequer uma palavra havia sido dita, mas Cally entendeu rapidamente a situação.

— May, não! Nem podíamos estar aqui! Não vamos mexer em nada que é do papai — num rápido movimento, Caledrina tomou para si as chaves, segurando-as longe do alcance da irmã.

Sem aparente esforço, os olhos de May adotaram um tom avermelhado, indicando que estava prestes a chorar.

— Eu quero abrir, Cally. Eu quero ver o que tem dentro! Eu quero, eu quero!

— Não, não, não! — negou, obstinada, enquanto cruzava os braços.

Explodindo num grito tão agudo, capaz de competir com os sinos da cidade — e vencer —, May começou a chorar.

— Pode gritar, eu não vou abrir aquela porta. E, só para você saber, o quartinho foi feito para bloquear os barulhos daqui de dentro. Quem está lá fora não consegue ouvir você — ironizou.

— Os treinamentos só começam aos seis anos de idade. Nem mesmo eu, que já treino há três anos, posso sair abrindo armários barulhentos por aí, e olha que três anos inteiros são muita coisa. — Cally tentou convencê-la a desistir do que queria.

Contudo, berrando cada vez mais alto, May sentou-se no chão, mostrando que não estava disposta a ceder.

Cally batia os pés, na intenção de descarregar o estresse que crescia dentro de si, e a sua irmãzinha não parava de chorar.

— Tá legal! — Ela indicou desistência. — Seja lá o que tiver dentro desse armário, deve estar preso mesmo. Mas, se for algo assustador, não me culpe se você tiver pesadelos, ouviu bem? — Sendo sincera consigo mesma, Cally temeu pelo que estava do outro lado. Ela sabia que aquele quartinho de armas de seu pai não abrigava coisas muito amigáveis. Certamente, elas não encontrariam uma figura divertida, como um elefante, e, caso fosse, ele não estaria saudável. Entretanto, sua curiosidade também queria saber o que tinha do outro lado daquela porta. Lambendo os lábios rachados, Cally enfiou a primeira chave na maçaneta e ela se encaixou perfeitamente ali. Começou, então, a girar, fazendo o molho de chaves melodiarem a tensão que sentia. E, como se alguém houvesse pressionado uma espécie de botão na matraca de May, a garotinha, que antes fazia grande escândalo, subitamente voltou à sua postura doce e recatada.

Bufando, Cally fez as chaves tilintarem ao girá-las uma e outra vez, até que ouvisse o som da porta do armário destrancando. Foi quando, fazendo-a pular para trás, do lado de dentro, um homem grande empurrou a madeira de forma tão brusca, que o molho de chaves voou para debaixo da janela. E, perdendo o equilíbrio, ele caiu de barriga no chão. Provavelmente, ele tinha ferimentos feios por baixo da roupa, já que o tecido grosso e rasgado estava grudado ao pelo do corpo, com manchas avermelhadas num tom escuro. O homem levantou-se com dificuldade, dando tempo o bastante para Cally pegar uma das espadas da parede, e ele, a pequena May.

PRÓLOGO

Cally sustentava a arma de dois gumes, quase do seu tamanho, com dificuldade. Seu coração batia tão depressa, que mal pôde escutar o som familiar de cavalos relinchando e das rodas quebrando pedrinhas de barro na rua. Se todo o seu esforço e concentração não estivessem sendo investidos em manter a espada pesada longe do chão, Cally gritaria de alegria. Seu pai havia chegado e May estaria a salvo; mas, infelizmente, ela não foi a única a ouvir o barulho. Dominado pelo pavor, largando a menina que, assustada, voltou a chorar, o homem correu até a parede de armas e tomou para si duas pequenas facas. Cally escolheu correr até a irmã em vez de lutar, desobedecendo a principal regra de sua facção: nunca, em nenhuma situação, por qualquer distração, abaixe sua arma.

Num único movimento, o homem, que aparentava estar ferido, demonstrou sua força no momento de desespero e abriu a janela com armações de ferro tão rápido quanto passou por ela. Mas, antes de ir, resolveu deixar uma pequena lembrança. Tirou do bolso esquerdo uma das duas facas que roubara da parede de armas segundos antes, mirou e arremessou em direção às irmãs, acertando o peito de May.

Com as sobrancelhas franzidas e os olhos graúdos já encharcados em lágrimas, May sussurrou, quase que de forma inaudível:

— Cally.

Tossindo sangue, a menina sequer chorou uma última vez e, silenciosamente, deixou seu corpo cair no chão frio de madeira. Atônita, vendo que o plano do assassino era escapar, e movida pela raiva que borbulhava dentro de si, Cally correu até a janela, agarrando o pé do homem, como se tentasse puxar a irmã de volta à vida. Com um único movimento, ele desprendeu-se da garota e, fechando a janela com força, ela teve as pontas dos dedinhos finos esmagadas.

— Aaaaaaahhhhhhhhh! — gritou Cally, no instante exato em que seus pais abriram a porta.

— Caledrina Cefyr! — berrou seu pai, Heros. Ele era um homem muito alto e magro, com os cabelos negros e encaracolados, como os da filha caçula. Em um dia normal, Cally se encolheria com o tom severo do pai ao gritar seu nome por ela ter aprontado alguma coisa. Mas o fato é que, se fosse um dia normal, May ainda estaria viva. Cally desejou ter aprontado.

Ao aperceber-se da situação, a mãe das meninas correu até o pequeno corpo embebido em sangue no chão.

— Minha May! — disse a mulher, em choque, enquanto tentava decidir onde tocar a filha, sondando o corpo ainda quente.

— O que aconteceu aqui? — perguntou Heros. Ele estava com a voz ainda mais firme, embora perfeitamente estabilizada. Não à toa fora escolhido a dedo pelo próprio rei para ser o líder da facção.

As raízes dos braços de seu pai saltaram aos olhos de Caledrina, lembrando-a das marcas de seu próprio corpo, ainda sem raízes. Em um desespero silencioso, ela pensou que, em breve, teria outras marcas em seus braços. Marcas que a puniriam pela atrocidade que cometera com a irmã. Quanto ao seu pai, assim como todos os adultos da corte, tinha o braço repleto de raízes que cresciam sobre a extensão de sua pele como veias saltadas tingidas de preto. Elas apresentavam a posição de cada morador dentro das facções, antes que precisassem ser introduzidos por um arauto. Garantiam que pessoas importantes fossem respeitadas, e fraudes não recebessem aclamações. Quanto maior a patente, mais poder e respeito lhes seriam conferidos. Em toda a facção da bandeira preta, ninguém tinha mais raízes crescendo vivas em seu corpo do que Heros.

Naquele momento, Cally se deu conta de que o homem do armário não tinha uma ramificação sequer e seu cabelo era claro, indicando que ele era um forasteiro, e forasteiros eram perigosos, ainda mais se fossem selvagens. Cally sentiu como se um dedo gelado lhe tocasse a coluna, pois se lembrou que os selvagens tinham cabelos claros como os daquele homem. Correndo os olhos sobre as raízes escuras do braço de seu pai, ela tentou se acalmar, repetindo para si mesma centenas de vezes por segundo que elas evidenciavam o

PRÓLOGO

que aquela postura insigne já revelava: Heros era um homem com habilidades elevadas, muito perigoso, e, por isso, mataria o selvagem. Ele era seu pai e poderia fazer qualquer coisa, até mesmo salvar May. Ele não deixaria o selvagem ir. Ele as protegeria. Era seu trabalho manter todos seguros.

— O selvagem, papai. Ele fugiu! — gritou.

— Pela janela?

Com os dedos ainda presos na janela, Cally lutava para se manter forte diante do pai, ignorando a dor, tentando segurar as lágrimas. Sua irmã estava em uma situação pior, e ela era a responsável pela fuga de um homem do povo inimigo da corte, então não tinha o direito de gritar. Certamente estava doendo mais em May. E era tudo culpa dela — pensava.

Três passos firmes foram o suficiente para levar Heros até a filha. Sem sequer olhar para a garota, ele abriu a janela, libertando as mãos de Cally, pôs a cabeça para fora e olhou atentamente para todos os lados da rua. Enquanto isso, Caledrina tentava se convencer de que o seu pai havia visto, sim, que suas mãos estavam presas e decerto abriria a janela para ajudá-la, mas também decidiu conferir se existia alguma chance de recapturar aquele que havia fugido de seu armário. Ela o admirou por isso, enquanto lutava para conter a tremulação de seu corpo e agir com maturidade. Agir como seu pai.

Os selvagens eram os principais inimigos da corte, e Heros era o responsável pela facção que protegia o reino. Naturalmente, ele não desejava que nenhum dos aprisionados saísse livre pelas ruas da cidade. Heros estava apenas pensando no bem do povo. Heros estava apenas pensando no bem da filha.

Cally engoliu o choro, escondeu os dedos cortados para trás de seu corpo e manteve a postura perfeita. Mas nenhum de seus esforços foram suficientes para controlar a lágrima que escorreu pelo seu rosto no momento em que seus olhos encontraram os de May.

Vagarosamente, Heros aproximou-se de sua mulher, que lamuriava sobre o corpo da filha.

— Levante-se. — Sua voz soou assustadoramente mansa.

Passando as mãos pela barba malfeita, caminhou pensativo pelo quarto. Em seguida, aproximou-se de sua esposa e, friamente, deu-lhe um tapa no rosto. O barulho ecoou pelo espaço.

Silêncio.

— Querida, quantas vezes eu lhe pedi para trocar as fechaduras do armário? Sabe o quanto eu investi para transformá-lo em um calabouço suficientemente forte para segurar uma pessoa?

A mulher permaneceu calada, com as mãos suadas juntas, frente ao corpo, e os olhos encarando o chão.

— Sabe? — gritou Heros.

— Isso não irá se repetir, meu senhor.

— Não, não irá.

Heros respirou tão profundamente, que fez Cally pensar ser possível tomar para si todo o ar restante no ambiente — não que seus pulmões não estivessem tendo dificuldade para tal tarefa, como todos na corte já estavam acostumados.

Cally lambeu os lábios ressecados mais uma vez e continuou concentrada em não tremer ou chorar.

Quando Ince, o lêmure, finalmente conseguiu se desprender da corda do chicote, correu até as chaves escondidas abaixo da janela e começou a brincar com elas. O tilintar fez com que Heros cessasse subitamente sua caminhada compassada em direção à saída do quarto. As chaves, claro, revelaram-lhe que sua filha mais velha era a responsável pela fuga do selvagem, pelo ferimento de May, pela presença do animal de rua e até mesmo pelo tapa imerecido em sua mãe.

Cally pensou que, talvez, as suas cores não fossem apenas como as da terra amaldiçoada, mas também como as cores das tempestades que lia nos livros do seu pai. Ela era uma bagunça destruidora. Era uma tempestade.

PRÓLOGO

De forma quase mecânica, Heros virou a cabeça e encarou Caledrina seriamente. Aquele olhar fulminante fez a menina encolher-se e seu coração competir em intensidade com a dor dos dedinhos esmagados.

— Esse animal é seu?

— Sim, papai — disse Cally, segurando um soluço e odiando a si mesma por não ter sido capaz de manter a voz firme como aquele a quem direcionava a palavra.

Ele andou até onde May estava, pôs-se de joelhos e, acobertado pelo completo silêncio do quarto, acariciou os cabelos da filha caçula, permitindo que seus dedos enroscassem nos cachos negros. Despedindo-se do calor do cabelo de May, Heros não derramou uma lágrima ao ver a mancha avermelhada que tingia o chão. Não poderia. Calejado por tantas batalhas que já enfrentara, parecia ter perdido a capacidade de chorar; muito embora o semblante sério transparecesse que o seu coração sentia a perda de sua única filha que não era uma aberração. Erguendo o corpo desfalecido do colo da mãe, trazendo a pequena May para perto de si, Heros encarou a pequena May por uma última vez antes de levantar o olhar e endireitar a postura com a menina em seus braços. Caledrina nunca o havia visto chorar, mas, naquele momento, duvidou estar vendo os olhos sempre frios de seu pai lacrimejarem. Ou, talvez, tenha sido apenas o reflexo da luz do lustre passando pela armação de ferro, pensou.

— Vamos — ordenou Heros à esposa, muito seriamente.

Sem dizer mais nada, saiu acompanhado de sua mulher, que lamuriava pelo corredor tentando ser totalmente inaudível, mas falhava. A cada dois segundos e meio, a mulher dizia, chorando profundamente: "minha May". Cally permaneceu ali no quarto. Sozinha, correu até a mancha de sangue no chão. E, finalmente, permitindo-se sentir pela primeira vez em muito tempo, chorou até o amanhecer.

CAPÍTULO I

A bandeira negra encobria os intensos raios de sol, o que proporcionou a Cally um treino de tiro ao alvo sem o desconforto de ter a luz ofuscando sua visão e, consequentemente, dificultando os seus movimentos. Ela fechou o olho direito, respirou fundo e mirou no vermelho intenso, presente no centro do alvo. Concentrando-se, Caledrina se esforçou para deixar o ar percorrer toda a extensão do seu corpo, mas sentiu que ele apenas raspava por entre seus pulmões. Quando decidiu que estava pronta, ela soltou a corda.

A flecha percorreu todo o campo de areia até encontrar o seu destino: o ponto vermelho bem no centro. Um tiro perfeito. Cally bocejou; sua confiança era tamanha que a fez virar de costas para pegar uma nova arma antes de conferir se a flecha encontrara o alvo. Relaxou a postura e caminhou sobre a areia quente para alcançar uma longa mesa de armas, posicionada a alguns passos de distância de onde estava. Conforme se aproximava do seu destino, passou por mais alvos de madeira, montes de feno e alguns bonecos com estatura maior do que a sua própria e que, após serem confundidos com inimigos selvagens por alguns guerreiros furiosos, imploravam por reparos. Com a postura relaxada, Caledrina, que já estivera presente nas festas mais luxuosas da corte, encontrava no simples campo de treinamento a céu aberto o lugar que mais a cativava. A sensação de controle ao empunhar uma arma agitava seu corpo. Por mais que negasse para si mesma, era nas lutas que ela vertia toda a escuridão da raiva que carregava em sua alma — só assim sentia-se realmente satisfeita. Esse sentimento a invadia, ao menos enquanto seu olhar ainda era capaz de alcançar a ponta de sua espada empunhada sobre a cabeça. A verdade era que seu sangue parecia correr mais rápido e mais quente quando motivado pela ideia de derramar o de seu oponente. Machucar, às vezes, podia fazê-la se esquecer de seus próprios ferimentos. Deixando a ponta dos dedos, que não estavam encobertos pela luva, escorregar sobre metais, ferros, madeira e até mesmo prata sobre a mesa, ela tremeu ao encostar no chicote.

Embora May houvesse morrido com uma faca pequena encravada no peito, era o chicote que despertava os pensamentos mais assombrosos em sua irmã mais velha. Cally se martirizou por alguns segundos, culpando-se pelo fato de o maior vilão que atormentava suas memórias não ser o que tirou a vida da irmã, mas o que estava nas mãos de seu pai e fora usado por ele quando, após cuidar do corpo de May, relembrou Caledrina de uma lição conhecida: nunca, em nenhuma situação, por qualquer distração, abaixe sua arma. Com o arco ainda empunhado inconscientemente, enquanto a mão direita procurava por uma nova diversão na mesa de armas, pensou que, após cinco anos, havia aprendido a lição, afinal de contas.

Sentindo seus olhos ansiarem por marejar, embora nenhuma gota conquistasse sua permissão para se formar sobre suas íris cinzentas, Caledrina cerrou os punhos com uma força brutal. Parecia acreditar que tal ato seria capaz de causar algum mal ao assassino responsável por preencher o centro imaginário de cada alvo que atirara em seus dias de maior furor no campo de treinamento; o malfeitor que matara sua felicidade quando ela era apenas uma

CAPÍTULO I

criança e que nunca havia sido encontrado; o homem que a motivou a, jurando vingança, matar o máximo possível de selvagens.

Lembranças daquela trágica noite irromperam em sua mente sem pedir autorização. Cally ajeitou as luvas, que nunca mais deixara de usar desde o incidente, temendo ver as próprias marcas nas mãos. A visão dos dedos a fazia revisitar a cena que a alma já não a permitia esquecer.

— Caledrina Cefyr. — Uma voz quebrada e engasgada a resgatou de seus devaneios — A promessa da facção de Iros.

Sem se preocupar em manter a cortesia para com um velho bêbado, que mal possuía raízes nos braços, Cally revirou os olhos sem paciência. Com o antebraço, retirou um fio de cabelo acinzentado que estava grudado em sua testa por causa do suor e, de repente, voltou a atenção para o calor que fazia, perdendo-se momentaneamente em seus próprios pensamentos. Questionou-se sobre como era possível o seu corpo ainda reagir daquela maneira, mesmo acostumada ao constante ardor da corte, devido ao clima seco. Poucos minutos de esforço já eram o bastante para umedecer praticamente todo o seu cabelo, como se a grande fênix dourada, adorada pelo povo, baforasse o ar quente de sua garganta bem em cima de sua cabeça.

Desde que a Corte dos Sete fora construída, há centenas de anos, em terreno algum se encontrava água. Sacos e mais sacos de ouro foram retirados dos cofres reais para investir nas escavações, mas nem uma gota sequer pôde ser extraída do solo. Preces e mais preces foram feitas a Dunkelheit, mas a sagrada fênix parecia não poder ouvir a súplica dos seus fiéis.

Em toda a corte, a divindade era honrada e respeitada, e inúmeras eram as estátuas construídas em devoção a ela, já que a crença do povo atribuía à fênix a origem de tudo, a criação de cada porção de terra alcançada pelo sol. Um grande e obscuro mistério, porém, mantinha-se intacto, e qualquer menção a ele era oficialmente proibida: por que não havia água na terra?

Mesmo com a proclamação dos arautos, dita em berros de facção em facção, banindo em nome das sete coroas tais especulações, com ameaças de morte a quem desrespeitasse a ordenança, havia uma história que permanecia viva. Em sigilo — nas línguas que, excitadas pelo perigo, eram tomadas pelo desejo de manter a sensação de autoridade que sentiam ao proferir palavras censuradas, como se o ato os tornasse destemidos —, os moradores da corte quebravam a lei entre familiares próximos, na segurança de seus lares, e mantinham acesa a chama da lenda proibida.

Em meio a sussurros, alumiados pela luz das velas nas noites mais sombrias, ao menos uma vez na vida, todo indivíduo já havia escutado algo sobre a lenda do Vento. Os boatos diziam que houve um tempo em que ele era real, e que todas as vezes que se movimentava em seu ápice de agitação, Dunkelheit, com suas penas douradas e brilhantes, dançava sobre os ares. Associar a história da sagrada fênix, criadora de tudo o que seus olhos conheciam, à lenda do Vento era uma imperdoável blasfêmia aos olhos dos líderes da corte, mas nenhuma repressão era capaz de extinguir a curiosidade do povo sobre a figura tão enigmática.

No início de tudo, diz a lenda, havia um só povo sobre a Terra, em uma união de todas as raças e espécies: humanos, homenzinhos, animais e até outros seres falantes, todos vivendo em harmonia na melhor e mais frutífera região do planeta. Certo dia, embora amiga íntima do Vento, a fênix dourada inflamou-se de inveja pela veneração que todos pareciam concentrar apenas naquele que gerava a movimentação do ar, afinal, o povo era grato, porque compreendia que, além de prover as gotas de água, reunindo-as de

CAPÍTULO I

todos os cantos da Terra, criando uma majestosa fonte, era dele que o povo recebia o seu fôlego de vida. Embriagado pelo sentimento venenoso, ciente de sua impossibilidade de tirar a vida do Vento, o grande pássaro dos céus decidiu roubar os olhares e palmas para si. A fênix mostrou a todos que, embora não movimentasse a brisa suave ou pudesse incitar um tornado, possuía um poder ainda maior segundo os seus próprios olhos: o domínio do fogo.

Exibindo-se a todas as raças da terra pelo poder que possuíam as chamas de seu sopro, tentando reivindicar para si a glória por garantir a vida de todos, a ave flamejante conquistou a veneração de grande parte dos seres. Eles se prostraram perante aquele a quem haviam jurado lealdade e, então, consumindo-se pelo orgulho de suas labaredas, ansioso pelo seu próprio reino, Dunkelheit iniciou uma rebelião. O Vento, ao tomar conhecimento de que havia sido traído, colocou em prática uma de suas leis: apenas estar onde é bem-vindo. Ele notou ter perdido um amigo e deu ao pássaro de fogo exatamente o que ele queria, embora não da forma como esperava: um reino e um povo para governar.

Com o arbítrio de majestade magnânima, o Vento permitiu que a fênix e seus seguidores permanecessem em seu reino. Entretanto, antes de partir, lançou uma maldição sobre aquela porção de terra, tornando-a infrutífera, seca e cinzenta. Ele também criou ao redor do lugar uma fronteira capaz de manter Dunkelheit dentro de seus limites, de modo que ele pudesse voar para fora das fronteiras apenas quando — e se — fosse chamado. Contudo, bem sabia o Vento que todos os que, porventura, pensassem em invocá-lo estariam dentro do território com ele. Assim, seguro de ter controlado o traidor, podendo peregrinar com aqueles que ficaram ao seu lado para uma nova região, em segurança, levou toda a vastidão de sua presença e cada gota de água, que dava vida não apenas ao solo, mas ao povo. Sem aqueles que lhe viraram as costas, o Vento restaurou a paz de seu reino com os que escolheram segui-lo, que ainda o amavam e respeitavam.

Cativa daquilo que julgou ser o seu paraíso, com a sua maior fonte de orgulho como condenação, arrependida e envergonhada, a ave dourada escolheu, entre os seus apreciadores, sete indivíduos de uma mesma família para liderarem áreas que julgava serem necessárias quando, ao lado do Vento, ainda tramava planos de poder. Armamento, para a proteção de sua corte; jornais, para a propagação de sua autoridade e beleza; alimentação, nutrindo o seu povo e abarrotando suas próprias mesas reais com banquetes dignos de serem degustados por uma ave nobre; cultivo da terra, para tentar reverter, de alguma forma, a maldição do Vento; artes, para louvarem o seu nome; organização de festas, que a aclamariam; magia, que, desenvolvida pelos mais brilhantes cérebros, tornaria o povo mais poderoso, digno de seguir o ser mais faustoso do cosmo.

Após a escolha dos sete, Dunkelheit teria soprado sobre eles uma transferência de seu poder, entregando aos mortais suas asas, em formas ainda mais fortificadas, e suas tão preciosas chamas, tornando-os deuses como ele. Sufocado pela culpa de sua rebelião, tendo perdido a capacidade de voar e incendiar, não conseguia suportar o peso da maldição e confiou em seus escolhidos para revertê-la. Assim, a fênix caminhou pesarosamente até os limites de seu reino e, ao ultrapassar as fronteiras, humilhada por aquilo que antes considerava sua maior honra, teve o corpo incinerado por chamas estranhas, formando um monte de cinzas com a mesma cor da terra que deixara para trás.

Na Corte dos Sete, apenas Dunkelheit e seus feitos permaneciam registrados nos livros oficiais. Embora todos acreditassem que a lenda completa era apenas uma justificativa fantasiosa para a terra morta — inventada, provavelmente, por uma velha senhora que tentava manter os netos quietos em alguma madrugada fria há muitos anos —, a história corria secretamente, uma das mais repetidas em família nas noites em torno da fogueira. Amaldiçoada ou não, todos sabiam que a Corte dos Sete era um lugar difícil de se viver, e isso não se dava somente pela falta de água.

CAPÍTULO I

Sendo filha daquele que zelava pela reputação da corte e proibira veementemente qualquer menção ao Vento em sua casa, Cally não crescera ouvindo histórias proibidas, embora as conhecesse pela leitura dos livros secretos de seu pai. A verdade era a única narrativa disseminada em sua casa, e essa Caledrina sabia de cor.

A menina aprendera que, desde que a Corte dos Sete fora fundada, há centenas de anos, o povo foi fragmentado em sete áreas, as quais, além de serem representadas, antes de tudo, no próprio nome da corte, mostravam também a maneira escolhida para que o governo fosse organizado. As chamadas facções eram governadas por sete reis, os quais, no princípio, por sua superioridade em intelecto e influência, dividiram-se para liderar o povo.

Foi decidido, então, que as facções concentrariam seus dias e esforços em funções específicas, além de entregarem o ápice da habilidade e do conhecimento humanos para o crescimento e a fortificação de todo o território da corte. Assim, cada uma se tornou responsável por administrar uma área — coincidentemente, semelhantes às presentes na lenda. Os sete monarcas passaram também a treinar e capacitar seus respectivos grupos para batalhas, os quais se tornaram fortes e engenhosos, cada um em sua própria aptidão.

Gerações à frente, quando uma rainha deu à luz sétuplos, o número exato de facções da corte, o povo festejou, confiante de que aquela era a maior dádiva advinda de Dunkelheit. Dotados de habilidades sobrenaturais, os bebês eram como nada jamais visto, possuindo asas como as dos mais temíveis dragões — presentes que poderiam chegar apenas para aqueles que já nasceram destinados aos tronos.

Os sete recém-nascidos receberam cevada, vinho, incenso e moedas de ouro nas portas do palácio, por três aparições do Sol e três aparições da Lua, entre lágrimas, aclamações e poesias. Nem mesmo a morte da rainha, que não foi capaz de resistir a todo o esforço no parto de seres sobrenaturais, roubou a alegria de um povo que se agarrava à certeza de estar sendo abençoado. As pessoas creram que o número de bebês não podia ser um acaso, e que esses eram os reis prometidos pela fênix sagrada em uma antiga e misteriosa profecia. O oráculo, alvo da crença do povo por gerações, dizia que, um dia, Dunkelheit concederia suas asas a sete seres perfeitos, dignos de recebê-las, destinados ao trono e enviados pela divindade para cuidar de seu amado reino.

Acreditando que o destino dos irmãos era reverter a maldição da terra morta, após a notícia de que os novos herdeiros do trono haviam chegado, todos rasgaram as vestes superiores publicamente, como forma de agradecimento.

Anos depois, ao atingirem a idade para exercer o poder das coroas, os sete irmãos ascenderam aos tronos, sem que as antigas famílias reais oferecessem qualquer resistência. Ninguém, na Corte dos Sete, teria a audácia de opor-se à vontade de Dunkelheit.

Embora fosse temido por todas as línguas e raças da Terra, o que fazia o povo sentir orgulho de viver em uma comunidade protegida por reis aberrantes, as duas maiores vergonhas do reino não podiam ser ignoradas: seu solo era morto, pela falta de água; e o Vento, citado apenas em lendas antigas, era cansado demais para correr. Ele apenas existia em forma de ar, parado, sem jamais entregar a beleza de se mover e balançar fios de cabelo, ou fazer correr algo pequeno no chão. Nunca também diminuiu o calor com uma brisa fresca. Tais vergonhas, portanto, tornavam a corte um lugar improvável de se viver.

Um dia, os escavadores encontraram lama, mas não havia nenhuma gota de água pura, apenas barro cinzento misturado com vinho e, abaixo disso, rocha, como se a própria natureza zombasse deles. A maldição sempre estava mais profunda do que eles eram capazes de alcançar. Por consequência de a terra não produzir vida, vinho manipulado era tudo o que existia na Corte dos Sete — a única bebida que quase todos conheciam — e, por isso, muitos

CAPÍTULO I

não sentiam falta de outra coisa, já que sequer tinham com o que comparar. Esse era o caso de Cally.

Muitos moradores, de todas as facções, acreditavam que a filha mais velha de Heros era a razão de os deuses reterem a cura da terra, ao trazerem um bebê com a cor da maldição. Outros, por sua vez, não apostavam seus territórios e vinhas enfeitiçadas nessa hipótese, mas na possibilidade de Caledrina ser o aviso da cura que estaria por vir. De um jeito ou de outro, embora aclamada e suficientemente respeitada como a herdeira da liderança da bandeira preta, Cally não era exatamente amada pelo povo da corte.

Com o tempo, Caledrina aprendeu que, nascendo na facção que lhe fora escolhida pelas autoridades do destino e sendo a herdeira da posição de seu pai, o mais importante não era ter o amor das pessoas, e sim ser temida. Se ela não seria a criança que atrairia olhares pela vida que exalava em seu sorriso, estava decidida a atraí-los pelo grito da morte na ponta de sua espada. Ser respeitada era melhor que ser amada, aceitou. Mas algo era indiscutível: em todas as facções, fosse entre cuspe e punhos cerrados ou cochichos medrosos de admiradores, seu nome era mencionado; o prodígio da facção de Iros. A garota da cor da maldição.

Saturn, uma entre os sete irmãos e guardiã da bandeira roxa, criou uma poção sutilmente pegajosa e efervescente que, misturada ao vinho, mantinha um pouco da lucidez dos habitantes da corte, ao menos o suficiente para lidar com questões militares; desde estratégias de campo até batalhas, se fosse o caso. Sua facção era responsável por germinar falsa vida no solo por meio de magia — segredo que apenas as mentes empenhadas nos assuntos da bandeira roxa sabiam e tinham permissão para operar — e realizar os mais desatinados desejos dos corações humanos. Mas é claro que nem todos preferiam tomar a versão mais suave do vinho. Na maior parte das bancas gastronômicas da região da bandeira laranja, governada pelo estimado chefe das colheres e rei, Gudge, as vendas de vinho com a mistura eram basicamente feitas a pais de família, que zelavam pelas crias de seus animais e por suas próprias.

Com uma nova gota de suor escorrendo do ponto alto de sua testa, até os cílios compridos, tão rápido que quase competia em velocidade com o turbilhão de seus pensamentos — que nunca a deixavam por completo —, Cally foi resgatada de seu devaneio.

Piscando algumas vezes para retomar a visão — não que perder os detalhes do rosto do velho lhe fosse um grande sacrifício —, ela reassumiu a compostura. Estar perante um bêbado insignificante não diminuiria seu título, mas, ainda assim, ela deveria se portar de maneira que honrasse seu nome, independentemente de a quem se referiria.

— Se você deseja tomar o lugar do seu pai como líder da facção um dia, é melhor treinar bem — disse o homem, enrolando as palavras antes de virar o odre e dar seu último gole de vinho sem mistura.

Com os músculos tensos pela fala do senhor, Cally estalou os dedos das mãos enquanto se decidia por duas espadas. Ao manuseá-las com a ponta dos dedos, antes mesmo que se afastasse o suficiente da mesa, ela começou a demonstrar suas habilidades, esbanjando uma destreza invejável. Além do objetivo principal de manter seu foco longe das memórias, as luvas também lhe eram úteis, deslizando suavemente pela superfície de quase todas as armas.

— Se fosse atraente como as outras jovens, talvez até tivesse chance. Um dia os olhos do povo se abrirão — disse o velho, enquanto tentava dar outro gole no vinho, virando o odre de ponta cabeça, esquecendo-se de que bebera a última gota há alguns segundos.

— Hoje mais cedo — continuou ele —, enquanto minha mulher estava lustrando essas minhas botas de couro caro, eu lhe disse: "Mulher, a cria da maldição não será aceita. Quando a hora chegar e todos virem o que estará prestes a acontecer, o povo não se permitirá ser liderado por ela, não importa o quão habilidosa seja. Uma pe-peste será sempre... uma peste" — disse, com a língua enrolada.

CAPÍTULO I

Deixando de manusear a arma para alongar o pescoço, Cally virou-se, apenas para encarar o velho e suas botas; elas não valiam nada, assim como suas palavras. As pessoas da corte a temiam e ela sabia disso e, para liderar a bandeira preta, não havia sentimento melhor a ser provocado. Era exatamente por isso que, quando chegasse a hora, ela não seria apenas aceita, mas desejada.

— Ele está certo, talvez até tivesse uma chance se fosse bonita. Ou ao menos... normal — disse uma voz feminina.

Era Lenima, uma das moradoras da facção, parte de uma das famílias que mais desaprovava Cally. Sem parar seus movimentos, Caledrina sorriu de costas para a garota, pensando em como ela não havia encontrado um furo sequer em sua performance e tivera de apelar para a aparência.

— Ainda tentando pegar o meu lugar ou já se acostumou com a ideia? — perguntou, num tom irônico, a filha de Heros.

— Quando o dia de vertigem chegar para nos mostrar o desejo da fênix a respeito de qual será a nossa verdadeira facção, você poderá acabar caindo na cor de outra bandeira e mudar de casa. Então não será a líder da bandeira preta, que pertencerá a mim, exatamente como deveria ser — respondeu a menina de nariz arrebitado.

— Nós duas sabemos que isso não vai acontecer.

Cally caminhou até a bancada, substituindo as cortanas por uma espada maior. Lenima se aproximou, passando as mãos em suas mechas ruivas.

— Papai me disse que luto melhor que você, e que sou mais bonita também. Disse que você é amaldiçoada como a terra e, por isso, tem essa cor de cabelo e olhos. Você deve ter sido gerada em leito de promiscuidade.

Pela primeira vez, desde que Lenima Heckles havia chegado, Cally se virou para ela. Lenima era muito bonita: seus cabelos lembravam as árvores dos livros que lera, especialmente na temporada em que as folhas caíam; seus olhos eram como os de May.

— Você seria uma lutadora ainda melhor se investisse as energias no campo de batalha, em vez de gastá-las falando besteiras — disse Cally, temendo não ter sido plenamente ouvida ao ser interrompida pelos gritos do jornaleiro de roupas amareladas, que caminhava por aquela área sempre no mesmo horário. Cally o desprezava em todo canto das profundezas de seu coração. Por conta dos habituais gritos e de intrometer-se em seus treinos, ela já havia imaginado, caso acertasse o pé do jornaleiro com uma flecha, qual seria a punição que seu pai lhe daria.

A passos pesados, Caledrina não fez questão de se desviar de Lenima e esbarrou na garota, que estava posicionada à sua frente, com as mãos na cintura de forma que lembrava sua própria mãe quando se enfurecia com alguma traquinagem do pequeno Ince. Ela fez um som estranho, expressando seu desgosto ao ser empurrada, e Cally continuou caminhando, até alcançar o jornal nas mãos do jornaleiro, para que ele se calasse. Enquanto passava os olhos por cada linha do papel, algo a chocou. Lamentando ironicamente pelo que as palavras lhe contavam, sussurrou para Heckles:

— Eu sinto muito pela sua família.

Em seguida, pôs o jornal nas mãos de Lenima e deixou o campo de treinamento.

Sua cabeça estava cheia demais para não temer a si mesma com uma espada na mão. Enquanto caminhava pelas ruas abafadas da corte, desejando que ventasse um pouco como o que fantasiava ser a brisa fresca do amanhecer, a garota sorriu ao lembrar do hábito que adquiriu desde o incidente com o selvagem, que era, muitas vezes, a única coisa capaz de acalmá-la: descrever; contar qualquer coisa para o ar, com o máximo de detalhes possíveis, como se o Vento existisse e fosse um amigo próximo. Embora soubesse ser o Vento o vilão da história, era ele que Caledrina ocasionalmente fantasiava ter como companhia. Talvez, justamente pela sensação de nutrir um pensamento rebelde. Gostava da emoção de andar fora das regras.

CAPÍTULO I

— Vamos, o que você viu? Como era o jornal? Sussurre para o Vento como se papai segurasse o chicote à sua frente. Papai gosta de detalhes. Não… O Vento gosta de detalhes. Conte-os ao Vento — murmurou para si, levando a cabeça para trás por um arrepio repentino em seu pescoço ao tentar substituir o pensamento real por uma pequena fagulha ilusória de conforto.

— O total era de, provavelmente, 29 linhas e seis parágrafos — continuou. — Se não me engano, o espaçamento da quarta linha estava torto e algumas letras do terceiro parágrafo estavam ainda mais fortes do que as outras. As máquinas deveriam ser enviadas para o conserto de novo. Esqueceram também de colocar o ponto final no fim do texto. Artigo 642, não, 643 da primeira semana do ano. Vamos ver… o que dizia o texto? Sr. Heckles é expulso de casa após a Sra. Heckles pegá-lo em flagrante no bordel. Falava também sobre o dia de vertigem e sobre como a aposta de todos está em mim e Dwiok. A garota prodígio da facção de Iros e o garoto da facção de Gudge — descrevia Cally, sem sequer se dar conta de onde estava, acompanhando a caminhada despreocupada de seus pés.

— E, por último, mencionou outra sentença. Seguindo o pergaminho de ofensas da corte, cada crime é punido particularmente. Esta semana um homem chamado… — Cally lambeu os lábios, sentindo-os rachar. Furiosa por ter esquecido o nome do sentenciado. — O homem teve a língua cortada fora por blasfemar contra as sete coroas, e os pés furados por tentar fugir. Punido de acordo com suas ações. Resumindo, a facção de Ince é composta por um bando de fofoqueiros desocupados que imprimem suas invejas com tinta fraca — concluiu.

Ainda submersa em seus pensamentos, Cally chutou uma pedrinha, que alcançou uma cerca, enquanto pensava que, pela primeira vez em muito tempo, apenas uma pessoa havia sido punida durante aquele dia. Era comum na corte que homens insanos, provavelmente motivados pela proximidade com o vinho puro, cometessem atos abomináveis às coroas. E, assim que capturados, era ordenado aos guerreiros de Iros aplicar uma sentença que causasse dor ao sujeito responsável por tal desatino. Caledrina sorriu, orgulhosa, ao lembrar que, geralmente, era seu pai quem aplicava algumas das punições e que, um dia, ela mesma teria o privilégio de vingar-se, honrando o nome dos sete reis.

De repente, em meio a tantos pensamentos, deu-se conta de onde estava. Aquela era a cerca que delimitava o território da corte. Transitar fora dos limites protegidos pelas coroas era proibido aos moradores. Mas, desde a morte de May, Cally desrespeitava as regras frequentemente, visitando o túmulo da irmã. Por causa de sua influência, Heros foi autorizado pelos reis a enterrar a filha caçula naquele território.

No mesmo instante em que percebeu onde estava, Caledrina lembrou-se de que não visitava o túmulo da irmã há semanas. Novamente, sorriu satisfeita, dessa vez por seu subconsciente conhecê-la tão bem a ponto de, no meio de sua tagarelice, levá-la justamente até ali. Olhou para trás e certificou-se de que estava sozinha. Então, enfiando a perna para o lado de fora, com o auxílio das mãos, passou para o outro lado, deixando a segurança da cidade para trás.

CAPÍTULO II

Heros decidira enterrar a filha caçula dentro de uma ruína abandonada, como garantia de que ninguém pisaria em sua lápide. Ser o homem escolhido pelo Rei Iros para ocupar a posição de líder de sua facção trazia certo risco àqueles de sua casa e, embora fossem temidos pela maioria, eram desrespeitados por alguns poucos, como pela família Heckles. Por precaução, decidiu que o túmulo de sua filha ficaria fora do perigo de ser desonrado.

Aquele lugar se tornou o refúgio de Cally nos últimos anos, e o fato de estar em zona proibida a incitava ainda mais a ir até lá. Cally ajustou as calças de treinamento, de modo que pudesse ficar mais confortável ao lado da irmã, e se deitou sobre a pedra fria do túmulo. A grande ruína a fazia parecer tão minúscula que, às vezes, sentia-se como uma formiga prestes a ser esmagada pelas pedras.

— Se alguma coisa bela germinasse aqui, eu lhe traria flores todos os dias. — Cally virou-se de bruços para que pudesse encarar o nome da irmã escrito na lápide. — Você já teria iniciado os seus treinamentos, mas não sei se iria gostar. Acho que cortaria o próprio pé com uma adaga na primeira semana. — O seu sorriso logo se foi quando uma nuvem negra rodeou os seus pensamentos. — Amanhã é o dia de vertigem e eu completei quatorze anos há dois meses; será o meu grande dia. Papai está pegando pesado nos últimos meses. Disse que encarar uma fera é diferente de lutar com pessoas e que, se eu o decepcionar, farei companhia a você... não seria má ideia, hum? — Cally soltou um risinho sem força. — Na próxima vez que voltar aqui, estarei com as raízes da bandeira preta, e farei parte legitimamente da nossa facção. Eu mal posso esperar pelas minhas primeiras ramificações. Serei a melhor, farei isso por nós duas, prometo a você. — Esticando a musculatura cansada, ela se espreguiçou ao lado da lápide, permitindo que seu corpo expressasse a sensação num som engraçado, que ecoou pelos altos pilares da ruína.

Caledrina colocou-se de pé e correu as mãos sobre as roupas, para que deixasse para trás todo o pó do lugar, antes de se espreguiçar mais uma vez.

— Obrigada por me ouvir, May.

O barulho de passos quebrando galhos e folhas secas a poucos metros de distância a fez se virar tão rapidamente quanto a chuva cai no solo — isso, é claro, se chovesse na Corte dos Sete. Foi quando um homem de cabelos muito claros passou correndo na direção contrária à corte; sua cor atípica fez o corpo de Cally tremer.

— Selvagem — sussurrou para si. — Eles geralmente não andam sozinhos. Como não os vi passar?

Tirando a adaga da bainha presa ao cinturão, Caledrina começou a correr em direção à corte sem olhar para trás, agradecendo aos céus por não dar ouvidos à sua mãe: enquanto todas as meninas treinavam com uniformes justos e desconfortáveis, tanto que faziam Cally pensar que, se o corpo falasse, imploraria por ajuda, ela sempre usava calças com rasgos nas laterais para se movimentar melhor. Elas eram tão largas do início ao fim, que não desprendiam de si apenas por conta de um cinturão de couro marrom preso à sua cintura. Cally costumava repetir quase todos os dias para sua mãe que, em vez de acelerar o coração de um homem com roupas justas, ela preferia pará-lo com a ponta de sua espada.

CAPÍTULO II

Atravessando a cerca velozmente, sequer percebeu quando uma de suas luvas prendeu-se em uma ripa, ficando para trás. Antes que pudesse normalizar sua respiração, devido à falta de ar comum dentro das fronteiras, outro homem, com o mesmo tom claro de cabelo, a atacou desprevenida, cortando superficialmente o seu braço esquerdo. Se não valesse a sua vida, Cally teria rido por tamanho desequilíbrio daquele que era quase duas vezes maior do que ela.

Aproveitando a falta de desenvoltura do homem com sua espada, Cally empunhou a adaga e saltou em direção a ele, o que tratou de afastá-lo num instante. As roupas do homem estavam tingidas de vermelho e, embora boa parte do sangue viesse de seu próprio corpo ferido, Caledrina engoliu em seco ao pensar no que ele poderia ter feito com "outra May" de sua facção. Girando a arma em sua mão direita, criando uma nova distração para o grandão, Cally puxou uma cortana do cinturão e, reunindo toda a concentração possível num único suspiro, arremessou-a até acertar-lhe o coração.

O corpo alto e magro não deu conta de proteger o coração do selvagem, que começou a engasgar feito um gato com uma bola de pelos na garganta. E, após seu corpo ser abraçado pelo chão, o homem agarrou as pernas de Cally, puxando-a para perto de si. Tal movimento a fez escorregar, batendo a cabeça em uma enorme rocha pontuda. O impacto a deixou atordoada e um chiado alto surgiu em seus ouvidos, e, mesmo que não escutasse bem a sua própria voz, Caledrina sentiu que urrou de dor.

Ao seu lado, o selvagem escorregou os dedos sobre o solo, aproximando-se cada vez mais da espada que empunhara momentos antes. Mais rápida que ele, porém, mesmo que estivesse com os olhos desorientados e o corpo pesado, Cally se levantou. Pela primeira vez, percebeu que estava sem a sua luva na mão esquerda. A visão dos dedos marcados remeteu-a novamente ao passado, à crueldade dos selvagens e à promessa que fizera, mais cedo, para a irmã. Então, como se derramassem sobre seu corpo trêmulo toda a raiva sentida pelos homens mais valentes que lutaram até a morte nos últimos dez anos, reunindo cada gota de força em forma de grito, Cally, agilmente, girou a adaga presa ao corpo do homem uma e outra vez, até que, da boca dele, não se ouvisse nenhum novo gemido.

 O seu corpo cambaleava e esbanjava uma nova dose de adrenalina. Caledrina, então, avistou tufos de cabelos claros à frente. Era uma mulher, outra selvagem. Cally estava determinada a dar a ela o mesmo fim do anterior, que teve a infelicidade de cruzar o seu caminho. A mulher era magra como o último homem; sua tez pálida competia em luminosidade com os fios loiros de suas tranças. Embora muito mais velha, a mulher possuía quase a mesma altura de Cally.

 Com fogo nos olhos, a garota empunhou a espada perante a mulher, insinuando que faria com ela o que o sangue de suas roupas revelava ter feito com o homem minutos atrás. Mas ela apenas olhou para a jovem guerreira e, embora Cally pudesse reconhecer um vislumbre de pavor em seus olhos, a selvagem parecia se esforçar para manter a calma.

 — Venha conosco — disse. — Posso levá-la até um lugar onde a terra não é cinzenta, onde o Vento habita e há água pura em abundância! — Sua fala inesperada fez Cally parar. A mulher continuou soltando as palavras cada vez mais carregadas de empolgação. — Lá, você não precisará mais viver com medo de sete reis. Só temos um, e ele é suficiente e bom. Eu sei que você vive com medo. Eu vim para dizer que não é necessário seguir assim, querida. Venha comigo, podemos cuidar de você.

 Inconscientemente, Caledrina retraiu os lábios, formando uma curva engraçada. Sentiu que estaria prestes a bater palmas se pudesse baixar a guarda, largando a espada que pegara do homem morto. Dessa raça ela nunca havia visto: lutadores sem espadas, mas com a língua mais afiada do que uma. Naquele momento, Cally concluiu que

CAPÍTULO II

talvez as palavras realmente fossem mais importantes do que as armas, já que com espadas se fazia uma guerra, e com palavras, um acordo de paz. Infelizmente, a paz não era algo que se pudesse ter com um selvagem; ela sabia, também, que não deveria confiar em promessas e historinhas fajutas. A menina se lembrou da lenda do Vento e não soube discernir qual seria a melhor fábula para contar a uma criança antes de dormir: o conto proibido pelos reis ou a bela tentativa de persuasão de uma selvagem.

O ódio cresceu ainda mais intensamente dentro de si e a garota levantou a espada para trás de sua cabeça. Enquanto pegava impulso para fazer a mulher pagar pela tentativa de enganá-la de forma tão baixa, ela ouviu um choro. Por trás dos panos envoltos nos seios da mulher, um bebê, com não mais de um ano, começava a chorar incessantemente. Como uma estátua de sal, Cally congelou. Cheios de medo e pavor, os olhos da mulher encaravam a menina estática à sua frente. E, sem mexer mais um dedo sequer, Caledrina observou a selvagem e seu bebê fugirem para fora das fronteiras.

Ela não poderia fazer aquilo, não com uma criança; não como fizeram com a única pessoa que ela já havia amado na vida.

CAPÍTULO III

O som pouco agradável dos talheres chocando-se com os pratos sem descanso fazia a cabeça de Cally desejar explodir em milhões de pedacinhos. Em uma tentativa desesperada de amenizar o agudo, ela levou o copo de vinho com a mistura suavizadora à boca novamente, sem perceber que já estava vazio. Embora o doutor houvesse dito que os ferimentos em sua cabeça não eram graves, Caledrina ainda sentia grande desconforto. Revivendo a cena com a selvagem pela milésima vez ao balançar o copo, esquecendo-se novamente de que estava vazio, ela se lembrava de como aqueles olhos, que deveriam ser amedrontadores — afinal, ela era parte do povo inimigo —, pareciam, na verdade, amedrontados. E as palavras, às quais sempre aprendeu que não deveria dar ouvidos, pareciam-lhe quase… sinceras.

— Papai — iniciou Cally, tentando respirar novamente o ar seco.

— Caledrina… — respondeu Heros, sem tirar os olhos de seu próprio prato.

Era comum, na Corte dos Sete, pessoas morrerem sem ter o que comer, mas a posição da família Cefyr garantia que tivessem comida na mesa em abundância. Cally pensou muitas vezes antes de abrir a boca novamente, mas decidiu que sua curiosidade era maior do que seu medo.

— Papai, e se nem todos os selvagens forem maus? E se além das fronteiras realmente houver água, e não apenas bêbados sem a mistura feita pela Rainha Saturn? E se a corte não for um lugar que nos mantém seguros, mas uma prisão nos distanciando de tudo o que é belo… como as flores que aqui existiam antes de nascermos? — perguntou, quase que num único fôlego, empolgada.

Vagarosamente, Heros levantou a cabeça enquanto o talher de sua mão devolvia a comida ao prato.

— Você sabe o que acontece amanhã? — disse, com a voz firme e um tanto quanto calma.

— Amanhã é o dia de vertigem — respondeu Cally, não compreendendo a troca de assunto.

— E para o que serve o dia de vertigem?

— Para sermos legitimados em uma facção e criarmos raízes.

Heros virou o copo antes de prosseguir sua fala:

— Muito bem. E o que as raízes revelam, o que significam?

— O quão habilidosos somos nas artes de nossa bandeira… para matar selvagens.

Correndo os olhos sobre seus próprios braços cheios de raízes, que se assemelhavam a veias negras, Heros parecia admirar a si mesmo, relembrando que, em toda a sua facção, não havia um homem sequer com o braço mais enraizado que o dele.

— Para o quarto privado — disse à menina.

Ao lado de Heros, sua esposa se engasgou com o alimento pelo prenúncio do que ocorreria com a filha.

— Desculpem-me, a comida ainda está quente — disse a mulher, levando a mão à boca.

Ignorando-a, Heros se levantou e, com um sinal de mão, ordenou a Cally que seguisse pelo corredor, rumo ao lugar pequeno.

CAPÍTULO III

Assumindo as consequências de sua boca grande, após pedir licença, com a cabeça erguida, recatadamente, Caledrina levantou-se de seu assento e seguiu a direção que a mão do pai ainda indicava. Ao entrar no quarto apertado, que Cally evitava com todas as forças desde aquela noite há tantos anos, seus olhos cruzaram com o tapete sangrento, embora as manchas agora estivessem apenas em suas memórias.

— De joelhos — ordenou Heros, enquanto retirava o chicote da parede de armas.

Com os olhos apertados de maneira que seus cílios superiores quase se unificaram com os inferiores, Cally obedeceu.

— Você é a filha do líder da facção mais poderosa entre as sete bandeiras, destinada a tomar o meu lugar. Não pode ter a cabeça perdida e cheia de asneiras. Pare de pensar em tantas bobagens e comece a lutar, honrando o sangue que tem — disse Heros, em alta voz.

A primeira chicotada lhe rasgou a blusa feito folha velha enfeitiçada sob as ferraduras de um cavalo, sem esforço algum. Cally gritou, sem poder evitar que sua voz expressasse a dor, diferentemente da maioria de suas lágrimas, que ela estocava apenas dentro de si.

— Amanhã será o dia mais importante da sua vida. Você deve estar concentrada apenas nele e não em ideias fantasiosas. Eu fui claro? — perguntou Heros, antes de repetir o movimento que fizera sua filha gritar.

Dois toques na porta interromperam a hora do aprendizado de Caledrina.

— Perdoe-me a interrupção, meu senhor. Mas amanhã será o grande dia de sua filha. Surre-a apenas até o limite das costas. Preparei para ela um vestido com os ombros à mostra — disse a mãe de Cally, enquanto dirigia-se até ela para beijar-lhe a testa suada. — Você estará belíssima amanhã, minha querida.

Cally desejou que ela ficasse e segurasse sua mão, enquanto a via fechar a porta novamente. Era difícil gritar com a garganta seca. Se Cally não fosse ela mesma até aquele instante, poderia jurar que não bebia nada há uma semana.

Ela gritou por mais cinco vezes.

Sem pressa alguma, Heros mexeu a barba escura como de costume, buscou os sete potes e o pedaço de pano velho — que já se faziam muito bem conhecidos pela filha prodígio. Vendando-a ainda de joelhos, ele disse:

— Amanhã poremos em xeque o seu treinamento de anos. Você sentirá o cheiro do pó; é só correr até a cor preta e se jogar. Eu fui claro?

— Si-sim, papai — gaguejou.

Ignorando o ocorrido, Heros abriu o primeiro pote e o levou até as narinas da filha.

— Diga.

— Verde — Caledrina respondeu, sem hesitar.

Cor por cor, Heros foi levando cada pote à Caledrina, até que ela dissesse todas com perfeita exatidão. Após mencionar a última, a garota pôs-se em pé, uma vez que conhecia bem a sequência do aprendizado. Com as mãos juntas frente ao corpo, ela esperou até que seu pai lhe desse a nova ordem:

— Comece — disse Heros.

Caminhando pelo quarto, à procura dos potes espalhados, Cally concentrou-se para diferenciar os cheiros. De olhos fechados, ela apontou para cima da cômoda, ao lado do armário, localização exata de um dos potes.

— Vermelho! — gritou.

CAPÍTULO III

Mais alguns passos e ela encontrou outra e outra cor. Heros enroscava os dedos na barba enquanto analisava a filha, que não errava uma cor sequer. Após mencionar seis das sete cores, Cally aproximou-se da porta, apontando para o último pote.

— Preto, a cor em que cairei amanhã.

CAPÍTULO IV

— Oh, você nunca esteve tão linda! — disse a mãe de Cally, enquanto a apertava para fazer os últimos ajustes no vestido da filha e admirava sua figura esbelta.

— E também nunca estive com tanta falta de ar! — respondeu a menina, num tom de desconforto.

Caledrina imaginou que, se pusessem esses vestidos apertados nos selvagens para torturá-los de vez em quando, eles se renderiam em poucas luas. Ainda assim, não externalizou seu pensamento. Ela sabia que as roupas pomposas faziam parte do processo daquilo que fora treinada a vida inteira para cumprir. Se o dia de vertigem exigia, então ela realizaria qualquer coisa para ser a melhor.

— Como chamará a atenção de um homem com essa atitude? — continuou a mãe. — Já não basta a sua preferência por vestir-se com calças masculinas?

Uma nova alfinetada no vestido pinicou Cally.

— Ai! — gritou.

Ao menos, por poucos segundos, a alfinetada a fez esquecer as estranhas ondas geladas que estava sentindo dentro de sua barriga sempre que se dava conta de que o dia para o qual se preparara desde criança havia, finalmente, chegado.

— Desculpe, querida. Pronto, já terminei — disse a mãe, enquanto cortava a linha com os dentes.

A passos leves e cuidadosos, Cally caminhou até o único espelho da casa. Espremendo os olhos de leve, ela buscou reconhecer um pouco de si na figura que via, mas teve dificuldades, principalmente pelo produto capilar escuro que sua mãe havia passado em seus cabelos, para disfarçar a cor natural, acinzentada, de seus cachos feitos artificialmente.

O vestido de cor pêssego, contrastando de forma suave com os tons de seus olhos, fez com que ela se sentisse ainda mais apagada. Cally continuou observando seu reflexo e, de repente, perdida em seus pensamentos, começou a rir. Imaginou que aquele espartilho provavelmente proporcionava a sensação semelhante a uma colher sufocada nas mãos firmes de um cozinheiro inexperiente em seu primeiro dia preparando sopas na taberna de Gudge. Pensou que, talvez, mesmo a colher apertada nas pesadas mãos do chef nervoso ainda estivesse em melhor situação que a dela.

— O que tem de tão engraçado? — perguntou a mulher, ao guardar seus utensílios de costura.

A garota mordeu a língua. Embora a sua mãe já estivesse ciente de seus gostos peculiares, a jovem desejava evitar a habitual conversa acerca de como ela deveria se portar como uma lady ou morreria com o ventre seco. Sem marido, sem filhos, e sem um futuro.

Como poderiam as mesmas roupas que lhe faziam se sentir como uma colher nas mãos de um cozinheiro nervoso serem o pré-requisito para um futuro de sucesso? E, se aqueles vestidos horríveis cheios de babados atrairiam os homens, então eles, certamente, não eram dotados de bom gosto. Caledrina pensou que aquilo tudo era contraditório e que não fazia sentido se sentir sortuda sendo escolhida por um deles, mas logo se recompôs e voltou a focar em seu objetivo.

— Ah, esse animal! — gritou a mãe, assustada, quando Ince entrou por debaixo das saias de seu vestido. — Se eu o vir mais uma

CAPÍTULO IV

vez, juro pelas asas de Dunkelheit que vou torturá-lo com minhas próprias mãos!

Pela menção sagrada, Cally percebeu que ela não estava blefando. Ainda assim, a garota permitiu que a mais nova ideia de tortura tomasse sua mente e riu baixinho outra vez, ao imaginar a mãe colocando um espartilho minúsculo em seu lêmure.

Desde o infeliz dia da chegada de Ince — e de todos os fatos que ocorreram no aterrorizante cômodo proibido de Heros, há cinco anos —, Caledrina dividia com ele o quarto, mantendo-o preso. E mesmo que o levasse para passear sempre bem longe de casa, de maneira que não incomodasse seus pais, o animal ainda fugia de vez em quando.

Com muita dificuldade em dobrar os joelhos, por causa da quantidade de tecido do vestido que usava, Cally se abaixou para pegar o primata.

— Pronto, pequenininho, venha aqui.

O Sol mal tinha nascido e Caledrina já se questionava por quanto tempo mais aguentaria todos aqueles panos. Os grampos de cabelo, que sua mãe havia usado para manter presos seus fios lisos como um véu, mantinham-nos agora em forma de cachos graúdos acima dos ombros e pareciam querer lhe perfurar ó cérebro, o que apenas piorava a sua situação. Sua cabeça doía, mas ela teria de ignorar. Não poderia estar distraída, não no grande dia de vertigem.

Caledrina foi resgatada de seus pensamentos ao ouvir passos firmes, que faziam a madeira ranger. Eles antecediam a vinda de Heros.

— É hora de irmos. Sairemos agora — disse ele.

Cally segurou o animal traquina e o levou até os seus aposentos. Fez um carinho na cabeça de Ince e, com batidinhas leves, despediu-se dele. Antes de fechar a porta, ela poderia jurar que, com os olhinhos salientes, o primata lhe desejava boa sorte. Sorriu ao sair do quarto, sabendo que não precisava de sorte.

Naquela manhã, Cally descobriu que andar numa carruagem com várias saias era ainda mais desconfortável do que com suas roupas costumeiras. Enquanto o veículo quebrava pedrinhas de terra morta pelo caminho, a jovem guerreira pulava involuntariamente do assento e sentia as pernas roçarem na primeira camada áspera de tecido, que, segundo sua mãe, era o mais fino da corte entre todas as facções. Podia até ser assim, mas ela definitivamente não estava cômoda. Suas roupas de treinamento tinham muito mais conforto do que aquilo.

— Nem para amaciar o assento ele serve, só pinica — sussurrou Cally para si mesma.

Seu coração gelou ao pensar que Heros havia escutado sua reclamação; mas, se o fez, guardou os comentários para si. Caledrina precisava estar concentrada.

Um último relinchar do cavalo que puxava a carruagem da família Cefyr, seguido de uma parada total do veículo, serviu para avisar que haviam chegado à frente do palácio onde os sete irmãos, líderes das facções, residiam. Para muitos, aquele dia era a única oportunidade que teriam de adentrar a moradia dos reis. Para Heros e sua família, não era assim. Ele, em especial, já estava acostumado a ir ao palácio, visto que, com frequência, participava das reuniões privadas dos líderes.

Um dos servos, responsável por dar as boas-vindas à nobreza, abriu a porta da charrete, permitindo a saída de Heros, que foi em frente, sem esperar pela esposa ou pela filha.

— Tenho negócios a tratar — disse por cima dos ombros, ao caminhar em direção à porta.

Cally permaneceu parada enquanto esperava a mãe retirar algo da bolsa presenteada por seu pai, feita de um tecido azul, que ela afirmava, ao menos quatro vezes por hora, a cada momento que usava, ser de pano nobre.

— Uma para mim e uma para você.

CAPÍTULO IV

A máscara vermelha, colocada em seu rosto pelos gélidos dedos da mãe, fez com que se sentisse um pouco menos apagada no vestido opaco. Tanto que jurou não remover o ponto de cor enquanto pudesse mantê-lo.

— Está linda como eu — cochichou sua mãe, ao terminar de amarrar os laços da máscara por trás da filha.

— Obrigada, mamãe — disse, encarando suas madeixas um tanto mais lisas do que eram as de May. Os cabelos finos de Cally em nada se pareciam com os da pequena, a não ser pela cor negra dos fios tingidos.

Seguindo a passos largos, a esbelta mãe, que era alguns centímetros mais alta do que a filha, entrou no palácio. Caledrina sequer notou quando os seus lábios se entreabriram diante de tamanho luxo e pompa do local. Era tradição que, antecedendo a importante cerimônia de vertigem, no mesmo dia do evento, um grande baile de máscaras acontecesse para celebrar a vontade do destino, que em breve seria revelada. Embora o título de sua família garantisse sua presença em vários festejos, tudo parecia, particularmente, maior e mais brilhante do que nos anos anteriores. Cally não apostaria suas fichas em sua própria teoria, já que seus pensamentos talvez estivessem sendo influenciados por se sentir, pela primeira vez, parte da festa.

À sua direita, logo após a entrada para o salão, pessoas esperavam sua vez para serem atendidas por pequenos homenzinhos que cortavam cabelos, aparavam as barbas dos homens, maquiavam as mulheres e cuidavam dos dentes de ambos, garantindo um visual perfeitamente adequado para a ocasião. O cuidado bucal e a barba aparada eram luxos restringidos somente à nobreza, então, usufruindo provavelmente da única oportunidade de desfrutarem de tamanha ostentação e de adentrarem os portões do palácio para festejarem os filhos, alguns pais eufóricos apertavam uns aos outros na fila, não podendo conter os pés parados de tanta empolgação. Não era difícil diferenciar aqueles que possuíam estoques cheios dos que tinham bolsos vazios. Além das vestes, observar a maneira como se portavam na fila e diante do banquete, generosamente oferecido pelas coroas, indicava claramente a classe social de quem estava presente.

Homens e mulheres influentes na corte trataram de andar para o meio do salão para serem vistos e manterem contatos, distribuindo um ou dois elogios para as pessoas certas. Muitos dançavam, sentindo-se reis com suas máscaras espalhafatosas, e riam como se não soubessem, ou apenas ignorassem, o que viria a seguir. Poucos segundos bastaram para que Caledrina também perdesse sua mãe de vista.

Cally sentiu como se estivesse presente ali pela primeira vez, sem nunca antes ter observado a agitação daquele evento com seus próprios olhos curiosos. Ano após ano, ela analisava os pequenos corpos que, aos quatorze anos, sentiam-se privilegiados por estarem naquela festa que antecedia a cerimônia em que saberiam a facção para a qual tinham sido destinados. Cally observava também as famílias gigantes, que anualmente compareciam com um filho diferente de quatorze anos, com os pais já pensando que seus caçulas poderiam garantir a eles mais uma ida ao palácio nos anos seguintes, para se deliciarem com as maravilhas oferecidas no banquete.

Por fazer parte da família do líder de uma facção, Caledrina já havia ido ao palácio algumas vezes, mas aquele era, finalmente, o dia dela. Não apenas acompanhava seus pais; naquele momento, em especial, eram seus pais que a acompanhavam. Depois daquele evento, ela voltaria para casa com a certeza de que seria a próxima líder da facção preta, como sempre soube. Enquanto todos gargalhavam, eufóricos, chocando suas taças cheias de vinho sem mistura umas com as outras, Cally buscava manter os pensamentos silenciados, concentrando-se nas lições que Heros lhe ensinara, muitas vezes de forma dolorosa. Em poucas horas, a cerimônia se iniciaria e ela seria aplaudida e recebida. Pela primeira vez, a honra da cor de sua bandeira permanente seria maior que a vergonha das cores de seus cabelos.

CAPÍTULO IV

Sem avisos, um leve calor se alastrou por entre seus dedos. Sua mãe surgiu de alguma roda de conversa e segurou suas mãos, envoltas por luvas, enquanto disse:

— Será o seu primeiro e único dia de vertigem. Quatorze anos já fazem de você uma mocinha. É hora de iniciar a sua vida adulta e, hoje, é o dia que define todo o seu futuro — relembrou o óbvio e beijou a seda que encobria as mãos da filha. — Você está pronta, é a melhor e sabe disso. Agora vá e se misture. Caminhe pelo salão e deixe que todos vejam o quão bela você está. Essa tinta de cabelo é cara, não a desperdice. Com sorte atrairá os olhares de algum jovem rico, hum?

Imóvel, observando sua mãe caminhar até desaparecer na multidão, Cally desejou estar com Ince, trancada e isolada no conforto do seu quarto. Misturar-se não era exatamente uma de suas principais habilidades. Com o penteado lhe causando incômodo, coçou delicadamente a cabeça com o dedo enluvado, ainda incrédula com as palavras de sua mãe. Tinha a impressão de que jamais se acostumaria com aquilo. Ignorou, então, o pedido dela e decidiu se lembrar das palavras de Heros. Concentrou-se bem no que fora ensinada a fazer naquela manhã: intimidar. Nisso, ela era exemplar.

Embora consciente acerca de como agir, o que esperar e de sua confiança nas próprias aptidões, a jovem não podia evitar o crescente nervosismo por seu grande dia, por isso recorreu à única coisa que a resgatava naqueles momentos.

— Vamos, Cally, descreva, descreva, descreva — disse a si mesma. — O que está acontecendo? Conte para o ar como se o Vento existisse.

Caledrina virou o rosto para o primeiro ponto que chamou a sua atenção.

— Eu vejo dez lustres com cinquenta… não, cinquenta e dois pontos de luz cada um, embora um deles esteja sem uma armação, totalizando apenas quarenta e oito. Eu vejo paredes esbanjando ouro puro nos mais belos entalhes e mesas com tanta comida, que um exército inteiro poderia ser alimentado até se fartar por duas vezes seguidas. Eu vejo mulheres se exibindo e vejo homens cortejando-as. Vejo homenzinhos correndo de um lado para o outro para satisfazerem as vontades de seus senhores. Vejo uma menina chorando, provavelmente de nervosismo pela cerimônia de vertigem. Sinto um cheiro amarelado, com algumas gotas de dourado e verde. É um cheiro quente, mas que remete à comida fresca. Acho que devem estar trazendo uma nova remessa. Parece estar deliciosa. Eu vejo um... Dwiok!

Seguindo a linha de seus pés, a poucos metros de distância, estava Dwiok Minerus, fitando-a como se ela fosse um bolo de aniversário estragado; e o fato de ela realmente se sentir como um não dava a ele o direito de encará-la daquela maneira. Ela deveria saber, o cheiro de comida antecedia sua presença. Dwiok fedia a cozinha! Os pensamentos de Cally insistiam nisso, ignorando que ela tenha achado o aroma delicioso há poucos segundos.

Para a sua infelicidade, o garoto se aproximou. Frente a frente, ambos se encararam por alguns instantes.

Dwiok usava um terno cor pêssego, no tom exato do vestido da moça. E ela poderia bufar de irritação ao ver que a máscara do rapaz também era vermelha. Tudo o que Cally menos desejava era ter qualquer semelhança com aquele que ela considerava o mais irritante de toda a corte.

Quem via de fora, poderia acreditar que, a qualquer momento, ambos sairiam de mãos dadas e fariam um show de mágica ou passariam a dançar a dois, em bares de ruelas perdidas, e provavelmente lucrariam muito com isso. Não apenas devido às roupas que pareciam ter sido feitas para gêmeos ou por suas aptidões de berço em tais atividades, mas pela

CAPÍTULO IV

mais pura obstinação, traço bastante marcante nos dois prodígios de suas facções.

Filho do líder da bandeira laranja, Dwiok Minerus era a promessa da facção responsável pela arte de criar pratos e receitas e, embora não competissem entre si pelo título na mesma facção, havia algo nele — fosse seu jeito desgracioso de andar, sua postura arrogante ao falar ou aquele maldito cheiro delicioso de doce que sempre o rodeava — que fazia Cally odiá-lo ainda mais do que a cor cinza de seus próprios olhos.

— Olha, meu pai ficará orgulhoso em conhecer o estilista dessa obra deslumbrante que vestes, Srta. Cefyr. Quem sabe até o contrate para trabalhar conosco. — O garoto, apenas dois dedos mais alto do que Cally, sorriu para ela com um ar de superioridade.

Ele tinha cabelos pretos e encaracolados e fazia Caledrina ferver como o fogo das chamas que assava seus tão preciosos pães. Antes que ela pudesse ter a chance e o prazer de rebater, um senhor de idade, já muito bêbado, interrompeu-os:

— Ora, que inestimável encontro! A promessa da facção de Iros e a promessa da facção de Gudge, os únicos que todos têm certeza de que fugirão da besta e cairão na cor certa. Tem muito dinheiro apostado em vocês, hein! É melhor correrem bem rapidinho... ou a minha mulher me expulsará de casa — disse. — Engraçado como não parecem estar nervosos. Ou estão escondendo muito bem. Eu lembro que, quando tinha a sua idade, fui ao banheiro vinte e quatro vezes durante o festejo, para não completar a prova com as calças molhadas na hora da cerimônia de vertigem.

Contrariando a maneira sutil com que chegou, dessa vez, o homem saiu gargalhando escarnecido. Poucos segundos sozinha ao lado do garoto que lhe tratava de forma arrogante já eram o suficiente para lhe dar nos nervos. Cally estava certa de que até mesmo limpar um curral seria mais proveitoso do que permanecer em tal companhia.

— Caro Dwiok, se me der licença, precisarei causar-lhe a dor de minha ausência. Tenho assuntos importantíssimos a tratar.

Arqueando a sobrancelha esquerda, de forma que seus olhos verdes pareciam ainda maiores, ele questionou:

— O que pode ser mais importante?

Cally sentiu no âmago de seu ser o desejo incontrolável de revirar os olhos. Respirou fundo. À sua frente, a cabeça de um suíno assado mordendo uma maçã chamou-lhe a atenção. O animal estava rodeado por alguns vegetais que corriam vivos por toda a extensão da vasta mesa, efeito colateral ocasionado pelas poções de Saturn, as quais eram jogadas na terra e a enfeitiçavam, resultando no encanto dos pequenos alimentos que se debatiam energeticamente no prato.

— Preciso levar algumas fragrâncias aos porcos do curral como mostra de minha empatia. Não poderíamos sequer imaginar quão lamentável seria carregar um mau cheiro que parecesse constantemente impregnado na pele. Bem, ao menos um de nós não poderia. — Ainda que farta do assunto, Caledrina não foi capaz de conter o sorriso que se formou no canto da boca, antes de se virar de costas, ao notar que o garoto cheirava a si mesmo.

O corredor do palácio que abrigava a maior concentração de salas de embelezamento estava especialmente cheio naquela manhã. Cally caminhava de cabeça erguida e costas eretas, passando pela multidão de laços, babados, ferros, espartilhos, maquiagens e outros objetos que ela considerava serem instrumentos de tortura. Era impressionante para ela como, mesmo já belíssimas, algumas jovens ainda encontravam algo para retocar, apertar e melhorar na aparência. Por certo, ficariam naquela sala até o último instante que pudessem, apenas para garantir que estariam impecáveis.

A garota orgulhou-se de si mesma ao concluir que ocultara muito bem a dor pelas costas cortadas, e pela cabeça, que ardia com a tinta de cabelos exportada de algum lugar do qual Cally não se recordava, ainda que sua mãe tenha tagarelado algumas vezes sobre isso.

CAPÍTULO IV

Se mesmo em um dia comum, com sua cor atípica de cabelos e olhos, Caledrina Cefyr já arrancava suspiros por onde quer que passasse, maior ainda era a atenção que recebia no baile, com o acinzentado de sua cabeça coberto por tinta preta. A moça atraía olhares não apenas por suas aptidões, postura ou posição; seus traços pareciam esculpidos pelas mãos mais habilidosas que já existiram, e de tal coisa ninguém, mesmo embriagado com dez jarras de vinho sem mistura, seria insano o bastante para discordar. Embora a coloração natural fizesse a maior parte do povo a encarar e chamar de aberração, secretamente admiravam sua beleza, com medo de professarem tal admiração em alta voz, pela anormalidade cinzenta em seus cabelos.

Perdida em seus pensamentos, Caledrina apenas andava pelo corredor, deixando que seus pés a guiassem sem aperceber-se ou importar-se com o destino. Um som pouco agradável de golfo fez a jovem retornar à realidade, levando os dedos da mão direita até os seus lábios inconscientemente. Debruçada sobre uma vasilha, uma garota de cabelos alaranjados como a bandeira do Rei Gudge expelia toda a comilança que estava armazenada em seu estômago. Cally quase fez o mesmo só por olhá-la. Não poderia julgá-la; aquela menina, na verdade, parecia uma das mais sensatas de todo o palácio. A única ali que demonstrava estar sentindo toda a pressão que aquele dia carregava, enquanto todo o resto agia como se nada estivesse para acontecer.

O baile de máscaras era como uma comemoração para jovenzinhos que firmariam suas raízes em suas novas legítimas facções, sendo a mesma de seus pais ou não. Ao mesmo tempo, era um consolo para alguns pelo fato de não levarem seus filhos de volta para casa. Por poucos instantes, Cally sentiu pena da garota que vomitava. Seu corpo provavelmente estaria fraco demais para fugir da besta, que, em poucas horas, iria persegui-la. Pelos próximos dezessete segundos, permitindo-se ser abraçada por uma obscura vulnerabilidade

— embora treinada pelo líder da facção responsável pela segurança de toda a corte, e criada sabendo como empunhar uma espada antes mesmo de aprender a correr — ao pensar na fera, Cally tremeu.

Durante o tempo em que seguia a sua caminhada pelo largo corredor, a garota pensava que desejara aquele momento pela vida inteira e, agora, temia que o sino tocasse anunciando a hora do grande espetáculo, ao qual toda a corte viera assistir. Desejou que todos continuassem dançando em suas fantasias, rindo por trás de suas máscaras, que escondiam a negligência diante do que aconteceria naquele dia. Desejou que pudesse voltar para casa e rir de Ince derrubando todos os seus pertences do criado mudo. Desejou, no lugar mais profundo de sua alma, que o sino não fosse ouvido e que não precisasse ir para a arena.

Cally teve de interromper seus pensamentos no instante em que o sino tocou.

CAPÍTULO V

Apenas um dia como o de vertigem era capaz de fazer Caledrina usar roupas tão apertadas. Primeiro, o vestido do festejo e, agora, os trajes cerimoniais. "É padrão", eles disseram. Cally torceu o nariz. Ao menos nascera na facção de Iros e seu uniforme era preto, uma das poucas cores que acreditava ressaltar os traços do seu rosto. Com um leve risinho sarcástico, pensou no quão deplorável estaria a situação daqueles que descendiam das bandeiras verde, laranja ou amarela. A tradicional vestimenta, que parecia espremer o corpo, não garantia elogios por si só, tampouco em cores vibrantes. Pela primeira vez, Caledrina desejou que Dwiok já estivesse presente, apenas para que pudesse sentir o prazer de caçoá-lo. Mas pontualidade não era uma das qualidades do garoto — não que ela visse nele alguma característica boa além de sua intimidade com as colheres.

Conforme entrava na arena, cada indivíduo de quatorze anos, vestindo a cor da sua facção, posicionava-se no centro do enorme ambiente, formando uma grande fila.

Cally apertou os olhos, tentando se acostumar com a claridade, e tomou o último lugar enquanto ajustava o tecido gelado da roupa. Ela sorriu ao perceber onde estava e estralou os dedos das mãos, concluindo que o melhor havia ficado para o final, como em todos os grandes shows. A menina se deixou deslumbrar pela grandiosidade do lugar, que antes habitava apenas sua imaginação. As pequenas cabecinhas da plateia só não ocupavam toda a dimensão da arena redonda porque, ao leste, enormes portões iam do solo à extremidade do local, guardados por homenzinhos vestidos como se estivessem prontos para a batalha. Maior que os portões era o medo presente em alguns jovens, que tremiam e pulavam só de ouvir os rugidos ainda tímidos dos leões presos. A única coisa consideravelmente pequena na arena eram os buracos espalhados pelo chão. As esferas cavadas deveriam abrigar os corpos dos jovens que, ao se jogarem para fugir dos leões, estariam descobrindo a qual facção pertencia o buraco escolhido em meio à adrenalina. Não era o caso de Caledrina, ela pensou. Sabia diferenciar o cheiro do pó colorido, independentemente da cor. Quando chegasse a hora, estaria pronta para pular no pequeno espaço que a levaria de volta para casa: a facção preta.

Deixando o seu olhar correr pelas cabecinhas nas arquibancadas mais próximas, ela observou uma garota de lábios finos e olhos estreitos, que mantinha a coluna reta numa tentativa frustrada de portar-se como a rainha roxa. Com os braços cruzados e o cenho franzido, percebeu que a menina de cabelos ruivos encaracolados estampava a mesma cor daquela que buscava tão descaradamente ser uma cópia, e produzia até mesmo o biquinho comumente expressado pela rainha quando estava pensando. A moça parecia um reflexo de Saturn. Caledrina deixou escapar um "tsc" pelos lábios, não tão secos dessa vez, devido ao excesso de maquiagem em seu rosto, e zombou mentalmente da situação.

Apressado, com a roupa de cor laranja toda amarrotada, Dwiok posicionou-se atrás de Caledrina, que bufou ao vê-lo chegar.

— Que bela recepção — comentou.

— Boa demais para você? Posso deixá-la menos amistosa se o fará sentir-se mais confortável — respondeu Cally, virando-se novamente para a frente, dessa vez com os braços cruzados ainda mais firmes.

CAPÍTULO V

— Seria pedir muito de você — debochou Dwiok Minerus.

Cally o ignorou, como de costume.

O sol forte parecia queimar a terra da arena, rebatendo diretamente nos olhos de Caledrina, como se o calor da ira que crescia vagarosamente dentro de si não fosse o bastante.

Alto o suficiente para que somente ela pudesse ouvir, em busca de concentração, a jovem começou a descrever a arena para o Vento, como se ele existisse e soprasse os seus fios de cabelo:

— O brilho da luz e o calor abafado parecem estar em todo lugar, e me fazem não saber se vêm do céu ou se sobem do pó do solo. Praticamente todos os rostos que já vi na vida vibram reunidos nas arquibancadas. Ouço os rugidos dos leões presos. Sinto os meus joelhos querendo dobrar. Vejo, também, as tendas dos seis reis em um lugar privilegiado, acima das arquibancadas na extremidade norte. Elas parecem aguardar a chegada dos majestosos governantes, o que será uma visão ilustre, já que aparecem em público poucas vezes ao ano.

Os pensamentos de Caledrina gritavam: "Não está ajudando! Por que fazer isso, desta vez, não está me ajudando? Tinha de dar errado justo hoje? Vamos, Cally. Tente descrever com mais detalhes!". Alguns segundos se passaram antes de ela continuar:

— Está bem. Eu vejo... eu vejo os...

Um toque no ombro a fez virar-se assustada. Boquiaberto e com o olhar estático, Dwiok a encarava.

— Por que você está ainda mais maluca do que o normal hoje?

— Sério? Nenhuma ideia? — rebateu a garota.

O som da plateia, agora ainda mais vibrante, escondeu a voz dos dois a ponto de ser impossível continuar a conversa.

Bem acima da arquibancada norte, em frente à fila de jovens na arena, os seis reis, cada um carregando sua respectiva bandeira, caminhavam para as tendas reais. Um deles, entretanto, levava duas bandeiras, para que todos relembrassem o trágico desaparecimento de Leugor, rei da facção de cor azul. O seu sumiço acontecera há tantos anos, que memória alguma se recordava claramente dele.

Embora fossem todos irmãos, os reis possuíam notáveis diferenças. Abaixo da bandeira verde, estava Prog, rei responsável pela agricultura da Corte dos Sete. A facção é composta, em sua maioria, por pessoas tão preguiçosas quanto bichos-preguiça no inverno; afinal, esforçar-se demais por uma terra cinzenta, amaldiçoada e impossibilitada de gerar qualquer coisa não fazia sentido.

Há muitos anos, fora decidido que o cuidado com a terra era um dos sete principais campos para o bom desenvolvimento de uma corte forte. Então a facção verde foi fundada. Eles manipulavam o solo morto com gotas das mais variadas cores e texturas, em frascos produzidos cuidadosamente sob os olhos atentos e as mãos talentosas daqueles que estampavam o roxo em seus corações e vestes. Apenas alguns alimentos germinavam, por conta das práticas pouco naturais. Na tentativa de driblar a maldição, os trabalhadores da facção verde alimentavam a terra com poções que permitiam que poucos vegetais e verduras brotassem e se apresentassem maduros aos olhos das pessoas. Os alimentos enfeitiçados, além de exibirem uma coloração fluorescente e, às vezes, moverem-se sozinhos, desesperados para fugir dos dentes que os triturariam, não tinham o gosto fresco como o daqueles descritos nos livros místicos proibidos da corte. A filha de Heros, porém, tinha acesso a esses escritos por causa das regalias do alto escalão de sua família e até mantinha alguns bem guardados em seus aposentos.

Acostumados à mordomia do pouco trabalho, muitos da facção verde cumpriam seus horários apenas arrastando os pés, ao caminhar de um ponto da plantação ao outro, tentando se ocupar por mais tempo. Era comum, no lado verde da corte, encontrar pessoas dormindo nos lugares mais inusitados, uma vez que, além de haver

CAPÍTULO V

pouco serviço, o contato da pele com a substância mágica usada para estimular a terra era perigoso. Diziam que existia algum tipo de sonífero na poção, capaz de amolecer os corpos e deixá-los subitamente sonolentos. A substância era tão forte que, mesmo utilizando as luvas feitas do material mais espesso e maciço, o sono ainda encontraria brecha, cedo ou tarde, para fechar os olhos dos trabalhadores que estivessem em contato com ela.

Prog tinha os cabelos negros como a noite, iguais a todos os seus irmãos. Os olhos azuis, semelhantes à superfície de um mar calmo, eram realçados pela pele bronzeada, coberta por tecidos finos e luxuosos. O rei chegou trazendo a preguiça estampada no rosto meio amassado, como de quem acabara de acordar, e, então, cumprimentou todos com um bocejo, que lhe rasgara a face apática, conferindo-lhe, finalmente, alguma expressão. Seguido por um meio-sorriso e um leve aceno de cabeça, foi recebido com palmas e grande algazarra pelo povo, que assistia das arquibancadas.

Ao lado de Prog, abaixo da bandeira amarela, estava Ince. Embora todos os seis irmãos possuíssem a mesma cor de olhos azuis e cabelos pretos, Ince exalava um ar diferenciado. Sendo o de postura menos excelente entre os reis — e, ainda assim, melhor que a maioria dos que os assistiam sentados —, ele parecia encarar todos com grande atenção, mesmo àquela distância. Tão profundo era o seu olhar, que muitos testemunhavam sentir suas almas lidas, como páginas em um livro, ao serem encarados pelo rei amarelo, ainda que apenas por rápidos segundos. Sua orelha era um pouco maior e seus lábios pareciam levemente mais esticados que os de seus irmãos. Havia quem dissesse que era por tanto escutar e espalhar fofocas em seus jornais. Ince cuidava para que seus subordinados mantivessem as informações circulando; mais especificamente, que espalhassem as sujeiras de todos para todos.

Além de manterem os anúncios de interesse da corte, como arautos designados pela propagação dos decretos das coroas, os jornais reafirmavam as honras e vergonhas de cada família. Era comum que os jornalistas fossem tratados com grande respeito, embora todos se esforçassem para não transparecer a falsa cortesia, apenas para garantir boas colunas sobre seus títulos e posses. Por uma boa matéria, as pessoas chegavam até a presentear os colunistas com o melhor que podiam oferecer de suas casas. Não à toa, os redatores, geralmente, reservavam os mais excelentes comentários aos bajuladores da facção laranja, sempre dispostos a pagar valores altíssimos ou a entregar presentes valiosos por uma matéria. Com frequência, eles apresentavam manjares preparados por cozinheiros consagrados que, em constante prontidão para contrariar a maldição da terra, traziam sabores inimagináveis, exóticos e inovadores ao paladar.

 Atrasada, levando a bandeira roxa consigo, a passos que competiriam em graciosidade com o movimento de uma pena flutuando sobre um barril de vinho, Saturn irradiava toda a arena, sorrindo de um jeito que faria o Sol esmorecer se a admirasse por muito tempo. Tamanha era a impetuosidade com a qual se movimentava ao acenar, que o seu atraso fora rapidamente esquecido, ainda que a desonra do tempo fosse ultrajante para a coroa. Conhecida pela genialidade de criar todas as poções e feitiços que havia na corte, não era necessária nenhuma explicação para que o povo presumisse que certamente ela perdera a hora ao concentrar-se na produção de um novo milagre enfrascado — o que resultaria em três dias de festa pelas ruas.

 Saturn tinha os longos cabelos presos em uma trança de lado, que quase alcançava a altura de seus joelhos. Ela mantinha as costas à mostra, com um vestido da mesma cor de sua bandeira. A expressão elegante e um tanto enigmática que carregava na face tornava a rainha roxa indiscutivelmente apaixonante. Seu rosto era hipnotizante, do mesmo modo que quase todos os seus irmãos, e a sua postura era como se esperava: a mesma de uma deusa na Terra.

 Na corte, todos os artistas e escultores concordavam: a rainha roxa era como um monumento perfeito, ou, ainda, como uma

CAPÍTULO V

tela feita com tintas importadas de cima das nuvens e de debaixo da terra. Concordavam, também, que suas mãos jamais seriam capazes de reproduzir tamanha beleza. Ela era a união do olhar de gelo com os lábios quentes, que incendiariam a capacidade de pensar logicamente de qualquer um que os encarasse por muito tempo. Homens desafiariam as maiores e mais horrendas bestas pela honra de estarem em sua presença. Mas a beleza não era tudo o que Saturn carregava. A rainha possuía imensa inteligência, para o horror de muitos.

Liderando o lado roxo, ela governava os conhecimentos mágicos da corte. Parecia que a fênix dourada que ainda zelava por seu povo sempre escolhia os cérebros mais brilhantes e orgulhosos para a sua facção no dia de vertigem, como se até eles, hipnotizados por seu rosto, desejassem bajulá-la. Saturn solidificou uma prestigiada e ensoberbecida facção de gênios renomados, responsáveis pelo descobrimento de poções que faziam desde um gato cantar até a terra maldita germinar. Sorrindo outra vez para a plateia, a rainha manteve a coluna reta e permaneceu assim. Caledrina notou o biquinho esboçado no rosto da mulher, que parecia ainda estar pensando na poção que, provavelmente, fora a causa de seu atraso.

Suas ideias engenhosas garantiam que a corte não fosse composta apenas por bêbados. Foi por suas mãos que surgiu a mistura para o vinho, a fórmula perfeita capaz de enganar o corpo humano com alguns gramas de lucidez manipulada, uma vez que não havia outra bebida para ser consumida no reino. Do lado roxo da corte, doutores sapientes e seus discípulos criavam e testavam dezenas de combinações diariamente, a fim de descobrirem novas poções para o orgulho de seu povo e bandeira.

Por anos, discutiu-se continuamente sobre qual das facções seria a maior e mais poderosa, mas jamais se conseguiu chegar a um acordo. Contudo havia algo de que ninguém discordava: o perigo e a aptidão do lado roxo. Rebater aqueles que eram capazes de criar algo tão potente, que com duas meras gotas no travesseiro poderia fazer o maior dos guerreiros adentrar o sono eterno, não era uma tarefa fácil.

Com a mão esquerda apoiada sobre o ombro de Saturn, estava Iros, guardião da bandeira preta, o único acima de Heros em sua facção. Iros provavelmente era o vilão que todo pai usava para assustar as crianças e mantê-las na cama, ou para que comessem até lamber o prato, de modo que não houvesse desperdício. Sua beleza exótica garantia suspiros de paixão direcionados a ele, ao mesmo tempo em que sua semelhança com uma carranca roubava arfadas de terror. Sempre muito bem armado, Iros mantinha os selvagens distantes das fronteiras ou mortos dentro delas. Seu porte evidenciava os dias de treinamento árduo e, quando caminhava diante do povo, era comum ver mocinhas gritando por ele, razão pela qual muitas mães beliscavam ou batiam nas filhas com seus leques no alto das arquibancadas.

Contrastando com todos, embora com os mesmos belos traços, muito mais baixo e gordo que os outros irmãos, estava o Rei Gudge. Escorado à bandeira laranja, ele secava as gotículas que se acumulavam no topo de sua testa com o dorso da mão. A facção laranja era, provavelmente, uma das mais amadas e paparicadas pelo povo que, sem frutas frescas e líquido puro, estava sempre faminto por novas delícias inventadas por eles.

Responsáveis pela culinária do palácio e pela provisão de todas as padarias e bancas alimentícias da Corte dos Sete, os subordinados de Gudge faziam proezas inexplicáveis com quaisquer que fossem os ingredientes. E, embora ele apenas experimentasse os pratos, cuspindo os que não estavam à altura de seu paladar requintado, todos admiravam a perspicácia do rei. Quando menos era esperado, ele passava a dar ordens para os cozinheiros, citando ingredientes esquisitos que, no fim, resultavam em pratos incríveis e formavam o mais saboroso banquete. Não importava quais especiarias esdrúxulas

CAPÍTULO V

citasse o rei, ao prepará-las, seguindo à risca as suas ordens, todos os chefes se surpreendiam com os sabores e esbaldavam-se na degustação, louvando-o de boca cheia.

O maior e mais respeitado chefe da cozinha de Gudge era o pai de Dwiok, líder da facção. Ele era rigoroso ao extremo com o garoto, que, desde cedo, levava jeito com as panelas. Certa vez, Dwiok fora elogiado pelo próprio rei, e fazia questão de exibir-se por conta disso absolutamente todos os dias. Lambendo os lábios inferiores, Gudge cumprimentou todos com um aceno de mão, fez isso de forma tão desajeitada que mais pareceu estar espantando um inseto indesejado.

Já entre as bandeiras vermelha e azul, Anuza fitava o povo com as mãos juntas atrás do corpo, certa de tal posição valorizá-la. Havia quem dissesse ser ainda mais bela do que Saturn. A mocinha, que carregava uma má reputação e certa vulgaridade, era a dona da história mais comovente entre os reis. Ela nasceu com a mão agarrada ao tornozelo de Leugor, que desaparecera há dezessete anos. Ele era guardião do lado azul da corte e responsável pelos artistas, poetas, escultores, atores, cantores e simpatizantes de todas as outras formas de expressões artísticas. Anuza, na bandeira vermelha, tinha a função de organizar eventos e todo o entretenimento da corte, similar o suficiente às obrigações do irmão. Unificando as duas facções, a bela jovem juntou seu povo ao do irmão gêmeo, que era com quem mais se sentia ligada desde sempre, como declarava.

Sendo a única que mantinha viva a esperança do retorno milagroso de Leugor, Anuza expressava isso tomando conta das responsabilidades atribuídas ao irmão com muito esmero, pensando que ele ficaria feliz quando voltasse e encontrasse tudo em perfeita ordem, desde festas luxuosas a bares e bordeis de terceira classe. Com a coroa de pedras vermelhas sobre a cabeça, ela mantinha tudo funcionando, além de ser uma frequentadora constante de seus próprios salões. Os cabelos de Anuza estavam sempre emaranhados e, certa vez, foi publicado nos jornais que ela os mantinha dessa forma para guardar, entre os fios, pedaços dos corações que já partira. Ince, apesar de ser o entusiasta da fofoca na corte, prendeu o colunista no mesmo dia em que leu tal notícia, no horário de seu chá matinal, pelo ultraje de ter escrito isso a respeito de sua irmã.

 O sol forte batia contra as coroas dos reis, e Caledrina podia jurar que, apesar da distância, o fulgor refletia direto em seus olhos. Ela se questionou, por alguns instantes, se não era tola por não ser igual às outras mulheres da corte. Por mais que soubesse que não lutaria tão bem presa a tantos tecidos, não valeria a pena usá-los apenas por ter o prazer de se sentir normal ou, no mínimo, um pouco menos desarmônica? Após outros poucos segundos pensando, entendeu que era melhor ser tola e estar viva do que levar toda a sua formosura para o túmulo.

 Além de possuírem uma beleza de arrancar suspiros, serem altos — exceto por Gudge — e idolatrados pelo povo, os irmãos eram, acima de tudo, deuses na Terra.

 Intensificando os aplausos, as pessoas berravam e chacoalhavam umas às outras, inebriadas ao presenciarem o que esperavam quase tanto quanto a descoberta do destino de seus filhos em suas novas casas: a manifestação que, além das coroas, diferenciava os seis seres do ordinário. Garantindo o temor e a obediência do povo, abaixo de suas bandeiras, surgindo de dentro de suas costas, embora não parecessem rasgá-las, os reis exibiram suas asas de dragão, evidenciando ainda mais a soberania e o domínio sobre aqueles a quem governavam.

CAPÍTULO VI

As figuras esbeltas dos seis reis pareciam ainda mais admiráveis ao exibirem o contraste das asas negras com as peles bronzeadas pelo Sol. Dragões de aparência humana vivendo entre pessoas comuns. Seres poderosos e cobiçados sobre o governo. Um povo submisso e dedicado. A Corte dos Sete, para quem vivia ali, era a idealização dos narradores de contos passados, a concretização dos desejos das coroas longínquas espalhadas pela Terra.

Como de costume, desejando desesperadamente ser aclamada, Anuza abriu a boca e, soprando o ar, labaredas de fogo queimaram a areia, levantando uma linha de vidro bem no meio da arena. Dentro de poucos segundos, vários homenzinhos invadiram o ambiente, correndo de forma engraçada devido à agitação das pernas de pequena estatura, e, rapidamente, trataram de quebrar e limpar o vidro criado pelo contato das chamas com as partículas de areia. Tão diminutas eram suas estaturas que muitos da plateia, distraídos demais para notar qualquer coisa além das criaturas e de suas asas fantásticas, sequer notaram os pequeninos trabalhando até que não houvesse mais vidro. Os homenzinhos tinham madeixas tão longas que, muitas vezes, passavam-lhes os limites dos pés, o que tornava comum em sua espécie o uso de tranças para manter os fios sob controle, evitando possíveis tropeços. Com os cabelos lisos feito seda nobre, num tom azulado claro, e sempre com vestes glamourosamente coloridas, segundo a sua própria concepção de pompa e suntuosidade, as criaturinhas eram, além de famosas pela prestatividade para com seus senhores, seres esteticamente intrigantes.

 Das arquibancadas, a plateia alvoroçada bradava ao mesmo tempo em que batia palmas; os espectadores empurravam uns aos outros, espremendo-se para conseguir uma visão melhor do espetáculo. Logo, os lábios volumosos, que há pouco haviam expelido chamas vivas de fogo, curvaram-se num singelo sorrisinho para receber o calor dos aplausos.

 Conhecendo a irmã, os outros cinco apenas esperaram o povo se acalmar, até que a cota de ego de Anuza estivesse cheia o suficiente para cooperar com o real motivo de todos estarem reunidos.

 No fim da fila, Cally e Dwiok eram dois dos poucos que já haviam presenciado a abertura das asas antes, por conta da alta posição de seus pais; mas ambos ainda perdiam as palavras diante de tal acontecimento.

 Pedindo a atenção de todos, Iros ergueu o braço. Saturn sorriu em resposta ao olhar firme do irmão e revelou um frasco negro ao estender a mão, compreendendo que a hora tão esperada chegara. Entregou-lhe, então, uma poção fresca. Ciente do poder do líquido, a plateia esperou que Iros bebesse as gotas que amplificariam sua voz, ecoando-a de forma clara a cada um dos presentes. Em poucos segundos, a multidão se calou.

 — Como todos bem conhecem a tradição, iniciaremos, agora, o dia de vertigem, no qual todos os jovens de quatorze anos da corte reúnem-se, esperando a sua vez para dar início ao seu futuro. Eles serão retirados da arena, e vocês os verão entrar, um por um, neste espaço novamente, mas sozinhos, e posicionados no centro. Soltaremos, então, o primeiro leão. Sem armas, a missão do participante será fugir instintivamente para qualquer um dos sete buracos que se encontram nas extremidades desta área, e pular para baixo da

CAPÍTULO VI

terra será o único caminho para se livrarem das garras da fera. Dentro de cada cavidade haverá uma das sete cores de nossas bandeiras. Se o participante correr mais rápido do que a fera, cairá em uma das cores, revelando, assim, a vontade de Dunkelheit, que zela por nós. Ser visto como um deus traz responsabilidade eterna, mas nosso compromisso com o povo é o orgulho da mais honrosa missão. Ao final, depois que os sobreviventes já tiverem fugido da fera e encontrado a sua verdadeira cor, voltarão para que possamos aplaudi-los pela nova e mais importante fase de suas vidas. A partir de hoje, seus filhos saberão onde firmarão as próprias raízes.

Ao pronunciar sua última palavra, Iros sorriu como se fizesse aos aplausos um convite para se juntarem a ele novamente — e as palmas não recusaram o chamado.

Levantando as mãos mais uma vez, Iros retomou o silêncio, atraindo a atenção de todos para o seu discurso. Em harmonia com as longas asas escuras, que ainda se apresentavam expostas nas costas torneadas, passou os dedos sobre as pontas da coroa, de pedras negras semelhante a seus cabelos, por tempo suficiente para que o único ruído audível fosse o de sua própria respiração. Então o rei pigarreou, preparando-se para projetar novamente a voz de um líder. Mas, mudando de ideia, falou como um homem levemente emocionado:

— É com grande júbilo que eu lhes comunico a respeito de uma conversa recente que tive com meus irmãos — começou, enquanto os outros cinco reis dividiam a atenção olhando para Iros e sorrindo para a plateia, em que muitos chegavam a prender a respiração para ouvir melhor. — Num consenso, tomamos a decisão de estarmos mais presentes para o nosso tão amado povo. A partir de hoje, desejamos acompanhar o crescimento de cada um. Sorrir com vocês, chorar com vocês. Queremos cuidar de todos mais de perto, e iniciaremos com o futuro de nossas gerações. O começo será com estes jovens que, hoje, participarão do dia de vertigem. Nós mesmos estaremos presentes em seu desenvolvimento, cada um com sua respectiva facção.

Fechando a mão com o pulso cerrado, Iros gritou em tom de convocação:

— Por um povo ainda mais forte!

— Por um povo ainda mais forte! — repetiram todos, antes de iniciarem novamente a baderna de gritos e aplausos.

O público delirava enquanto os seis reis batiam suas asas, voando até uma tenda luxuosa posicionada acima das arquibancadas — o solo fervente da arena, onde os participantes estavam posicionados, era deixado para trás.

Já no conforto de seus aposentos, colocando-se de pé, Anuza ergueu os braços.

— E que o dia de vertigem se inicie! — bradou a rainha.

Motivados pelo anúncio da majestade e pelos empurrões de alguns homenzinhos nervosos para cumprir as ordenanças reais com agilidade, todos os participantes se dirigiram a uma sala escura, na parte interna da arena. Espremidos em um espaço de tamanho visivelmente insuficiente, posicionados em fila nas mesmas posições em que haviam se organizado momentos antes, esperavam sua vez. Caledrina sentiu seu corpo tremer, involuntariamente, ao ouvir o som das grades subindo.

Amatis, uma garotinha muito pobre, que Cally havia encontrado certa vez no campo de treinamento, foi a primeira a subir. A filha de Heros lembrou que a menina raquítica mal tinha forças para puxar a corda do arco, e errara todas as vezes em que tentou. Da sala com pouca luminosidade, a jovem arrepiou-se, e sentiu como se um dedo gelado lhe tocasse a cervical ao ouvir Amatis gritar. Caledrina sentiu as unhas pressionarem a palma de suas mãos tão veementemente, que pequenos cortes apenas não surgiram por conta das luvas de couro. Ela havia implorado para que lhe fosse permitido mantê-las durante a cerimônia, mesmo que isso fosse contra os códigos de vestimenta indicados pelas coroas. Uma história triste, combinada a uma excelente performance, garantiu-lhe tal luxo. Além do acessório,

CAPÍTULO VI

a menina também pintou os olhos de preto, algo muito comum na Corte dos Sete, uma vez que se acreditava que a cor contornada nos olhos sensíveis amenizaria os efeitos do brilho ofuscante do Sol em meio ao calor escaldante.

Esticando seu pescoço esguio, enquanto olhava para os lados na ponta dos pés, procurou pela garota de postura exagerada e biquinho arrogante feito o da rainha roxa. Ela não estava mais ali. Talvez Cally estivesse tão submersa no aparecimento repentino de incontáveis pensamentos baderneiros, que sequer notara o sumiço silencioso daquela que não sabia se veria outra vez.

Nem todos sairiam dali com vida, nem todos criariam raízes. Alguns simplesmente não corriam rápido o bastante. Outros pareciam hipnotizados por um brilho enigmático que resplandecia nos olhos do leão e cativava a atenção de suas presas, fazendo-as desejarem correr em direção a ele. Algo no olhar da fera impulsionava as pessoas a almejarem perder a própria vida em troca de se unirem ao misterioso e inusitado clarão contido nos olhos do bicho. Havia boatos de que os que cometiam tal insanidade faziam-no sorrindo.

O leão, provavelmente enfeitiçado por Saturn, possuía o poder de enlouquecer até o mais centrado entre os homens. Cally jurou não fixar os olhos nos da fera, e o mais importante: não parar de correr.

— Caledrina Cefyr. — Um toque no ombro a retirou bruscamente do calor de seus próprios pensamentos. — É a sua vez, hora de subir na arena.

Afundada demais em seus devaneios para perceber qualquer coisa ao seu redor, a garota de cabelos e olhos da cor da terra amaldiçoada sequer notou a fila andar. A última coisa de que se lembrava eram os gritos de Amatis, a primeira a subir.

A surpresa do momento lhe acelerou levemente o coração. Ela não descreveu ao Vento vinte coisas ao seu redor, conforme havia planejado fazer quando chegasse ao instante em que haveria apenas duas pessoas à sua frente na fila no dia de vertigem. Dois candidatos lhe dariam o tempo ideal para descrever exatamente vinte itens. Era a única ação capaz de resgatar o seu fôlego do nervosismo inevitável, garantindo-lhe equilíbrio e sensatez. Mas ela falhou em seu planejamento. A garota não estava preparada. Afinal, seria possível alguém estar?

Deixando a sala escura onde permanecia sozinha com Dwiok, por serem os últimos, Caledrina subiu até que seus olhos alcançassem a claridade da arena.

Lambendo os lábios rachados, a jovem buscava amenizar a sensação de boca seca. Sobre a tonalidade clara do bege da areia, as manchas de sangue eram os únicos vestígios deixados pelos poucos corpos que não correram rápido o bastante.

Sua primeira pegada na areia foi recepcionada com altos gritos e salva de palmas. Passando as mãos sobre o tecido do uniforme preto como sua bandeira de nascimento, esforçou-se para controlar o suor de suas mãos e se concentrar. Apostadores levantavam-se de seus assentos trocando cartas e moedas, convictos de que suas apostas na promessa de Iros lhes renderiam peso em ouro. Da tenda, Anuza alargava o seu sorriso pela certeza da noite agitada e lucrativa que se prosseguiria em seus estabelecimentos. Caledrina não olhou para nenhum deles.

Sentindo os cílios superiores desejarem se unir aos inferiores com mais frequência do que gostaria, enquanto caminhava até o centro da grande arena, ouvindo sua facção bradar o seu nome das arquibancadas, Cally agradeceu a si mesma por ter contornado seus olhos de preto, como muitos fizeram. Ao caminhar até o centro da arena, Caledrina pensou que tal técnica não lhe seria útil e, naquele momento, entendeu por que o pai a treinava vendada. Com o sol fritando seus olhos, ela mal enxergara os buracos nas laterais.

Na tentativa desesperada de aproveitar seu tempo, a garota caminhava buscando farejar onde estaria a cor da sua facção, mas, diferentemente de seus treinamentos com Heros, tudo o que parecia sentir era o cheiro da sua própria ansiedade.

CAPÍTULO VI

O som do seu coração competia em velocidade e força com os seus passos firmes e apressados. Em certa altura, sobre espécies de pequenas torrezinhas, alguns homenzinhos guerreiros, embora mais coloridos do que costumava se vestir o povo guardião da bandeira preta, mantinham os leões contidos abaixo deles no nível da arena através de longas barras de ferro.

Agora, Cally chegara ao centro da arena e conseguia visualizar boa parte da área. Esforçando-se para relaxar a musculatura tensa em seu último passo, e respirando profundamente, ela finalmente sentiu o cheiro da tinta.

— Vinte metros. Caledrina Cefyr, corra vinte metros! — sussurrou para si mesma.

Seguindo o comando da mão do Rei Iros, os homenzinhos guerreiros levantaram as barras e removeram a focinheira de ferro do primeiro leão faminto.

— Agora! — ordenou Caledrina para si, ao disparar rumo a uma das lacunas contidas nas extremidades da arena.

Um novo comando de mão fez os outros homenzinhos liberarem uma nova fera. Tal ato era raro; Iros apenas o fazia quando considerava um jovem rápido demais para entreter o povo tão facilmente.

Com os pés acompanhando as batidas do seu coração, a menina entregou tanto de si, que, diante do máximo esforço unido à extrema ansiedade, pensou quase poder suar sangue.

— Doze metros — gritou por uma fração de segundos dentro de sua própria cabeça.

Cally não sabia decidir se o forte brado da plateia a motivava ou a desconcentrava — não que ela tivesse algum poder de escolha em tal situação.

Um novo sinal de Iros chamou a atenção de todos. A ordem era para liberar mais um leão. Iros foi convencido de que a garotinha era veloz demais para diverti-los, e achou melhor provocar o frescor da ansiedade.

De prontidão, um novo portão foi aberto a exatos dois metros de onde Caledrina corria. A cor preta estava, coincidentemente ou não, próxima aos portões das feras. O Sol ardia tão fortemente que ela notou que mais um leão lhe fazia companhia apenas quando um alto rugido pareceu apunhalá-la como um coice nas costas.

Transbordando de desejo por carne macia, com os dentes à mostra, o terceiro leão saltou em direção a Caledrina. Já muito próxima de seu alvo, correndo pelas extremidades da arena, ela sentia que era possível vomitar seu próprio coração.

Subitamente, anunciando o prenúncio de sua morte, a sombra do leão a fez saltar para o lado. A plateia agitava-se cada vez mais com a nova gota de êxtase ocasionada pela quase morte da promessa da facção de Iros.

Obstinado demais em alcançar a presa, o leão esticou suas garras de forma tão veloz, que o movimento próximo ao rosto de Cally quase pareceu lhe proporcionar uma leve sensação de frescor. Caledrina poderia jurar ter sentido uma brisa suave; poderia jurar ter sentido o Vento. Abandonando a fera, sem fixar os olhos nos da besta, ela continuou a correr em direção ao buraco que sabia guardar a cor negra.

Focada demais para raciocinar sobre a movimentação atípica do ar, o braço da garota corajosa começou a doer como se um hematoma fosse surgir. Não poderia dizer se a fera a atingira ou se a própria força de seu inconsciente a machucara. A única coisa que todos viram foi que, exposta à dúvida e ao medo, Cally virou para trás.

Tal ato inconsequente lhe roubou o equilíbrio e ela caiu no buraco mais próximo de si, a apenas meio metro do seu objetivo.

CAPÍTULO VI

    O choque do corpo, despencando na superfície macia do subterrâneo da arena, fez a filha de Heros tragar o ar como um recém-nascido. Com o pavor levando-a ao chão, Caledrina sequer precisou abrir os olhos para saber a cor que lhe cobria todo o corpo; ela podia senti-la queimando em suas narinas.
    — Roxo — disse, com grande pesar.

CAPÍTULO VII

Braços firmes rapidamente puxaram Caledrina da superfície repleta de tinta, que dispunha de tecidos para amaciar a queda.

— É perigoso ficar aí, resta um último garoto. Vá para o fim da fila e se prepare para subir com os outros — disse um homem de feição pouco amistosa.

Caminhando em direção à fila, organizada na mesma ordem que fora estabelecida durante a espera pela entrada na arena, porém menor dessa vez, Cally pensou no desgosto que traria aos pais quando a cor de cada jovem fosse revelada.

O preparo de toda uma vida foi arremessado a quilômetros de distância, e não havia nada que Caledrina pudesse fazer. Se não tivesse corrido tão rápido, não soltariam a última fera. Ela errou ao dar tudo de si? Será que até mesmo o fato de ser boa demais a tornava ruim? Por certo, a filha de Heros devia ser amaldiçoada. Independentemente do que fizesse, estava condenada a desapontar todos que se aproximassem dela. Havia falhado com May ao abrir o armário, com seu pai ao correr rápido demais e cair em uma cor diferente daquela de onde nascera, e, agora, com um bando de apostadores cujos nomes sequer conhecia. Ótimo! Ela era a ruína inclusive de desconhecidos. Será que sabia fazer algo que não fosse decepcionar?

Os pés de Caledrina arrastavam-se, como se levassem até a superfície o peso das três feras, ao subir o último degrau da sala subterrânea onde havia caído. Seguindo a fila, Cally se viu, novamente, no ambiente de Sol forte que, encontrando apoio na areia quente, parecia saltar direto para dentro de seus olhos sensíveis, enquanto ainda buscavam ajustar-se à nova luminosidade.

Ao alcançar, outra vez, o chão da arena, Caledrina notou que, da longa fila, poucos participantes vangloriavam-se de terem caído na mesma cor que representava a bandeira em que nasceram. E, se havia algo que a menina detestava, era fazer parte da maioria. O corpo de Cally ferveu como as chamas da fênix lendária ao ver que Lenima, a garota que sempre a provocava, estampava a cor preta sobre o uniforme e que, a poucos metros de distância, lançava para ela o sorriso mais mefistofélico que já havia visto.

Observando a fila ordenada tomar o seu lugar, do alto das tendas, os seis reis voaram com suas bandeiras até o solo da arena. Eles pousaram de costas para os jovens, aproveitando a aclamação recebida pelo povo, que bradava seus nomes enquanto os novos moradores de suas facções se organizavam.

Os jovens, um após o outro, davam um passo à frente e se dirigiam à nova formação da fila, dessa vez, atrás das bandeiras que representavam suas futuras casas.

Caledrina teve de conter todos os seus nervos quando Dwiok, atrasado como sempre, posicionou-se por detrás dela com o uniforme laranja preenchido pelo pó roxo grudento. Cally levou a mão até as duas tranças sobre seus ombros e sentiu vontade de arrancá-las ali mesmo.

— Você só pode estar brincando!

— Não, agora é a sua vez — respondeu Dwiok, com o sorrisinho que a enlouquecia.

— Como é que é? — retrucou Caledrina.

Apontando para a frente, o menino repetiu:

CAPÍTULO VII

— É a sua vez!

Voltando à sua posição novamente, Cally se encolheu ao perceber que todos esperavam por ela. Dando um passo adiante, ela caminhou até a nova fila que se formara atrás de Saturn, exibindo a todos o pó roxo sobre sua roupa preta. Embora a tinta, que agora encobria o uniforme, não tivesse peso algum, ela sentia que suas pernas encontravam mais dificuldade para prosseguirem seu curso naquele momento do que quando corria dos leões. Com sua própria percepção parecendo ter encontrado um jeito de desvincular-se dela por alguns minutos, Caledrina não sabia dizer se a reação que ouvia da plateia era um enlouquecido e estrondoso som ou o seu completo silêncio. Qualquer que fosse a realidade, envolta em alvoroço ou quietude, ela sabia que estava vorazmente carregada do desgosto daqueles que a assistiam.

Reunindo a última gota de coragem que já evaporava dentro de si, Cally procurou seus pais na arquibancada, mas, pela imensa dimensão do lugar, não os encontrou. O que a menina não viu foi que, ao longe, Heros acariciava os cabelos da mulher que, inconformada, chorava sobre seu peito. Embora a mãe de Caledrina demonstrasse tristeza, enquanto Heros carregava uma frieza animalesca, ambos possuíam algo em comum: a mais profunda decepção estampada no olhar. Cally desejou voltar para o buraco ao imaginar qual seria a reação dos pais.

Os rugidos dos leões, já detidos nas suas jaulas atrás dos jovens, implorando por mais comida, misturavam-se à verdadeira reação da audiência: gritos humanos que vibravam pelo espetáculo. Tamanho era o alarido do povo que, se escutado de olhos fechados, passava a impressão de que havia três vezes mais pessoas presentes na arena.

Em harmonia perfeita, virando as costas para a plateia ao mesmo tempo, os seis irmãos voltaram sua atenção para os novos moradores de suas facções. As bandeiras erguidas a uma altura suficientemente elevada para serem contempladas por toda a extensão da arquibancada, que quase circundava toda a arena, competiam, agora, com os jovens, em relação à intensidade de cores expostas. Caledrina gostaria de ter se encolhido dentro de seu próprio corpo assim que, parada em seu lugar, na fila que era formada atrás da rainha, levantou o olhar até o alto da cabeça de Saturn. Ali, refletida na pedra central da coroa, que majestosamente descansava sobre os cabelos trançados da mulher, a menina pensou ter visto sua própria imagem. Pela cena que fitou, decidiu que não gostava da coloração roxa em si mesma. Cally julgou o tamanho excessivo da pedra preciosa e se perguntou como alguém poderia aguentar aquele peso por tantas horas sem sentir uma terrível enxaqueca. Chacoalhando a cabeça para afastar tais ideias burlescas, lembrou-se de que, à sua frente, estava uma deusa que cuspia fogo entre sorrisos de semelhante calor, e de que era impossível, ainda que o mais luminoso dos raios solares beijasse em frenesi a safira arroxeada da coroa, enxergar a si mesma daquela distância.

Sentindo a respiração pesada raspar pela garganta, que ardia pelo recente esforço, Caledrina buscou, em seu interior, encontrar algo que lhe pudesse trazer calma, espantando tais delírios. Seu destino fora traçado, ao contrário do que seus pais haviam planejado, e não existia nada que eles pudessem fazer. O porvir não se revertia e, estranhamente, recordando-se do rosto da irmã com uma quantidade de detalhes que há muito não ocorria, teve mais uma vez tal certeza.

Bem habituado à tradição, sabendo o que procederia o espetáculo após os buracos e leões, o povo gritava cada vez mais alto em comemoração à cerimônia da raiz. Serenos, os reis da corte fitavam os adolescentes que, exibindo suas novas cores, aguardavam ansiosamente o próximo passo. Com dedos precisos, e de forma provavelmente mais dolorosa do que suas feições demonstravam, os seis gêmeos arrancavam pequenas partes das raízes de seus próprios braços e enxertavam no braço direito daqueles que caíram em suas respectivas cores. Ali

CAPÍTULO VII

estavam as novas raízes que se desenvolveriam conforme o valor de cada um para a bandeira.

Ansiosos para receberem suas primeiras ramificações e conscientes da representatividade que possuíam as figuras à sua frente, os jovens tiveram suas posturas transformadas de impecáveis para inquietas, espremiam uns aos outros e tentavam controlar suas mãos para não se empurrarem, como se, de alguma forma, o processo pudesse ser acelerado e sua vez na fila se antecipasse.

Cally sentia como se o nervosismo de cada participante saltasse para fora de seus corpos — e isso ocorria, da mesma maneira, em seu próprio peito, ao observar um por um retornando para o fim da fila enquanto o caminho à sua frente ficava limpo.

Com os olhos cinzentos fixos adiante, a fronte firme e o queixo erguido, a garota manchada de roxo engoliu em seco ao descobrir que o olhar de Saturn era ainda mais vibrante do que a pedra que repousava sobre a cabeça da rainha. Três passos bastaram para que seus pés a levassem até meros quatro palmos de distância do ser que, com as asas abertas, encobria o Sol, deixando o espaço da arena, pela primeira vez, confortável o bastante para manter as pálpebras abertas. Levantando o olhar do pingente que recaía sobre o colo magro e bronzeado de Saturn, timidamente, Cally permitiu que a visão alcançasse mais uma vez a sua imagem refletida na pedra roxa da coroa. Agora, ela sabia que a figura ali espelhada era real.

Resgatada bruscamente para a realidade, com um toque quente no braço por aquela que ainda a encarava, Caledrina sentiu uma leve ardência quando Saturn, após arrancar uma parte de si, presenteou-lhe com a primeira pequena raiz.

Muito próxima da rainha, Cally fitou o rosto fino por alguns instantes. Às vezes, esquecia quão jovens eram os reis. Embora não recordasse a idade exata dos gêmeos, julgava serem não mais que dez anos mais velhos do que ela. Não havia linhas de expressões ou manchas causadas pelo Sol na pele macia de Saturn, mas não poderia dizer se tal ventura se devia à pouca idade combinada aos altos níveis de tratamentos de beleza ou se seria aquele mais um dos benefícios de ser um deus.

Além da mistura para o vinho, Saturn também havia criado uma poção obrigatória chamada *"Ignis Insidias"*. Ano após ano, no exato dia do nascimento dos reis, alguns meses depois da cerimônia de vertigem, a corte parava; enchendo as ruas em frente ao palácio, o povo esperava pela dose anual. Cada um, deixando sua casa e seus afazeres pela ordenança das coroas, com seu melhor copo em mãos, aproximava-se de uma das variadas mesas designadas para receber a população. Todos estendiam os braços para que algum dos homenzinhos, enchendo as taças com apenas uma concha do líquido borbulhante, observassem-nos beber até a última gota. Esse processo era supervisionado pelo exército liderado por Heros, que, durante todo o rito, permanecia ao lado dos mesários até que nome por nome fosse riscado da lista de controle. O povo obedecia sem questionar.

Com o objetivo de fazer toda a corte se esquecer da idade dos reis, a poção mantinha fresca na memória os seus grandes feitos passados, sempre com a lembrança deles na estatura física de seu ano de maior maturidade até então. *Ignis Insidias* garantia que o povo não tivesse recordação dos soberanos quando crianças, impossibilitando, assim, que fossem infantilizados ou tratados com menos respeito do que sua posição exigia. Com a lembrança parcialmente apagada, nenhuma alma vivente dentro dos limites da corte, além daqueles que carregavam a coroa sobre a cabeça, conseguia recordar-se dos antigos monarcas. Tudo o que sabiam era que, graças a um acidente tão trágico, doloroso demais para ser mencionado em voz alta, todos os outros membros da família real, mesmo agraciados por habilidades e aparência sobrenaturais, não mais respiravam o ar do mundo dos vivos. Por amor ao povo da corte, Saturn garantia, na mesma poção

CAPÍTULO VII

anual, que não rememorassem o trágico ocorrido e seguissem suas vidas sem o trauma de tal evento.

Embora borbulhante, Ignis Insidias tinha um gosto doce e era introduzida suavemente ao paladar, findando com um leve amargor que muitos afirmavam gostar ainda mais do que o inicial tom adocicado. Não sendo possível imaginar os gêmeos com a aparência de um ano mais novos do que sua idade mais avançada, o povo os respeitava como monarcas sapientes e irrepreensíveis no governo da Corte dos Sete. Todos se sentiam afortunados por serem liderados pelos seres mais poderosos da Terra.

Ainda perdida na proximidade incômoda frente à rainha roxa, Caledrina assustou-se com o barulho repentino de Ince que, levantando a voz apenas para que os jovens pudessem ouvi-lo, começou a falar:

— Bem-vindos ao primeiro dia de todo o seu futuro. Bem-vindos à sua nova casa.

CAPÍTULO VIII

A névoa da noite tornava a floresta ainda mais sombria. Cally corria com as roupas como trapos por entre as árvores altas. O som de uma cachoeira furiosa assustara a menina de tal modo que a fez disparar na direção contrária.

O desconhecido é temido, muitas vezes, não por ser ruim, mas pelo simples fato de ser insólito. Enroscando-se em galhos que rasgavam cada vez mais os seus trajes, Caledrina atravessou uma grande teia de aranha sustentada entre dois troncos fortes.

Enquanto os fiozinhos de seda entravam em sua boca e misturavam-se aos cílios, Cally começou a cuspir e a esfregar as mãos no rosto freneticamente, na tentativa de se livrar do gosto amargo e dos chuviscos nos olhos sensíveis. Com a visão limitada, um passo em falso a fez escorregar. A garota caiu sobre seu próprio braço e, com as raízes ainda muito sensíveis, rolou até o sopé do barranco.

Desconcertada pela queda, uma gota de saliva a despertou de seu transe de curta duração. Abrindo os olhos lentamente, Cally pôde sentir o calor do bafo de um lobo, que se afastou ligeiramente para uivar acima do rosto dela. O animal tinha o pelo repleto de manchas pretas e cinzas, tornando-o diferente do restante da alcateia.

Outros sons, que revelavam rostos famintos, surgiram à medida que novos pares de olhinhos brilhantes agrupavam-se por entre as árvores da floresta. Todos pareciam enxergá-la como sua primeira presa após trinta dias de jejum.

Sem paciência, o lobo de pelugem diferente abriu ainda mais a boca. Seu hálito quente pairando no ar causou ânsia em Cally, e, exibindo os dentes pontudos, ele se aproximou para morder sua face.

Com as pálpebras apertadas e os punhos cerrados, ela se preparou para sentir a pele rasgar, quando o animal, próximo o bastante para conseguir feri-la, transformou-se em May. A pequena olhava para ela com os olhinhos perdidos e cobertos de pavor.

— Por que você me deixou morrer, Cally? Por que não cuidou de mim?

Mais que depressa, embora ainda atordoada, Caledrina se levantou com os olhos esbugalhados em confusão, ignorando toda a dor que sentira na queda. Encaixou o rostinho fino da irmã entre os seus dedos compridos e só conseguiu repetir:

— May — disse uma, outra e mais uma vez, até que fosse convencida da realidade perante os seus olhos.

A garotinha, que parecia não ter envelhecido um dia sequer, vagarosamente tirou o rosto do calor das mãos da irmã mais velha e, olhando para o restante da alcateia, falou:

— Por sua culpa eu fui embora, Cally. Agora preciso voltar para o lugar de onde vim.

— Não. May, não me deixe aqui sozinha! — disse Caledrina, sem se preocupar em ocultar o desespero em sua voz. — May, não. Não!

— Garota, garota, acorde! — Dwiok chacoalhava Caledrina na tentativa de despertá-la de seus pesadelos. — Você estava murmurando palavras embaralhadas com uma voz desesperada, está soando feito porcos indo para o abate. Tenha um pouquinho mais de respeito com eles, eu lhe peço!

Ela se sentou na cama, desprovida de muito conforto, e esfregou o dorso das mãos sobre os olhos cansados. Com a respiração alterada, Cally buscou reconectar-se à realidade.

CAPÍTULO VIII

O dormitório dos novatos da facção guardiã da bandeira roxa seria um fardo pesado demais para ela, uma vez que significaria suportar Dwiok no mesmo ambiente que o seu por tantas horas, ainda mais com uma cama tão miseravelmente próxima à dele. Seu dia havia sido muito cheio, de forma que sua mente não estava limpa o suficiente para suportar as brincadeirinhas do menino sem explodir e acordar todos.

A Lua já se fazia alta; o quarto estaria em completa escuridão se não fosse por alguns lampiões espalhados por entre as camas. Cally encarava a parede de forma inerte e demorou algum tempo até que notasse que as mãos chacoalhantes de Dwiok, responsáveis por despertá-la, ainda estavam sobre seus braços. Quando se deram conta, ambos se afastaram repulsivamente. Sem sequer se dar ao trabalho de responder ao garoto, a jovem pulou da cama, pegou um dos lampiões e, então, abandonou o dormitório.

A localização da facção roxa era bastante distante de sua antiga casa. Embora a corte fosse completamente cercada, longe dos perigos externos, ela era grande e contava com um enorme espaço de terra, especial para o desenvolvimento de cada área. Ao passo que, em quase toda a região das sete facções a areia, a terra e as pedras eram predominantes, no espaço de Saturn, território das famílias roxas, todo o solo era direcionado aos treinamentos dos pequenos mágicos afoitos, que buscavam provar o seu valor pelo bom preparo de poções. Esse era o motivo pelo qual Cally se via rodeada pelas mais exóticas flores e árvores germinadas por feitiços.

Por toda a extensão, até onde seus olhos alcançavam, as folhagens tinham uma coloração que ela poderia jurar pelas sete coroas não estarem registradas no conhecimento de nenhum livro que armazenara em sua mente a pedido de Heros. Pareciam cintilar um tom, variando do azul ao roxo, e se exibir para ela como as garotinhas de classe baixa faziam para os nobres na cerimônia do dia de vertigem, motivadas por suas mães gananciosas. Eram suntuosas e agitadas.

Donas de um odor intensamente amargo, que a fizera torcer o nariz tão forte a ponto de fechar os olhos, as árvores rapidamente convenceram a mocinha da cor da terra de que aquele cheiro lembrava a cor preta.

    Estranhamente, poucos segundos foram o suficiente para que ela se acostumasse ao novo aroma que a seguiria com uma frequência assustadora a partir daquele momento. Cally se questionou se o perfume que exalavam as árvores realmente era negro ou se seu coração apenas queria voltar para sua antiga casa.

    Dois novos passos bastaram para que fosse interrompida por uma mulher. A pele clara, evidenciando várias sardas, e o cabelo alaranjado, solto feito um manto sobre as costas, fizeram com que Caledrina se lembrasse do Sol forte da arena. Dando espaço para aquela que, aparentemente com pressa, ajoelhava-se ao pé de uma árvore, Cally a observou despejar, em um tronco e outro, algumas gotas de um frasco que continha um líquido da mesma cor das copas.

    Por não serem germinadas como as sementes das fábulas que as crianças da corte costumavam ouvir, a vegetação da facção roxa, além do odor evidente e da cor incomum, precisava de uma atenção especial dos moradores, que, sempre dedicados, lançavam algumas gotas diárias de poção sobre cada caule.

    Se a carga da fúria que carregava por não ter corrido rápido o bastante para cair na cor preta não lhe pesasse sobre os ombros caídos, talvez pudesse erguer o olhar até as copas e encontrar alguma beleza entre as folhas coloridas e a vegetação vasta. Deixando que seus pés a levassem para qualquer caminho não traçado, Cally desceu a superfície íngreme da floresta com o lampião nas mãos, que era o único ponto de claridade entre as árvores escuras e geladas.

CAPÍTULO VIII

Um vulto estranho a fez prender a respiração. Ao longe, em linha reta aos seus pés, um senhor muito baixo, de orelhas e nariz grandes e pontudos, e cabelos azulados que venciam, em extensão, a estatura diminuta, guardava a porta de uma casinha pequena.

Caledrina observou que o teto não tinha curvas ou desenhos como seu antigo lar, ele era apenas reto. As paredes eram lisas e pintadas por um marrom desbotado. Sua curiosidade não seria atiçada por tal residência sem graça se não fosse pela grande porta de madeira com alguns cadeados pendurados. Pela distância, Cally não conseguia contá-los precisamente.

Ela decidiu que era hora de uma nova aventura. Afinal, o que seria uma sala perdida, fechada com cadeados, no meio de uma floresta escura, para quem tinha sobrevivido a três leões naquele dia?

Antes de obedecer aos pés que, apressados, desejavam avançar, a imagem dos leões invadiu seus pensamentos, apagando cada chama de sanidade que lutava para permanecer acesa dentro dela. Inconscientemente, com o rugido parecendo-lhe rasgar a audição e crescendo com veemência em seu íntimo, Cally mordeu os lábios fortemente e parou apenas quando um curto choque, combinado ao gosto de sangue, foi enviado como um impulso de seu cérebro ao corpo tensionado.

Era estranho pensar como a fera, que sequer havia fitado seus olhos, possuía tamanho poder sobre ela. No fundo de seus sentimentos, perguntou-se como seriam os olhos da besta afinal, e se realmente teria se atirado em direção às presas se os houvesse encarado. Lambendo os lábios rachados, agora numa coloração mais avermelhada que o normal, e torcendo o rosto pelo gosto metálico que a invadiu o paladar antes de respirar fundo, Caledrina permitiu que a musculatura rígida relaxasse.

Ao passo que o estardalhaço experimentado na arena pareceu menos vívido em suas lembranças, por uma razão que ela não saberia explicar — nem desejava gastar energias tentando —, também se abrandava a ira que sempre a acompanhou tão intimamente quanto uma amiga que nunca teve. Dando espaço, então, para um novo sentimento, Caledrina decidiu, frente à misteriosa sala da floresta enfeitiçada, que mais vantajoso que investir seu tempo zangando-se com tudo e todos por não notarem o seu valor, seria provar que estavam errados a seu respeito. Não importava o brasão da bandeira que ergueria sobre a cabeça, a região da corte ou a cor que vestiria, ela estava destinada a ser grandiosa e, um dia, todos reconheceriam.

Assim, deixou o lampião no pé de uma árvore, flexionou os joelhos levemente e, buscando fazer o mínimo de ruído possível, deu o primeiro passo. O segundo, por sua vez, teve a infelicidade de ser firmado sobre uma folha que armazenara um resto de vinho derramado, provavelmente pelo mesmo homenzinho que guardava a porta à sua frente.

O passo errado fez Cally escorregar por entre as folhas e cair sentada no chão sobre o declínio íngreme da terra. A garota rolou até que seus pés quase tocassem o homem velho diante da porta. Ainda sentada, ela sentiu o olhar pesado do rosto enrugado queimar sobre os seus ombros. Como alguém poderia ter derramado vinho ali? Justamente ali! Ela devia mesmo ser amaldiçoada.

Para devolver ao chão as pequenas folhinhas que haviam grudado em si, a menina passou as mãos sobre os novos trajes noturnos e se levantou.

O senhor desaprovava a figura descabelada à sua frente enquanto observava cada centímetro de Caledrina.

— Não deveria estar aqui, mocinha.

— O que é essa sala? — perguntou ela, ignorando a advertência.

— Uma que não foi feita para seus olhos... agora dê meia volta e vá para a cama!

— Mas e...

— Sem "mas", senhorita! — O tom de voz do guardião da porta se tornou ainda mais incisivo. — Já para a cama!

CAPÍTULO VIII

Como uma criança arteira ao receber repreensão, odiando a sensação, com um leve biquinho e braços cruzados, Cally subiu até o lampião.

Seus passos pesados hesitaram quando decidiu que não dormiria sob o mesmo teto que o garoto mais insuportável da Corte dos Sete. Ela caminhou um pouco mais e se acomodou ao recostar no tronco de uma árvore velha. Resolveu que sua noite seria muito mais agradável com a companhia dos grilos do que a de Dwiok, mesmo que ele estivesse dormindo feito pedra.

Os panos amarronzados, que lembravam um vestido justo costurado entre as pernas, não a ajudavam muito em sua tentativa de aconchego. Cally desejou estar com o seu bom e velho par de botas por debaixo de suas calças confortáveis.

Involuntariamente, caretas eram esboçadas sobre a face intrigada da menina pensante. Uma espreguiçada a avisou que o sono estava a caminho. Com os braços esticados sobre a cabeça, as raízes em seu corpo rasparam um pouco no tronco da árvore, fazendo-a gemer de dor.

Passando os dedos no local de forma suave, Cally percebeu que suas novas companheiras estavam sensíveis tal qual ferida exposta. Sua vida agora era enraizada em si mesma, e ela deveria protegê-la.

CAPÍTULO IX

— Atenção, atenção! — gritou o homem, muito sério. Alto e magro, dono de uma barba que acompanhava seus cabelos já grisalhos até a altura do tronco, Jamar parecia desorientado, contrariando sua aparência atipicamente excêntrica.

Cally notou que o homem que gritara possuía o corpo enraizado, praticamente tanto quanto o seu pai. Sentindo-se desconfortável por estar sentada junto a tantos tagarelas que não possuíam um terço de sua maturidade e habilidade, a menina o encarava com olhos tediosos. Debruçada sobre a mesa, julgando não ser mais necessária a enfadonha função de encarar o professor ou todos os jovens que, assim como ela, haviam trocado de facção, Caledrina não conseguiu manter os pensamentos longe de seus pais. Com os olhos fechados, atenta ao sentimento que crescia dentro de si, surpreendeu-se pela maneira como o seu corpo respondia à mente agitada. Diferentemente das habituais bolhas amargas que pareciam arder em seu sangue sempre que contrariada ou mal compreendida, Cally sentiu algo transbordar de seus ossos da mesma forma que um dos bolos de Gudge: suave, quente e deliciosamente contínuo.

Decidiu, então, que assim como seus pais provavelmente não sentiriam sua falta — ao menos não como sentiam a de May —, ela também não sofreria pela ausência deles. Erguendo a cabeça e consertando a postura ao mesmo tempo em que colocava uma mecha acinzentada fujona para trás da orelha, a menina de olhar firme sorriu, certa de que faria todos reconhecerem suas habilidades, não importava em qual facção estivesse.

Embora cientes da presença do novo professor, os jovens conversavam entre si feito cacatuas embriagadas. Muitos deles sequer ouviram o homem pedindo atenção.

— Silênciooo! — berrou o mestre roxo, ainda mais alto, com a voz rouca, quebrada. Pigarreando, ele devolveu os fios da barba desgrenhada ao lugar com a ponta dos dedos. — Meu nome é Jamar Sefwark e eu sou o líder da facção roxa, seu novo professor.

Com olhos perdidos, ele fitava os novos rostinhos ainda estranhos.

— Bem, é isso. Não sei fazer introduções. Agora, então, daremos início à primeira lição. Abram seus livros na terceira página.

Abaixando-se apenas o suficiente para alcançar um exemplar na superfície da mesinha de madeira à sua frente, Jamar tossiu novamente para disfarçar seu leve nervosismo. Ele lambeu a ponta dos dedos e abriu na página que direcionara à classe.

— "Iniciação às raízes na idade jovem" — leu. — Bem-vindos ao nível 1. Já lecionei esta exata aula tantas vezes que seria capaz de ministrá-la eximiamente ainda que me arrancassem o cérebro. Por isso peço que não me perturbem interrompendo-me com perguntas tolas, tornando este capítulo mais longo do que deve ser, até porque, dada a excelência de minhas lições, mesmo um humano de sapiência leviana já as compreenderia por completo. Não foi por um descuido dos desejos do destino que fui escolhido para ser o líder da facção mais poderosa da corte. Se estou aqui, sou o melhor para isso. Apenas por abrigar tamanha generosidade, responderei possíveis questionamentos ao fim das aulas, mas tenham em mente que, se não entenderem algo, não sou eu que não sou bom, mas vocês que são suficientemente péssimos para não alcançarem uma aula de nível iniciante, nem mesmo com o melhor professor. Fui claro?

CAPÍTULO IX

— Sim, professor Sefwark — respondeu o grupo, em uníssono.

Contrariando a classe, que observava o homem barbudo com extrema atenção e temerosa demais para fazer qualquer coisa além de piscar, um garoto de madeixas alaranjadas até a altura dos ombros magros murmurou, infelizmente alto o bastante para ser ouvido por Jamar:

— A facção roxa não seria a mais poderosa nem se a pintassem de vermelho. Todo mundo sabe que a chave para o poder está na persuasão por meio do entretenimento.

Movendo-se no absoluto silêncio daqueles que, trancando a respiração, estavam prestes a armazenar o ar nas bochechas para escutar melhor o que se prosseguiria, Sefwark caminhou até o garoto, que, ao perceber ter-se feito ouvido por todos, engoliu em seco.

Limpando a garganta, deliciando-se do suspense causado pela apreensão daqueles que ainda não o conheciam, Jamar disse:

— Qual é o seu nome, néscia criatura?

— Jo-Jo-Johoahs Ni-Ninklover — gaguejou o menino.

— Bem, Jojojohoahs Nininklover — caçoou o mestre roxo —, tudo o que você conhecia mudou. O ufanismo de sua antiga casa deve ser imediatamente depositado no novo lugar em que terá de viver até o último de seus dias. Não há como voltar. Não seja tolo, como eu já o julgo ser, por defender a honra de algo que não faz mais parte de você. Embora não sejamos inimigos e estejamos divididos justamente com o intuito do crescimento de uma única corte, como um só povo, as outras bandeiras sempre serão inferiores a nós, e esse é um fato incontestável.

Virando-se para uma menina que, tão submersa nas palavras do mestre, ouvia-o com os lábios notavelmente entreabertos, Jamar assustou-a com um movimento súbito.

— Diga, menina! Pelas sete coroas, espero que me recorde o nome correto e não seja ignorante como, infelizmente, foi a fala de seu colega: qual facção tem o poder de matar?

— Hum, a preta — respondeu a garota, após pensar por poucos instantes.

Novamente penteando a barba com os dedos, Sefwark respondeu:

— Muito bem. Agora, diga-me qual delas o faria sem precisar empunhar uma espada ou sequer estar presente.

— A roxa, professor Sefwark.

— Vamos, conte aos colegas qual é a facção responsável por alimentar todos.

— A facção do Rei Gudge, laranja, senhor.

— E qual seria capaz de, com poucas gotas de uma poção, enganar uma barriga vazia por dez luas, fazendo-a sentir-se plenamente satisfeita? Ou de criar um simples pedaço de pão, que poderia apresentar-se ao paladar com o sabor e a textura de um bolo de nozes, se desejado?

— Roxa.

— Oh, por favor, conte-nos mais uma coisa, querida. Qual é a bandeira que cuida da terra? Que se esforça para que da maldição germine vida?

— A verde.

— E qual é a responsável por isso ser possível?

— Roxa.

— Qual mantém o povo informado, livrando-o da alienação?

— Amarela.

— E qual conta com fórmulas precisas o bastante para persuadir o entendimento, manipulando-o ao fazer as pessoas pensarem ter visto ou ouvido algo que nunca aconteceu de fato, para atender aos interesses da coroa quando necessário?

— Roxa.

Incansavelmente, mantendo a postura ereta, o professor continuou, para o desespero da menina, que, a este ponto, suava frio:

CAPÍTULO IX

— Diga-me também, se ainda lhe parecer louvável dirigir-me a palavra, qual cor protege aqueles que se enamoram pela arte?

— A cor azul, embora agora seja unificada à bandeira vermelha, governada pela Rainha Anuza, senhor.

— Correta como sempre! Mas me fale, seria a bandeira azul capaz de, com um gole, tornar, imediatamente, o mais incompetente entre os homens no mais genialmente habilidoso, brilhantemente erudito e engenhosamente hábil artista?

— Não, senhor. Apenas a bandeira roxa seria capaz de tamanha façanha.

Rasgando-lhe a carranca pela primeira vez com um sorriso sombriamente gélido, Sefwark voltou para a sua mesa.

— Dito isso, espero que todos estejam com o livro aberto, aguardando para iniciarmos.

Os próximos instantes foram seguidos por pensamentos ainda desalinhados pela repentina troca de assunto. As mãozinhas desesperadas folheavam as páginas o mais rápido que podiam, buscando estarem prontas para quando o professor, agora devidamente sentado em frente à classe, olhasse para elas. Essa era a única forma de evitar que se tornassem o novo alvo daquele que, em poucos minutos, havia demonstrado possuir o nariz tão empinado quanto a altura de seu conhecimento.

Ao encontrarem, em uma página recheada com imagens de braços contornados por ramificações, o título indicado, todos se ajeitaram em seus assentos.

— Pois bem, alguém aqui poderia me explicar em alto e bom som por que iniciamos as aulas na facção legítima apenas após o dia de vertigem?

Sem se dar ao trabalho de olhar para o lado para ver se mais alguém gostaria de ter a palavra, Cally ergueu a mão, feliz por ser o centro das atenções dessa vez.

— Senhorita — encorajou Jamar.

Cally colocou-se de pé. Algumas mesas à frente, virando-se em seu assento para vê-la, Dwiok revirou os olhos.

— O dia de vertigem é o momento escolhido para criarmos nossas primeiras raízes. Organizado para todos que possuem quatorze anos, idade em que já carregamos certa maturidade e discernimento para compreendermos a importância de tal cerimônia. — Cally olhou para o lado, encarando algumas meninas tagarelas com desdém. — Bem, ao menos a maior parte de nós. Sem as raízes não poderíamos saber o nível de aptidão e talento de cada pessoa em seu devido seguimento, o que nos impediria de tratar nossos superiores com o respeito que a posição exige. É por isso que iniciamos as primeiras aulas em nossa legítima facção apenas após o dia de vertigem. Espero ter dito tudo em alto e bom som, Sr. Sefwark.

Sem que ninguém pudesse notar, imitando as feições de Caledrina ao pronunciar o sobrenome do professor de forma exagerada, Dwiok fez uma careta.

— Oh, fez-se muitíssimo clara, senhorita…

— Caledrina Cefyr. Guarde esse nome, professor — respondeu ela, ao sentar-se.

— Senhorita Cefyr, muito obrigado pela sua notável contribuição, mas a resposta ainda vai além.

Virando-se apenas para fitar Caledrina novamente, Dwiok deliciou-se ao ver a garota arregalar os olhos e arquear as sobrancelhas.

— Vejam bem — continuou o professor, voltando seus olhos para as páginas, indiciando que todos deveriam fazer o mesmo. — Sem as raízes, vocês não seriam capazes de entender o que falaremos nas aulas. Ouviriam e se confundiriam, interpretariam quase como um outro idioma ou como uma espécie de chiado.

Todos estamparam interesse no rosto pela primeira vez desde o início da aula, resultando em um silêncio extremamente satisfatório para o professor.

CAPÍTULO IX

Jamar continuou:

— Vocês não desejariam juntar-se às aulas porque elas simplesmente não fariam sentido em suas cabeças. As raízes evidenciam o lugar ao qual pertencem ainda mais do que a cor das roupas que estão vestindo. E, como muito bem mencionado pela senhorita Cefyr, quanto maior a sua habilidade e desenvoltura, maiores elas ficam! Como sabem, apenas os reis possuem os corpos cobertos até a extensão do pescoço, mas vocês também poderão ter o luxo de algumas raízes os embelezando. — Jamar soltou uma risada sem muito humor. — Hoje vocês iniciam com uma pequena ramificação, amanhã, entretanto, poderão exibir-se para seus futuros filhos com um braço inteiro coberto por elas. Isso, se entregarem tudo de si no que ensinarei e forem realmente muito, muito bons e úteis para as sete coroas.

Alguns burburinhos surgiram e os pequenos ruídos ecoavam no salão escuro. Cally, no entanto, apenas sorriu sozinha, com os olhos fixos naquele que estava determinada a fazer não apenas lembrar o seu nome, mas também sonhar com ele.

Sentada na última das seis longas mesas, uma menina de cabelos alaranjados levantou o braço. A turma contava com cerca de sessenta alunos ao todo, divididos em grupos de dez em dez, em grandes mesas espalhadas. Encorajada por um curto aceno de mão do mestre roxo, ela iniciou a sua fala:

— E quando iniciaremos os estudos das poções? — Seus olhos brilhantes estavam cheios de curiosidade.

— Eu não possuía planos de iniciar algo desse tipo hoje, mas, se assim desejarem, posso ensinar uma poção simples, que manipula as emoções. Vocês gostariam disso ou estão muito cansados? — atiçou o professor, virando-se e, em seguida, olhando para a turma por cima do ombro.

Quase no segundo exato em que proferiu suas falas, os novos integrantes da bandeira roxa começaram a gritar por cima uns dos outros na tentativa de serem ouvidos por Sefwark. Todos estavam animados pela possibilidade de manipular alguém.

Já certo da resposta e feliz pela receptividade de seus novos alunos, o homem barbudo disse:

— Preciso de dois voluntários aqui, ao meu lado, agora! — ordenou, sem conseguir ocultar a euforia em seu tom de voz.

Mais que depressa, sentado na primeira fileira, Dwiok Minerus alcançou o professor num único salto. Furiosa por não chegar antes, Caledrina caminhou apressadamente até a frente da turma, com o nariz arrebitado.

— Como se chama? — Jamar direcionou a palavra ao garoto.

— Dwiok Minerus — respondeu ele, com a cabeça erguida.

— Senhor Minerus, senhorita Cefyr, hoje ensinaremos à classe o modo de fazer uma coisinha chamada *Hipnoclus Copladus*, conhecida como hipnose em gota.

O professor esperou que a turma emitisse um som de surpresa involuntário antes de prosseguir a sua fala.

— Embora poderosa, essa é uma das poções mais simples; para fazê-la, precisarão apenas quebrar uma pontinha pequena de suas raízes.

Imitando os movimentos daquele que detalhadamente os direcionava, Dwiok e Cally foram analisados constantemente pela turma ao esboçarem caretas e murmurarem baixinho enquanto fincavam as unhas na pele dolorida na tentativa de quebrar uma pequena ponta das raízes que recém havia começado a crescer.

— Ótimo, agora coloquem as raízes em um destes copos — orientou o professor, entregando, para cada um, dois dos recipientes que estavam sobre a mesinha de madeira à sua frente. — Agora, apenas quatro gotas de vinho com mistura.

Como se seguisse o comando de sua fala, uma pequena mulher de orelhas e nariz pontudos, semelhante ao homenzinho que guardava a porta da sala escondida no meio da floresta, surgiu do canto

CAPÍTULO IX

do recinto com um odre, que entregou a Sefwark. Ele agradeceu com um aceno de cabeça.

Após, cuidadosamente, despejar as quatro gotas de vinho com mistura no recipiente praticamente vazio, o professor esperou até que a dupla fizesse o mesmo.

— Resta somente dizer as palavras. Repitam comigo: "A raiz que de mim saiu germinará no outro aquilo que eu plantar".

— "A raiz que de mim saiu germinará no outro aquilo que eu plantar" — repetiram eles, em uníssono.

— "E a beleza da mentira irá brotar naquilo que com o vinho e a mistura eu regar".

Cruzando os braços enquanto os dois jovenzinhos à sua frente repetiam as palavras, o professor preparava-se para as reações que surgiriam quando a poção fermentasse, motivada pela energia das vozes donas das raízes em contato com o vinho e a mistura.

Com os olhos arregalados, assim que a poção começou a fermentar, Dwiok e Caledrina colocaram-se de joelhos para ver melhor os copos sobre a mesa enquanto observavam a mistura dobrar de tamanho.

— Está pronta! — disse o professor, após uma gargalhada.

Transbordando de euforia, Dwiok se atrapalhou ao tentar colocar-se em pé ao mesmo tempo em que pegava sua poção de cima da mesa. Pisando em falso, derrubou o copo, esparramando o líquido justamente na face de sua oponente, que continuava abaixada bem na sua frente. Ele, acompanhado de toda a turma, trancou a respiração ao encarar o rosto de Caledrina completamente molhado, com gotas escorregando até a sua boca.

Cally parecia olhar para Dwiok como uma estátua de pedra.

— Ela está… — disse o garoto, confuso.

— Experimente — respondeu o professor ao desesperado Dwiok, sem nem precisar ouvir toda a pergunta para compreender a fonte da dúvida.

Enchendo-se de coragem, com uma diversão burlesca estampada no rosto, Dwiok exclamou:

— Diga que sou bonito e muito mais esperto que você, em 3, 2, 1...

Por alguns segundos, nem sequer o som das respirações foi escutado na sala. Até mesmo os pássaros da floresta, os quais repousavam nas copas das árvores enfeitiçadas, pareciam esperar pela reação de Caledrina, que permanecia em completo silêncio.

Curvando os lábios de maneira que Dwiok não conseguia distinguir se estavam prestes a moldurar o rosto de Cally num sorriso ou biquinho, a menina disse:

— O nome é hipnose, e não "milagre em gota". Nem se eu ingerisse jarras e jarras de todas as poções já feitas na Corte dos Sete, a bebida seria suficientemente forte para tal desejo inconveniente!

Caindo na gargalhada, a turma abandonou o silêncio.

Com as bochechas mudando de cor, atingindo um leve rubor, Dwiok voltou seus olhinhos confusos ao professor.

— E então temos a primeira lição muito bem ilustrada pelos nossos voluntários; é sempre aconselhável derramar uma quantidade de gotas, especificamente, em alguma bebida ou alimento, para garantirmos, assim, que a vítima realmente irá ingerir a nossa poção.

Motivada pela nova fala do professor, a turma riu ainda mais alto. Cally, mais do que todos.

CAPÍTULO X

Ince, o lêmure, caminhava com suas patinhas curtas por cima da cama. Cally havia feito uma bagunça ao tentar capturá-lo. Um novo esforço de agarrar o pobre animal a fez se jogar por cima da cômoda e, no momento exato em que seus dedos o tocariam, o bicho pulou para o outro lado, deixando sobre ela a culpa do barulho estrondoso da queda de um castiçal, felizmente, apagado.

Após a cerimônia das raízes, homenzinhos já escalados para tal tarefa levaram os pertences mais importantes e essenciais de cada jovem para suas novas facções. Os pais de Cally não separaram carta nem deixaram recado algum para a menina que, agora, era vista como uma decepção. Junto de suas poucas roupas, amassaram o pequeno lêmure na mala, aliviados por se livrarem, de uma vez por todas, do bicho que vivia bisbilhotando sua casa, afinal, não sabiam que se tratava de um inquilino fixo há anos.

Agora, ele estava sendo perseguido por Cally na facção roxa. O reflexo do treinamento que recebera durante toda a vida na bandeira preta aparecia no fechar de olhos e nos punhos cerrados da menina em qualquer mínima situação que a enfurecesse, inclusive, naquele momento, com o lêmure. Ela torceu para que a queda do objeto não fizesse muito alarde. Após deixar escapar um primeiro suspiro pesado, respirou profundamente outra vez, e mais uma, nutrindo a ira que brotara em seu peito pela desobediência do animal traquina.

Já furiosa com o bichinho fujão, num único movimento, ela se esticou para prender Ince entre seus braços, puxando os pelinhos com a ponta dos dedos, como se estivesse dando pequenos beliscões. Vencida a batalha contra o lêmure fugitivo, Caledrina, absorta em seus pensamentos, passou a refletir sobre como o tempo havia passado rápido.

Em apenas um mês ela já havia aprendido e memorizado em torno de 1.200 poções, mas nem a mais perigosa delas lhe causava o frescor interno de empunhar uma espada ou puxar a corda de um arco. Estaria Dunkelheit errado ao tê-la feito cair no buraco roxo ou apenas a desejava punir por alguma razão, como ela fazia com Ince naquele exato momento?

Livrando-se das mãos da menina e escalando em seus ombros enquanto puxava as suas duas tranças, o pequeno animal parecia pendurar-se num cipó, fazendo-a rir.

— Eu não acredito que, entre os seus pertences mais importantes, tinha esse animal — disse Dwiok, encostado no batente da porta.

— O que está fazendo aqui? Caso tenha se esquecido, os dormitórios masculinos não são mais unificados com os femininos, como nos primeiros três dias. Agora já temos nossos próprios quartos, e você não é bem-vindo neste lugar! — disse ela, enquanto largava Ince dentro de sua gaiola.

— O Sr. Sefwark pediu que eu avisasse a todos que a aula de hoje será iniciada trinta minutos mais cedo; como a maioria das pessoas já está lá fora, só falta você agora. — Dwiok esfregou as mãos em animação ao entrar no quarto, ignorando a recente fala da garota. — Ouvi algo sobre caçarmos na floresta.

Mais rápido do que uma flecha encontrando seu alvo, Cally virou-se para Dwiok.

— Caçar?

CAPÍTULO X

— Foi o que eu ouvi — disse, mostrando as palmas das mãos em sinal de defesa.

Levantando de forma súbita, Cally caminhou até a porta com passos firmes passando por Dwiok, que, com o cenho franzido, encarava-a atentamente.

— Não que eu queira dizer algo, mas parece que você acabou de passar por uma guerra. Ajeite suas tranças, estão ainda mais desgrenhadas que o normal. Na verdade, estão realmente horríveis, deveria se esforçar menos para parecer bonita e voltar ao desleixo dos cabelos soltos a que está acostumada.

— Ince estava brincando de pendurar. — Ela deu de ombros, sem se importar em virar as costas para o rapaz. Relembrando da descrição que há pouco recebera sobre o penteado desalinhado, Cally desejou ter passado por uma guerra e mordeu os lábios, envolta em seus mais profundos anseios. Já bastava o desprezo que tinha pela obrigação de usar aquelas tranças nas aulas, não precisava da opinião grotesca de Dwiok sobre sua aparência agora.

A nova integrante da facção roxa desempenhava com excelência tudo quanto se dispunha a fazer. Ela era uma das principais alunas da classe do Sr. Sefwark, mas, ainda assim, anelava tão somente voltar a usar seus trajes pretos tão familiares.

Em um mês, Caledrina fora proibida de tocar em qualquer coisa perfurante ou que pudesse racionalmente ser usada como uma arma. A ideia de caçar pela primeira vez em tanto tempo fazia seu coração acelerar.

Dwiok arqueou as sobrancelhas sentindo-se ultrajado.

— Ince? O rei? Isso é uma ofensa descabida, sem medidas, e com muita falta de lógica! Como ousa mencionar o nome de um monarca que, ainda por cima, é como um dragão, uma fera magnanimamente horrenda numa frase tão *inonrosa*?! Quer dizer... não tão honrosa quanto essa?! Todos sabem que o Rei Ince nunca foi o maior fã de aventuras radicais como se pendurar em cipós por aí, sua grande mentirosa cinzenta!

— É a primeira vez que o ouço dizer uma frase tão mal elaborada, mas compreendo que o nervosismo o acompanhe como um amigo íntimo no calor da presença de uma dama tão bela — rebateu Cally pelos ombros, sem cessar sua caminhada.

Seguindo-a em ritmo apressado, Dwiok fazia caretas ao pensar.

— Já lhe disse, diversas vezes, que aquela fora uma miserável tentativa de humilhá-la; só porque eu quis que me chamasse de bonito, não significa, em qualquer das facções da Corte dos Sete, que *euzinho* a considere minimamente graciosa. Ainda assim, mesmo que eu não tenha conseguido envergonhá-la publicamente naquele dia, ao chamar a si mesma de "bela dama", percebe-se que você faz todo o trabalho sozinha.

Parando os passos desenfreados, virando-se de frente para o garoto provocadoramente saltitante, Cally o fitou com as mãos na cintura e a sobrancelha cinza arqueada. Motivado por tal abertura, Dwiok também cruzou os braços.

— Entendo que seja normal entre as meninas sonhar com um garoto como eu, mas, ao pensar que lhe vejo como qualquer coisa além da criatura mais irritante da corte, você excede os limites como um leão faminto ultrapassa os portões.

Cally piscava demoradamente, como se seus cílios possuíssem o peso da parede de armas de seu pai. Aproximando-se, Dwiok esfregou a mão direita no alto da cabeça de Cally, desmanchando ainda mais suas tranças já embaraçadas.

— Com o tempo você irá superar. — Os segundos pareciam bailar em música lenta por entre os dois corpos estáticos. Já quase constrangido pelo silêncio da moça, ele perguntou: — Você não vai dizer nada?

Cally respirou fundo degustando cada átimo da desorientação do garoto.

CAPÍTULO X

— Minha saliva não merece que eu a gaste com alguém como você. Eu deveria investi-la em algo mais útil como cuspir no mato.

— Não haveria utilidade alguma, sabe que a terra é amaldiçoada, não é? — questionou Dwiok, igualando seus passos aos de Cally que voltara a andar.

— Exatamente — respondeu de prontidão, com um sorrisinho maroto.

Abrindo a boca em espanto ao entender as suposições, puxando-a pelo braço, Dwiok fez Cally parar novamente.

— Escute aqui, garotinha da cor da maldição. — Cally revirou os olhos e cruzou os braços, desta vez de forma brusca. — Todos começamos com uma raiz pequena no pulso, nós dois somos os únicos de nosso dia de vertigem, dentro da facção roxa, que já possuem as raízes praticamente até a altura dos cotovelos. Mas como bem pode ver, as minhas são maiores…

Com uma gargalhada recheada de sarcasmo, a menina o interrompeu:

— Só nos sonhos mais loucos e fantasiosos. As minhas raízes são maiores, então, pela lei, você me deve respeito! — retrucou Cally.

— Você só pode estar brincando! Meu braço é bem mais coberto que o seu. Eu claramente tenho mais raízes e posso provar. Vamos contar! — disse Dwiok, esbaforido, ao mesmo tempo em que aproximou o próprio braço ao de Caledrina, que, de prontidão, moveu-se e o empurrou, fazendo um barulho engraçado com a boca como quem faz com uma comida ruim.

— Pode se enganar o quanto quiser, mas, lá no fundo, ou até mesmo sem chegar tão fundo assim, você sabe que eu sou a melhor.

Com o rosto pálido alcançando o rubor, como o fogo de um vulcão chega à superfície da Terra ao entrar em erupção, Dwiok sentiu que poderia explodir.

— Tá bem! Eu sugiro um acordo. Hoje, na aula, aquele que preparar a poção primeiro receberá uma semana inteira de reconhecimento por suas notáveis habilidades, e o outro terá de obedecer cegamente às suas ordens, sejam lá quais forem. Feito? — falou o garoto, com as bochechas quentes.

Estreitando os olhos e levantando vagarosamente a cabeça, Caledrina sugeriu:

— Por um mês.

— Uma semana! — contradisse Dwiok.

Curvando os lábios até formar um beicinho, Cally provocou:

— Por quê? Está com medo de perder para uma garotinha, não é?

— Ok. Um mês! Quem preparar a poção e levá-la primeiro até o professor mandará no outro por um mês! — gritou Dwiok, sentindo o calor do rosto multiplicar-se por todo o seu corpo.

— Ok — repetiu Cally, muito calma.

O garoto respirou profundamente o clima seco da Corte dos Sete.

— Ok.

Cally sorriu de forma travessa.

— Ok.

— Ok! — berrou o menino.

— O que vocês estão fazendo? — Um garoto com os cabelos ruivos, competindo em saturação com as bochechas de Dwiok, interrompeu a conversa. De tão concentrados na competição interna, eles não notaram que seus pés estavam levando-os até a aula do professor Sefwark. — Só faltam vocês, vamos!

Durante todo o percurso restante, nenhum som se ouviu além dos galhos quebrando embaixo dos sapatos que pisavam no solo com passos firmes. Ao mesmo tempo em que levantou as mãos, Sefwark ergueu a voz ao vê-los chegar.

— Sabem que atrasos não são tolerados! Por acaso perderam os modos e o relógio? Vamos, tomem seus assentos.

Obedecendo prontamente às ordens do professor, que não aparentava estar em seu melhor dia, ambos se sentaram. Sefwark

CAPÍTULO X

retomou a sua fala, após acalmar os nervos com o auxílio de um longo respiro:

— Vocês dois perderam a elucidação sobre a *Lutrol Blinklux*. Jiwry, poderia explicar para os dois atrasados, por favor?

Colocando-se em pé, o garoto designado para buscar Cally e Dwiok se levantou de forma tão rápida que bateu os joelhos na mesa, ocasionando risos controlados.

— *Lutrol Brinklux* é o nome da poção que permite a troca de mente em relação ao corpo, mas não como a lenda, que diz que os reis realmente poderiam tomar o corpo de outra pessoa. A poção nos possibilita manipular apenas o subconsciente — disse Jiwry, ao tirar um passarinho de dentro de uma bolsa de pano. — Essa ave, agora, tem a mente de um gavião.

Como se estivesse ciente de sua deixa na fala do menino, o pássaro voou em direção à barba de Jamar, bicando-o sem consciência de sua pouca força, provocando risos em toda a turma.

Cally agradeceu aos céus por ter perdido a primeira lição. Seria a maior das catástrofes se lhe solicitassem buscar o pequeno Ince. A menina mal o suportava sendo apenas um lêmure, imagine, então, se o animal travesso fosse dominado por um gavião.

Dispersando o passarinho com a mão, Sefwark prosseguiu em sua aula:

— Agora, na segunda lição do dia, vocês aprenderão a mais rara e perigosa poção que já viram até então, embora eu saiba que provavelmente apenas armazenarão a ciência dos ingredientes nos calabouços de suas memórias. Até hoje, ninguém, em todas as minhas turmas de primeiro ano, conseguiu executá-la com perfeição; por isso não se preocupem em efetuá-la corretamente na primeira tentativa.

Olhares curiosos atingiam uns aos outros enquanto a excitação da aventura crescia dentro dos alunos.

— Portanto, aquele que buscar para mim os componentes necessários antes de o Sol se pôr, ganhará a poção que prepararei.

Querem saber qual? Tambores! — Batendo as mãos sobre as mesas, a turma criou uma espécie de batuque, aumentando a ansiedade e o mistério contidos nas falas do professor. — Aquele que trouxer primeiro a casca de uma árvore velha, de copa rosada, com, no mínimo, dez centímetros intactos, uma maçã podre e uma folha remanescente em um galho ressequido, terá para si a chamada *Vislumbroty Lewanez*, que permite restaurar, por alguns minutos, algo que já existiu. Qualquer coisa! É só pensar.

O som de gritos abafados causados por uma animação alvoroçada encheu o ambiente.

— Lembrando que darei algumas gotas apenas para aquele que for o mais rápido a encontrar os ingredientes — disse o professor, na tentativa de provocar um pouco de competitividade em seus alunos.

Com uma rápida troca de olhares, Dwiok e Cally reafirmam o acordo feito minutos atrás. Levantando as mãos, Sefwark deu o comando:

— Que vença o melhor. E a prova começa… agora!

Quase derrubando algumas mesas, os alunos correram disparados rumo ao coração da floresta enfeitiçada. Na tentativa de normalizar a respiração, economizando fôlego para chegar antes de Dwiok e todos os outros, Cally soltava fortemente o ar pela boca. Com as mãos abertas para manter o equilíbrio, a garota saltava por troncos e abaixava-se desviando dos galhos à procura de uma folha solitária, uma árvore velha e um fruto podre.

Sem parar de correr, Cally sorriu com desdém por, em meros 78 segundos, já estar bem à frente de seu oponente. Desprezando a necessidade de tanta atenção, Caledrina gargalhou ao mesmo tempo em que saltava por mais um tronco. Nem sequer o som de seus colegas era escutado. Quando aterrissou do outro lado, seu pé esquerdo virou, fazendo-a fraquejar os joelhos e ir ao chão. Tocando o pé, num impulso involuntário, a menina depositou o peso de seu corpo sobre

CAPÍTULO X

a outra perna, para garantir que não machucaria nenhum músculo ou tendão importante ao forçar o membro que a fizera cair. No mesmo instante em que se virou, Cally se viu escorregando, do topo de um barranco bastante inclinado, pelo mesmo caminho em que deslizara no seu primeiro dia na facção roxa.

Levantando os olhos, Caledrina avistou a sala proibida.

A garota colocou-se em pé, ignorando o desconforto, ao notar que a sala estava sem cadeados e sem qualquer guarda à vista.

CAPÍTULO XI

A porta sem cadeados parecia se apresentar como um convite. Cally não conseguiu interpretar se o seu coração estava acelerado ou a ponto de parar quando, ao empurrar a grande porta de madeira com os seus dedinhos sempre enluvados, ouviu o ranger que indicava a abertura. Ela não sabia o que esperar, e aquilo tornava tudo ainda mais divertido.

Demorou algum tempo para que a sua visão, habituada à luz, conseguisse se acostumar à iluminação precária do novo ambiente; com os olhos cerrados, esperou até o momento em que pôde prosseguir com a sua aventura. Caledrina, num impulso involuntário, pendeu a cabeça, tentando entender o porquê de tanta segurança para uma sala vazia. Mais alguns passos a levaram até uma estante, o único móvel presente na casinha de apenas um cômodo.

Ao correr os dedos pelas prateleiras, Cally começou a tossir.

Para amenizar o cheiro forte que surgira, levou a parte interna do braço até o nariz. Enquanto tentava expelir o calor e a repulsa que irrompera dentro de si, a tosse se tornava cada vez mais forte.

Com a garganta invadida por grande ardência, decidiu olhar para as pontas dos dedos que tocaram a superfície do móvel vazio. Confusa, Cally franziu as sobrancelhas e percebeu que a sua mão estava coberta de carvão.

— Fogo — sussurrou ela.

— O que você pensa que está fazendo? — Uma voz rouca fez com que ela se virasse para a porta em estado de alerta. O guardião entrou na sala e analisou cada movimento da intrusa. — Já não disse que aqui é lugar proibido?

Buscando parecer o mais natural possível, Cally colocou as mãos para trás, em uma tentativa de escondê-las.

— Sim, senhor. Mas a porta estava aberta, então eu pensei que...

O homenzinho de orelhas e nariz pontudos começou a marchar passando por ela. Seu tamanho e aparente força eram superestimados.

— Eu apenas estava apertado, então fui à procura de uma árvore distante o suficiente para não ser obrigado a trabalhar sentindo o cheiro do meu próprio xixi, mas já estou de volta, como você bem pode ver. Agora, xô! — disse, com as pequenas mãozinhas balançantes.

Hesitante, antes que pudesse dar o segundo passo rumo à saída, Caledrina se virou novamente para o homenzinho.

— Por que não há nada nas prateleiras? — perguntou ela.

— Não é da sua conta! — respondeu, enquanto parecia varrer o ar com as mãos, insinuando que ela deveria ir.

Um sorrisinho se formou no canto da boca de Cally. A estratégia que surgira em sua mente pareceu soar como um gongo barulhento.

— Por que não há mais panelas nas estantes? — disse, ao direcionar o olhar para as prateleiras vazias e empoeiradas.

— E por que haveria panelas nas estantes? — perguntou o homenzinho, cruzando os braços. Tal postura fazia sua cabeça grande parecer ainda maior.

O sorriso de Cally se alargou com a nova deixa.

— Bem, é nesse lugar que elas geralmente são guardadas, não é? Meu amigo cozinheiro dispõe, bem na estante da sala dele, toda

CAPÍTULO XI

a sua coleção de panelas, muito gentilmente presenteadas pelo Rei Gudge.

— Mas isso é um ultraje! Não se coloca panelas nas estantes da sala! — retrucou o homenzinho.

— O que é o pó preto espalhado pelas superfícies? — pressionou a menina.

— Nada — respondeu espremendo os lábios para conter a si mesmo. Ela notou que ele já estava à beira de seu autocontrole.

— Eu sei o que é! — atiçou a garotinha.

— Sabe? — O guardião olhou para ela.

— Sei! É aqui que vocês armazenam todo o pó para o dia de vertigem. Vocês o conseguem quando raspam a casca de uma árvore velha bem no centro da floresta, e a cor é preta porque fazem isso à noite. Depois, apenas pintam com as cores de cada uma das facções e as despejam em um buraco da arena. — Com as mãos apontadas para o homenzinho, Cally pulou para mais perto dele, assustando-o. — AHA!

Recuperando-se do susto, ele correu os dedos pelo uniforme roxo, em uma busca desesperada de recuperar a compostura que lhe fora roubada tão bruscamente.

— O-ora! Essa é a ideia mais maluca e esquisita que já ouvi na vida! — disse.

— Sabe qual é o significado exato da palavra "esquisita", senhor guardião? — indagou Caledrina.

— Na-não — gaguejou.

— Rara e preciosa. Portanto, você acabou de dizer que minhas ideias são raras e preciosas, o que, em outras palavras, significa que estou certa — provocou Cally, com os olhos cada vez mais arregalados, na tentativa de assustá-lo.

— Não está, não! — rebateu ele.

Caledrina se virou calmamente, como se estivesse de mãos dadas com a razão, e caminhou em direção à porta.

— Estou, sim. Se acha que não estou, então é você quem está sendo enganado. Sou famosa por meu raciocínio brilhante, sabia?

— Você está errada.

— Não, eu estou certa!

— Está errada! — gritou.

A garota quase podia sentir em sua pele o furor de alguém sendo contrariado.

— Eu não acredito em você. Por que tem tanta certeza de que estou errada?

— Porque aqui é a famosa biblioteca de incineração. O pó preto não é casca de árvore encontrada em qualquer cafundó de floresta encantada ou sei lá o quê. O pó é carvão! Todos os livros e manuscritos colocados sobre aquelas estantes são incinerados imediatamente para que ninguém possa lê-los! — Após cuspir as palavras, tão rapidamente quanto um corpo sem vida cai no chão, o homenzinho cobriu a boca com as mãos, arrependendo-se amargamente por seu gravíssimo deslize.

Cally conhecia aquela espécie. Pequenas pessoinhas, homens e mulheres, com orelhas e narizes pontudos. Tinham um cabelo tão azulado quanto as hortênsias que desabrochavam graças aos feitiços da raça roxa; em geral, suas madeixas quase chegavam à altura dos pés. Todos eles eram chamados de homenzinhos, e sua função principal era atender às necessidades — quaisquer que fossem — dos reis e nobres com quem pudessem mercar. Seus serviços eram os mais variados, sempre se adequando aos desejos de seus senhores. As atividades eram inúmeras: poderiam abanar seus mestres com longas penas e folhagens em dias muito quentes, segurar almofadas para os pés e lustrar os sapatos, ou, também, cuidar dos mancebos herdeiros, aparar barbas e manusear agulhas para o ajuste de um vestido antes de uma grande festa. Alguns, ainda, eram designados para abrir e fechar portas em certos eventos, ou, quem sabe, até mesmo protegê-las.

CAPÍTULO XI

Os homenzinhos eram confusos e distraídos, e constantemente buscavam uma oportunidade de se sentirem úteis, não importando a função. Por causa de seu conhecimento sobre a espécie, Cally imaginou que não levaria muito tempo para que ele desejasse provar que sabia de alguma coisa, até então, desconhecida por ela, e que, cedo ou tarde, acabaria dando com a língua nos dentes. De certo, não acharam que alguém o interrogaria daquela maneira e, por isso, haviam o deixado como único guarda da sala vazia na floresta encantada. Naquele momento, Caledrina sentiu-se como de costume: sempre um passo à frente.

Ela falou, ao torcer o nariz em sinal de confusão:

— Bem, acho que eu não tinha tanta razão assim. De qualquer forma, fico grata pela contribuição.

Com os olhos perdidos e chocado com o acontecido, o homenzinho gritou, atropelando as palavras:

— Fo-fora daqui. Saia, você precisa sair!

— Longe de mim desrespeitar a ordem de um guardião que detém tamanho conhecimento — respondeu, com uma curta e leve reverência.

Sem saber como conter a si mesma, Cally voltou para o topo da floresta tendo pequenas explosões de risinhos; naquele momento, ela sequer se lembrava dos espasmos involuntários que a faziam mancar um pouco. Tamanha era sua exultação que nem se importou ao pensar que, provavelmente, chegaria por último na tarefa dada pelo professor.

◆

Cintilando cores não registradas, nem mesmo pelos mais eruditos artistas do lado azul, as árvores — que, encontrando-se com suas copas no alto, formavam uma espécie de teto para a sala ao ar livre — eram as mais vibrantes testemunhas da exultação que borbulhava dentro do garoto. Dwiok mal podia conter os pés no lugar, embora os olhinhos estivessem cerrados e analisassem a mesa vazia, que acusava uma ausência.

Em frente à turma, ele recebia uma poção alaranjada diretamente das mãos do professor, que o encarava com a feição comumente fechada, apesar de, dessa vez, haver certo orgulho em seu olhar. Ao menos, era o que, estufando o peito, Dwiok Minerus pensava. No calor dos aplausos dos colegas de turma, que se esforçavam para não revirar os olhos e, por não serem os vencedores da competição, fingiam sorrisos, o menino recebia seu prêmio em câmera lenta. Queria que a sensação daquele momento perdurasse, para o horror dos que o permaneciam aplaudindo.

Ao entrar na sala, ainda esfregando a palma das mãos sobre o tecido grosseiro da calça, Cally chamou a atenção de todos, que, curiosos, cessaram as palmas. O grande momento de Dwiok havia sido interrompido.

— Senhorita Cefyr, onde estão os seus ingredientes? — perguntou o professor, fitando-a com desaprovação.

— Bem... eu... eu não os tenho, senhor — disse, com a cabeça baixa, para encobrir a afronta que seria o esboço de um sorriso.

Sem dar muita atenção às mãos estendidas de Dwiok, que recebia a poção, o Sr. Sefwark começou a caminhar em pequenos círculos frente ao olhar de todos.

— Entendo. Senhorita Cefyr, poderia responder à turma se bateu a cabeça e, só agora, retomou a consciência?

— Não bati, senhor! — respondeu Cally, ao olhar para o chão.

— Diga mais alto e levante a cabeça, ou, por acaso, está tão acostumada à cor de seus cabelos que decidiu ser, por completo, uma maldição para todos ao desonrar o compromisso de excelência que fez no momento em que ingressou no lado roxo da corte? Por acaso se esqueceu da razão, do porquê de sermos divididos em facções? É,

CAPÍTULO XI

justamente, para que cada indivíduo entregue tudo de si, focando em determinada área, e não mais permaneça preguiçoso, sem rumo, como você acabou de, gentilmente, demonstrar à classe — disse o professor, ao parar sua caminhada, olhando para ela pela primeira vez desde então. Sua voz era firme.

Caledrina engoliu em seco, esforçando-se para não revirar os olhos, mesmo que estivessem fechados, e entendeu que, com Jamar, tudo era motivo para um tedioso momento de reflexão e lição sobre autoconhecimento.

— Talvez ela seja mesmo amaldiçoada, como meu pai diz, e não possa evitar! — zombou uma voz masculina, que Cally não pode decifrar de onde vinha. Concluiu que era melhor assim, para o bem do pobre rapaz.

A turma caiu na gargalhada, exceto Dwiok, que ainda segurava o frasco em frente à sala. Ele não riu. Todos foram rapidamente silenciados por um só sinal de mão do professor, que entregou a palavra à Cally.

— Não irá se repetir, professor Sefwark — disse, por entre os dentes, ao erguer a cabeça.

— Não, não irá. — Deixando de lado a postura tensionada que há pouco acompanhava sua fala, relaxou a musculatura do corpo esguio. — Os homenzinhos já os servirão. Todos para a árvore do jantar!

Cally permitiu que os corpos tagarelas passassem por ela e seguiu a fila; distante o suficiente para não ser incomodada por perguntas tolas de mentes desocupadas.

Entraram no tronco de uma enorme árvore oca, onde sempre era servido o jantar. Ao passo que os jovens se acomodavam, homenzinhos corriam de um lado para o outro, a fim de servir àqueles que sequer notavam suas presenças ali.

Lamparinas alumiavam o lugar de estrutura amadeirada com um fogo que parecia incendiar os pensamentos de Cally cada vez que ela o encarava. As chamas aparentavam convidá-la para mais perto.

Embora sentindo a mistura das mais variadas fragrâncias sobre as bandejas que caminhavam de um lugar para o outro, levadas pelos homenzinhos, o desejo de Cally se concentrava apenas em um mistério não resolvido. Seu estômago permanecia em silêncio, ao mesmo tempo em que os burburinhos de sua curiosidade gritavam cada vez mais alto. Entre as tantas conversas apresentadas em cada uma das mesas no interior da árvore oca, tudo o que Caledrina conseguia ouvir era o som do fogo consumindo a si mesmo.

Com passos intencionais, infiltrou-se sorrateiramente em uns quatro grupos de adolescentes que papeavam sobre os mais diversos temas, entre eles, a *Ignis Insidias*, poção anual que eles receberiam dentro de algumas luas, quando todo o povo estivesse reunido no dia do aniversário dos monarcas. Também discutiam o quão inteligente era a rainha que agora serviam; afinal, por causa da poção que ela havia criado, eles não eram capazes de recordar de sequer um traço daquele belo rosto no ano anterior. Além desses debates, havia alguns comentários infantis e maldosos sobre a estatura de um homenzinho consideravelmente menor do que os outros de sua raça já diminuta. Ora rindo cautelosamente, ora balançando a cabeça positivamente, como se sua mente acompanhasse, de fato, as palavras cuspidas das bocas que falavam ao mastigar, pouco a pouco, Cally se aproximou da bolsa do professor, sem atrair os olhares curiosos que certamente a seguiriam se ela decidisse simplesmente andar em linha reta até lá.

Se tivesse de descrever aquele momento, diria estar sentindo um cheiro azulado com pequenas bolhinhas amareladas, dado o aroma doce e gélido da sobremesa que se apresentava às suas narinas. Vagarosamente, levou as mãos às costas, sem deixar de sorrir para os corpos distraídos demais em sua própria tagarelice e comilança para notá-la, e pegou alguns frascos vazios de dentro do compartimento de pano.

Poucos acenos e novos sorrisos concordantes, que mais pareceriam ter durado horas debaixo do Sol, bastaram para que ela

CAPÍTULO XI

alcançasse a saída do tronco. E, mesmo sabendo ser expressamente proibido adentrar a floresta fechada depois do entardecer, notando estar fora do alvo de todos, de forma diligente, Cally deixou a árvore oca e correu sem olhar para trás.

Já ofegante, sentindo segurança em sua solidão, com as mãos apoiadas sobre os joelhos, Caledrina parou para retomar o fôlego entre as árvores altas que, com os seus muitos galhos, desenhavam o céu já escuro. A garota sabia que era boa em qualquer coisa que fizesse, mas a estultícia de seus colegas facilitava ainda mais o trabalho de despistar. Cally só não contava com uma coisa.

Dwiok a seguia.

CAPÍTULO XII

Antes que pudesse chegar ao coração da floresta, Cally já sabia todos os ingredientes necessários de que precisaria para executar o seu plano. Ao esticar-se para alcançar a folha de um tipo de árvore específica para uma das poções que aprendera durante as aulas, um barulho a fez olhar em volta.

A menina estreitou os olhos para que se adaptassem melhor à escuridão da noite e esperou por um novo ruído. Uma rebelde mecha cinzenta foi colocada para trás de sua orelha, como se tal ato lhe pudesse apurar a audição; alguns segundos de quietude foram o bastante para convencê-la a prosseguir em sua missão.

Poucas horas depois, com a Lua já alta no céu, ela se ajoelhou com todos os ingredientes espalhados à sua frente. Misturando, triturando, rasgando e amassando, Cally fez o que deveria ser feito com cada especiaria, unindo-as sempre ao vinho com mistura e a pedacinhos de suas raízes. Ela sequer gemeu ao quebrar uma pequena parte do que crescia em seu braço para acrescentar às poções. Como já estava acostumada, manteve o grito abafado por entre os dentes cerrados. Após dizer as palavras que levavam a mistura a um estado de fluorescência, colocando-se em pé com uma euforia contida, a menina andou, segurando três frascos, até a sala proibida.

CALEDRINA CEFYR E A FONTE PERDIDA

  Um novo homenzinho guardava a porta à sua frente, esbanjando uma carranca deplorável, provavelmente por ter ficado com o pior horário de turno. Cally notou que a alguns passos de distância, sobre um banquinho de madeira, havia um odre de couro. Ela festejou internamente, sabendo que as poções em suas mãos teriam o destino que imaginara. Com uma ideia lhe atingindo o topo dos pensamentos, tão rápido quanto vira uma coruja de penugem marrom que, repousada no galho tortuoso de uma árvore, encarava-a a certa lonjura, Cally foi motivada pelo impulso de sua imaginação, sem ao menos se dar ao luxo de ponderar, distinguindo entre algo genioso e um possível fracasso. Ela tomou para si uma pedrinha no chão e, com uma pontaria primorosa, sabendo que apenas assustar o animal tranquilo balançando o galho não seria o suficiente, arremessou-a na pobre ave que logo tratou de fugir da mira. Embora soubesse que a coruja contava com movimentos aguçados, e certamente seria rápida o bastante para voar sem ser atingida, Caledrina buscou recarregar a coragem para dar sequência ao seu plano, não por covardia de sua parte, mas por um novo suspiro de pesar inspirado em seu ato levemente maléfico. Os pensamentos da menina suportavam imaginar o sangue derramado de homens e mulheres, especialmente selvagens, a quem detestava, e que, se tivesse a oportunidade, poderia ferir. Mas animais, especialmente aquela coruja, não entravam nessa lista específica. Ela balançou a cabeça para afastar aquelas ideias que, ao seu ver, indicavam fraqueza. Acobertada pelo som de pequenos bichos se movendo em meio às copas, ela deixou a segurança da escuridão entre as árvores para trás.

  O homenzinho caminhou curioso até a origem do som provocado pela coruja, com os pulsos cerrados de uma maneira briguenta que, em outra situação, seria facilmente capaz de arrancar gargalhadas de qualquer um que o observasse. Caledrina contornou o exterior da sala misteriosa com os joelhos flexionados para amaciar os passos, como se pisasse em ovos. Aquela que estava satisfeita por ter dado

CAPÍTULO XII

ouvidos à sua intuição caminhou até o odre de forma que enxergasse as costas do pequeno homenzinho, que, ao investigar a origem do barulho repentino na, até então, silenciosa floresta, mais parecia com uma estátua. Após despejar algumas poucas gotas da poção que o faria dormir, Caledrina voltou para o meio das árvores e caminhou até que pudesse observá-lo de frente novamente.

Recostada ao tronco de uma árvore, agarrada às outras duas poções que preenchiam os frascos há pouco vazios, Cally esperou que o homenzinho ficasse com sede. Ele desistiu de procurar a origem do barulho criado pela menina e, agora, encarava tão demoradamente a folhagem de uma das árvores, que Caledrina chegou a questionar a si mesma se ele não estaria dormindo com os olhos abertos.

Para o alívio da garota, que já sentia dor nas costas, um bocejo, seguido pelo que mais parecia a mastigação do ar, surgiu no rosto do homenzinho, que se dirigiu até o odre na tentativa de despertar-se com o vinho.

Caledrina endireitou a coluna e passou a contar o tempo.

Dez segundos após o primeiro gole foram suficientes para que ela pudesse passar, sem preocupações, da escuridão das árvores até a claridade da lamparina presa ao batente, que iluminava a entrada da sala.

Cally abaixou-se apenas o necessário para pegar o molho de chaves preso ao pescoço do homenzinho, e escolheu uma por uma. Após girá-las em seus diversos cadeados, a porta se abriu.

— Deu certo! — gabou-se, ao empurrar a porta. — Só pode ser um bom presságio.

Ao erguer um dos frascos até a altura dos olhos, Cally analisou as bolinhas que se levantavam enquanto ela agitava a poção com pequenos giros viciosos. Estreitando os olhos, que acompanhavam a força de sua concentração, a menina mordeu os lábios, arrancando inconscientemente as peles mortas que se abrigavam no cantinho inferior. — Bem, é a hora da verdade.

Mesmo sem sequer ter presenciado a aula sobre a poção do vislumbre, com a consciência de que ninguém conseguira realizá-la, Cally estava certa de que receberia o título de primeira aluna do Sr. Sefwark a surpreendê-lo com a execução exímia de tal tarefa. Com um risinho no canto da boca, ela pensou que o professor não poderia vivenciar tal feitura, afinal ela estava envolvida em mistérios maiores do que suas classes tediosas. Tudo o que a garota prodígio precisava naquele momento era saber os ingredientes, e, abrindo o frasco que continha aquilo que imaginava ser a poção do vislumbre em seu estágio máximo de perfeição, derramou algumas gotas sobre as prateleiras repletas de carvão.

Seu sorriso alargava-se ao mesmo tempo em que o líquido parecia brilhar sobre o pó preto. Alguns segundos se passaram e, com eles, o sorriso esmoreceu.

— Não, não, não, não! — ela repetia, freneticamente, enquanto despejava mais algumas gotas. Sem efeito.

Das sombras, posicionando-se ao seu lado, surgiu Dwiok, que segurava quase na altura de seus olhos verdes a poção do vislumbre, preparada pelo próprio professor, que ele havia ganhado em sala.

Assustada e irritada por ter deixado o seu êxtase sobressair à percepção de que estava sendo seguida, Cally questionou, com fúria, o garoto:

— O que está fazendo aqui?

— Eu sugiro um acordo por um breve momento de paz. Ofereço a poção em troca de você me contar tudo o que está tramando — disse ele, após um rápido pigarreio.

Caledrina cruzou os braços. Sua expressão transparecia a ofensa que sentira.

— De maneira nenhuma!

— Você se esqueceu da nossa aposta mais cedo? Eu venci, agora tem de me obedecer por um ano inteiro. Ou você, além de perdedora, também não tem palavra? Eu ainda fui generoso em lhe oferecer a poção.

CAPÍTULO XII

Mordendo a língua pela humilhação, com um leve rubor tomando conta de seu rosto sem pedir permissão para aparecer, Cally disse:

— Por que você me daria a poção? Por que não, simplesmente, exige que eu conte tudo para você? Assim poderia usá-la para recriar o vislumbre de seus pais e matar a saudade deles, ou, quem sabe, de algo que tenha sido importante em sua infância.

— Nunca tive nada que realmente importasse para mim. — Dwiok abaixou a cabeça. E, tão rápido quanto veio, a nuvem escura de seus pensamentos pareceu ir embora. — E você sempre acaba me rendendo boas enrascadas, então a pergunta certa seria: por que não?

Com metade de seu corpo queimando de desconfiança, Cally esticou o braço alcançando a poção das mãos de Dwiok.

— O que você sabe sobre este lugar? — questionou o garoto.

Cally respirou fundo.

— É uma biblioteca de incineração. Ela queima instantaneamente todo livro e manuscrito que é deixado sobre suas estantes. Quero a poção para recuperá-los, ao menos, por tempo suficiente para conseguir lê-los — respondeu ela, com uma falsa amabilidade.

— Para que gastar tanto tempo e esforço tentando resgatar papéis empoeirados?

Largando a poção fechada sobre uma prateleira, Cally apoiou os braços sobre os quadris.

— Para início de conversa, tudo deve ser questionado, caso contrário, pararíamos no tempo sem jamais evoluir — disse, exageradamente, após uma pausa dramática. — Então, agora, eu lhe pergunto, Dwiok Minerus, você sabe por que tais manuscritos são queimados?

Dwiok deu de ombros.

— Por serem irrelevantes?

— Ou perigosos. — Seus olhos brilhavam, competindo em luminosidade com o fogo contido nas lamparinas posicionadas nas laterais da sala.

Após alguns instantes fitando profundamente a menina, Dwiok concluiu:

— Seus pais guardavam muitos segredos, não é?

— Ora, pare. — Revirando os olhos. Cally voltou a pegar a poção.

Cuidadosamente, girando a tampa do frasco, a menina o abriu. Em seguida, pôs algumas gotas sobre o carvão e, logo, espécies de livros fantasmagóricos começaram a surgir. Uma risada seca escapou da garganta de ambos ao presenciarem tal maravilha atípica.

— Funcionou! — disseram, em uníssono, antes de ignorarem a presença um do outro mais uma vez.

Havia tantos livros nas prateleiras que nem mesmo uma folha teria espaço para entrar no meio deles. Cally puxou o primeiro e arfou pela sensação estranha. Seus dedos pareciam segurar nada mais que o ar, embora ainda pudesse sentir o peso.

Posicionando as mãos até onde deveria ser a gasta capa marrom do livro, Cally folheou as páginas que a introduziam ao conteúdo.

Pela primeira vez, Caledrina não se importou por Dwiok ter chegado tão perto que quase poderia apoiar o pescoço sobre seu ombro esquerdo. Ela estava deslumbrada demais para notá-lo ali.

Magicamente, as palavras começaram a surgir nas páginas.

Com a luz que resplandecia de cada lauda refletindo no rosto da menina, os olhos de Cally espelhavam uma pequena versão do livro e corriam por aquelas letras quase tão depressa quanto elas apareciam.

— "Engenhosa e astuta, a bela Saturn foi recebida por toda a corte com grande salva de palmas ao apresentar a mistura para o vinho…" — Cally folheou mais algumas páginas. — "Iros, sempre implacável, utilizou de quase um terço de seus instrumentos de tortura com o selvagem que o desafiara frente a todos os nobres…"

Mesmo com olhos atentos e feições que revelavam, aparentemente, nada mais do que pura concentração, Dwiok notou a frustração da garota que espremia os lábios com força.

CAPÍTULO XII

— Hora de trocar de livro — disse Cally, ao puxar um exemplar de capa vermelha que repousava sobre a estante.

O que acontecera instantes atrás foi repetido. Aberto, o novo foco de sua curiosidade parecia jogar as letrinhas soltas que corriam embaralhadas sobre as folhas, até que fossem convencidas a se contentarem com a posição disciplinada que se esperava delas, mantendo-se em apenas uma linha.

Após engolir a saliva, deslizando-a de maneira áspera pela garganta seca, Cally iniciou sua nova leitura.

— "Um dos seres mais procurados da Corte dos Sete, aliado ao odioso inimigo dos monarcas, rei dos selvagens, Isi pode ter afrontado as coroas em uma aparente visita silenciosa sem notória razão. Moradores de algumas facções alegaram ter visto a ponta de seus cabelos cor-de-rosa ultrapassando as cercas, saindo da fronteira, apesar de nenhuma das quatorze testemunhas oculares apresentarem prova alguma. Após o exército ter vasculhado algo que justificasse a vinda de Isi e não ter encontrado um vestígio sequer de seu aparecimento na corte, todas as testemunhas morreram jurando terem dito a verdade."

Bufando ainda mais alto do que a última vez, Cally fechou o livro com força, entretanto, barulho algum se ouviu. Sem dizer ao menos uma palavra, Dwiok a observou puxar um terceiro manuscrito para fora. O aspecto luxuoso da capa revestida por um fino tecido verde lhe causou um frio na barriga.

Com o livro aberto entre as mãos, Cally pigarreou e desviou os olhos das páginas para voltar sua atenção ao garoto.

— Só há arquivos irrelevantes! Datas, feitos e fugitivos! — explodiu.

Dwiok franziu as sobrancelhas e esforçou-se para compreender a complexidade de suas expectativas.

— E o que você esperava? Papeladas mágicas que realizassem todo e qualquer pedido?

Cally juntou os lábios num biquinho.

— Talvez...

— A poção não irá fazer efeito para sempre, leia mais esse e vamos voltar antes que percebam nossa falta — aconselhou o menino.

Com a cabeça fatigada pelo pesar da decepção, Cally tornou a ler, abrindo, desta vez, no meio do livro:

— "Protegida pelo senhor da montanha, no alto do monte, os selvagens mantêm a fonte de água límpida sob a segurança de seu território."

Como se tivessem combinado, ambos se encararam no mesmo instante. Cally trocou olhares tão profundos com Dwiok que, caso um terceiro estivesse presente no ambiente, seria capaz de alegar terem feito longos diálogos em meros dois segundos.

— Água? — questionou Dwiok, estranhando a pronúncia esquisita da palavra que escorregara por entre seus lábios. Num impulso, ele chacoalhou o braço esquerdo de Caledrina. — Vamos, continue!

Os olhos da jovem voltaram até o ponto em que parara, e prosseguiu:

— "Ao reunir as gotas dos cantos mais variados e exóticos da Terra e encontrar um ponto de ebulição perfeito, Arnalém criou para si a fonte da vida eterna. O amor para com o seu povo o levou a compartilhar de suas águas, formando um exército de imortais." — Permitindo que a cabeça roçasse pelos ombros, Cally estralou o pescoço. A garota endireitou a postura e fechou o livro com força mais uma vez. — Estou farta! Essa biblioteca é inútil assim como cada informação queimada. Era só o que me faltava, mitologia! — Ela deu meia volta e começou a andar em direção à saída. — Quer saber? Você estava certo. Esses livros não são perigosos, tudo aqui foi queimado por ser irrelevante.

Porém, prestes a colocar os pés para fora do batente da porta, cortando seu caminho, um homenzinho muito zonzo, extremamente furioso, surgiu. Segurando uma faca, ele começou a gritar palavras

CAPÍTULO XII

embaralhadas, ao mesmo tempo em que, com a intenção de feri-la, saltou para cima da garota.

Desviando do primeiro golpe, Cally procurou por algo que pudesse servir como arma na sala vazia. Sem avistar nada, ela lembrou de sua estratégia de precaução:

— Dwiok, a terceira poção. Rápido! — disse, esbaforida.

A cor amarelada veio à sua memória como a tonalidade exata do preparado que aprendera logo na primeira aula. Mais que depressa, Dwiok abriu o frasco e, correndo até o homenzinho que se debatia num gancho de braço muito bem feito por Cally, forçou o refém a engolir as gotas despejadas em sua boca minúscula.

O homenzinho foi largado e caiu sentado no chão após perder o sustento dos braços femininos de Cally. Seu rosto agora era segurado por entre as mãos da menina, de maneira que ela podia olhá-lo no fundo dos olhos sem distrações.

— Você irá dormir e acordará daqui a exatos dez minutos. Nunca estivemos aqui. Você entrou porque ouviu um barulho estranho e, percebendo que se tratava apenas de um guaxinim, expulsou-o tranquilamente. — Após a menção de suas palavras ensaiadas, Cally o assoprou no rosto, fazendo-o dormir instantaneamente.

— *Hipnoclus Copladus!* Você está ótima nisso! — constatou Dwiok, boquiaberto. Com o rosto queimando pelo calor dos olhos de Caledrina fixos na face dele, voltando a si, o garoto limpou a garganta. — Daqui a pouco chegará ao nível de acompanhar o pior da turma, continue o bom trabalho — corrigiu.

Puxando o ar com a boca para rebater o argumento, Cally avistou o vislumbre de um vão entre os livros.

— O que é isso? — falou, ao dirigir-se até lá.

Entre as milhares de obras abarrotadas, um espaço vazio despertou a curiosidade de ambos que, ao se aproximarem, notaram um pequeno bilhete que parecia ter sido escrito às pressas.

Sem tocar em nada, além do papelzinho, a menina o ergueu à luz para ser lido.

— "Encontre-me, Cuco espera por você."

Franzindo as sobrancelhas em confusão, com os olhos correndo pela prateleira sem encontrar nada que valesse a pena focar durante a bagunça de seus pensamentos, Cally sentiu seu coração pular quando um barulho, chamando a atenção dos jovens confusos, foi capaz de assustá-los.

Boquiabertos, nenhum dos dois sequer piscou no instante em que, no alvo de suas visões, um rosto feminino conhecido apareceu

Após encarar, por alguns instantes, o corpo adormecido largado ao pé da porta, o olhar da mulher concentrou-se nas feições à sua frente estampadas pelo pavor.

— Olá, queridos — disse a Rainha Saturn, exalando um bom humor animalesco e calculista, apoiada sobre o batente da porta.

CAPÍTULO XIII

Saturn jogou uma das várias tranças compridas para trás de seus ombros, quase sem esboçar reação alguma, o que a tornava ainda mais temível. Abusando de sua beleza hipnótica, ela parecia saber até mesmo os pensamentos mais ocultos de Caledrina e Dwiok, apenas com a força e o vigor de seus olhos azul-céu.

— Por favor, não parem por minha causa. Continuem a busca de seja lá o que for — disse a rainha. Seu tom de voz era indecifrável.

Após uma rápida troca de olhares com o garoto ao seu lado, desejando ter uma capa para se esconder e se livrar de demasiada atenção, e sem abusar de toda a sua coragem naquele momento, Cally falou:

— Nós, nós, nós só estávamos…

— Curiosos, eu sei — interrompeu Saturn.

Ainda que tanto Caledrina Cefyr quanto Dwiok Minerus estivessem acostumados com a corte — ao menos mais do que a maioria do povo —, nunca havia sido concedida a eles a honra de dirigir a palavra a qualquer um dos reis. Na verdade, quase não eram vistos, mesmo nos eventos dentro do palácio.

A boca de Cally acompanhou seus pensamentos agitados ao desencostar os lábios. Surpresa pela aparição da rainha em um local tão banal quanto a área de treinamento para os novatos de sua facção, a menina não soube como reagir.

O último dia de vertigem viera acompanhado das palavras de Iros em nome de todos os seis reis; segundo ele, os monarcas estariam mais presentes na vida do povo, mas isso incluiria lugares tão baixos como uma biblioteca de incineração e horários tão inoportunos quanto a madrugada? Como majestades, eles deveriam ter uma boa razão para tal decisão. Como deuses, um segredo.

Saturn arrumou a postura na intenção de se sentir melhor no vestido justo e, depois, gargalhou da hesitação dos jovens, de forma a fazê-los estremecer.

— Sabe, normalmente eu não teria conhecimento dos nomes de dois jovenzinhos da corte, e como eu poderia, não é mesmo? Mas vocês dois, os pequenos prodígios… eu sei quem são. — Seu sorriso se alargou. — Caledrina Cefyr, ex-moradora da facção de meu irmão Iros, aquele idiota. E Dielu Minerus. Ambos em uma nova bandeira. Bem, é meu dever parabenizá-los pela ascensão.

— Dwiok, senhora — corrigiu o garoto, incomodado pelo nome horrível pelo qual fora confundido.

— Foi o que eu disse.

O tom surpreendentemente firme da rainha o fez engolir em seco.

— Perdoe-nos… senhora — desculpou-se Caledrina, forçando uma boa postura com as mãos para trás. A menina empurrou Dwiok com o ombro. — Ele não deve ter escutado direito.

Correndo os dedos sobre o braço e com uma feição de dor, respondeu o garoto:

— Sim, senhora. Eu ouvi mal, senhora. Mil perdões… senhora.

Saturn deixou o encosto da porta para trás e flexionou um pouco seus joelhos, abaixando-se até que o seu olhar estivesse em linha reta com o do menino de cabelo enrolado.

— Nunca mais, não importa qual seja a razão, ouse me contrariar. Eu fui clara?

CAPÍTULO XIII

— Si-sim, minha rainha — gaguejou o menino, de cabeça baixa.

— Dwiok Minerus, ex-morador da facção de Gudge — completou, por fim, Saturn.

Farta de manter a postura e se sentir indefesa como uma menininha amuada, Caledrina levantou a cabeça com olhos desafiadores. Se aquilo representasse uma afronta digna de morte, pereceria. O que ela teria a perder, afinal? No momento, não tinha mais a companhia de May nem contava com o amor de nenhum membro de sua família, embora dia algum tenha sido diferente. Até seu próprio título de nascença, a promessa da facção preta, fora-lhe roubado. Ela era somente mais uma menina de quatorze anos tentando adaptar-se a um novo cronograma com atividades estranhas e a um uniforme de cor diferente ao que usara até então. Apenas mais uma jovem suja, sem um propósito real que a fizesse desejar desfrutar daquilo que alguns ainda ousavam chamar de vida.

Cally se preparou mentalmente para ouvir ameaças de Saturn assim que a rainha levantou a mão. A surpresa, no entanto, foi o sorriso que surgiu no rosto da mulher. A alegria repentina tratava de contar suas segundas intenções a quem se dispusesse a observá-la.

— Você — disse Saturn, fitando intensamente a não mais constrangida garotinha que possuía os cabelos e olhos da cor da maldição. — Você possui um fogo no olhar. O que acha de queimarmos algumas coisas com as chamas que a consomem por dentro, hein?!

— Não sei se entendi, minha senhora. — Caledrina permanecia séria, sem esboçar qualquer emoção.

— Prometo não me ofender se responder com sinceridade. Diga-me: se lhe fosse oferecida a oportunidade de voltar para a sua facção, e não apenas como uma cidadã comum, mas como líder no lugar de seu pai, com o respeito e mérito de todos por ter concluído uma grande missão, você voltaria?

Ouvindo o som de sua própria respiração irrompendo nos lábios desencostados, sem hesitar, Cally respondeu, esquecendo-se até mesmo da formalidade para com a figura esbelta à sua frente, prestes a beliscar-se para comprovar a si mesma que não estava em um sonho após o banquete na árvore oca:

— Sem olhar para trás.

— Estaria disposta a ouvir uma proposta, senhorita Cefyr? — incitou a rainha, com os olhos fixos na menina, que devolvia o olhar com a mesma intensidade.

Após um curto aceno de cabeça vindo de Cally, a rainha se pôs em pé e prosseguiu a sua fala. Desta vez, andando vagarosamente em círculos ao redor dos jovens no interior da biblioteca. Suas voltas próximas aos livros fantasmagóricos permitiam que Caledrina e Dwiok tivessem um vislumbre das asas encolhidas debaixo do vestido roxo.

— Como bem sabem, meu irmão Leugor, guardião da bandeira azul, está desaparecido há anos. Procuramos sem poupar esforços durante muito tempo, mas foi em vão. Compreendemos que ele não quer ser encontrado e, nesse caso, a corte está melhor com um irresponsável imbecil a menos. — Saturn pigarrou ao notar que estava perdendo o foco. — Bem, disto vocês também sabem: a Rainha Anuza, guardiã da facção vermelha, tomou as obrigações do rei azul, unificando as duas bandeiras.

Cally e Dwiok ouviam com atenção, mesmo já conhecendo a história de trás para frente.

— Como toda concentração de grande poder, temos nossos inimigos.

— Selvagens — sussurrou Cally.

— Isso, os selvagens — reafirmou a rainha, sem perder a compostura. — Com um rei já estando fora de seu trono, nenhum outro entre os seis reis restantes poderia nos deixar agora, caso acontecesse, a economia da corte simplesmente quebraria, o que seria um terrível colapso. Fomos enviados por Dunkelheit para reinar sobre esta terra, não há rei entre as gerações passadas que possa se comparar a nós

CAPÍTULO XIII

em majestade e poder, e é o nosso dever manter todos os detalhes sempre em ordem.

Caledrina e Dwiok sequer se esforçavam para tentar recordar algo a respeito dos antigos reis. Com as lembranças passadas dançando nos calabouços da memória feito sonhos enevoados por conta da eficácia de *Ignis Insidias*, tudo o que sabiam era baseado em histórias que lhes foram contadas e, claro, em especulações. Desde que Saturn criara a poção obrigatória, pessoa alguma, jovem ou velha, recordava-se dos rostos dos monarcas além do ano presente, tampouco lembravam do que acontecera com todos os outros que carregaram o sangue real antes deles. Por esse motivo, embora muito novos, os reis nunca foram vistos como garotinhos, o que originou mitos e histórias que foram disseminados na corte e prendiam a atenção de crianças. Além de seus grandes feitos, não havia informação alguma sobre a Corte dos Sete nas mentes do povo. O que todos sabiam era que um acidente levara os antigos governantes para o mundo dos mortos, depois que abriram mão de suas coroas para que os deuses enviados pela fênix sagrada reinassem.

Empáticos à dor das sete coroas, cientes de seu poder absoluto, ninguém guardava outra coisa dentro de si além de compreensão. A população da corte, motivada pelos ingredientes certos na poção anual, entendia que os seis reis, ao decidirem não compartilhar uma história provavelmente íntima e dolorosa, estavam protegendo a todos. Assim, o povo se contentava com a ciência de um episódio turbulento e mortal, mesmo sem saber como e ao que ele se referia.

— Pensei em enviar um dos líderes de alguma facção para tal missão, mas o povo os teme e o pânico se instauraria facilmente. A desconfiança seria combustível para que todos se virassem contra nós. Sem contar que, provavelmente, devemos ter selvagens infiltrados como espiões dentro das fronteiras e, certamente, eles dariam um jeito de comunicar a situação à sua aldeia. Não. Seria arriscado demais.

Com os dedos da mão direita acariciando o queixo de forma que pareciam fazê-lo com seu próprio raciocínio, Saturn parou de andar, virando-se novamente para os novos moradores de sua facção.

— Sabem por que nós os obrigamos a beberem a *Igninis Insidias* ano após ano?

— Claro, senhora. Para que sempre mantenhamos o respeito às coroas, e não os perturbemos com as questões petulantes sobre seus ancestrais, que não nos dizem respeito — disse Dwiok, quase que em uma reverência.

Por um momento, Saturn pareceu conter uma gargalhada. Mesmo iluminado apenas pela luz amarelada do fogo, ainda foi possível notar um leve rubor colorindo a face do menino pelo esforço.

— Você é esperto, garotinho. Mas lhe dou a abertura e a bênção de minha total compreensão para que seja sincero comigo. Sabe por que os obrigamos a ingeri-la?

— Não exatamente — respondeu Dwiok, embora ainda um tanto temeroso com a própria franqueza, enquanto Caledrina reafirmava as palavras do menino com um aceno negativo de cabeça.

Ambos franziram as sobrancelhas, em concentração, ao notarem, no rosto da rainha, o que parecia ser um traço de medo.

Um curto sorriso de lábios fechados escapou da expressão de Saturn, mas, ainda assim, ela carregava algo tão sombrio em si que harmonizava com o fogo reluzido das lamparinas em seus olhos umedecidos de melancolia.

— Eu daria tudo para estar no lugar de vocês. Entregaria a minha posição, a minha coroa e o meu par de asas pela sua ignorância.

— Levantando a cabeça para evitar que uma lágrima escorresse, Saturn encobriu a força de seus sentimentos. — A poção não serve para parecermos mais poderosos, não precisaríamos de um feitiço para isso. Seu objetivo é possibilitar que a esperança de mais sorrisos seja viva em vocês. O povo já passou por mais traumas

CAPÍTULO XIII

do que seria capaz de suportar mantendo sua sanidade. As atrocidades que vocês conhecem, cometidas pelos selvagens, não fazem parte de um terço dos pesadelos que nos atormentam diariamente. Esquecer não é um luxo do qual os reis podem desfrutar.

Jamais, mesmo em seus mais loucos devaneios noturnos, Caledrina poderia imaginar que as palavras de um rei a comoveriam de tal forma. Seus olhos pareciam como uma represa de lágrimas, prestes a romper. E, embora nenhuma gota escorresse por sua pele quente, o que se formava dentro de si não era a empatia por seu povo ou por seus reis, mas, sim, o ódio pelos selvagens. Havia no seu coração a mais pura fúria por aqueles que causavam tanto mal, não apenas a crianças inocentes como May, mas até mesmo a dragões cuja principal função era proteger o seu povo. O ódio, certamente, acumulava-se em seu olhar.

A voz embargada e os olhos brilhantes de Saturn foram deixados para trás, dando lugar à postura impecável que sempre a acompanhava e, após esboçar um biquinho ao passar certo tempo pensando cuidadosamente nas palavras que viriam a seguir, começou a soltar as informações como se compartilhasse coordenadas de guerra aos homens dos mais elevados cargos de um exército. A rainha iniciou a sua proposta sem rodeios:

— Quero que matem os selvagens, o maior número deles. Seja por envenenamento, enforcamento, com a espada ou com suas próprias mãos. Eu não me importo. Só quero que os façam pagar por cada vida que tiraram daqueles que estavam sob o meu domínio, vidas do nosso povo. Vocês são jovens, e é justamente por isso que ninguém os tratará com suspeita. Caledrina poderá protegê-los com o domínio de técnicas de luta que aprendeu durante a sua criação como filha do líder da facção preta, e Dwiok os manterá vivos e nutridos, sabendo o que e como comer, contando com seus deliciosos conhecimentos acumulados nos anos em que viveu do lado laranja. Vocês precisam um do outro. Caledrina não sobreviveria muitas luas sozinha na floresta. Se não encontrar uma boa caça, não saberá o que ingerir e morrerá de fraqueza. Dwiok conhece cada planta e tempero. Estou certa de que ele saberá como preparar banquetes, ainda que tenha somente cascas de árvore. Gudge pode ser um acomodado imprestável, mas não posso negar que, apenas com o delírio dos sabores que é capaz de preparar com os olhos fechados, ele faria comandantes entregarem os próprios homens. Se Dwiok é mesmo o prodígio que todos alegam ser, Caledrina estará em boas mãos. Ambos sabem o básico de poções, isso também os ajudará.

 Aproximando-se deles, Saturn segurou o rosto de Cally entre suas mãos, como quem segura uma vasilha de sopa prestes a transbordar. Sua voz transparecia toda a raiva contida pelos árduos anos de terror.

 — Eu a observo desde que nasceu. Seu pai a treinou de modo superior a qualquer outro soldado. Você é uma máquina de matar. Mate-os em nome da corte, e eu prometo que a farei líder no lugar de Heros, o qual terá de se curvar diante de você. A líder mais jovem e mais temida que já existiu. Sua prestação às sete coroas será lembrada para além de sua morte. Caledrina, você tem a minha palavra no tom mais roxo que eu poderia lhe oferecer.

 — E quanto ao líder deles...? Eles têm um líder, certo? Não quer que ela o mate também? — questionou Dwiok, curioso, interrompendo a tensão formada entre Cally e a rainha, que se afastou da menina para responder à intromissão.

 — Um rei. Arnalém. Mas, ainda que desejassem, vocês não poderiam matá-lo. É astuto demais. Espero que encontrem o lugar onde esse povo de mente facínora se esconde, matem alguns deles e me chamem quando estiverem com Arnalém. Eu quero ser a última visão em sua mente quando aquele velhote fechar os olhos para sempre.

 — E, caso aceitemos... não que estejamos realmente cogitando, mas...

CAPÍTULO XIII

— O mesmo se aplica a você, Dwiok Minerus. — Saturn se virou completamente para o garoto. — Será feito líder da facção laranja, se assim desejar, e todos o verão como herói na corte.

— Muito bem... eu já tinha imaginado isso, mas é bom reforçar, obrigado. — Ele se apressou em demonstrar gratidão. — Minha dúvida, no entanto, é outra: caso aceitemos a sua tão generosa proposta, como a chamaríamos até o território dos selvagens, senhora? Mandaríamos uma carta ou algo assim? — perguntou Dwiok, buscando compreender toda a situação.

Pela primeira vez naquela noite, Saturn revirou os olhos e bufou para o garotinho e suas perguntas enfadonhas. Caledrina mantinha-se calada. Claramente forçando um sorriso, a rainha respondeu:

— O que cresce em vocês antes crescia em mim e, portanto, pertence a mim. — Ela se voltou para a menina, comissionando-a como a responsável pela realização de seu desejo. — Caledrina, basta que você coloque o braço no fogo por alguns instantes, eu sentirei o cheiro das suas raízes queimadas e os encontrarei.

Ainda a par da tensão que pairava no lugar, Dwiok tentava absorver o máximo de informações para discutir com Cally mais tarde.

— Um pouco dolorido, não? — constatou, ao esboçar uma careta.

— Não se preocupe com isso. A menina é quem deve cumprir a tarefa.

— Mas eu tenho ainda uma última pergunta — ele respondeu, corajosamente.

Prestes a fuzilá-lo com a veemência de seu olhar, Saturn buscou forças no mais profundo de si para manter a cortesia, algo a que não estava acostumada.

— Prossiga — disse, entre os dentes.

— Como chegaremos até lá? Sei que provavelmente precisaremos descobrir, mas a rainha não teria sequer uma pista ou algo assim?

— Há um ser perturbador de pele azulada e cabelos cor-de-rosa que vive no centro da floresta proibida. Ela se chama Isi, e os levará até Arnalém. Se decidirem aceitar a minha proposta, basta voltar à biblioteca, na calada da noite, e deixar as janelas abertas, de forma que as luzes poderão fluir de dentro da cabana. Este lugar permanece sempre bem fechado, então, neste caso, saberei que estão aqui. Tudo o que preciso para agir é ver que abriram uma brecha.

— Isi? Pensei que fosse apenas mitologia — disse Dwiok, em grande confusão.

A rainha deu a si mesma o privilégio de ignorar o garoto e voltou sua atenção a Cally, que permanecia em completo silêncio, mesmo que seu olhar gritasse mais palavras do que eles eram capazes de compreender.

— Você está pronta para isso, pode matá-los e retornar vitoriosa. Já desafiou grandes homens nos treinos de seu pai e venceu. Eu a vi lutando. É estrategista, rápida, habilidosa e voraz como eu. É capaz de realizar essa missão, levar-me até Arnalém e desfrutar de muita autoridade aqui na corte. — Seus olhos brilhavam à medida que cada palavra se apresentava à garota com grande impacto. — Caledrina Cefyr, o que me diz?

Sem desviar o olhar, a menina sequer piscava; o único movimento de seu corpo era o peito subindo e descendo de forma acelerada, devido à sua respiração intensa. Após alguns instantes saboreando a súplica da rainha, com a voz ferina, finalmente, Caledrina falou:

— Quando começamos?

CAPÍTULO XIV

Tagarelice dos colegas de Caledrina se apresentava aos ouvidos da menina como garças barulhentas. Ela, que desde a primeira visita, estudou o lugar com atenção, já havia memorizado cada detalhe do ambiente para os jantares obrigatórios; até então, o local era inusual, cheio de "nutrientes e vitaminas cuidadosamente germinadas da terra enfeitiçada para manter todos inteligentes". Apesar disso, a jovem falhou em recuperar em seu cérebro a parte na qual estavam as justificativas para exercer a cortesia ali. Cally não encontrou uma razão sequer para manter os olhos fixos na realidade, e bufava com a cabeça enfiada entre os joelhos, enquanto abraçava as próprias pernas apoiadas no chão oco amadeirado.

Ela não precisava olhar para enxergar; podia ver, por meio de sua escandalosamente fértil imaginação, o espaço amplo da maior árvore da região. Litros e mais litros de poções foram elaboradas apenas para germinar o projeto, com o objetivo de fazer o tronco, monstruosamente forte, crescer o suficiente para que um imenso salão fosse inaugurado em seu interior. Mesmo com os olhos fechados, Cally ainda percebia a presença de cada uma das cinquenta longas mesas repletas de comida, as quais faziam o ambiente parecer um pouco mais aconchegante.

Caledrina tentava se concentrar nos sons e associar cores a cada barulho que se voluntariava como perturbador de sua paz, incluindo, é claro, a baderna dos vários alunos, que, animados para provar o seu valor e a sua astúcia ao professor Sefwark, tagarelavam buscando distrair-se do nervosismo, enquanto, interiormente, desejavam ser escolhidos para o desfile. Percebeu, então, outro som, acompanhado de um aroma pouco agradável. Eram grunhidos de porcos, posicionados a uma curta distância da menina. Eles pareciam roncar ainda mais alto, uma vez que eram sufocados pelos homenzinhos, os quais, devido à sua estatura diminuta e força duvidosa, entregavam tudo de si para mantê-los no lugar, segurando-os apenas por coleiras de cordas novas.

Caledrina não se incomodava com o mau cheiro, ao menos não tanto quanto alguns que reclamavam a cada dois segundos e meio. Ela sabia que as criaturinhas esquisitamente rosadas estavam ali por uma razão especial, e que, além disso, aquele era um dia bastante esperado. Muito em breve os porcos não teriam mais a chance de, nem mesmo, exalar tal aroma que incomodava as narinas alheias. Ainda atenta aos barulhos do interior da árvore destinada ao almoço e jantar, a garota pensou ter escutado — embora soubesse que, provavelmente, estava — o som suave dos pequenos pezinhos dos legumes e verduras correndo e pulando de prato em prato, caçoando daqueles que, com seus garfos e facas, não conseguiam cortá-los. Desde que chegara ao lado roxo da corte, seis meses já haviam se passado, mas ela não sentia que estivera ali por mais de seis luas.

Apesar disso, não focava nesses pensamentos. Ao menos, não naquela ocasião. Afinal, além do dia de vertigem, o coração de Caledrina, desde pequena, ansiava, talvez ainda mais ardentemente do que criar suas próprias raízes negras, fazer parte de outro evento especial tradicional do povo: o desfile de Amartíes. Perdida no tempo, de forma que não saberia dizer se estava ali por apenas alguns segundos ou longos e tortuosos minutos, com os olhos fundidos na

CAPÍTULO XIV

escuridão, deixou sua mente viajar para um certo dia, quando tinha seis anos de idade. Lembrou-se de estar no campo de treinamento, respirando profundamente antes de erguer a espada pesada, e de, horas antes, ter compreendido algo que até então não havia notado. Após ter passado todo o dia nas arquibancadas reservadas aos nobres com seus pais, aplaudindo os jovens representantes de cada facção no desfile de Amartíes, percebeu a imensa honra que era estar no carro ornamentado, frente a todos, sendo ovacionado em belos trajes.

Tamanha era a intensidade de suas lembranças que, recostada na extremidade do tronco oco, o qual formava uma parede, Cally pôde quase jurar ter sentido o sol forte ardendo sobre sua pele novamente, exatamente como sentiu quando, na época, decidiu que um dia estaria do outro lado, não na arquibancada, mas recebendo os aplausos. Voltando a si, apesar de os olhos ainda estarem perdidos na completa escuridão, algo que não saberia dizer se fora uma pontada física ou apenas um desconforto em sua imaginação a fez gemer em inquietação. Caledrina sabia que um dia participaria de Amartíes, mas jamais, nem em seus sonhos mais loucos, regados pelas suas maiores noites de inspiração, achou que vestiria roxo ao fazê-lo.

Uma vez por ano, ao ar livre, sem sofrer alterações — afinal, a chuva não era um impedimento para a corte — acontecia o desfile de Amartíes. Sempre pontual, a cerimônia obrigatória para todos os moradores era uma das datas mais aguardadas do calendário popular; o misticismo presente chamava a atenção de todos os indivíduos, qualquer que fosse a facção à qual pertencessem. O povo acreditava permanecer protegido pelo espírito da fênix que, ao zelar por cada um deles no dia de vertigem, recolhia para si as crianças que não eram capazes de servir à corte com o nível de excelência esperado, a fim de treiná-las em outra atmosfera, antes de enviá-las de volta para este plano no corpo de novos bebês. Cada jovem de quatorze anos que sucumbia às garras do leão estaria sendo treinado pela ave dourada em uma área de habilidade — que seria revelada na vida seguinte, em seus próximos dias de vertigem —, para voltar ainda mais capacitado e somar ao crescimento de um reino incomparavelmente forte.

Como muitas crianças eram recolhidas pela fênix ao darem o seu último suspiro nas garras das feras, a maioria dos leões satisfazia-se rápido e, então, outros eram soltos, uma vez que, para perseguirem vorazmente sua presa, precisavam estar famintos. Ainda que houvesse a crença de que não era a morte em seu estado friamente trágico que ocorria na arena, mas, sim, uma oportunidade de capacitação, o desfile de Amartíes fora criado na intenção de representar um tributo, uma vingança, em honra aos pais que não tiveram filhos habilidosos o suficiente para permanecerem na corte. Tamanha honraria acontecia por meio do sacrifício das feras, que ainda estavam de barriga cheia quando eram mortas. As carcaças eram preservadas com feitiços, para que, após seis meses, duas duplas por facção — a primeira, composta por um menino e uma menina ainda em treinamento, e a segunda, por um casal já formado nas artes de sua bandeira, com dois indivíduos conhecidos e respeitados como mestres exímios — fossem escolhidas, para demonstrarem suas habilidades nas cabeças dos leões mortos.

Em um carro enorme de ferro polido, banhado a ouro, que escandalosamente possuía asas como as da ave dourada do mito, as duas duplas que mais se destacaram durante o ano em cada facção posicionavam-se em um dos vinte e oito degraus largos, que mudavam de cor a cada duas elevações. Para completar o cenário, as jubas dos leões eram tingidas de acordo com as bandeiras e adornadas com representações das facções, fincadas em estacas douradas, ao lado de cada dupla. As cabeças adormecidas das feras permaneciam estáticas, alguns metros acima daqueles que ali desfilariam.

Presenciados por todo o povo, atravessando uma longa rua, recebendo a honraria dos aplausos e olhares concentrados, os jovens orgulhavam-se por seus esforços os terem colocado na posição dos

CAPÍTULO XIV

que obtiveram o melhor desempenho em suas respectivas bandeiras. As quatro pessoas de cada facção eram a atração principal do desfile de Amartíes, mas, para entreter o povo da corte, acostumado com o estilo dos festejos que apenas as sete coroas sabiam dar, um grande carro de asas douradas ainda era insuficiente. Além da participação das duplas em figurinos exóticos, das suntuosas cabeças das feras — que, representando o domínio do homem sobre a besta, ocasionavam gritos e suspiros a cada aparição —, o desfile também contava com uma programação diária de performances artísticas, como altas cantorias, truques com bolas flamejantes, arcos, barras e inúmeras outras apresentações organizadas por aqueles que, órfãos de sua bandeira azulada de origem, estampavam vermelho desde a unificação das facções.

    Sefwark ficou ansioso ao perceber que aquele, segundo a sua percepção, fora o semestre mais rápido dos últimos tempos, e, finalmente, seus prodígios seriam escolhidos para o desfile. O professor caminhava em círculos, com pés perdidos em passos acelerados que o levavam a lugar nenhum. Ele buscava organizar os pensamentos para a grande prova que aconteceria durante o café matinal, momento em que a decisão das duas duplas de maior destaque no período aconteceria. Apesar do agito, Sefwark não se preocupava muito, afinal já contava com seus favoritos e sabia que, ao se apresentarem aos reis e ao povo, eles não o decepcionariam em técnica e habilidade. Enquanto andava, pensava e indagava, ele também lia algo num grande livro de capa esverdeada, com grossas folhas amareladas.

    — Sr. Wilpleskey, modos, por favor! — berrou o professor, ao ver, pelo canto dos olhos, um de seus alunos com os pés sobre a mesa do café, fazendo graça por ter conseguindo perfurar, com seu talher, uma cenoura que todos da mesa haviam concordado ser a mais rápida entre os vegetais servidos naquela manhã. Substituindo o livro por uma espécie de cajado, Jamar fez os sapatos sujos do menino sem classe deslizarem até o chão.

— Mil perdões, Sr. Sefwark — disse o garoto, ajeitando rapidamente a postura com o auxílio dos pés abaixo da mesa.

— Não façam com que eu me arrependa de tê-los trazido para a árvore tão cedo — falou, mais para si mesmo do que para o rapaz.

Um lugar de destaque foi ocupado pelo professor, que notou como até mesmo o interior da grande árvore enfeitiçada parecia minúsculo ao abrigar tantas pessoas, e pestanejou por se questionar se havia sido uma boa ideia levar todos até ali.

Alto o suficiente para que seus alunos, assim como os integrantes mais velhos de sua bandeira, curiosos para saber o resultado das duplas mais excelentes, pudessem ouvi-lo, Sefwark falou:

— Hoje, escolheremos dois casais de nossa facção para o grande desfile, que ocorrerá muito em breve. O primeiro será selecionado entre os alunos, participantes de qualquer semestre. Todos têm a chance de provar o seu valor. Já o segundo casal virá dos moradores mais antigos de nossa facção. Aqueles já formados nas artes da bandeira são exemplos para vocês, jovenzinhos, que um dia podem chegar tão longe quanto eles. A prova começa em uma grande mesa, na qual vocês terão acesso aos mais inimagináveis ingredientes, desde... — A fala do professor foi interrompida por um dos vários homenzinhos que, na lateral interna da árvore, segurava porcos pela coleira; sem aguentar a força do animal agitado, ele soltou a corda, trazendo alívio aos dedos já roxos pela pressão. O porco fujão, fazendo a festa, provocou risos aos alunos que ingressaram na facção junto com Cally, ao correr em direção ao Sr. Sefwark.

Ainda com o cajado em mãos, esbanjando toda a força e destreza habituais, com um só golpe, o professor Jamar fez o porco cair desacordado.

— Bem, continuando... ingredientes desde folhas secas comuns até raspinhas de dentes de um guepardo roxo, que dizem ter estado aqui na época em que a corte contava com vento e água... — O professor hesitou e se perdeu em seus pensamentos, contando com

CAPÍTULO XIV

a sorte de que muitos ainda estavam distraídos e não perceberam sua fala proibida a respeito do mito do Vento — ...ou seja, nunca, é claro.

Sefwark deixou lugar para uma nova onda de burburinhos entusiasmados e curiosos, e retomou a ser o centro máximo das atenções segundos depois:

— Vocês terão acesso a tudo o que suas mentes criativas forem capazes de alcançar nas prateleiras mais altas de suas imaginações. Como já nos foi apresentado cordialmente por essa inoportuna confusão, temos alguns porcos presentes — disse, ao esticar a ponta dos dedos, sugerindo o local onde estavam os animais, ainda que não houvesse alguém entre os presentes na árvore oca que até o momento não tivesse notado sua localização e fedor. — Tudo o que terão de fazer é elaborar uma poção que cause o levitar de um porco até o teto e, após alguns segundos, matá-lo ainda no ar. Sem explosões ou líquidos nojentos expelidos pelo animal. Quero uma morte serena como a de um velho senhor que sonha com a brisa em sua poltrona numa tarde de calor.

Alguns, eufóricos com a competição, já estavam de pé, enquanto outros permaneciam sentados, mastigando algo que fora levado pelos homenzinhos durante as reposições das longas mesas retangulares do café, que ainda serviam como uma pista de corrida para alguns vegetais agitados. De maneiras diferentes, cada aluno prestava atenção máxima às palavras do Sr. Sefwark, quase sem piscar.

— Dirijam-se até a mesa dos ingredientes! — ordenou, diretamente e sem mais introduções.

Sem pestanejar, os jovens obedeceram, e, em poucos minutos, centenas de olhares, tanto de alunos quanto de moradores mais antigos da facção, corriam pelas especiarias espalhadas pela superfície de madeira escura. Posicionando-se entre as pessoas, por trás da grande mesa e da fila extensa de homenzinhos e porcos, o professor deu suas últimas orientações:

— Por mais que eu não tenha ensinado esta poção específica nem mesmo para os nascidos na facção roxa, que estão em anos mais avançados, repletos de convicção de que vencerão esta prova, todos aqui presentes sabem poções inferiores que, se misturadas, chegarão ao efeito desejado. Basta que se concentrem para encontrar as combinações certas. Cada um terá apenas uma chance, então pensem bem antes de fazer besteira, movidos por mera emoção. Mantenham em mente que vocês são capazes e que merecem ganhar mais do que todos os outros aqui. Entendam que não há amigos quando existe um prêmio em jogo. Na vida real, estamos em uma competição e devemos pensar que todos os que nos rodeiam são inferiores aos dons que nós mesmos possuímos. Acreditem nisso se quiserem ter alguma chance hoje. E a prova começa... agora!

Motivados pela palavra de comando do homem que, ainda segurando o cajado, sentia-se entusiasmado para acompanhar os resultados, ao som dos grunhidos dos porcos e do tilintar de cada ingrediente sendo retirado da mesa, cada mente pensante começou a elaborar suas próprias ideias de poções mágicas.

Aqueles nascidos em outras facções eram facilmente diferenciados dos educados no lado roxo. Quase soavam desesperados, encharcados por ondas de nervosismo, desejando a chance de não apenas verem, mas serem vistos por seus pais no desfile.

Com mãos ágeis, atentas à sua intuição, piscando constantemente os olhos que, depois de fechados por muito tempo, ainda estavam se acostumando à luminosidade, Caledrina procurou por cada ingrediente que sua cabeça gritava para pegar. Caminhando até uma parte isolada da mesa que apresentava o café matinal, após retirar os pães e bolos parcialmente mordidos e expulsar alguns vegetais ambulantes da sua frente, ela despejou tudo o que havia recolhido para a sua poção.

Cally se apropriou do fogo de uma das candeias espalhadas pelo interior da árvore para queimar a folha de uma bananeira. Quando

CAPÍTULO XIV

notou que o ingrediente estava prestes a se deteriorar, ela o levou de volta para a superfície da mesa. Com os dedos, cuidadosamente segurou a folha pela beirada e desprendeu as cinzas formadas pelo fogo. Ao terminar de reuni-las, despejou-as sobre um frasco aberto.

Seus lábios rachados eram constantemente umedecidos pela língua que se movimentava involuntariamente, acompanhando a força de sua concentração. Caledrina esboçava caretas enquanto, antes de colocar todo o conteúdo dentro do recipiente adequado, queimava, alisava, beliscava, chacoalhava e apertava cada ingrediente. Com o dorso da mão direita arrastando-se sobre os cabelos, inconscientemente ela buscava manter os fios soltos afastados de sua face.

Caledrina abaixou-se até que o seu olhar estivesse na altura da mesa, e disse as palavras:

— Que influenciado pelo que de dentro sair, o ego que em mim borbulha o eleve às alturas, até que a morte o faça cair, cheio de si mesmo, com a sagacidade de todas as suas loucuras.

A poção borbulhou até atingir um estado de fluorescência e, depois disso, prontamente, Cally pôs-se em pé. A força de sua concentração a impedira de ver o espetáculo do fracasso de tantos outros que foram mais rápidos do que ela. Inutilmente. Agora, a longa fila de porquinhos havia se transformado: quase todos estavam desfalecidos no chão, e os que não, encontravam-se em estados deploráveis.

Uma vez que apenas duas duplas eram escolhidas em cada facção, sendo uma delas de mestres já dominadores do conteúdo ensinado nas classes, todos os alunos dos dez anos de aula competiam nas mesmas provas, dado que o conhecimento mágico nem sempre era ditado por quantos feitiços alguém memorizava, mas pela astúcia e atenção na hora de combiná-los.

Não havia limites para a magia, e isso era o que mais encantava o professor. Não importava o quanto estudassem, as raízes sempre poderiam crescer. Mesmo ciente disso, sabendo, também, que o conhecimento acarretado pelos anos não deveria ser desprezado, frente à fila, um Sr. Sefwark muito zangado encontrava-se com os braços cruzados batendo o pé constantemente na tentativa de expelir sua frustração, principalmente com os mais velhos, que cursavam os últimos anos. Corpos de todas as alturas cabíveis, dos quatorze aos setenta e quatro anos, ao encontrar aquilo que estavam convencidos de que seria a solução, dirigiam-se para os suínos reservados a eles, a fim de comprovar suas teorias.

Por entre as pessoas agitadas, Caledrina caminhava calmamente, segurando aquilo que representava sua aposta para a prova. Ela jogou as mechas cinzentas para trás do ombro antes de se abaixar para encarar o pobre porquinho escolhido. Após acariciar a cabeça do animal, fazendo-lhe grunhir ainda mais alto — como se, por meio do estranho toque que chegou, ele soubesse o que lhe aconteceria —, Cally aproximou a poção à boca pequena do bicho, a fim de que ele pudesse bebericá-la. A menina coçou o nariz com o antebraço e esperou até que a sua criação fizesse efeito.

Ainda de braços cruzados, o professor a observava com grande atenção.

Caledrina deu alguns passos para trás e abriu mais espaço, deliciando-se de seu espetáculo, quando o animal começou a levitar no ar. Diferentemente dos outros porcos, o movimento foi lento e suave. Olhares eram divididos entre o pavor ocioso por ainda não terem finalizado a prova e a admiração por aquilo que parecia ser uma poção bem-sucedida, realizada por uma menina.

Em alguns segundos, o porco voador grunhiu uma última vez de forma embargada, até que não se ouvisse mais um som sequer de seu corpo, que ainda roçava o teto. Em um momento, lá estava ele, gracioso ao levitar como um fio de cabelo; em outro, seu peso o levou de volta ao chão, lembrando a todos de algo facilmente subestimado numa facção mágica: a gravidade.

CAPÍTULO XIV

Aquecida pelo calor das palmas, Cally acenou com a cabeça e ouviu o professor aclamá-la por ser a primeira garota selecionada, seguido pelos murmúrios de algumas meninas e mulheres que, desgostosas, largaram seus experimentos indo até a mesa do café, provavelmente para se confortarem com alguns bolos e mousses adocicados, pois desejavam mais serem as primeiras do que estarem entre as duas selecionadas.

Ainda em meio aos aplausos, um garoto ruivo de aproximadamente vinte e três anos, que já cursava o penúltimo ano de treinamentos da facção, correu confiantemente até um dos porcos. Quase no mesmo instante, Dwiok escolheu depressa uma criatura rosada, de olhar despreocupado, bem ao lado. Caledrina os observava com as mãos recatadamente apoiadas sobre a cintura fina. Uma vez que, antes dela, um senhor alto, morador antigo da facção, já havia sido selecionado, faltava apenas um representante masculino entre os alunos, o qual tomaria lugar ao seu lado no desfile.

Os garotos torciam pela morte pacífica de seus porquinhos, que lamberam as poções oferecidas quase que simultaneamente. As palmas deram lugar à apreensão, e todos ficaram boquiabertos quando os dois animais subiram até o topo da árvore oca ao mesmo tempo. E, pela primeira vez desde o nascer do Sol, houve silêncio.

O porco escolhido pelo garoto ruivo e alto caiu no chão segundos antes da cobaia de seu concorrente, que parava estática ao seu lado. O vencedor pulou com as mãos para cima em comemoração à sua vitória, logo confirmada pelo professor Sefwark. Com um biquinho ao qual Cally poderia assistir todos os dias, por longas horas, sem perder a graça, Dwiok expressava sua grande frustração pelo segundo lugar entre os estudantes masculinos, não sendo o suficiente para acompanhar a menina, que, gloriosa, teria espaço em um dos degraus roxos para se exibir e se vingar das feras, com a cabeça de uma delas bem ao seu lado no desfile de Amartíes.

Como se um dedo gelado lhe percorresse a extensão da coluna, Caledrina vibrou pela ideia de, mesmo sendo uma das mais novas entre as competidoras, ser reconhecida como a melhor em algo com o qual jamais tivera contato antes; ela estaria ao lado de um rapaz que nascera em meio a poções e palavras mágicas e que, certamente, possuía mais idade e experiência. Em poucos dias, Cally seria vista por Heros. Finalmente, surpreenderia seu pai.

CAPÍTULO XV

Uma mulher de longos cabelos, em um tom azulado tão claro que quase lembrava o céu, típico em todos os seres da espécie Homenzinho, trazia um espelho manchado para que Cally pudesse ver seu reflexo.

Após analisar, boquiaberta, a sua imagem diante do espelho por alguns instantes, tão atenta como quem estuda os movimentos de uma presa, Caledrina deixou escapar uma gargalhada seca por entre os lábios. Arqueava-os ao ver a sua figura refletida, apresentada de forma tão graciosa como nunca. Exalava uma delicadeza tão intensa que chegava a ser pavorosa. A junção do pó de arroz com o contorno exageradamente rosado a lembrava cerejas jogadas na neve — elementos que Cally só conhecia por meio de livros mitológicos. Esticando e franzindo o rosto até formar uma careta, a menina se questionou como conseguiram prender com tantos laços os fios lisos de seu cabelo no topo de sua cabeça.

— Está tudo bem, senhorita? — perguntou a mulher de estatura diminuta, confusa pela agitação estranha da moça.

— É claro — respondeu Cally, ainda tentando conter o riso. A figura que havia se tornado aparentava não conhecer sequer uma unha lascada. Ela realmente seria a isca perfeita para a missão proposta por Saturn, afinal quem duvidaria de uma garotinha tão indefesa assim? Por alguns instantes, ela pensou em partir para a tarefa usando um vestido. Além de parecer inofensiva, ainda poderia esconder algumas armas debaixo dos tantos fios reunidos do estofo rosado. Analisou, então, o caimento da roupa bem estruturada e cheia de tecidos apertados, unidos ao ferro do espartilho. Seus olhos correram por toda a extensão dos panos que sustentava em seu corpo. Se questionada, porém, não seria capaz de descrever muitos detalhes de seu traje; seus pensamentos não estavam na vestimenta.

Cally mordeu o cantinho dos lábios, mas os soltou e cuspiu no ar pelo sabor adocicado e esquisito que vinha da tintura avermelhada que a mulher colocara. Notou que seu inconsciente, pensando nas palavras da rainha, portava-se como se já estivesse certa de sua decisão e, sabendo que sua intuição era, na maioria das vezes, uma guia sábia, resolveu obedecer.

— Há algo mais que eu possa fazer, senhora? — perguntou a mulher, pisando no próprio cabelo ao caminhar até ficar ao lado de Cally.

— Na verdade, sim. — Esperando a serva olhar com atenção, Cally voltou a se encarar no espelho.

— Como é mesmo o seu nome? — questionou a menina.

Já mais perto de Cally, a pequena moça respondeu:

— Anasluria, senhora.

— Bem, Anasluria, você é realmente talentosa! Fez um trabalho belíssimo aqui. Acredito que a maior parte do povinho esquisito da corte morreria por um desses — disse, sem tirar os olhos do espelho, manchado pelo tempo, focando no tecido rodado da saia.

Uma expressão de horror se formou no rosto da pequena mulher, que de forma falha buscava esconder sua frustração pela fala descortês. Ao notá-la, Cally espremeu os lábios com força como forma de punição por não saber sequer elogiar devidamente. Quais

CAPÍTULO XV

eram, na verdade, as regras e diretrizes para um elogio amistoso? Caledrina não sabia, mas de algo tinha certeza: ou era um completo tolo aquele que disse que para elogiar bastava dizer as palavras sinceras que viessem do âmago do ser, ou o seu coração, devido aos anos amargos, realmente não mais era capaz de gerar ao menos uma palavra doce. De uma forma ou de outra, certamente a substância pegajosa que ressaltava um ar saudável no rosto pálido da menina era mais adocicada do que a sua mente confusa e o seu coração perdido jamais poderiam ser.

— É um vestido belíssimo, mas não tem muito a ver comigo. Há tanto tecido que minhas pernas estão com preguiça de andar, e sinto que, se abocanhasse um pãozinho sequer, o vestido rasgaria por completo. Pensei em algo um pouco mais escuro e... menos — disse Cally.

— Menos o quê? — perguntou a mulher, encolhendo o corpo já pequeno devido à dúvida que crescia em si.

— Só... menos — respondeu a garota, enfatizando a fala com as mãos enluvadas abertas.

— Escuro como um vermelho desbotado? Posso remover um pouco do volume da saia também, se lhe agradar mais — disse a homenzinho, que já não parecia mais tão contente com a que fora designada a arrumar para o desfile de Amartíes.

— Um pouco mais escuro, e um pouco... menos... — corrigiu, apontando para a saia armada quando Anasluria, correndo as mãos pela arara de trajes, preparou-se para pegar um vestido avermelhado, tão espalhafatoso quanto o rosa que vestia.

— Um pouquinho mais para a direita. Mais, mais, só mais um pouquinho... pare! — direcionou Cally.

Anasluria, por fim, retirou um vestido preto dentre o amontoado de peças. Horrorizada, falou:

— Mil perdões, senhora! Este deve estar aqui por engano. Eu o fiz sob encomenda para o funeral do primo de...

— Shhhh! — Cally espremeu os dedos sobre os lábios melados, antes de limpá-los na saia do vestido. Manchou-o levemente para o horror daquela, que em frente à arara de trajes, seguia os seus movimentos com olhos atentos. Caledrina pulou do banquinho que a deixava mais alta para os ajustes.

— É o que menos me lembra uma "almofadinha", portanto creio ser o melhor para mim.

Pensativa, examinando a garota que já tentava retirar o vestido de tom rosado criado por suas mãos, sugeriu Anasluria:

— Ainda temos tempo para alguns ajustes, por tê-la trazido até aqui antes para prevenir os imprevistos. Saiba que sou conhecida por ser a melhor estilista entre todos da minha espécie. Como já havia tirado suas medidas, aproveitei para fazer algo mais. Já notei como costuma se vestir e tentei fazê-la ousar para algo mais comum aos olhos da corte, distante do seu usual, mas já que não consegui, então permita-me apresentar o que criei como segunda opção...

Com o rosto já enfiado no meio do vestido que estava prestes a deixar seu corpo por completo, Cally ficou intrigada e parou.

— Segunda opção? — disse, com a voz abafada por entre o volume da saia.

Desgrudando-se do emaranhado de tecido rosado, com as pernas esticadas sobre o chão, vestindo meias altas, a garota esperou até que Anasluria retirasse algo escondido de trás da arara.

Uma peça azul-escura como a noite estrelada fez Cally levantar-se. A parte de cima lembrava um vestido singelo, mas o traje descia pelas costas feito uma capa por cima de calças largas. O tecido luxuoso tornara as calças tão soltas que o movimento poderia passar despercebido por alguns como um vestido real. Um par de luvas, feitas com o mesmo tecido, fez Cally admirar a mulher ainda mais pelo primor e atenção aos detalhes. Ela havia mesmo a observado.

— Você gosta? — perguntou a mulher pequenininha, apreensiva.

CAPÍTULO XV

Era a vestimenta mais linda que Cally já vira; a menina estava encantada e desejou declamar belos textos em agradecimento, mas tudo o que saiu de sua boca foi um curto:

— *Aham.*

A peça serviu perfeitamente, despertando um brilho aos olhos de quem a contemplasse. Caledrina jamais se sentira tão bela em toda a sua vida, e surpreendentemente confortável também. Havia apenas mais uma coisa que a incomodava e, como se lesse seus pensamentos, Anasluria falou:

— Imagino que também não esteja de acordo com a maquiagem e cabelo escolhidos.

Como se involuntariamente prendesse o ar por todo aquele tempo, Cally arfou, descarregando sua tentativa desesperada de parecer gentil.

— Não. Eu, na verdade, achei uma combinação horrenda. Sinto-me como um enfeite de harém. Se não se importar, eu sei que deveria usar uma trança, como é comum na corte, e...

— Por que não usa os cabelos soltos? — sugeriu Anasluria.

Não era comum entre o povo da corte o hábito de manter os cabelos naturais, uma vez que era visto como desleixo quando comparado ao primor das sete casas. Todos apresentavam-se, não importando a hora ou ocasião, com penteados alinhados. Não que não fosse permitido, apenas não fazia parte dos costumes. Ao ver a empolgação incrédula no rosto da menina, Anasluria prosseguiu:

— Apenas solte as fitas e, então, diga-me o que acha. Seus fios adotarão um formato diferente. Prometo que não parecerá que não deu a devida atenção a eles para ir à cerimônia.

Certa de que a mulher estava fadada ao fracasso ao tentá-la fazer usar um penteado diferente do padrão e, ainda assim, parecer adequada ao evento, Cally soltou os seus cabelos com tanta pressa e pouca delicadeza que gerou desconforto em Anasluria, que não foi capaz de esconder suas caretas de aflição.

Despedindo-se das fitas de seda amarelas, os fios normalmente lisos de seu cabelo se curvaram em cachos graúdos que, após serem remexidos pelos dedos pequeninos da mulher, mantiveram-se num efeito armado, embora um tanto desenhados, e Cally decidiu que, para a própria surpresa, gostava.

Anasluria retirou todo o pó de arroz do rosto da menina e entregou um corante preto de aspecto arenoso, chamado *kajal*, que, além de proteger os olhos do sol e da poeira da terra, fora adotado por muitos com uma finalidade estética. Era muito comum que os moradores da corte — principalmente o povo que vivia na parte mais deserta, abrigados pela bandeira preta —, incluindo as crianças, estivessem sempre com os olhos contornados de preto.

Embora suas pálpebras estivessem pintadas da mesma maneira que usara em toda a sua vida, sentindo-se mais confortável, os cabelos soltos em ondas unidos ao traje finíssimo a faziam estranhar sua figura no espelho. Assemelhava-se a alguém que admiraria se visse passeando por aí.

— Pela fênix dourada, você está belíssima! — comentou Anasluria, sinceramente, confirmando, assim, o que a menina achava ser um delírio orgulhoso.

Cinco batidas do outro lado da porta de madeira trataram de avisar que alguém com pressa estava prestes a entrar. Abrindo-a, com uma careta reluzente pelo suor do dia em uma cabeça grande comum em sua espécie, um homenzinho começou a falar:

— As carruagens chegaram, precisamos ir! — disse, entrando no quarto sem rodeios e sem pedir licença, revelando trajes tão coloridos e espalhafatosos quanto os daquela que vestia a menina.

— Quantas vezes já lhe disse que é preciso bater e esperar que eu abra antes de entrar? Por acaso, depois de todos esses anos, ainda é desconhecido para ti no que eu trabalho, *ān*? — questionou Anasluria, ao mesmo tempo em que puxava e torcia a grande orelha do pequeno homenzinho.

CAPÍTULO XV

— Ai, ai! Perdoe-me, meu doce de abóbora enfeitiçada! Perdoe-me! — suplicou, revelando seu relacionamento com a pequena mulher de longos cabelos azuis. A atitude que evidenciava tal intimidade entre os dois causou risos contidos em Cally.

— Você merecia que eu a torcesse até o fim do dia! — relutava Anasluria, ao largar a orelha do esposo.

— Eu a deixo torcer por um mês, sem direito a trégua, se jurar que nunca vai deixar de cuidar tão bem de mim — disse, fazendo com que as bochechas da pequena mulher corassem.

Em uma tentativa desesperada de mudar o rumo daquela conversa romanticamente desnecessária, pigarreando, Caledrina se intrometeu na cena inconveniente.

— Não está na hora de irmos?

Despertos pela fala da garota, os servos das sete coroas, um tanto constrangidos, retomaram a compostura.

— Bem, é claro. Vocês demoraram demais com todas essas coisas de beleza. Vamos? — disse o homenzinho, forçando uma voz mais grave que o normal ao tomar a frente andando em uma marcha contida para abrir novamente a porta.

Com os raios solares adentrando uma das variadas salas designadas à produção de um dos casais selecionados de cada facção para o desfile, Cally notou que muita gente já aguardava do lado de fora.

Em pouco tempo, em frente a todos, ela levantaria a cabeça do leão numa estaca, e honraria as crianças precocemente recolhidas pela fênix.

Em pouco tempo, a Corte dos Sete veria a garotinha amaldiçoada como alguém além do que a própria maldição.

Em pouco tempo, seus pais a contemplariam gloriosa.

Caledrina estava pronta para cravar em seu coração o momento em que receberia o respeito daquele que a aclamaria diante da lei das sete coroas, aplaudindo-a com as mesmas mãos que um dia já lhe haviam marcado o rosto.

CAPÍTULO XVI

Muito bem arrumado, Dwiok balançava o pé, ansiosamente, no aguardo de Cally. Com a saída de dois homenzinhos da sala em que a menina estava, ele ergueu a cabeça e esperou por sua aparição.

Acostumado a encontrar a garota nas aulas, nas quais os cabelos dela se encontravam sempre, e obrigatoriamente, presos e arrepiados, Dwiok esboçou uma careta de reprovação ao vê-la diferente. Para o desfile, Caledrina enfim voltou a usar as mechas soltas, como costumava mantê-las no dia a dia. Quanto ao traje, entretanto, não pôde negar: a mulher da espécie Homenzinho realmente fizera um excelentíssimo trabalho, afinal jamais havia visto algo semelhante. E, ainda que Caledrina se vestisse de forma mais despojada do que ele na maioria dos dias, aqueles tecidos, por mais que elegantes, combinaram com ela.

Aproximando-se de Cally, cochichou:

— Você irá vestida nesses trapos?

A menina revirou os olhos e bufou dramaticamente.

— O que faz aqui, Dwiok?

Além do garoto, apenas alguns homenzinhos, designados para a arrumação dos selecionados, aguardavam em frente às portas da galeria montada na rua, destinada a receber e produzir os participantes do desfile de Amartíes. Dali, já era possível ouvir a multidão que se espremia para ter uma melhor visão da rua em que ocorreria o evento, a poucos metros de distância do local onde alguns jovens ainda eram embelezados.

— O Sr. Sefwark solicitou alguém que estivesse de prontidão para atender aos pedidos dele durante os preparativos, caso surgisse algum imprevisto; e eu me voluntariei — respondeu o menino, dando de ombros.

Um cheiro estranho chamou a atenção de Cally que, ao aproximar-se do garoto, fez com que ele se retraísse. Uma nova fungada tratou de revelar a origem da fragrância.

— Você está usando a essência "O homem mais forte que seu alazão"? — questionou Caledrina, franzindo as sobrancelhas ao notar que Dwiok também estava muito bem vestido. Até mesmo os cabelos, que sempre se portavam desgrenhados, agora apareciam em cachos meticulosamente definidos. — Está vestido como um selecionado e, ainda, usando o mesmo perfume de Heros.

Arfando pela ironia, Dwiok ergueu as mãos em defesa.

— Hoje é um dia importante, não posso ressaltar meus belos traços de vez em quando?

A imagem do garoto batendo a ponta dos dedos freneticamente sobre um odre, combinada ao calor do Sol, despertou em Cally grande sede. Para saciar seu desejo, esticou a mão em direção ao objeto que o menino segurava.

— Dê-me um pouco disso aqui.

— Não.

— Como é? — Ela se surpreendeu com a resposta negativa e incisiva.

— É meu vinho, e eu não quero compartilhar com você. Algum problema?

Farta da encenação fajuta e sem razão, Cally levou a cabeça para trás até tocar sua nuca e estralou o pescoço. — Olha aqui, seu...

CAPÍTULO XVI

— Graças às sete coroas, você chegou! — gritou Sr. Sefwark, num misto de fúria e euforia, interrompendo a conversa da menina com Dwiok. O professor avistou o garoto ruivo mais velho, selecionado com Cally, andando em direção a eles. — Todos já estão se encaminhando para o grande carro. — Ele se aproximou. — Só faltam vocês dois!

Ofegante, a dupla de Cally apoiou as mãos sobre os joelhos.

— Perdoe-me, Sr. Sefwark, erraram as minhas medidas e tiveram de arrumar outra coisa para eu vestir às pressas. O estilista que me designaram estava em fase de testes e…

— Tá, tá, tá! Basta! — berrou, ainda mais alto, o professor — Acha mesmo que temos tempo para desculpas?

— Aqui, amigo — disse Dwiok, ao entregar o odre nas mãos do rapaz que, interrompido pelo professor, murmurava, evidenciando traços de sua antiga facção, a amarela. Após levar o líquido até os lábios, o jovem agradeceu pela boa ação.

Conduzidos pelo professor, que estava prestes a gritar novamente, os três caminharam às pressas rumo ao enorme carro alegórico. Com o ritmo apurado, Cally torceu o nariz pela mudança repentina de Dwiok. Sempre tão arrogante e tardio, naquele momento decidiu agir com cordialidade e cortesia — provavelmente porque o alvo da ação não era ela.

Largos e altos eram os vinte e quatro degraus. O carro pareceria um monstro mesmo se não tivesse a estátua de dragão e as asas douradas acopladas à sua frente. Visualizar o último lance da enorme escada não era uma tarefa que Caledrina conseguia executar, ainda que virasse a cabeça completamente para o alto. O forte sol a fez apertar os olhos, num impulso involuntário, enquanto tentava encontrar os degraus roxos; quando conseguiu identificá-los, suspirou aliviada por não ficarem no topo. O alívio de Cally rapidamente se transformou em adrenalina, afinal, depois de passar tantos anos sonhando com aquele dia, desejava ser alvo de todos os olhares, que, com inveja, seriam igualados ao calor do Sol queimando sua pele. Quando subiu o primeiro degrau, esforçou-se para olhar para cima e memorizou a lista de cores, não por alguma razão especial, mas porque se acostumara a estar sempre atenta. A ordem, de cima para baixo, era: preto, verde, amarelo, roxo, vermelho, azul e laranja.

Junto ao rapaz ruivo e escondida dos olhares externos, Cally subiu a rampa posicionada ao lado dos degraus, até alcançar o seu lugar bem no centro do carro alegórico. Já em suas posições, a dupla percebeu que o espaço era suficiente apenas para sustentar quatro pés e algumas camadas de tecido, como saias volumosas que, por certo, algumas meninas e mulheres exibiriam.

De repente, o rapaz ao lado de Caledrina se inclinou e apertou as mãos contra a barriga.

— Sr. Sefwark, não estou me sentindo bem — gritou ele.

O professor de barba desgrenhada, que subia a rampa para alcançar a cabeça de leão enfeitada, presa a uma lança de ouro, olhou por baixo das sobrancelhas grossas de forma que seria capaz de fuzilar todo um exército. Ele entregou a estaca de ouro nas mãos de Caledrina, que se esforçou para segurá-la sem estragar os cachos cinzentos, e berrou por entre os dentes cerrados:

— Como não está se sentindo bem? Não consegue segurar?

Já metamorfoseando sua tez bronzeada para um tom estranho de amarelo esverdeado, o garoto gemeu.

— Eu não sei, pode ter sido algo que comi ontem à noite. Só acho que estou meio...

Antes que pudesse finalizar a frase, pressionou as mãos com força sobre a boca e saiu correndo rampa abaixo, desaparecendo da vista de todos, para a loucura completa do professor. Enquanto a garota e Sefwark se encaravam em choque, incapazes de acompanhar o percurso do rapaz ao descer do carro da facção roxa, Dwiok observava tudo do chão, com uma falsa feição de perplexidade. Sem conseguir evitar, ele pressionou os lábios com força para esconder

CAPÍTULO XVI

o desejo de gargalhar e, antes de subir a rampa, esperou passar uma mulher de cabelos escuros, em uma vestimenta suntuosa na cor verde, que, devido ao nervosismo, provavelmente sequer notou o menino deslocado.

Prestes a arrancar os cabelos, o Sr. Sefwark fechou os punhos, apertando as unhas contra as palmas das mãos, para conter seus próprios impulsos.

— Isso não pode estar acontecendo! O carro sairá a qualquer instante. A Rainha Saturn pedirá minha cabeça numa tigela de ouro para o café, com cenouras dançando sobre os meus olhos, que jamais tornarão a abrir, se um entre os quatro selecionados da bandeira roxa não estiver presente para acenar e representar a melhor facção desta corte!

Dwiok pigarreou, na tentativa de resgatar a atenção do homem que perdera as estribeiras; mas falhou.

— Será a minha ruína, este é o meu fim. Sou um homem morto! O mais desgraçado entre todos os...

Pigarreando novamente, ainda mais alto desta vez, Dwiok interrompeu a lamúria atormentada do professor, que o encarou em grande furor.

— O que é? — perguntou.

— Eu fui o terceiro colocado, poderia desfilar e ninguém jamais saberia do ocorrido, muito menos a rainha — sugeriu Dwiok, despretensiosamente até demais, enquanto desenhava, com o pé, algo imaginário no chão.

Os olhos do professor brilharam como fogo ateado em uma fogueira, nutrindo uma ponta voraz de esperança.

— Garoto, você é genial! — disse ele, ao agarrar Dwiok pelo braço, de forma que o menino quase tropeçou ao sair da rampa e subir no degrau. — Será o nosso segredo de vida.

Boquiaberta, Cally assistiu a um Dwiok muito sorridente tomar o lugar vago ao lado dela.

— Você se afogou novamente em suas próprias lágrimas ou conteve a saudade de minha adorável presença desta vez? — disse o garoto ao ajeitar o colarinho. Dwiok vestia um traje cerimonial com lapelas num tecido luminoso com tantos tons de roxo que doíam a cabeça de quem se atrevesse a encarar por muito tempo.

— Pelas sete coroas! Foi você, não foi? — Tapeando o ar com as mãos, em movimentos estabanados, Caledrina deixou que sua fala apressada ganhasse forma. — É claro, muito típico de suas artimanhas mirabolantes. Você se ofereceu como voluntário para "estar de prontidão caso surgisse algum imprevisto", e misturou uma poção ao vinho, para que o verdadeiro vencedor passasse mal, então você poderia tomar o lugar dele como escolhido da bandeira roxa. Por isso está tão engomadinho. Inacreditável que ainda tenha saído como herói.

Apoiado na barra de segurança do carro, Dwiok dobrou os joelhos involuntariamente, encurvando um pouco a postura reta, como se tal ato fosse abaixar o tom de voz da garota, que lhe arremessava palavras feito lanças afiadas. Após confirmar, em uma olhada por cima do ombro, se Sefwark, guiado por seus passos animados, já estaria longe o suficiente para não ouvir tais acusações, o menino respondeu despreocupadamente:

— Fazer o quê? Digamos que o mundo tenha os seus favoritos... — zombou, com um sorrisinho.

— Talvez, mas não por muito tempo.

De cima do carro, virando-se para chamar a atenção do professor que, roendo as unhas, caminhava para mais distante deles, Cally foi interrompida por um aperto no braço antes mesmo de abrir a boca.

Segurando-a firme, Dwiok aproximou seus lábios dos ouvidos da menina.

— Escute aqui, se me entregar, nem mesmo você irá ao desfile! Afinal, não teria ninguém para acompanhá-la, e, no estado em que o professor se encontra, eu duvido que ele a deixaria entrar sozinha

CAPÍTULO XVI

em frente aos reis. Posso ter sido o terceiro colocado, mas, depois de mim, ninguém mais acertou a poção, nem mesmo aqueles que tentaram apenas para treinar suas habilidades, ou você esqueceu sua memória soterrada nas areias da arena?

Ofendida pela intimidade criada de repente, Cally bufou enquanto pensava em qual penalidade o faria sofrer por tamanha petulância. Antes que pudesse tomar uma decisão, sua distração pela conversa quase causou a primeira catástrofe de Amartíes, quando, sem avisos — ao menos sem algum alto o suficiente para competir com o volume dos sentimentos furiosos que cresciam dentro da menina — o carro começou a andar. Cally só não caiu porque Dwiok ainda a segurava. Ela precisou agarrar firme as barras de apoio à sua frente com a mão esquerda, enquanto a direita apertava a estaca de ouro com toda a força de seu braço, para garantir que a cabeça do leão não fugiria por distração sua.

O público vibrava pelos casais selecionados que, revelando-se na rua lotada, assumiam seus lugares tanto no carro alegórico quanto na posição de maiores talentos de cada bandeira, as quais erguiam-se altas nos degraus. Pais orgulhosos descabelavam-se pela chance de serem reconhecidos por aqueles ao seu redor nas arquibancadas, ao gritarem que eram seus filhos que desfilavam pomposos, trajados de panos caríssimos.

Enquanto Dwiok acenava para todos feito um príncipe fajuto, tentando conquistar a afeição do povo, Caledrina mantinha o olhar fixo à frente, com a expressão inalterável, feito uma rocha. Não desejava procurar por seus pais na multidão, como uma garotinha perdida; amava a sensação de ser o centro das atenções. Naquele dia, eles é que olhariam para ela.

Com o som dos aplausos intensificando-se à medida que o monstro de metal, exibindo as cores de cada bandeira, avançava, a menina teve a sensação de que todo o alvoroço, de repente, havia se tornado um único ruído contínuo, como se uma bomba tivesse estourado bem ao lado de seus ouvidos.

Silêncio.

Alienados do estado da garota, Cally enxergava uma plateia que parecia esboçar feições estranhas ao abrir a boca sem emitir um som sequer. A ausência do barulho das milhares de vozes impossibilitava o sentido do que era visto por aquela que ovacionavam. Caledrina sabia que o que via — ou melhor, aquilo que não ouvia — não era real. Sabia estar estressada pela responsabilidade do momento. Ela deixou o olhar firme subir até a fera enfeitada que segurava no alto da lança de ouro, enquanto raspava o fôlego pesado por entre os dentes cerrados e ouvia o som da própria respiração, como se a passagem de ar cantasse, embalando a sua ansiedade numa melodia gelada e sombria.

A menina manteve o olhar na cabeça da fera, que, há poucas luas, havia feito cada alma vivente dentro das muralhas jurar que poderia ser enfeitiçada caso se atrevesse a fazer contato visual com os leões; essa ação seria suficiente para deixar os jovens enamorados dos animais selvagens, a ponto de correrem em direção às garras mesmo que isso resultasse em uma morte dolorosa. A visão do bicho com adornos vermelhos a fez gargalhar.

Cada uma das duas duplas de todas as facções, representando a sua própria área de especialização e orgulho, ornamentava uma das cabeças dos leões do dia de vertigem — agora, sacrificados. Caledrina segurava a lança que revelava a mais atrativa das quatorze cabeças, segundo a sua própria opinião; ela mesma a havia projetado há algumas luas com o garoto ruivo, que não mais se fazia presente, graças às tramoias do pequeno Minerus. O focinho do animal encontrava-se dentro de um frasco de vidro, o qual servia de focinheira, em uma espécie de mensagem às famílias que tiveram seus filhos arrancados pela besta, simbolizando que o sangue derramado fora vingado. O estado ridicularizado do animal ocasionava gritos eufóricos.

CAPÍTULO XVI

Aquele que antes abria a boca mostrando suas presas banhadas em vermelho nunca mais seria capaz de fazê-lo. O frasco transparente do nariz era acompanhado por cacos de vidro, cravados ao pelo baixo, e substituíam os olhos, causando uma imagem grotesca quando comparada ao natural, o que provocava uma nova onda de animação vinda do povo, que ia à loucura entendendo a mensagem acerca das histórias contadas sobre os olhos de fogo dos leões, os quais enfeitiçavam suas presas. O contato do fogo com a areia origina o vidro. Justamente aquilo que o tornava poderoso e temido, tirou o seu poder. Caledrina orgulhava-se por ter desenvolvido a ideia, mesmo sabendo que nem todos compreenderiam a abrangência de seus pensamentos.

Por mais que os degraus possuíssem a sua própria fera estilizada ao modo de cada bandeira, havia uma coisa que todas as cabeças, tradicionalmente, tinham em comum: a ausência da juba em seu estado puro e natural.

Enquanto Caledrina e Dwiok representavam a juba por meio de arroxeadas fumaças vivas, que pareciam dançar, levando suntuosidade e até certa beleza aos elementos grotescos de sua apresentação, as outras feras tinham as jubas ilustradas por espadas, flores, taças cheias de vinho com mistura e outros variados elementos condizentes com cada bandeira. Todas elas, no entanto, sem exceção, levavam humilhação às imagens dos leões, justamente naquilo que antes representava o seu maior orgulho: a pelugem do alto de sua cabeça.

De repente, como se nunca houvesse abandonado Cally, o estardalhaço da rua movimentada voltou.

O carro desfilou pela longa rua de areia por infindáveis minutos. Durante todo o percurso, Caledrina se manteve calada. A menina passou os dedos da mão esquerda uns nos outros enquanto se acostumava novamente ao barulho, que parecia perdurar em seus ouvidos como uma melodia agressiva. Sentindo o tecido diferente que cobria sua pele, levantou o olhar mais uma vez, agora, até a bandeira roxa que protegia seus olhos do sol e que estava localizada no canto direito, do outro lado da rampa. Caledrina se distraiu de novo. Sua atenção foi dividida entre a textura suave das luvas e os traços emblemáticos da nova casa. Ela pensou nunca ter dado muita importância para nenhum outro símbolo além daquele que representava sua bandeira de nascimento, mas era realmente... fácil sentir-se pertencente ao lado roxo.

Desfrutando agora de maior prazer em se perder nos labirintos de seus devaneios do que em ser encontrada pelas bocas que gritavam seu nome na plateia, deixou que a imaginação desenhasse em sua mente cada insígnia das sete bandeiras da corte. Pensou nas espadas e caveiras pretas que, antes, avistava em todos os lugares; na quantia exata de ramificações esverdeadas e na enxada que estampavam aqueles protegidos pelo Rei Prog; na sobreposição harmoniosa de papéis com letras embaralhadas, lábios abertos imitando um ser tagarela, e dedos provavelmente apressados a escrever do lado amarelo. Pensou nos líquidos borbulhantes que, ao redor dos traços de uma silhueta feminina, eram gravados em roxo como uma explosão; nos talheres e alimentos sortidos da bandeira laranja, que se exibiam sobre uma mesa infindável; na serpente astuta, com olhos volumosos que refletiam as pilhas de moedas de ouro da bandeira vermelha. Pensou nas duas taças de vinho chocando-se, derramando o líquido que, no final de sua extensão, transformava-se em bolas de fogo, rosas, estrelas e em uma hipnotizante Lua minguante, tudo sobre o pano azul. Não importava a facção, cada bandeira possuía um emblema venerado por seus adeptos. Durante todo o desfile de Amartíes, Caledrina deixou que a cabeça se perdesse nessas representações.

O carro estava prestes a parar, encerrando aquela parte do desfile e cessando, também, os gritos do povo na rua. Distante o suficiente da multidão e de seu barulho ensurdecedor, quando Cally podia ouvi-lo, Dwiok sussurrou:

— Em poucas luas, estaremos fora daqui.

CAPÍTULO XVI

Talvez fosse o peso de sustentar a lança de ouro com a cabeça do leão por tanto tempo, o sol forte queimando seu cérebro constantemente ou simplesmente a existência daquele que lhe proferira a palavra, mas Caledrina precisou estalar o pescoço para ser capaz de pronunciar as próximas frases, em vez de simplesmente estapear o menino.

— Sei que você não tem muita consciência daquilo que acontece ao seu redor e que seus neurônios provavelmente o abandonaram no dia de seu nascimento, achando ser mais vantajoso permanecer no ventre do que morar nessa sua cabeça oca que me faz crer que o Vento existe, já que ele parece habitar nela, mas a rainha claramente fez o convite a mim. Ela precisa de mim. Você apenas estava ali, e como ela ocupa uma posição de autoridade, Saturn foi educada, embora ambas saibamos que, assim que colocar os pés para fora das fronteiras, você morrerá em, no máximo, três dias. Mas não se preocupe, na primeira oportunidade direi a ela que a sua presença é completamente desnecessária e indesejada.

— Não é verdade! O convite foi estendido a nós dois. Acha mesmo que é a favorita até mesmo da rainha? Você é realmente maluca ou o Sol secou todo o seu senso deixando mais espaço para o orgulho? — cuspiu.

Apoiada no corrimão para não ser pega de surpresa, mais uma vez, com o cessar da carruagem, o canto da boca de Caledrina esboçou um sorriso.

— Bem, direi minhas condições. Entre mim e você, quem acha que ela escolherá?

O menino caiu em si e juntou as mãos de forma que, aos olhos de Caledrina, parecia um recém nascido implorando:

— Por favor, convença-a de que sou necessário para a missão.

Não mais sendo capaz de conter a expressão serena, nem mesmo por mais alguns segundos, deliciando-se do desespero tão grande de Dwiok, a ponto de ele nem perceber a vergonha que passara, Caledrina caiu na gargalhada, decidindo que caçoar do menino exageradamente bem vestido era um prazer ainda maior do que julgá-lo em silêncio.

Limpando a garganta e endireitando, ao máximo, a postura, colocou as mãos para trás imitando a pose de nobre que seu pai fazia nas festas e cerimônias reais.

— Eu vou com você matar os selvagens. — Ele se recompôs.

— A resposta é não! Não preciso de ninguém — disse Cally, enquanto aceitava a cabeça graúda de um dos homenzinhos como apoio para descer do carro alegórico; eles apareceram a fim de garantir a todos os selecionados uma locomoção segura até o chão. Cally entregou ao homenzinho a lança de ouro e, com a sua ajuda, alcançou a rampa e desembarcou do carro.

— Pense bem — iniciou, escolhendo as palavras com cuidado. — Você quer se livrar de mim e eu de você. Se formos bem-sucedidos, nós nos tornaremos chefes de nossas facções de berço. Então, ao voltarmos vitoriosos, não teremos mais de conviver juntos, ou, na pior das hipóteses, se morrermos, também ficaremos separados. Resumindo: nós nos livramos um do outro de qualquer maneira.

— Seu argumento é irreal. Se eu for sozinha, voltaria à facção preta vitoriosa, enquanto você permaneceria na roxa. Eu me livraria sem precisar aguentá-lo durante toda uma viagem — respondeu, sem se dar ao trabalho de olhar nos olhos daquele com quem tagarelava, enquanto ele descia a rampa logo atrás dela.

Dwiok mordeu o lábio, correndo para alcançá-la.

— Estava torcendo para não pensar nisso, mas tenho ainda outra coisa a dizer. Você é péssima na cozinha, e sabe disso. De que adianta matar todos os selvagens e morrer por conta de um simples ronco no estômago? Você não saberia sequer quais ervas ou frutos poderia comer, sem contar que nunca saímos para além das fronteiras. Não temos a mínima ideia do que encontraremos por lá. Precisa de alguém que cozinhe, e a própria Saturn percebeu isso.

— Se não sabemos o que nos espera do lado de fora, então nem suas habilidades como chefe serão úteis, uma vez que tudo o que existe do outro lado das cercas também pode ser desconhecido

CAPÍTULO XVI

para você — disse Cally, ao manter o ritmo despreocupado de sua caminhada, pensando ter encerrado o assunto ali.

— Talvez, mas comida é comida! Não pode ser assim tão diferente, pode? Quer dizer, não importam os tipos de monstros que encontrará na floresta, você sabe como matar. A meu ver, mantemos a lógica: não é sobre o que encontrarei, mas, sim, sobre como prepararei o que encontrar. E, além disso, entre apostar a vida nas minhas habilidades culinárias ou nas suas, escolheria a si mesma por pura teimosia? Pela fênix dourada! Você realmente é tão imatura quanto eu achei que fosse? Vai mesmo arriscar uma missão confiada pela coroa da corte apenas para provar um ponto? Pessoas mortas não provam nada.

Caledrina parou.

Voltando sua atenção para o garoto irritante que a encarava de braços cruzados, Cally se enfureceu por ter de lhe entregar a razão. Era uma missão séria, e, embora acreditasse em suas aptidões naturais, Dwiok poderia servir para alguma coisa.

— Você venceu. — Ela poderia jurar ter sentido seus músculos mandibulares estralarem pela confissão dolorosa. — Hoje, quando a Lua alcançar o seu ponto mais alto no céu, e todos estiverem em suas camas, encontre-me na biblioteca de incineração. Esta noite, abriremos as janelas.

CAPÍTULO XVII

Com a trilha natural criada pelos animais noturnos da floresta, Dwiok e Cally seguiam por entre as árvores. Havia algo diferente no ar. Embora não existisse Vento ou água na Corte dos Sete, os jovens sentiram os pelos dos braços e pernas se arrepiarem por alguma estranha movimentação exterior.

Apesar de estarem silenciosos o bastante e a uma distância segura para não acordarem ninguém, a garota pensava, revirando os olhos, em como eram barulhentos e descuidados os passos daquele que desajeitadamente a seguia. Talvez o pensamento tenha vindo a ela por ter concordado em encontrar-se com Minerus pelo caminho, em vez de irem à biblioteca separadamente. A decisão foi tomada por pura insistência do garoto, que, por implorar durante tanto tempo, fez Caledrina se surpreender com a possibilidade de ainda haver fôlego nos pulmões do menino para respirar e manter-se de pé.

Depois de mais alguns passos adentro da floresta de flores coloridas, que extraordinariamente pareciam manter a copa das árvores luminosas mesmo quando todo o brilho que resplandecia na escuridão era dos raios lunares, eles se aproximaram da porta da biblioteca de incineração. A ausência do guardião, combinada ao silêncio desconfortável do ambiente, incomodara Cally de tal forma que a menina achou mais sensato fazer uma ronda antes de entrar.

— Aonde você vai? — perguntou Dwiok, já de joelhos, enquanto tirava da bolsa feita de panos grosseiros algumas ferramentas para tentar arrombar a porta trancada com cadeados.

— Procurar.

— O quê? — sussurrou o mais alto que pôde, enquanto via a silhueta feminina desaparecer ao contornar a biblioteca.

— Não sei. Alguma coisa — respondeu Cally, para si mesma, ciente de que não podia mais ser ouvida pelo garoto.

Em marcha leve, Caledrina caminhava e ouvia apenas o som de pequenos galhos e folhas secas se quebrando com o impacto de suas botas. O ruído se misturava à música natural das árvores altas. Levando-a para além de uma nova curva formada pelas paredes da biblioteca, mais alguns passos a direcionaram a algo. Seus olhos se arregalaram.

A cena era tão deplorável que, se Cally não tivesse crescido em campos de treinamento, provavelmente teria gritado. Caso fosse Dwiok a pessoa a encontrar aquele corpo morto, faria companhia ao cadáver pelo simples fato de tê-lo presenciado. A menina sabia que ele tinha estômago apenas para os sabores, então se preocupou ao pensar naquele que havia concordado em ter como companheiro de viagem.

Acostumada a ver coisas piores, a garota sequer fez uma careta ao avistar o homenzinho encostado na parede fria, em estado miserável. Aproximando-se, notou que um líquido preto havia escorrido de entre os lábios do defunto e secado na pele já pálida. Alguém o havia envenenado.

Encostou no ser que estava à sua frente a parte dos dedos que não eram encobertas pelas luvas que decidira usar naquela noite. A menina não se incomodava que eles estivessem à mostra, desde que as cicatrizes do dorso fossem cobertas. Ao tocar na pele fria do defunto, sentiu o gelo da morte. Cally removeu as chaves do pescoço daquele corpo que não respirava mais.

CAPÍTULO XVII

Embora o fim da vida não lhe causasse pavor, a ideia de não saber quem poderia ter feito aquilo e por que o fizera a intrigava. Homenzinhos geralmente não mantinham relações com humanos — além de servi-los em suas necessidades ou pedidos fúteis —, ao menos não o suficiente para serem odiados a ponto de alguém lhes desejar a morte.

Uma vez que se relacionavam sempre com os da mesma espécie, Cally tensionou as sobrancelhas ao pensar que ele também não poderia ter sido morto por complicações ou brigas com alguém de sua raça. Até mesmo porque eles não dominavam nenhuma das técnicas das sete bandeiras, como o preparo de venenos mortais.

Deixando para trás a visão do homenzinho com a boca lambuzada pela substância negra, Cally voltou e caminhou em direção à porta.

Sua aparição foi anunciada pelo tilintar das chaves, o que fez Dwiok focar em um ponto específico da escuridão.

— Encontrou o guardião? — perguntou, dois segundos antes de olhar para as chaves presas aos dedos da mão.

— Não — mentiu a garota. — Encontrei as chaves jogadas no chão do outro lado da biblioteca.

Dwiok franziu o cenho.

— Estranho. — Dando espaço para que Caledrina pudesse abrir a porta, o garoto afastou as ferramentas que permaneciam espalhadas e se colocou de pé. — Sabe, eu já estava quase conseguindo.

— Sei que estava. — Deu de ombros ao girar as chaves.

Cally e Dwiok entraram e caminharam até as janelas. Abriram uma por uma ao longo de toda a extensão da biblioteca que, embora pequena, possuía oito janelas.

— E agora? — perguntou Dwiok.

— Esperamos, eu acho.

No instante exato em que a menina terminou a sua fala despreocupada, subitamente, uma nuvem de fumaça dominou o ambiente, o que fez os jovens tossirem e cobrirem os olhos com o antebraço.

Quando o incômodo foi amenizado e a normalização do ar foi instaurada, vagarosamente, eles abriram os olhos. Boquiabertos, foram surpreendidos pela figura venusta da Rainha Saturn que, de pé, observava-os em uma pose tão perfeita que mais parecia ter sido ensaiada no espelho.

Se a consciência do motivo do encontro não trouxesse consigo um peso de tensão, Cally teria soltado uma gargalhada da expressão espavorida e duvidosa de Dwiok ao encarar a rainha, completamente perplexo.

Saturn, então, desconstruiu sua pose impecável ao dobrar o quadril de maneira que ficasse mais confortável e, em um tom exageradamente alto, disse:

— Achei que não viessem mais.

— Como pode ver, estamos aqui — respondeu Caledrina, antes de morder o cantinho dos lábios ao se questionar se não havia superestimado seu favor perante os olhos da rainha.

A majestade levantou a cabeça de forma que Cally parecesse ainda menor diante do ser diabolicamente gracioso à sua frente, fitando-a de cima a baixo.

— Estão prontos?

— Eu nasci pronta — soltou Cally, antes que pudesse se arrepender novamente.

— Eu nasci antes, então estou mais pronto — provocou Dwiok.

De forma rápida, as duas encararam o garoto antes de voltarem sua atenção uma para a outra novamente.

Para a surpresa dos jovens, que esperavam pelas coordenadas, a rainha caminhou em direção à porta e sugestionou, estendendo a mão para fora, que deveriam deixar a biblioteca.

— O que estão esperando?

Confuso, Dwiok se pôs entre a rainha e Caledrina.

— Não vai nos dar um mapa ou algo assim? — perguntou, enquanto seus pensamentos questionavam se Saturn se esquecera

CAPÍTULO XVII

de que não estava na presença de cães farejadores, mas não gozava de coragem o suficiente para verbalizar tal comentário.

Olhando para os lados, garantindo que estavam sozinhos, a majestade falou tão baixo que as crianças apenas compreenderam sua fala por observar a forma como seus lábios se movimentaram.

— Tudo o que precisarão fazer é encontrar Isi. Ela é um ser diabólico, irritante e muito grazina... Pelas sete coroas! Dois minutos em sua presença e sentirão os ouvidos queimando — disse a rainha, levando a mão esquerda até a cabeça, como se tivesse se lembrado da dor de uma enxaqueca severa. — Isso se a encontrarem... a ela e àqueles malditos pássaros azucrinantes. Isi é inimiga da corte e nada do que sai de seus lábios é verdade, vive falando sobre fábulas e lendas que afirma serem reais, mas, embora um tanto convincente em sua caduquice, poderá direcioná-los até os selvagens e até Arnalém, revelando-lhes o caminho real. Acredito, também, ser de interesse dela que mais pessoas se juntem àquele povo. Se chegarem com essa desculpa, mesmo que seja esperta, acho que o desejo incessante de agradar e ser bem-vista por seu liderzinho, levando mais adeptos ao acampamento, será maior que o senso de julgá-los e perceber que vocês mentem como ela.

Ao pronunciar a última palavra, Saturn aproximou-se tanto do rosto de Cally que a garota pôde sentir o hálito quente lhe roçando a pele.

— Você será exposta a coisas perigosas, mas basta cuidar de suas raízes e poderei mantê-la segura. Mesmo que a atinjam, se não permitir que toquem em suas ramificações, farei com que seja regenerada. Lembre: o que cresce em você é uma parte de mim, e isso tem poder. Não importa onde você estiver. O que vai fazer toda diferença é o que estiver em você. Eu fui clara?

O tom incisivo e urgente fez com que Caledrina quase ouvisse o coração emitir um som como o de um batuque ritmado ao palpitar e, sentindo a pele queimar com os intensos olhos de Saturn correndo sobre as raízes que ultrapassavam toda a extensão do braço direito e chegavam à sua escápula, engoliu em seco.

— É raro raízes crescerem tão rápido assim. Na sua idade, a maioria sequer alcançou o antebraço, enquanto as suas já beiram o pescoço. Os líderes têm os dois braços cobertos, e você, mesmo tão nova, já conta com um inteiro. Está destinada a liderar — constatou a rainha, sem perder o fogo no olhar que enchia suas palavras com o mesmo calor intenso.

Poucas luas serviram para que Cally ultrapassasse Dwiok em suas raízes. O crescimento era notável, de maneira que nem em seus dias mais criativos ele poderia forjar um argumento brilhante o suficiente para contornar um fato tão irrefutável. Mesmo que sempre com palavras afiadas na ponta da língua, muitas vezes bastava a menina mostrar o braço para que o garotinho inconveniente entendesse o recado. Cada vez que o fazia, Cally se deliciava ao observá-lo revirar os olhos.

— Mas, então, como encontraremos Isi? — perguntou Dwiok, sinceramente.

Acostumando-se com o jeito impertinente do garoto, Saturn respondeu calma, porém astutamente.

— Ao sair das fronteiras, sigam em direção ao lugar onde os raios solares se intensificam; Isi odeia o escuro, provavelmente mais do que odeia a corte. Ao menos é o que dizem… Isso deverá levá-los até ela. Acredito que ainda deva morar no centro da floresta.

— Como é, senhora? — perguntou Dwiok, ao erguer as sobrancelhas em grande confusão. — Quer dizer que arriscaremos nossas vidas lá fora tentando encontrar algo que talvez nem esteja por lá?

A ausência de palavras revelou a resposta que Dwiok mais temia. Saturn curvou os lábios em um sorriso feroz.

— Encontraremos Isi e chamaremos você quando estivermos em um momento propício com Arnalém — disse Cally, sem esboçar muita reação.

CAPÍTULO XVII

— Sei que irá — respondeu a rainha. — Assim que todos derem por sua ausência, a notícia rapidamente se espalhará e vocês serão tidos como fugitivos e desertores, mas, quando retornarem, cuidarei pessoalmente para que tomem os postos prometidos e sejam bem-vistos perante o povo.

— Sê-lo-ei inesgotavelmente grata, minha rainha.

— Sua generosidade perdurará eternamente em nossas imaginações. — Muito sério, Dwiok completou a fala de Caledrina.

Cally sentiu crescer em si a vontade de socá-lo e, logo, teve a certeza de que seria uma longa viagem.

— O que estão esperando? Vão! — ordenou a rainha.

Contendo os impulsos crescentes de recuperar a autoridade sempre esbanjada por sua posição elevada, Saturn, constantemente, repreendia a si mesma, lutando para amenizar as afrontas lançadas por ela devido à ignorância de dois garotinhos.

Sendo uma cerca a única parte dos limites da corte não feita de altas muralhas, decidiram ser por ali o melhor jeito de sair. Acostumada às curtas fugas ao túmulo de sua irmã, Caledrina era capaz de caminhar com os olhos fechados. Embora a terra fosse amaldiçoada, a incerteza dos mistérios que existiam no lado de fora mantinha todos dentro da região da corte. Tamanha era a quietação do povo, ocasionada pela certeza de não haver maior segurança do que estar abaixo do governo de deuses, que vários habitantes sequer se recordavam de haver uma cerca que delimitava o território.

Pelo caminho, abrigados no interior de uma carruagem de pouco luxo, contendo um homenzinho — vestido com roupas que fundiam do azul ao verde, marrom e rosa — como cocheiro, Saturn se esforçou para não os esganar com as próprias mãos. Suportou cada pergunta inoportuna de Dwiok e as palavras frias de Cally, ao cuidar que deixassem as fronteiras sem serem vistos. Para os homenzinhos, era comum perambular pelas ruas da corte altas horas da madrugada, sempre buscando atender aos pedidos de seus senhores com sublimidade e dedicação, então, naquela noite, designar um ser daquela espécie para puxar os cavalos e manter os três no lado de dentro da carruagem deveria ser o bastante para não levantar suspeitas e fofocas.

A rainha precisava daqueles jovens. Precisava de Caledrina Cefyr.

CAPÍTULO XVIII

Embora o túmulo de May estivesse situado além das cercas, fora dos limites da corte, Cally jamais deu sequer um passo em qualquer direção que o ultrapassasse. Ao plantar os pés em território estrangeiro, o ar apresentou-se aos pulmões da menina de forma diferente, como se houvesse ali uma mudança brusca na temperatura — ou talvez fosse apenas sua euforia diante do desconhecido.

Caledrina e Dwiok estavam prontos para esboçar as mais fantásticas reações, afinal, por mais que a escuridão estivesse decidida a permanecer pelas horas seguintes, estavam certos de que, a alguns metros de distância, após poucos minutos de caminhada, alcançariam a visão nebulosa de algo verde no solo e arfariam em surpresa e frenesi. Porém, não podendo mentir para si mesmos, decepcionaram-se com a realidade. Olhando à sua volta, mesmo onde a mata deveria ser mais fechada e densa, o lugar não parecia nada com o que Caledrina projetara no mais profundo de sua mente.

Em seus sonhos, ela não limitaria sua celeridade por causa do garoto, que, assustado, correria para seguir seus passos apressados, com medo da solitária escuridão; iria em ritmo acelerado até um pequeno broto, que cresceria sozinho, assim como viu nos livros de seu pai, e, sorrindo para Dwiok, decidiria que aquela seria a sua nova cor favorita: o tom específico que realmente teria a fragrância da nuance verde, fresca e natural. Em seus sonhos, a floresta não seria cinza — nem amaldiçoada — como ela.

Apesar de não estar mais na corte, a temperatura ainda era a mesma do lugar que abandonaram: quente, mesmo à noite — como se o Sol, precisando repousar, mas temendo que, em sua ausência, alguém o esquecesse, deixasse a lembrança contínua de seu calor. Por mais que estivessem entusiasmados com a missão, o aspecto morto e acinzentado da floresta os lembrava constantemente das cores resplandecentes do território roxo e de como aqueles tons eram luminosos aos olhos dos jovens.

Cally e Dwiok sentiram os joelhos fraquejarem ao ouvirem uivos e outros barulhos indecifráveis, entretanto, resistiram para ocultar um do outro o cheiro de medo que seus corpos exalavam. Apesar de estarem cientes dos perigos animalescos que a selva apresentaria, nada os amedrontava mais do que a simples ideia de cruzar com humanos. Embora da mesma espécie que eles, aqueles seres se diferenciavam por conhecerem a mata como a palma das próprias mãos e eram declarados em toda a Corte dos Sete como selvagens sanguinários.

Após caminharem o bastante para não conseguirem avistar nem mesmo as grandes cercas que dividiam as fronteiras da corte e da floresta onde se encontravam, sentando-se sobre os tornozelos, Cally abriu a bolsa feita de pano grosseiro e puxou para fora um saco de dormir. A luz suave da Lua encontrou o rosto da menina por entre as folhas das árvores.

— A floresta deve estar infestada de selvagens. Eles têm vantagem, já que conhecem bem o lugar — disse ela, olhando ao redor. — Caminhar pela noite será perigoso, ainda não sabemos o que nos espera. Além disso, seria impossível dizer para qual direção devemos ir sem o Sol. Então esperaremos até o amanhecer.

Dwiok apenas consentiu. Surpreendendo-se pela receptividade pacífica do garoto ao ouvir seus comandos, Cally se acomodou,

CAPÍTULO XVIII

repousando a cabeça e as costas sobre o pouco conforto de um tronco, com seu parceiro de missão a poucos metros de distância. Abraçando a trégua da árdua caminhada, os corpos cansados trataram de logo adormecer. Com a Lua alta sobre suas cabeças enquanto dormiam, não notaram movimentação alguma.

Cally despertou com os cumprimentos do primeiro raio de sol da manhã e, num salto, pôs-se em pé. Esboçou um sorriso ao notar que acordara com o arco e flecha da mesma maneira que dormira: em mãos, preparados para qualquer eventualidade.

— Vamos, está na hora de ir! — disse, ao chutar as panturrilhas de Dwiok que, abraçado a Ince, ainda dormia.

Apercebendo-se da cena constrangedora, sentindo os pelinhos do animal se misturarem com a baba que escorria de sua boca, Dwiok cuspiu com a língua para fora e logo se levantou.

— Por que tinha que trazer esse animal? — perguntou o menino.

O lêmure correu até Cally e escalou o corpo da jovem, apoiando-se no tecido da blusa até que, em segurança, pudesse se enrolar em seu pescoço fino. Dobrando o saco de dormir, Caledrina deu de ombros e disse:

— Se tivesse de deixar alguém para trás, eu deixaria você.

Por alguns instantes, Dwiok pensou ter visto Ince, enroscado feito uma almofadinha no pescoço de Caledrina, mostrar a língua de forma mordaz. Mas, logo, foi desperto pela intensidade escancarada no olhar de Cally e, virando-se, o garoto começou a dobrar seu saco de dormir, incentivado pelo exemplo da menina.

Ao terminar de colocar todos os seus pertences, incluindo o lêmure, dentro da bolsa de pano, exatamente da forma como iniciara a viagem, Cally partiu para a caminhada com o arco na mão. Algumas coisas, por não terem sido colocadas de maneira organizada, tentavam escapar pelo zíper aberto, e Dwiok as acompanhava com o olhar. Ao perceber Caledrina esvair-se de sua visão por entre a mata fechada, ele a seguiu em ritmo acelerado, com os uivos ainda vívidos em seus ouvidos, embora, desta vez, não fossem externos, mas, sim, frutos de sua imaginação.

Se não fosse pelas árvores estranhamente altas e seus galhos afiados espalhados pelas laterais dos troncos, feito espinhos em rosas, os quais poderiam furar os corpos que passassem descuidados e esbarrassem nos pedaços pontiagudos de madeira, a mata não apresentaria nada de anormal. Durante a longa caminhada, os jovens não cruzaram com monstros horripilantes, animais mutantes, espécies pavorosamente distintas nem foram intoxicados pelo ar, como imaginavam que aconteceria. Na verdade, por mais que estivesse do lado de fora das fronteiras, a floresta jazia na mais perfeita ordem.

Com os calcanhares já cansados e sentindo a exaustão por conta do passar das horas, caminhavam com a sensação de que seus sapatos estavam prendendo-se aos pés com mais força, como se diminuíssem de tamanho a cada passo. O calor agarrara o corpo, semelhante a uma manta de dormir, fazendo exalar um líquido salgado pelos poros dilatados. Cally transpirava a ponto de sentir-se como uma colher em meio a uma tigela de sopa fervente.

— Você só tinha uma função. Uma função! — Cally gritava, enquanto, orgulhoso, o garoto a ouvia de cabeça erguida.

A realidade de estarem desidratados pela longa jornada, unida ao calor escaldante, feito ardor no deserto, culminava em ambos extremamente sedentos. Com a mão livre, Cally gesticulava, enfatizando toda a sua frustração; ela cessou a caminhada a fim de concentrar-se apenas em Dwiok.

— A única coisa que você precisava fazer era cuidar da nossa alimentação, então como esqueceu os odres?

O garoto podia ver as veias finas saltarem do pescoço de Caledrina por cima da escápula enraizada.

— Eu estou realizando minha função, sim! Minha bolsa está cheia de mantimentos; e não esqueci os odres, enchi todos até o gargalo, só não os tirei da cama quando saímos apressados e...

CAPÍTULO XVIII

— Fazendo-o se calar pelo barulho estridente de sua garganta seca, Cally irrompeu um grito.

Dwiok a encarou, e cruzando os braços, deixou espairecer todo o sarcasmo que acumulara ao longo do dia pelas reclamações e queixas da menina.

— Ok, ó grande salvadora, se és tão esperta e astuta como dizes ser, deves ter trazido algo em tua bolsa de pano para imprevistos, não? Algo como vinho, talvez? — Notando a expressão vitimada estampada no rosto de Cally, o menino sentiu-se como um vigarista de primeira e sorriu pelo doce gostinho da vingança em seu paladar. Com feições exageradamente dramáticas, prosseguiu cutucando-a com suas palavras e se deliciando por, aparentemente, atingi-la. — Ah é, uma grande salvadora não deve falar a minha língua. Sendo eu um mero mortal, falho, como poderia ser capaz de me comunicar com uma heroína? Como pude ser tão tolo ao pensar que me compreenderia? Perdoe minha insolência para com Vossa Magnificência, por favor.

Observando-o curvar o corpo para frente ao completar uma reverência, que, transbordando sarcasmo, trazia maior ironia para a sua fala, sem poder suportar mais, Cally igualou sua postura à do garoto e respondeu:

— Eu não trouxe comida porque não há espaço, já que a minha bolsa está cheia de armas para salvar as nossas vidas!

Quase que simultaneamente, ambos bufaram e caminharam em direções opostas. Em suas cabeças, um grande vale os separava, mas, apesar de afastados, permaneciam a menos de um metro e meio de distância, seguindo o mesmo caminho. A cada passo dado, a floresta se tornava, gradualmente, um pouco mais verde, e suas cores ficavam levemente mais saturadas e brilhantes; tão natural era a mudança que os jovens sequer experienciaram um grande e súbito espanto ao contemplarem as novas folhagens que irromperam da terra. Na verdade, eles as percebiam lentamente, de modo que, pouco a pouco, seus olhos se acostumavam ao novo.

— Pela fênix dourada! — Dwiok quebrou o silêncio. — Já devemos estar chegando ao fim da selva. Logo teremos de parar, está escurecendo novamente.

Nem um pouco surpresa com a impaciência do garoto, os olhos de Cally se reviraram nas órbitas enquanto a menina retrucava:

— Será que você pode fechar a matraca e parar de reclamar por pelo menos uma hora? Até Ince já deve estar farto de sua tagarelice.

Boquiaberto, Dwiok notou que, com apenas a cabeça para fora da bolsa de Caledrina, o lêmure cobria as orelhinhas com as patas, como se realmente estivesse incomodado.

— Caminhamos o dia inteiro sem pausas, o sol já se foi e não temos mais como seguir — disse Cally, enquanto encarava o horizonte por alguns instantes; seu tom sério foi capaz de trazer sobriedade ao clima dramático.

— Andamos muito e sem sinal algum de um ser místico como Isi. É meio frustrante pensar que meus pés já estão doendo e eu sequer sei o que estou procurando, sabe? Deveria estar atento ao quê? Um som? Uma cor? Um movimento? Sinto que meu cérebro já está em estado vegetativo. As primeiras árvores diferentes até que me chamaram atenção, mas agora já sinto falta das cores vibrantes e da agitação da corte. Do lado de cá é tudo verde. Nem percebi quando o cinza foi embora. Depois de um tempo fica meio sem graça... Voltando a falar de Isi, embora eu sequer saiba como se parece, imagino que descobriríamos algo se tivéssemos passado por algum lugar onde ela já esteve, isso se realmente...

— Não ouse terminar a frase — interrompeu Cally, surpreendentemente calma.

Dwiok engoliu em seco e continuou:

— Acho que devemos descansar um pouco e continuar a nossa busca amanhã cedo. Cabeça cansada não procura direito. Sinto que meus olhos estão abertos, mas passaram por uma briga infindável com meu cérebro, e agora estão de mal um com o outro.

CAPÍTULO XVIII

Sem achar ser necessária uma resposta mais bem elaborada, Cally apenas largou a bolsa de pano no chão e retirou mais uma vez o saco de dormir de dentro dela, deixando que Ince pulasse para fora do tecido. O menino, embora nunca fosse tão sábio quando o assunto envolvia qualquer coisa fora de uma cozinha, claramente tinha razão na fala, ainda que influenciada pelo sono.

Caledrina retirava, com cuidado, seus pertences da bolsa, a fim de não deixar cair armas, como punhais, cortanas, poções mortíferas e um machadinho, até que teve o braço segurado por Dwiok, que tentava fazê-la olhar na direção para a qual ele estava apontando. Por cima das escuras copas volumosas, mas não muito encantadoras, das árvores à sua frente, avistaram uma nuvem de fumaça que, sem a presença do Vento, concentrava-se estática em um único ponto no ar. Colocando-se em pé com os olhos fixos no ponto branco e gasoso acumulado a alguns metros, Cally posicionou a bolsa sobre os ombros novamente.

— Não, não, não. Você não está pensando em ir até lá, não é? — disse Dwiok, ao perceber as intenções da garota, que ainda encarava a grande nuvem de fumaça.

Foi quando, no tempo exato em que crescia na menina uma nova raiz, que já tocava seus fios cinzentos e praticamente ultrapassava seus ombros, ela falou:

— Estávamos à procura de pistas e, agora, há uma parte da floresta em chamas. Você pode ficar aqui sonhando com a chuva ou ir comigo até lá; de repente, enquanto me observa, você aprende como é que se brinca com o fogo. — O olhar da jovem ilustrava a soberba digna da bandeira roxa, tão intensa que não poderia ser mais bem atestada em nenhum jovem de outra facção.

CALEDRINA CEFYR E A FONTE PERDIDA

Caledrina percebeu que a fumaça exalava um cheiro de queimado e se apresentava com maior intensidade às suas narinas; seguindo o odor, partiu em direção à nuvem.

CAPÍTULO XIX

Enquanto um sorriso iluminava o canto do rosto de Cally, que percebeu que o motivo de tanta fumaça não se dava por causa de um incêndio solitário e misterioso, mas era, na verdade, algo ocasionado por um ser humano, as feições de Dwiok pareciam escurecer com o mais puro e sincero pavor.

Acima do telhado de uma casa de madeira clara, uma chaminé cuspia fumaça do mesmo modo como bate um coração: constante e ininterruptamente. De forma cautelosa, deixando a mata fechada, Caledrina correu até alcançar uma das quatro paredes exteriores da pequena construção disposta no meio da floresta, julgando estar longe o suficiente das janelas para não ser facilmente notada por qualquer um que pudesse estar no lado de dentro. Cally sentia o frescor da madeira fria em suas costas, e, em um movimento com os dedos, chamou por Dwiok, que, recusando o convite, escondeu-se ainda mais, indo para trás de um dos vários troncos de árvore posicionados a alguns metros em frente ao lugar.

A menina juntou as mãos e as levou para mais perto de seu corpo, simulando enfiar uma adaga imaginária em seu próprio peito antes de apontar o dedo para o garoto medroso. Sentindo-se mais provocado do que ameaçado pela menina teimosa e insana que olhava para ele, pálido e gelado de medo, Dwiok usou a desculpa de que ficaria no lado de fora como vigia das armas e utensílios culinários que carregavam, e, com as mãos, indicou tal decisão para a garota.

    Ela revirou os olhos e o ignorou, afinal entraria na casa mesmo se fosse sozinha. Cally, então, retirou a bolsa de pano de seu ombro, puxou para fora dois punhais, colocando-os em suas botas, um em cada perna, e decidiu manter apenas a aljava repleta de flechas e o arco em mãos. Livrando-se do tecido grosseiro que carregava seus pertences, sinalizou ironicamente para Dwiok que estaria deixando ali o item para que ele pudesse cumprir com a sua tão necessária função de vigia, e respirou fundo em preparação ao primeiro passo que a levaria até um possível selvagem.

    Caledrina já havia enfrentado diversos ataques e invasões selvagens, uma vez que crescera na bandeira preta — responsável pela segurança da corte e combate àqueles que são de fora —, entretanto, caso o ambiente em que estava prestes a entrar realmente acolhesse um selvagem, como seus instintos indicavam, seria a primeira vez que lutaria com um deles sem a segurança da presença de seu pai ou do abrigo da corte. Ao respirar profundamente outra vez, Cally pensou em May. Ela havia prometido à memória da irmã que vingaria o seu sangue, e que todo o povo daquele homem que lhe roubara a vida a faria companhia debaixo da terra. Com o coração acelerado, sorrateiramente, Caledrina entrou pela porta da casa.

    Se não fosse a lareira acesa, ela facilmente julgaria o lugar abafado como um ambiente abandonado. A madeira rangia sob seus pés a cada novo passo e, à medida que explorava o local, observava desde móveis empoeirados, como cristaleiras, armários e uma longa mesa, até as pequenas teias que se formavam nos cantinhos entre o teto e as paredes.

    Cally mantinha a mão que segurava a corda do arco próxima à bochecha, fazendo a ponta de sua flecha acompanhar o seu olhar de forma que, caso algo inesperado entrasse em sua mira, seria atingido quase tão rapidamente quanto seus olhos pudessem contemplar.

CAPÍTULO XIX

A garota se aproximou mais da lareira e franziu o cenho ao notar que, embora o lugar fosse abafado, não havia o calor esperado pelo fogo. Achegando-se ainda mais, Cally praguejou no instante em que percebeu que as lenhas não se deterioravam mesmo em meio às chamas; era como se as brasas vivas não se permitissem consumir por completo. Caledrina chegou mais perto da manifestação estranha do elemento que bem conhecia, e esticou a mão até a lareira. Para a sua surpresa, a pele não ardia; o fogo era morno.

O menor dos ruídos chamou a sua atenção, e ela se voltou para a origem do som ao colocar-se rapidamente em pé. Cally foi surpreendida por um homem que, de dentro de uma cristaleira escura sem prateleiras, muito próxima a ela, saltou em sua direção fazendo-a derrubar o arco. O selvagem de cabelos loiros tentava contê-la embaixo de seu corpo, e ela estava certa de que mais pesado do que ele era a sua própria indignação. Por entre os gritos que o homem soltava ao lutar, ela pôde ouvir a voz de seu pai dizendo: "Jamais esqueça a principal regra de sua facção: nunca, em nenhuma situação, por qualquer distração, abaixe sua arma". Mesmo tão longe de casa, a visão do rosto rancoroso de Heros a atormentava.

Por se distrair com a mornidão do fogo de alguém que sequer conhecia, e abaixar a guarda ao julgar ser necessário gastar seu tempo criticando algo que nem pertencia à sua própria casa, Caledrina se culpava, pois estava prestes a perder todos os seus segundos, para sempre, por conta de um erro simples, porém fatal. Apesar das habilidades da menina, ela sabia que o homem não seria vencido por força física. Cally teria de planejar outras artimanhas se desejasse sair dali com vida. Esbanjando habilidade por conta de sua rapidez e pequena estatura, ela deslizou por debaixo do sujeito, que gritava a ponto de soltar pequenas gotículas de saliva sobre sua testa, e pulou para fora da espécie de caixa humana que a mantinha no chão.

O selvagem saltou, pegou uma faca de lâmina estreita, e muito bem afiada, de cima de uma mesinha de centro e, com fúria, arremessou sobre a menina, que se abaixou para não ser atingida, aproveitando para retirar os próprios punhais enfiados nas botas de couro. Ao retomar a postura ereta, já armada, a garota arremessou os punhais que cravaram com força na parede de madeira após o desvio rápido do selvagem. Ele percebeu, depois de presenciar a excelente mira e força que a menina apresentara, que sua oponente não era uma simples criancinha intrusa. Caledrina carregava algo a mais, que ia além de sua grande destreza.

Apesar de furioso pela invasão, o selvagem ficou intrigado pela cor dos cabelos e esperteza transcendente da garota à sua frente, mas logo voltou ao foco, e, contando com a sua própria força, partiu novamente para cima de Caledrina, com brutalidade no olhar. Correndo para trás do homem em uma tentativa de atacá-lo, ela desviou-se de um soco de esquerda. Observando-o pelas costas, Cally notou que ele sangrava. Com linhas tortuosas lhe escorrendo sobre a pele bronzeada, o líquido vermelho vivo indicava ferimentos recentes. Caledrina desceu o olhar até as mãos do homem loiro, também manchadas pelo mesmo tom avermelhado, e concluiu que ele havia ferido a si mesmo, antes de ela chegar ali. Além disso, Cally também estava ciente de que ele não pararia até matá-la. Então, pulando nas costas do selvagem, e usando cada partícula de força que encontrara em si, prendeu-o com um mata-leão, surpreendendo-o ainda mais.

Asfixiado por uma menina tão pequena comparada ao seu tamanho, que o estrangulava com as pernas presas em sua barriga para manter-se firme, e levava o braço para frente a fim de pegar impulso, o selvagem reagiu e, com uma forte cotovelada atingiu o estômago de Cally. Ela viu tudo girar como se estivesse amarrada a um touro dentro de uma sala vermelha e, caindo no chão, sentiu os pulmões se contraírem à medida que expeliam o ar.

Com o pé esquerdo apoiado na parede para firmar seus movimentos, o selvagem removeu as duas adagas

CAPÍTULO XIX

cravadas na madeira, arremessadas há poucos minutos pela garota, e, calmamente, caminhou até o corpo pequeno estirado no chão, aproveitando-se da condição precária de sua oponente.

Vendo pequenas estrelinhas brancas que mais pareciam bailar com a intenção de hipnotizar a menina, como uma espécie de convite para levá-la até um lugar de extrema calmaria ao som de harpas e liras, Cally estenderia as mãos se tivesse um pouquinho mais de vigor e, assim, renderia-se por completo aos seus devaneios. O som da madeira rangendo cada vez mais perto de seus ouvidos puxou-a vorazmente para a realidade cruel em que estava e, desejando com todas as forças recuperar o fôlego, como se o Vento existisse, uma nova onda de ar encheu os seus pulmões, fazendo-a tossir uma e outra vez.

Neste ponto, Caledrina contava mais com sua grande força de vontade do que com sua condição física. Ela pôs-se em pé preparando-se para uma nova investida do selvagem à sua frente, que ainda caminhava até ela, estampando um sorriso que a fazia pensar que a perda do ar não fora ocasionada pelo golpe ou pela queda. Havia algo animalesco nas feições do homem que gerava arrepios em Cally.

Os braços dela foram posicionados com os punhos cerrados em frente ao corpo dolorido; os joelhos, flexionados para aumentar sua estabilidade; assim, esperou o selvagem de cabeça erguida. Devido ao espaço limitado, ainda que em passos lentos, o homem rapidamente pôs-se em frente à garota. O corpo miúdo da jovem foi suspenso no ar por mãos firmes e, após rodopiar por duas voltas completas, atirada no ar, Cally caiu sobre uma das cristaleiras, derrubando vários copos e pratos até chegar ao chão novamente. Ela levou a mão esquerda ao peito como se isso fosse ajudá-la a respirar normalmente. Por mais que soubesse, em seu íntimo, que não havia tempo para manias tolas, Caledrina pensou que se não dispusesse ao menos de alguns segundos para realizar o que estava prestes a fazer, não teria tempo para nada mais, em nenhum dia.

Ainda debruçada sobre a cristaleira, dessa vez quebrada, Cally seguiu seu costume de descrever, sem ao menos saber o porquê, o que via ao seu redor para o lendário e antigo companheiro de Dunkelheit, o Vento, como se ele existisse e fosse um amigo próximo:

— Há móveis empoeirados. — Ela apoiou as mãos no chão atrás de seu corpo, e se sentou. — A alguns metros, atrás de um homem um tanto gordo, de alta estatura, armas cobrem toda uma parede como na casa de papai.

Enquanto o selvagem aguardava até que sua adversária estivesse em pé novamente, esboçava caretas pelos comentários ilógicos ditos pela garota. Após dobrar os joelhos, um de cada vez, Cally se levantou. Virou o rosto, e seu olhar encontrou um espelho.

— Uma menina forte olha para mim. Ela foi treinada para tirar vantagem até mesmo de situações nas quais aparenta ser fraca. Ela sabe o que fazer — continuou descrevendo, enquanto encarava seu próprio reflexo.

Ao vê-la em pé, o selvagem correu em direção à Caledrina, que saltou para cima das costas do homem mais uma vez, com a diferença de que, agora, foi bruta ao inserir a ponta dos dedinhos finos nas órbitas oculares de seu oponente, cegando-o de forma violenta.

As mãos pressionadas sobre sua face ensanguentada deixaram o selvagem despreparado a partir da recente onda de fragilidade que atingira seu corpo e, sem mais poder ver sua concorrente, ele foi ao chão assim que a pequena o puxou pelo pulso, fechando-o numa chave de braço. Em meio aos gemidos de dor e à surpresa que uma simples menina lhe causara, o homem berrou quando sentiu e ouviu os ossos do braço quebrarem.

Com o sangue ardendo pelo ódio mais fervescente dentro de si, um novo punhal foi retirado do bolso daquele que estava sem visão e, após alguns instantes, fincou-se na perna de Cally que, entre gritos e suor, não afrouxou o seu golpe. Esboçando o que parecia ser a metade de um sorriso ao ver o lêmure correndo em sua direção,

CAPÍTULO XIX

pulando por cima das pernas do selvagem com o cabo de uma adaga na boca, Caledrina arfou em agradecimento próprio por ter ensinado tal aparente futilidade ao animalzinho.

— Ince com uma adaga — continuou ela, descrevendo o que via.

Com o objeto já em mãos, rompendo num último ato de força, sem tempo para entender a nova movimentação estranha do braço livre do selvagem, Cally enfiou a lâmina na barriga do homem caído no chão.

Ainda vivo, salvo pela vasta gordura acumulada em seu corpo, o selvagem ria escarnecido com o sangue que escorria e se unia ao suor em sua face. Uma expressão de susto e o tilintar das armas chocando-se na bolsa de pano carregada por aquele que jurou vigiá-la, antecedidos por um forte grito, foram o suficiente para avisar Cally de que Dwiok adentrara a casa; a menina sequer precisou olhar em direção à porta. E, antes que ela pudesse girar a adaga como seu ato final, o simples barulho de uma circunferência rolando pelo chão a fez gritar:

— Não!

O sentimento das lâminas perfurando os tecidos e músculos importantes de seu corpo preencheu o selvagem e, antes que ele desfrutasse do último suspiro, esboçou um sorriso em satisfação pelo feito terminante que antecedeu o seu fôlego final. Sem esperar até que Caledrina pudesse alcançá-la e lançá-la pela janela, intrépida, soltando uma fumaça esbranquiçada que logo tratou de enfraquecer os jovens, a pequena bomba de gás os fez cambalear em direção à floresta até que, zonzos, Cally, Dwiok e o lêmure desfaleceram.

Piscando com certa dificuldade, como se estivesse dentro de um sonho, a menina sentiu seu corpo se movimentar, arrastado por uma esteira feita à mão e composta por centenas de pequenos gravetos. Após fechar os olhos pelo que supôs ser um longo momento, ao abri-los novamente, Cally observou o balanço feito pelo corpinho de Ince devido à irregularidade do solo pelo qual eram arrastados, enquanto estirado de barriga para cima, parecia tirar uma soneca profunda sobre suas pernas. Uma nova piscadela e ela notou um Dwiok que dormia boquiaberto arrastado pela mesma cama de gravetos. Esforçando-se para levantar a cabeça o suficiente para ver quem os puxava por entre as árvores, com a imagem entrecortada a cada novo abrir e fechar das pálpebras pesadas, Cally viu uma explosão de cores, como se o próprio arco-íris estivesse carregando-os.

CAPÍTULO XX

Embora ainda estivessem deitados e com os olhos fechados, o que atestava o efeito poderoso da bomba em seus corpos, Caledrina e Dwiok vagarosamente voltaram à consciência. Algo gelado chamou a atenção da menina para a sua perna, fazendo com que se lembrasse do ferimento recente, ocasionado por sua última luta contra o selvagem. Ela se remexeu, ainda com as pálpebras pesadas, levou a mão até onde sentia um leve latejar e assustou-se ao perceber a textura. Depois de tantos acidentes no campo de treinamento, sabia exatamente o que era: unguento com ervas, envolto em uma folha. Também havia uma pasta esquisita na mistura — embora não conhecesse aquela substância, imaginava que, provavelmente, era a responsável pela sensação gelada. Caledrina, à procura de algum vestígio de dor, pensou em se mover mais uma vez para garantir que não perdera a sanidade; esticou os dedos das mãos, como um impulso involuntário de seu corpo, e notou que o ferimento parecia, magicamente, curado.

Ela ouviu os grunhidos de um Dwiok bastante cansado ao seu lado, anunciando também ter mantido os olhos fechados até então. Porém, com os cílios inferiores custando a se desgrudarem dos superiores, os jovens abriram lentamente os olhos. Ainda que a imagem estivesse um pouco turva devido à exorbitante concentração de luz, que lhes parecia perfurar a íris, ambos se assustaram com a figura à sua frente.

 Sentada em uma poltrona coberta por plumas das mais variadas cores e tamanhos, com as mãos recatadamente repousadas sobre as pernas cruzadas, uma mulher bastante alta e esguia os esperava acordar, ansiosamente. Sua pele era azulada, e os olhos amarelos pareciam hipnotizar os jovens, tal qual uma serpente. Ao ver Caledrina e Dwiok despertarem, o ser misterioso inclinou-se na poltrona e juntou as mãos em expectativa. Seu semblante, com olhos arregalados e sorriso puxado, que aparentava rasgar a face colorida, lembrava as feições de um lobo selvagem sonhando com a sua presa.

 Os cabelos enrolados, presos em duas espécies de tufos, um de cada lado da cabeça, pareciam ser tecidos da matéria presente nas mais macias e vistosas nuvens, tingidas pelo mais pulcro entardecer. O tom arroxeado, com até três gotas e meia de rosa em sua coloração, expandia tal impressão. Os traços de seu rosto causavam certa estranheza, mas, mesmo não contando com um par de sobrancelhas e tendo um nariz que descia reto do início ao fim, como o de um tigre, ela era, indiscutivelmente, dona de uma beleza exótica, encantadora e, de certa forma, intimidante. Percebendo que estava sendo admirada, abriu um sorriso ainda mais largo, contrariando o limite do possível para um rosto humano, convicta de sua grande formosura.

 A criatura usava um vestido de longas mangas bufantes, tingido com mais cores do que todas já registradas. E, olhando para um pequeno passarinho que, repousado em seu braço direito, tagarelava, finalmente ergueu-se da poltrona de plumas.

 — Veja, Cuco, temos visitas! — Os olhos arregalados lhe traziam um ar quase psicopático, característica não muito oportuna para jovens zonzos que lutavam para diferenciar sonho e realidade.

 Ainda que estivesse recobrando a lucidez, o nome pareceu se destacar na memória de Cally, que, num salto, levantou-se.

CAPÍTULO XX

— Cuco? É você! — disse ela, espantada, enquanto apontava para o ser azulado e seu pardal, que acompanhava toda a cena sobre o braço da dona.

Intrigada até o último fio de nuvem que saía de sua cabeça, a mulher arregalou ainda mais os amarelados olhos graúdos, voltou sua atenção ao pássaro e, novamente, aos jovens.

— Que mundo exuberantemente minúsculo! Eu diria até que… inefável. Vocês conhecem o Cuco? — Colocando a sua boca bastante próxima ao pequeno passarinho, ela cochichou. — Por que nunca me contou sobre isso?

Uma rápida troca de olhares foi o suficiente para que Cally e Dwiok concordassem em algo: qualquer que fosse aquela criatura, era completamente louca! Constatando que não havia mais esperança para o cérebro do ser azulado, que provavelmente tinha alguma coisa fora do lugar, a menina buscou retratar-se na resposta.

— Oh, não foi isso que eu quis dizer. Cuco foi uma das palavras que você usou ao escrever o bilhete.

— Que bilhete? — perguntou, ao estreitar os olhos.

Tão rápido quanto a velocidade com que a mulher proferiu suas palavras, Cally sentiu todos os castelos de suas suposições e certezas serem derrubados. Confusa, pensou ter se precipitado em achar que aquela poderia ser Isi. Não. Não! Aquela era Isi! Tinha de ser! Ela estava tentando brincar com a sua mente, a própria rainha a havia alertado sobre isso. Mas Caledrina não deixaria, era mais esperta do que Isi.

— O bilhete! Você deixou um bilhete secreto no lugar do qual, provavelmente, retirou algum livro. Na biblioteca de incineração, na Corte dos Sete! — falou a menina, com tanta energia e força em sua voz que não parecia ter acabado de acordar de um sono causado por uma bomba de gás.

— Não, jamais escrevi um único bilhete em toda a minha longa e cheia de peripécias vida feliz. E nunca, nunca estive em um lugar com nome tão sórdido. Corte dos Sete é um nomezinho esquisito! Sete o quê? Faltou criatividade para completar?

— Sete reis! Temos sete monarcas que governam o povo em sete facções ao mesmo tempo. Bem, seis, porque um se foi, mas...

Isi respirou fundo, enchendo seus pulmões e deixando as bochechas como um balão cheio de ar, soltou um bafo por entre os lábios fechados, fazendo um barulho engraçado, que a fez cair em gargalhadas. Cuco, o pardal, logo passou a imitá-la.

A casa da mulher era feita de madeira comum, embora a decoração e as milhares de cores tornassem o ambiente iluminado bem atípico. Relógios de todos os tipos encontravam-se espalhados em cada canto: paredes, teto e chão, decorando até mesmo pequenos adereços. Todas as direções para as quais os jovens olhavam pareciam conter os mais diversos ponteiros, entretanto, sete relógios destacavam-se: presos na parede acima da poltrona de plumas, eles tinham os indicadores mais barulhentos e as madeiras mais vistosas.

Acompanhando as gargalhadas constrangedoras de Isi e Cuco, centenas de pássaros treinados para falar estavam posicionados em uma mesa amarela do outro lado da sala, dentro de uma gaiola gigantesca, se comparada ao tamanho convencional. Motivadas por sua dona, as aves riam como se houvessem presenciado a cena mais cômica que poderia existir.

Como se não bastasse o excesso de informações contidas em cada uma das variadas cores e formatos de tapetes, cortinas, toalhas de mesa, lustres e quase todos os artefatos, dezenas de vestidos, ou até mesmo centenas deles, todos exatamente iguais ao que Isi usava, eram expostos em uma arara amarela, trazendo ainda mais vivacidade à casa de formato retangular, semelhante a um corredor.

Ainda estáticos, sem compreender a razão de tanta euforia, Cally e Dwiok observavam Isi secar as lágrimas dos olhos, lutando

CAPÍTULO XX

para retomar a compostura, impiedosamente roubada por outra onda de gargalhadas.

— Estou brincando com vocês, é claro que fui eu quem escreveu o bilhete! Não notou a tinta colorida?

— Na verdade... não — respondeu Cally.

Isi, surpresa, soltou um "oh" quase silencioso e disse:

— Quando foi queimada, deve ter desbotado, mas garanto-lhe que era a cor mais inimaginavelmente magnificente e atrevidamente radiante que o seu cérebro mediano seria capaz de criar.

Ela ignorou as caretas vindas dos dois pequenos corpos em sua sala. Agora sentados, os jovens encaravam-na intrepidamente, enquanto Isi achegava os ouvidos para mais perto do bico minúsculo do pássaro e novos pios a faziam gargalhar ainda mais.

O repetitivo som de afirmação que a mulher reproduzia, como se ouvisse cada uma das coordenadas do passarinho, ocasionou uma nova rápida troca de olhares entre Caledrina e Dwiok que, logo, assustaram-se com um grito súbito vindo do ser azulado.

— É claro! — gritou Isi. — Cuco é sempre tão atencioso, um excelente anfitrião! Vocês devem estar famintos!

Antes mesmo que pudesse completar a frase, a mulher com cabelos tão aparentemente macios, como se feitos de nuvens, correu até o que julgaram ser a porta da cozinha, com passos tão acelerados que o pássaro precisou voar para não cair.

Em poucos instantes, Isi voltou equilibrando três tigelas, uma em cada mão, com a terceira apoiada entre o antebraço direito e o peito. Os ingredientes ainda quentes soltavam pequenas ondulações de fumaça pelo recente contato com o fogo. Ambos suspeitaram que as refeições já estavam preparadas antes mesmo que acordassem, de tão rápido o retorno da mulher.

Evitar passar uma má impressão à sua peculiar anfitriã se tornou o objetivo dos dois moradores da corte, temerosos pelas razões ainda desconhecidas daquela que os servia. Eles se acomodaram melhor sobre a esteira de gravetos estirada no chão e aceitaram a sopa de leve odor azedo. Para garantir sua segurança, Cally deixou que Dwiok experimentasse primeiro, somente após alguns instantes levou a especiaria preparada por Isi até a boca, com o respaldo de estar em uma temperatura mais agradável.

Franzindo o cenho, Dwiok irritou-se ao descobrir que, diferentemente da Corte dos Sete, onde as sopas eram sempre preparadas com caldos de grãos ou sementes, a receita de Isi continha leite de burra, além de diversos ingredientes estranhos que o garoto não pôde decifrar. A lista atípica de elementos culinários contava com especiarias, como ovos colhidos de galinhas com seus quatro meses recém-completos — que contribuíam, pela primeira vez, com a alimentação humana —, alcachofra, alho-poró, cebola do reino, favas plantadas sobre solos com a intensidade certa do Sol e regadas por algo misterioso que não era como o vinho com mistura, couve, cubículos de cenoura surpreendentemente bem cortados e outras hortaliças selvagens.

Cally torceu o nariz pelas constatações do garoto e duvidou que, embora criado com uma vida de dedicação às panelas, ele estivesse certo. Não seria possível reconhecer tantos ingredientes, ainda mais naquela precisão, apenas provando uma sopa, seria? Cruzando os braços, convenceu-se de que Dwiok falara tudo aquilo para tentar impressioná-la e fazer com que ela não se arrependesse de tê-lo trazido para a missão. Não funcionaria. Cally era capaz de ser ainda mais esperta do que ele.

Mais algumas colheradas e, esboçando uma careta, Dwiok começou a reclamar:

— Isso está realmente muito ruim. Na verdade, acho que nunca experimentei nada tão ruim em toda a minha vida.

— Vocês estavam tão fracos quanto o Cuco depois de comer meu bolo de nozes. — Isi levou as mãos à boca, como quem conta um segredo, e se aproximou tanto dos jovens, que os deixou

CAPÍTULO XX

desconfortáveis, a ponto de se inclinaram para trás. — Cuco é alérgico a nozes, mas nunca resiste aos meus bolos. — Retomando a compostura, o ser azul pigarreou uma, outra, e mais uma vez antes de prosseguir a sua fala. — Enfim, vocês inalaram muito gás. Essa sopa será o melhor para recuperarem o vigor e voltarem a pular troncos e a dançar por entre as árvores. Coloquei algumas coisinhas especiais, então ignorem o leve azedume, logo vocês estarão ainda mais florescentes e roliços do que antes — concluiu Isi, muito satisfeita, antes mesmo de experimentar a própria sopa. Ao prová-la, também esboçou uma careta.

Sem querer aceitar submeter-se a algo tão fora de seu bom gosto, Dwiok levantou-se em protesto ao sabor ruim que permanecia em seu paladar.

— Permita-me fazer algo melhor, você pode ter uma inclinação... peculiar para seus trajes, mas certamente não tem talento algum com as panelas.

Isi estendeu a mão em direção à porta da cozinha e deu a bênção ao menino para fazer conforme a sua própria vontade. Mais que depressa, empolgado por voltar a cozinhar, o garoto dirigiu-se até o cômodo ao lado.

Enquanto Dwiok cozinhava, Caledrina bebericava, sem reclamar, até a última gota de sopa em frente àquela que salvou sua vida. Embora o caldo realmente se apresentasse ao paladar como uma composição turbulenta, a menina o tomava, a fim de demonstrar lealdade e conquistar a confiança de Isi, para, finalmente, descobrir o caminho até os selvagens e matar cada um deles.

Limpando a boca com a manga da blusa, a sós com sua anfitriã, Cally perguntou:

— Por que deixou um bilhete? Quem queria encontrar? Como nos achou na floresta? Por que nos salvou? Quem é você, afinal?

A última colherada de sopa pareceu rasgar a garganta de Isi, ao som do turbilhão de questionamentos direcionados por Cally, até que, delicadamente, a mulher colocou a botija na cômoda ao lado da poltrona de plumas coloridas.

— São muitas perguntas.

— E nenhuma resposta.

Enquanto fitava um pouco mais a garota, Isi ajeitou os tufos de nuvens, com leves e rápidas batidinhas, e se levantou.

— Porventura, conceder-me-ia a honra de sua companhia? Quero mostrar-lhe algo.

Quando a mulher abriu a porta principal da casa, Cally se pôs de pé, cobrindo os olhos com o dorso do braço para aliviar o incômodo da claridade. Por terem entrado na residência enquanto ainda estavam desacordados, os jovens não haviam visto o exterior do lugar, nem sequer o caminho percorrido para chegar até lá. Com o tagarelar de todos os pássaros diminuindo à medida que a porta fechava atrás de si, Cally sentiu a musculatura relaxar pelo desejado silêncio instaurando-se em seus ouvidos novamente.

O lado de fora da moradia de Isi era repleto de espelhos, que pareciam ampliar o lugar. Posicionados em filas a partir das laterais da casa, como se formassem um enorme corredor na clareira, iam até a extremidade das primeiras árvores que davam abertura à floresta densa. No centro, parecendo ser a grande estrela da decoração um tanto anormal — não que Isi fosse ou tivesse algo de convencional —, um grande relógio de madeira sem ponteiros estava fincado na terra.

Cally lançou um olhar confuso, com muitos questionamentos em sua mente. A menina insistia no desejo de saber por qual razão havia tantos espelhos e um relógio gigante no meio de uma floresta, mas, apesar da curiosidade, permaneceu abaixo do batente da porta principal em silêncio. Puxando a luva de suas mãos para cima, na intenção de ajustá-las aos dedos, Caledrina preparou-se para qualquer artimanha que a estranha pudesse aprontar.

CAPÍTULO XX

— Por que me olha assim? — questionou Isi, ao repousar as mãos graciosamente sobre a cintura.

— Por que não me responde?

Apesar de suas botas, a garota podia sentir que até mesmo a terra do exterior das fronteiras era diferente. Parecia ter um frescor desigual, como se permanecesse constantemente úmida.

Cally não entendia muito sobre o lugar, sobre a mulher à sua frente, nem mesmo sobre o que esperar dela, mas de algo sabia: Isi era como um livro de enigmas trancado a sete chaves e não se revelaria inteiramente de forma tão fácil. Ainda assim, se tais páginas misteriosas escondessem segredos sombrios, a menina — que estava ali apenas fingindo cortesia para encontrar e matar o líder daquele ser — certamente tinha a chave mestra em suas mãos.

CAPÍTULO XXI

Com as mãos agitadas por sua animação, diante da familiaridade do ambiente em que se sentia seguro, derrubando algumas das tantas colheres penduradas na parede, Dwiok sequer se importou com o barulho dos objetos de marfim rolando pelo chão. Cada átomo de seu corpo exultava por estar em um lugar que considerava tão deliciosamente prazeroso.

Tamanha felicidade o fazia ouvir o som do dedilhar das mais suaves liras e harpas. Envolto na harmoniosa melodia contida em seus pensamentos, ele bailava ao despejar em um dos variados recipientes coloridos de Isi alguns ingredientes aos quais já estava acostumado na corte, e outros que, até então, eram inéditos ao seu paladar, mas que julgava serem bons o suficiente — fosse pelo cheiro ou pelo sabor revelado após uma pequena mordida. Dwiok abriu a tampa de uma panela de bronze que, cintilando ainda mais em contato com o fogo, parecia aumentar a saturação das cores já vigorosas da cozinha, que possuía uma imensa quantidade de adereços policromáticos, e sentiu os aromas de sua receita.

O menino posicionou a tampa sobre a panela de maneira que ficasse um pouco aberta, e jogou o pano grosseiro que usara para não queimar os dedos sobre um dos ombros, depositando o alimento na primeira tigela de sopa. Com três recipientes preenchidos quase até o limite, esbanjando uma postura e um equilíbrio invejáveis, o garoto passou pela entrada principal da casa, em meio ao ápice da tagarelice espantosa dos pássaros. A porta foi aberta pelo seu pé esquerdo e ele viu Caledrina saltar para o lado, evitando ser atingida por sua inesperada presença, de tão próxima que estava. Os olhos sensíveis do cozinheiro já haviam se acostumado com a luminosidade controlada da casa aconchegante, assim, foram necessários apenas alguns instantes de adaptação à intensidade dos raios solares.

Frente a um grande relógio de madeira em meio a tantos espelhos fincados na terra fria, Isi encontrava-se com uma expressão indecifrável. Próxima a Dwiok, Caledrina observava o cenário com a típica desconfiança que sempre acompanhava suas feições. Devido à proximidade entre eles, em apenas dois passos o menino alcançou Cally e, esticando o braço, entregou-lhe a primeira tigela. Depois, calmamente, Dwiok dirigiu-se até a criatura misteriosa, que se encontrava um pouco mais afastada.

— Estou satisfeita, mas grata por seu serviço — disse Isi, recebendo a tigela em suas mãos.

Prestes a dispensar o alimento preparado pelo menino, seguindo o exemplo da mulher, Cally sentiu o cheiro que subia como fragrância suave e prazerosa, induzindo-a a dar uma chance ao líquido quente. Mas, levando a primeira colherada até a boca, mudou de ideia. Sem nem sequer respirar fundo ao perceber que ninguém desfrutaria de seu trabalho na cozinha, Dwiok se encontrava satisfeito por apenas ter estado em meio às panelas e colheres mais uma vez, e concentrou-se em sua própria sopa.

Enquanto isso, sorrindo para Caledrina, Isi parecia querer incitá-la com o olhar. Farta de ter de se contentar com informações precárias, sentindo-se desafiada, Cally devolveu sua tigela ao menino de forma tão brusca, que transbordou o líquido, queimando os dedos de Dwiok. A fim de tirar satisfações e sair logo daquele lugar estranho, a menina se aproximou de Isi com passos

CAPÍTULO XXI

firmes, enquanto o ser enigmático analisava os jovens ao lado do relógio sem ponteiros; o maior de todos os que possuía.

Sem desviar o olhar, obstinada, Caledrina acompanhava cada uma das menores movimentações de Isi e, ao perceber uma feição estranha, intrigou-se após notar o esboço de uma careta, que antecipava a tigela nas mãos da mulher sendo quebrada em centenas de pedacinhos. A sopa, sem outro destino, acabou espalhada pelo chão, regando a terra fria e possibilitando que, após um breve espanto, os braços da anfitriã relaxassem ao lado de seu corpo. O rosto azulado metamorfoseava-se de pavor para júbilo, com a mesma naturalidade de uma borboleta pousando sobre uma flor.

Ao seguir os enigmáticos olhos da criatura, Cally avistou um dos espelhos à sua esquerda. Seus lábios se comprimiram em estranheza ao perceber que, embora Isi, Dwiok e toda a imagem do cenário fossem reproduzidos pelos espelhos, a menina não encontrava o seu próprio reflexo em nenhum deles. Era como se ela sequer estivesse ali, como se simplesmente não existisse.

Aproximando-se de um dos espelhos, ela testemunhou todas as coisas movimentando-se da forma como era esperada no reflexo do vidro, que recebeu o leve toque de seus dedos. Nada. Nem uma sombra sequer. Desacreditada, Caledrina encarou o objeto à sua frente, na esperança de ver a reprodução de sua figura com todas as expressões estremecidas que, provavelmente, esboçava.

Sob o par de olhos que intensamente acompanhava cada um dos seus movimentos, Cally virou-se para ampliar suficientemente a sua visão, até que todos os espelhos fincados na terra fossem observados. Ela franziu o cenho e, cada vez mais rápido, correu o olhar pelos vidros retangulares que deveriam refletir toda a extensão de seu corpo, mas, embora a jovem procurasse ver a si mesma, não havia nada que, ao menos, esboçasse a sua aparência.

— Mas o que...

Boquiaberta, sem movimentar nenhum músculo além dos necessários para falar, com os olhos amarelos fixos na garota sem reflexo, Isi sussurrou de forma tão baixa que a sua fala mais parecia um sopro:

— Arnalém.

Ainda de costas para Isi e sendo capaz de observá-la, por um dos espelhos, com a postura estática, Caledrina buscou se lembrar de onde ouvira aquele nome e soltou o peso da cabeça para trás, procurando entender o que estava acontecendo.

Exposta aos sentimentos mais profundos de Cally, revelados por um olhar intenso e brilhante, assim que a menina virou-se para ela novamente, Isi notou a agitação que acometia os pensamentos da jovem.

— Você não o conhece? — perguntou a criatura, levando a mão direita até o colo, incitada pelo mais genuíno espanto.

— Arnalém? Não...

Por alguns instantes, ainda que aquele fosse o objetivo de sua viagem e que, há apenas alguns minutos, estivesse preenchida pela euforia de uma missão bem encaminhada, a curiosidade da menina era tanta — ocasionada pela ausência de seu reflexo nos espelhos e pelo espanto de Isi —, que Caledrina Cefyr sequer se apercebeu de estar diante da possibilidade de saber mais sobre o líder dos selvagens.

— Oh! — Expressando sua surpresa, Isi arregalou os olhos. Ela ajeitou seu vestido com as mãos e finalizou seus toques na aparência, levando os cachos formados por tufos coloridos levemente para cima.

— Pois bem, julgo ter chegado a hora de confessar o que os trouxe até a minha excêntrica residência. — Ela olhou por cima do ombro, para alcançar, também, o menino com a sua fala. — Digo, o que procuram os seus corações?

Embora não confiasse totalmente em Isi — nem um pouco, na verdade —, Cally sabia que ela não era uma assassina sanguinária ou qualquer pessoa que indicasse perigo para eles ou para a missão. Julgando-a louca, porém inofensiva, Caledrina decidiu falar, mas com as palavras estrategicamente calculadas:

CAPÍTULO XXI

— Uma das rainhas...

Interrompendo a fala da menina com um pigarrear forçado e algumas tosses, Dwiok introduziu seu próprio argumento:

— Sabe...

A voz embargada do garoto fez Cally o encarar rapidamente. A ideia de Dwiok ter tramado algo sem avisá-la quase a fizera correr em direção à sua bolsa de pano, tomar a sua espada e preparar-se para qualquer eventualidade — afinal, se havia algo que a jovem sabia era que todas as vezes em que o seu infeliz parceiro abria a boca, acompanhando a sua fala, vinha uma grande dor de cabeça.

Fitando Isi com olhos que pareciam estar prestes a lacrimejar, sentindo-se suficientemente encorajado por si, o garoto, que ainda segurava a tigela, prosseguiu:

— Nossos pais fugiram da corte com a esperança de encontrar um lugar para nós, quando ainda éramos crianças, e nunca mais voltaram. Minha irmã e eu ficamos órfãos muito cedo e, desde então, ansiamos pelo dia em que realizaremos o sonho deles de encontrar... aquilo que chamam de... água! Ouvimos boatos no lugar de onde viemos de que haveria um ser na floresta densa que poderia nos ajudar de alguma forma, e acreditamos que esse ser seja você, Isi. Sei que nossos pais não nos abandonaram, e que estão por aí, em algum lugar dessas terras, esperando por nós. Será que você poderia nos ajudar a encontrá-los? Ainda temos tempo para ser uma família de novo!

Cally piscou demoradamente, evitando que alguém pudesse ver as suas expressões, e fechou os olhos apenas para revirá-los em desaprovação, na segurança de suas pálpebras fechadas. Gostando ou não, já estava feito. Agora precisava portar-se como parte da história inventada por Dwiok, e torcer para que Isi acreditasse. Mesmo descontente, não poderia negar que o menino soara mais convincente do que esperava — ao menos, muito mais do que ela provavelmente soaria.

Os olhos de Isi foram estreitados à medida que ela cruzava os braços e arrebitava o nariz.

— Entendo... irmãos. — Ela pigarreou, e mostrou ser mais inteligente do que o garoto em seu pouco raciocínio ao criar a história fajuta.

Por alguns instantes, Dwiok achou que aquele seria o seu fim. Num movimento rápido, Isi apoiou as mãos na cintura e, surpreendendo as crianças, sorriu.

— Certíssimo, então, como posso ajudar?

Subitamente, os jovens trocaram olhares amplamente confusos.

— Como assim? — questionou a garota.

Caledrina recebeu como resposta as costas de Isi, que se virou e direcionou-se ao grande relógio sem ponteiros, de forma que, a cada passo que dava, sua pele azul reluzia ainda mais sob o Sol quente. Passando as mãos sobre a madeira até que fosse necessário inclinar seu corpo para alcançar a extensão que desejava, pareceu reproduzir o aconchego do calor de um abraço ao tatear a parte de trás do relógio.

— Querida, se importaria de vir até aqui, por gentileza?

Algo estranho transbordava do brilho dos olhos de Isi; era quase como se a mais pura animação, misturada a um temor jamais visto, pairasse sobre ela. Cansado de permanecer em meio ao barulho dos pássaros dentro da casa, ainda zonzo pela quantidade de gás que o pequeno corpo inalou, Ince, o lêmure, passou pela porta de madeira e cambaleou até Caledrina, que o colocou deitado por cima dos ombros feito uma echarpe fina, como um adereço necessário para aceitar o convite de Isi.

Hesitante, porém um tanto intrigada, Caledrina aproximou-se mais do relógio que, entre os braços da mulher de vestido espalhafatoso, roubava toda a sua atenção. Em frente àquele grande objeto sem ponteiros, Cally observou Isi largá-lo para deixar a vista livre para ela. Contornando-a, em

CAPÍTULO XXI

seguida, a criatura segurou-a firmemente, pressionando seus ombros, mantendo aquele corpo minúsculo diante do relógio. Flexionando levemente os joelhos até que seus lábios estivessem em linha reta com os ouvidos de Caledrina, Isi sussurrou:

— Peça… meticulosamente.

Cally pôde sentir o hálito quente ao ouvir aquelas palavras que, por algum motivo, tanto lhe deram prazer, e, naquele momento, sentiu-se imbatível.

— Qualquer coisa?

— Qualquer coisa! Chegue bem perto do relógio, como se desejasse veementemente lhe dar um abraço e, então, conte-lhe o que mais ardentemente almeja o seu coração. Ou pode começar com algo simples. Não há regras. Não importam as suas palavras, se forem sinceras, ele as ouvirá.

Cally deu um passo à frente e se preparou para pronunciar o seu desejo.

— Um pouco mais perto — incitou Isi.

Aproximando-se ainda mais do relógio sem ponteiros, Caledrina sussurrou:

— Acho que podemos começar com uma carruagem.

Ela sentiu as mãos de Isi a empurrando pelas costas, e enrugou o rosto pela sensação precipitada do baque contra a madeira quando, em uma fração de segundos — enquanto Ince saltava para o lado contrário —, atravessou o relógio, e se viu do lado de dentro do objeto de madeira, como se, por uma porta aberta, ela passasse para uma nova dimensão.

CAPÍTULO XXII

Embora o sol forte queimasse sua pele, Caledrina notou que até mesmo o calor provocado pelos raios luminosos apresentava algo de incomum; uma leve sensação de frescor parecia amenizá-los.

Ela estreitou os olhos e observou ao redor, tentando descobrir onde estava. Pequenas trilhas largas de terra batida entre árvores altas circundavam todo o campo de visão. Ao seu lado, uma carruagem com as portas abertas parecia convidá-la para entrar. Com a garganta seca, percebendo que não havia ninguém por perto, correu até o lugar do cocheiro, a fim de conduzir os cavalos a algum lugar longe dali.

De alguma maneira estranha, Cally sabia exatamente para onde deveria ir e onde estavam os selvagens.

Prestes a alcançar as rédeas, o som de um resmungar já muito conhecido pela garota a fez parar.

— Onde nós estamos? — questionou Dwiok, ao surgir inesperadamente.

— Acho que, de alguma forma, entramos no relógio de Isi — respondeu Cally, voltando sua atenção às rédeas, sem se importar em perguntar como o garoto também aparecera ali. Sabia que havia sido do mesmo jeito que ela.

— Quando você entrou, os números simplesmente enlouqueceram! Eles giravam fora de ordem, atropelando uns aos outros por toda a extensão da madeira. Isi me puxou pelo braço e eu pulei para dentro do relógio para te seguir. — O garoto, ofegante e empolgado, contava sua história energicamente, entretanto, frustrou-se ao perceber que a menina não dera tanta importância e, bufando, abandonou o assunto. — O que está fazendo?

Tomando o controle dos cavalos, Cally bateu as rédeas, e, finalmente, respondeu:

— Estou nos levando ao nosso destino.

Com o crepitar das pedrinhas do solo colidindo com as rodas, os cavalos percorreram toda a extensão do caminho guiados por Caledrina, e seguiram, fielmente, sua condução.

Tão pequeno era o formato da carruagem, que a parede estreita, cuja função era separar o cocheiro do passageiro, não dificultaria uma conversa entre os jovens; isso se tivessem o mínimo interesse em falar um com o outro. Se não fosse pelo excesso de cores e adereços, tais como os véus presos ao teto, as minúsculas estátuas de pássaros que pareciam sair das paredes externas e se destacavam como espinhos numa rosa, e o assento dourado exageradamente acolchoado — coisas espalhafatosas que eram marca registrada de Isi —, Caledrina poderia, facilmente, ser confundida com uma pessoa sem muitas posses, caso alguém se deparasse com o coche, fruto da imaginação da menina. Segurando-se às paredes do interior da carruagem para não perder o equilíbrio, Dwiok era jogado de um lado para o outro durante o percurso, julgando o assento como macio, mas não muito seguro, dada a velocidade em que corriam. Com a visão prejudicada pelos inúmeros véus pendurados, o garoto tentava imaginar o fogo que resplandecia dos olhos de sua parceira, enquanto seguiam cada vez mais rápido.

Nenhuma outra palavra foi dita durante toda a agitação do dia. Após um bom tempo, Cally decidiu parar; a menina sentira

CAPÍTULO XXII

os cavalos já bastante cansados, com pelos úmidos pelo esforço e contato com o sol.

Assim que desceu da carruagem, Dwiok levou os joelhos e as palmas das mãos em direção ao solo, estranhando a sensação firme e estável, e sentiu as pernas tremerem como se ainda estivessem na corrida desenfreada.

Graças à facção em que nascera, Caledrina sabia tomar conta de seus cavalos, então removeu os arreios, o freio e o cabeçalho dos dois animais, permitindo-os descansar. Aproveitou para acomodar-se em um tronco de árvore caído que estava por perto. Com os barulhos noturnos da floresta ao fundo, encarava o ponto mais longínquo entre as árvores.

Deitado sobre outro tronco, como se estivesse se espreguiçando, Dwiok notou a garota entrosada numa reunião afiada com seus pensamentos e a questionou, externalizando sua própria bagunça interna:

— Por que corremos o dia todo? Sabe que tipo de dimensão paralela é essa?

Ajeitando-se devido ao desconforto da pergunta, Cally respondeu:

— Não sei onde estamos nem poderia dizer com precisão como viemos parar aqui. Sequer sei se é real, mas, de alguma maneira estranha, sei exatamente onde se escondem aqueles que procuramos; e, também, onde encontrar água.

— Água? — perguntou, surpreso. Cally confirmou com a cabeça. — Alguma teoria? — Dwiok a encarava como uma pequena criança que aguarda a autorização da mãe para poder comer mais um doce posto à mesa.

— Saturn nos instruiu a encontrar Isi; foi o que fizemos. Disse que a criatura nos daria tudo o que lhe pedíssemos, e é exatamente o que tem acontecido. Imagino que o relógio seja uma espécie de portal capaz de realizar desejos, mas não acredito que estejamos em outra dimensão. Acho que estamos apenas… longe.

— Então, isso é real? Se acontecer algo conosco aqui…

— Sim, acredito que sim. O relógio deve ter alcançado algum outro desejo do nosso interior e nos enviou a um lugar propício para realizá-lo.

— Um desejo como… matar os selvagens e encontrar a fonte?

A garota elevou o olhar até as montanhas ao longe, de forma que a resposta estava contida em sua reação, em seguida, apontou para a estrada.

— Sei que estão lá, quase posso sentir o cheiro. — Relaxou a postura novamente até que os músculos cansados encontrassem conforto no tronco ao deitar-se. Cally, então, respirou fundo, aliviada por estar tão perto de cumprir a sua missão. — Até que foi fácil.

A poucos metros de distância da menina, Dwiok não conseguia afastar o nevoeiro de preocupações que o assolava.

— Fácil demais — sussurrou.

Ao perceber que, para fugir do sentimento de incômodo que o afligia, só lhe restava o sono profundo, o garoto se aconchegou no desconforto do tronco caído. Enquanto movimentava a boca, parecendo mastigar o ar, Dwiok virou-se de bruços e se acomodou. Com os olhos fechados, sentiu sua respiração ficar pesada e, vagarosamente, adormeceu.

Os lábios do menino já estavam inconscientemente desencostados, no silêncio da noite, quando sentiu toda a extensão de seu corpo gelar de susto ao ouvir o berro de Caledrina:

— Quer saber? Os cavalos já descansaram o suficiente, hora de seguir viagem!

A garganta de Dwiok ainda estava embargada pelo choque. Tentando se recuperar, sentou-se e lutou para pronunciar as poucas palavras que sua mente era capaz de formular naquele momento.

— Agora? Mas está escuro.

— É lua cheia. Conseguiremos enxergar o suficiente.

Espremendo os olhos com as mãos enquanto bocejava, o garoto, que se ergueu de imediato para contestar sua companheira de viagem,

CAPÍTULO XXII

ouviu o som que Cally fez ao encilhar os cavalos, os quais relinchavam por também terem sido acordados.

— Você vem ou não? — incitou a garota, já com as rédeas nas mãos.

— Você está desarmada, faminta, sonolenta e ainda quer que eu entre numa carruagem que será conduzida pela sua intuição? Não, obrigado. Tenho amor à minha vida!

— Sabe que sou muito boa em tudo o que faço?!

— Na verdade, sei que você é maluca, e um tantinho perturbada. Cally cruzou os braços e apertou os olhos.

— E como você se encaixaria nessa bela classificação?

— Um gênio. — Dwiok deu de ombros.

— Sua maior genialidade é somente preparar uma sopinha razoável, enquanto a maluca aqui salvaria nossas vidas com uma simples pedra ou um pedaço de madeira. Agora, se já terminamos, poderia subir logo?

Cally o observou revirar os olhos.

— Já disse que não vou. Você está obcecada por isso, fora de si! Desse jeito, irá morrer.

A jovem pousou as rédeas dos cavalos no colo, apenas para enfatizar ainda mais a sua fala com as mãos, e disse:

— Ótimo, divirta-se cozinhando para os lobos. Mas posso lhe garantir que, ao fim, o alimento será você!

Como se fossem amigas confidentes de infância, no momento perfeito, simultaneamente à fala de Caledrina, a floresta fez seus lobos uivarem, arrepiando os poucos pelos ainda em fase de crescimento dos braços de Dwiok.

Ajeitando as luvas, Cally agradeceu por nunca as tirar. Se não contasse com elas após o longo dia, seus dedos provavelmente já estariam em carne viva, e não suportaria uma nova jornada com tamanha intensidade.

Prestes a seguir viagem sozinha, com os braços já no alto para dar o comando aos cavalos, sorriu de costas para o garoto, que se encontrava alguns centímetros abaixo, ao que o ouviu gritar:

— Espere!

Sem mover um músculo sequer, Caledrina o aguardou subir.

— Você sabe, então, o local exato para onde devemos… — Antes que pudesse finalizar sua pergunta, a garota emitiu um som estralado com os lábios, fazendo com que os cavalos corressem. Dwiok perdeu o equilíbrio e escorregou sobre a madeira da carruagem emendando sua última palavra a um grito de socorro involuntário. — …iiiiirrrrr?

Embora ainda sonolento, o garoto não conseguiu dormir novamente, com medo de nunca mais tornar a abrir os olhos.

Horas se passaram; Caledrina seguia o caminho como se estivesse acostumada àquela rota desde a infância. Tamanha era a velocidade, que, por vezes, a carruagem ameaçava quebrar-se quando suas rodas finas tocavam novamente o chão após alguma elevação do solo. Obstinada, Cally quase não piscava ao sentir que seus momentos de glória se encontravam a apenas alguns metros de distância. Estava prestes a conseguir o reconhecimento de seus pais e de toda a Corte dos Sete.

Puxou as rédeas, fazendo os cavalos relincharem com a parada abrupta, e apontou para além de um caminho estreito.

— É logo ali! A fonte, os selvagens, tudo. Tudo está ali.

Dwiok ergueu o olhar, acompanhando o direcionamento da garota, e logo se arrependeu. Ao avistar a continuação da estrada, percebeu que se tratava de uma estreita ruela, feita à borda de uma montanha de pedra qualquer. E, bem à sua frente, circundando a montanha, havia um penhasco. Com a mão no coração, ao notar o quão próximo estiveram de cair, Dwiok sentou-se.

A garota, insana, estava prestes a movimentar os braços e dar ordem aos cavalos, mas, antes de prosseguirem, seu acompanhante berrou:

CAPÍTULO XXII

— Não! Você é realmente maluca? Não vamos passar!

Sem dar tanta importância ao que Dwiok dizia, pendeu o corpo para que os seus olhos pudessem ver o abismo, e desvencilhou um dos cavalos, o qual, em poucos segundos, correu para longe, assustado.

— Talvez não com dois cavalos — respondeu, confiante.

Então, Cally deu comando para que o animal remanescente seguisse o curso pela ruela estreita, e, com um grito, orientou o garoto de cabelos cacheados a permanecer no canto oposto ao dela na carruagem. Sabia que a transferência do peso faria com que não tombassem. Juntou-se a ele, passando com cuidado para o lado de dentro, enquanto segurava as rédeas com uma só mão pela pequena porta.

— Segure! — ordenou. Sem oferecer tempo suficiente para que ele recusasse, Cally enfiou as cordas da rédea nas mãos suadas e cheias de pavor do garoto.

A menina inclinara o corpo para fora da carruagem em uma velocidade controlada, para que não caíssem do penhasco, e começou a agarrar as pedras em compasso quase perfeito à caminhada tranquila do cavalo. Cally suava frio, mas permanecia segurando pedra por pedra. Mais uma vez, ficara feliz pelas luvas de couro sempre presentes, mas, como o material que encobria suas mãos não protegia os dedos finos, sua pele começou a calejar pelo contato com todas as superfícies pontudas.

Com uma mão colocada sobre uma elevação da montanha, que a lembrou o formato enrijecido da alça de uma bolsa, preparou-se para levar a outra às novas pedras que apareciam conforme o caminhar do cavalo. Era apertado demais. Seu pedido não cabia no caminho estreito. Não era útil, pelo contrário, estava atrapalhando-a. A garota levou o braço até o ponto mais alto que conseguiu, mas uma serpente, já pronta para o ataque, sibilou ao pular em sua direção.

Com o animal em cima de si, gritando, Cally lançou-se involuntariamente para o lado contrário da carruagem, fazendo com que o veículo se inclinasse.

A sensação de um dedo gelado percorrendo toda a extensão da coluna, causando um frio na espinha, invadira o corpo dos jovens sem pedir permissão. Ambos gritaram quando a carruagem colidiu contra a parede da montanha e, girando, caiu abismo abaixo.

CAPÍTULO XXIII

Ainda aos gritos pela sensação do corpo esmagado — provocada por uma enorme capacidade imaginativa —, ao serem puxados do relógio pelos braços delicados, porém muito firmes de Isi, Dwiok e Caledrina voltaram ao mundo real. Em seu quintal, a dona das terras os encarava como se acabasse de presenciar o seu show de marionetes predileto. Atordoados, os jovens se sentaram sobre o gramado frio, com a mesma sensação de terem recém-despertado de um pesadelo; passavam as mãos sobre a cabeça, como se tal ato pudesse reorganizar seus pensamentos. Em meio ao transtorno interno que viviam, piscando mais que o suficiente para lubrificar os olhos, colocaram-se em pé.

Com as mãos entrelaçadas e um sorriso espantosamente largo, Isi esperava seus hóspedes se recomporem, em grande expectativa.

— Pois então, o quanto diriam que se divertiram, em uma escala de 0,23 até 17,2?

— Se nos divertimos? Nós morremos! — berrou Dwiok, sentindo uma dor de cabeça enorme ao fazê-lo.

— Não, não. Vocês optaram por tirar a própria vida. Você escolheu uma carruagem, Cally — explicou Isi.

A ordem dos assuntos prioritários que precisavam ser explicados parecia invertida aos olhos de Caledrina que, espremendo os lábios, apontou para o gigantesco relógio de madeira.

— O que é esse negócio, afinal?

— Oh, isso? — perguntou Isi, ao dirigir-se para mais perto do assunto principal. — Esta bela obra de arte fincada no meu quintal possibilita que qualquer pessoa entre em uma espécie de hipótese, vivida fabulosamente, para simular os seus desejos, mesmo os mais desatinados. Você pede algo e o outro lado do relógio lhe mostra, por alguns momentos, o que aconteceria se conseguisse aquilo que ansiou.

Cally levou a mão enluvada até a parte do colo onde havia sentido as escamas ásperas da cobra roçando sobre sua pele queimada do sol; lembrou-se da textura do animal e do medo que exalavam de seus poros.

— Não mesmo! Era tudo real, só não como eu desejei.

— Agora já foi — tranquilizou a mulher.

A postura assustada de Caledrina deu lugar à arrogância devido à aparente indiferença e tranquilidade de Isi. A menina colocou as mãos na cintura.

— Nós tivemos de passar pela beirada de uma montanha, mas a carruagem era larga demais e caímos de um penhasco!

— Se eu pudesse lhe dar um conselho, já que meu cérebro faustoso percebeu também a grandeza do seu, diria para lutar contra a ingenuidade descabida que está tentando dominá-la. Recomendo que preste atenção ao segredo de tudo! Você foi bem clara ao pedir uma carruagem, mas não entendeu que, às vezes, aquilo que desejamos não pode passar por um caminho estreito. Em algumas circunstâncias, o que pedimos será justamente o que nos ajudará, mas, em outras, como aquela que você viveu, será um enorme atraso e, talvez, até mesmo a causa de uma grande desgraça. A decisão parte de cada um de nós: seguiremos sem o que pedimos ou ficaremos de fora da habitação da fonte?

CAPÍTULO XXIII

— Mas isso não faz sentido! — esbravejou a menina, enquanto tentava conter a raiva diante do tom misterioso de sua anfitriã.

— Nem sempre podemos manter dois desejos vivos — continuou Isi, olhando para Cally como se tentasse rasgar a cortina que havia em seus olhos. — Das tantas coisas que serão reveladas ao longo do tempo que corre livre pelos anos, eu posso lhe garantir uma: renunciar a algo por aquilo que é melhor nunca formará uma lacuna, mas, sim, abrirá espaço para novas e excelsas experiências.

Enfurecida pela resposta incoerente que recebera diante de algo tão sério quanto a sua própria morte, Cally seguiu em direção à mulher azul com os punhos cerrados.

— Ora, sua...

A fim de impedir que a jovem cometesse os desatinos que sabia serem parte de sua rotina, Dwiok segurou a menina e a manteve no lugar. Em um reflexo, Cally girou o corpo apenas o bastante para chutá-lo, acertando-o no estômago, e desprendeu-se.

— Nunca mais me segure. Nunca mais me toque. Ou melhor, nunca mais se aproxime!

Encurvado feito uma mulher em trabalho de parto ao tentar andar, Dwiok abraçou a névoa causada pela nova onda de dor que afligira seu corpo, e mal pôde ver as veias saltarem do pescoço fino da garota.

Observadora de toda a situação, Isi disse:

— Eu não sei se é apenas a minha percepção apurada, mas estou sentindo ares insultuosos aqui, e esse clima aviltante não é saudável para a grama do meu quintal! Eu também agradeceria se pudessem manter o linguajar e os atos fartamente inapropriados longe de Cuco e das outras aves, não os quero repetindo tais modos. — Metamorfoseando rapidamente a feição preocupada para uma animação exultante, a anfitriã passou a movimentar a cabeça de forma tão intensa, que seus ossos pareciam querer estralar a qualquer instante. — E, então, quem quer tentar novamente?

Boquiaberto, Dwiok se distraiu da dor enquanto encarava a figura insana e saltitante à sua frente.

— Nunca em um milhão de…

— Eu vou. — Caledrina voluntariou-se mais uma vez. — Já passei por coisa pior. — Ela ajeitou as luvas.

Ainda mais perplexo pela decisão da menina, Dwiok reafirmou seu posicionamento:

— Pior do que ser atacada por uma serpente e morrer esmagada por uma carruagem após cair de um desfiladeiro? Boa sorte lá dentro.

Cally colocou-se entre Isi e o relógio, e respirou fundo.

— Já sabe o que fazer — incentivou a mulher.

Aproximando-se do objeto, como se estivesse prestes a cochichar um segredo a um amigo, Cally sussurrou:

— Eu quero uma bolsa de alças grandes e repleta de armas, com tudo o que é necessário para a sobrevivência; que ela possua tantas coisas que não importará o quanto de seu interior eu coloque para fora, sempre estará cheia de itens dos quais eu realmente precisarei.

Cally deu o primeiro passo em direção ao objeto sem ponteiros e, em poucos instantes, o pequeno corpo desapareceu, unindo-se à madeira. Sem conceder ajuda alguma aos nervos do garoto que, desta vez, ficara para fora do relógio, e que já não sabia mais o que fazer para conter o pânico que borbulhava dentro de si, os números do grande portal começaram a correr enlouquecidos por cima uns dos outros, fazendo um barulho insuportável feito metal raspando o vidro. Dwiok sentiu sua garganta secar.

— Um, dois, três, quatro, cinco, seis, sete! — disse a mulher.

Após a contagem, ao atravessar o braço pela madeira fria no instante exato em que os números se aquietaram, Isi puxou a garota para fora. Mais uma vez, aos gritos, Cally corria as mãos por cada

CAPÍTULO XXIII

parte que lembrava existir em seu corpo, para garantir que tudo estaria em seu devido lugar.

Enquanto Dwiok ignorava o pedido incisivo feito há alguns minutos pela garota, que buscava distância de qualquer um que tentasse segurá-la — em todos os sentidos —, e corria para ajudar Caledrina a despertar do pesadelo a olhos abertos, Isi se encontrava prestes a bocejar pela normalidade que os acontecimentos recentes representavam para si mesma.

— Quantos de seus dias permaneceram por aquela região, querida? — perguntou Isi, espreguiçando-se.

— 44 dias — respondeu a garota, ainda lutando para normalizar a respiração acelerada.

Confuso, com o olhar perdido, Dwiok disse:

— Aqui se passaram meros segundos.

— O quê?

Cally parecia estar tão desalinhada quanto alguém que acordara de um pesadelo repleto de detalhes e sensações — não que o caso fosse completamente distinto disso. Como um apoio moral inesperado, após se encontrar entediado com os espelhos ao redor da casa, e desperto pelo alto som e movimentação em frente ao relógio, Ince correu até sua dona, na expectativa de que a menina parasse de entrar em relógios e ele pudesse encontrar, em seu pescoço, um lugar seguro para dormir.

Isi se aproximou.

— Continue. Conte-nos o que aconteceu desta vez.

— Na bolsa que pedi ao relógio, havia comida, vinho e algumas ervas medicinais, que me ajudaram com picadas de insetos indesejáveis. Ela era pesada demais e me atrasou muito, levei vários dias além do que planejei para a jornada. Quando eu estava prestes a alcançar o acampamento dos selvagens, Arnalém e a fonte, deparei-me com um ser abominável! A bolsa carregava tantas armas que eu não soube qual usar. Muitas delas, eu nunca havia visto. Não fui treinada para utilizá-las. Quando percebi, já era tarde demais. E não sei como, mas tinha certeza de que poderia tirar vantagem do meu tamanho e, facilmente, derrotar aquela besta, porém, prestes a fincar a ponta da minha cortana entre a unha e a carne do monstro, que, mesmo medindo quase três metros de altura, não representava grande desafio para mim, ele me pegou com aquelas duas mãos sujas e, com os dentes, começou a rasgar a minha barriga até que a minha carne...

— Aaaah, acho que já entendemos. Dispensamos a vivacidade dos detalhes, obrigado! — disse Dwiok, com o estômago embrulhado.

Isi sentou-se no chão, ao lado da garota que, esbaforida, estava com dificuldades para aliviar a respiração pesada. A mulher igualou a altura de seus olhos ao nível do olhar de Caledrina e, segurando o rosto suado por entre as mãos, disse, no tom da mais pura calmaria:

— Você precisa aprender a carregar apenas o necessário.

Sem fôlego, a jovem interrompeu a continuidade do sermão de Isi; ergueu as mãos em defesa, indicando estar sem paciência para histórias, e falou:

— Que mal há em querer estar preparada? Eu gosto de ter o controle e de possuir em mãos tudo de que preciso para qualquer ocasião. Você deveria me aclamar agora por ter sido sábia em meu desejo, além de culpar o relógio, e não a mim! Não foi minha culpa!

Com o mesmo tom de voz adocicado, Isi voltou a falar como se a interrupção sequer tivesse existido:

— Eu entendo a sensação de estabilidade proporcionada por uma grande carga, e sei que a falta dela abriria um vazio, mas deixe-a ir. Mantenha consigo apenas o essencial. Não há como desfrutar das maravilhas do caminho com as mãos ocupadas. Talvez tenha deixado de encontrar algo incrível por estar apegada à segurança do que, para você, era bom. E para que serviriam tantas armas? Não é necessário entender sobre todas elas, você precisa apenas saber como empunhar algumas. Cuidado para não se sufocar na multidão de seus anseios, querendo ser sempre a melhor.

CAPÍTULO XXIII

— Eu conheço todas as armas! Cada uma delas é necessária para uma batalha! Como eu disse, não foi culpa minha. Estou certa de que o relógio colocou na minha bolsa ferramentas que foram inventadas por ele, e que, certamente, eu nem pediria. Ninguém no mundo seria capaz de desvendá-las!

— Pare de tentar chamar a atenção para si mesma e passe a ter os seus olhos voltados à simplicidade. É melhor um assistente de espadachim vivo, vestido de trapos, do que um guerreiro morto, com vestes finas.

Cally estranhou a sensação que a frase dita por Isi causou no fundo de seu peito, e encarou a mulher por entre as sobrancelhas franzidas. A menina se afastou ligeiramente, até que as mãos azuladas estivessem longe de seu rosto, e, colocando-se em pé — enquanto o infeliz lêmure saltava para fora de seu ombro —, assumiu a postura convencida de sempre.

— Mais uma vez. Eu quero tentar de novo — ela pediu.

Isi se levantou, ajeitou o vestido rodado e, com um sinal de mão, permitiu que Cally se dirigisse novamente até o relógio sem ponteiros — processo que foi repetido mais vezes do que Ince gostaria. Ele teve de encontrar outro lugar quente e seguro para seus cochilos, pois, durante quatorze dias, Cally tentou, vez após vez, encontrar um pedido que pudesse mantê-la viva até o fim da jornada. Dia após dia, com desejos cada vez mais fúteis e triviais, ela falhou.

CAPÍTULO XXIV

Abrir os olhos e se deparar com tantas cores e informações decorativas causara enxaqueca em Cally. Para tentar aliviar as dores que afligiam também seu corpo já cansado das inúmeras jornadas através do relógio, espreguiçou-se em uma cama de gravetos — não muito melhor do que aquela em que, luas atrás, havia sido arrastada até ali —, posicionada bem no centro da sala de Isi. Não havia opção que oferecesse mais privacidade, visto que a casa, que mais parecia um corredor, já tinha seu único quarto ocupado pela cama de tamanho especial do ser azulado que os recebeu. Embora o leito improvisado de Caledrina estivesse forrado por diversos tecidos, e por mais leve que ela fosse, ainda era possível sentir a rigidez a cada nova movimentação. Antes de se levantar, a garota virou a cabeça para o lado e encarou os sete grandes relógios acima da poltrona de plumas. Havia algo neles que a incomodava, mesmo que não soubesse dizer o quê.

Ao sentar-se, passou os dedos pelas mechas e sentiu as raízes que cresciam em seu braço puxarem alguns fiozinhos de cabelo, que, de tão lisos, sequer criaram algum nó — mesmo após uma noite inteira revirando-se diante dos pesadelos que decidiram atormentá-la. Sonhara, de novo, com May.

— Como pode um cabelo ser tão liso assim? — questionou Dwiok, com o rosto ainda inchado de sono e marcado pelas almofadas.

Cheios e sempre brilhantes, contrariando o tempo de contato com o sol escaldante, os cabelos de Caledrina poderiam, facilmente, ser considerados belíssimos, não fosse a cor acinzentada como a terra. Ninguém jamais entendera como era possível uma criança ter nascido com aquele tom. Os pais de Cally exibiam fios escuros feito a noite — assim como todos da corte que possuíam os cabelos negros —, e pareciam ser sempre os mais confusos ao tratarem das madeixas da primogênita. Com razão. Por que sua filha mais velha fora escolhida para ser a aberração de todo um povo?

— Pelo tom de sua voz, imagino não ter sido um elogio, então volte a dormir, é o melhor que pode fazer — respondeu Cally, colocando-se de pé. A jovem sorriu ao ver que Ince ainda dormia no canto de sua cama improvisada, e esticou o corpo mais uma vez.

— Sabe, se você não fosse sempre tão antipática, eu até poderia pensar em te elogiar de vez em quando.

— Dispenso seus esforços, seria exigir muito de um cérebro tão minúsculo como o seu.

O corpo de Dwiok atingiu seu nível máximo de estresse, então o menino também se pôs de pé.

— Escute-me de uma vez por todas, ordeno que, ao menos, trate-me com respeito.

Ao falar, o garoto manteve-se ereto, mas logo deu lugar a uma postura curvada e submissa, encolhendo-se rapidamente, quando Cally, segurando uma adaga presa no cinto, virou-se em sua direção. Os olhos da jovem brilhavam e Dwiok duvidava que fosse por compaixão.

Caledrina sentiu o sangue borbulhar por entre as veias finas.

— Você o quê?

Involuntariamente, o menino levou as mãos para frente do rosto, criando uma espécie de escudo.

CAPÍTULO XXIV

— Lembra do nosso acordo na aula do professor Sefwark? Eu preparei a poção primeiro.

— Apenas porque encontrei a biblioteca de incineração!

— Não importa! Nosso acordo não apresentava termos condicionais, e você fez uma promessa. Ou já se esqueceu? Por um mês, deve me obedecer. Ainda está valendo! Passamos por tantas coisas que eu havia me esquecido do nosso trato. Agora, vá buscar meu desjejum.

Boquiaberta, após encará-lo por alguns longos segundos, Cally suspirou e virou os pés devagar, em direção à cozinha, temendo que, subitamente, eles se quebrassem em sinal de protesto — podia jurar tê-los ouvido estralar. Com os punhos cerrados enquanto dava outro e outro passo, de repente, a garota parou.

— Não.

— Não? — Dwiok parecia surpreso. Sabia que, apesar dos muitos defeitos de Caledrina, a jovem cumpria suas promessas.

— Não, já passou mais de um mês.

Sem entender, instintivamente, o garoto de cabelos encaracolados começou a rir.

— Por acaso bateu a cabeça? Claro que não se passou todo esse tempo.

— Bem, para mim, sim. Ou se esqueceu que fiquei vários dias do outro lado do relógio?

— Eles não eram reais, não contam!

— É claro que contam.

— Não contam, não!

Mantendo a ardileza, Cally decidiu poupar saliva e acabar logo com aquilo.

— Sabe, pela primeira vez você estava certo: nosso acordo não tinha termos condicionais. O que importa se os meus dias foram dentro de um relógio? Combinamos trinta dias, e, ao menos para mim, eles se passaram. Mas não se preocupe, você pode continuar seu joguinho sozinho, se assim desejar.

A menina caminhou em direção à porta para respirar ar puro no quintal. Atravessando a sala, passou por Dwiok e, com a mão direita, deu batidinhas na cabeça do garoto, bagunçando seus cachos escuros. Os olhos cerrados do menino denunciavam o seu desejo de gritar, e alcançaram Cally, que, saltitante, virava a maçaneta para deixar os raios de sol iluminarem o interior da casa colorida.

— Hoje, o dia nos concedeu esse céu esplendorosamente divino; as aves amigas de Cuco voaram por ele ao amanhecer. Infelizmente, são criaturinhas matinais, por isso, para vê-las, deveriam ter levantado bem mais cedo. — Isi saiu da cozinha, trazendo alguns pães quentinhos, assados sobre pedras, lambuzados de uma gosma avermelhada. — Quem está com fome?

A mulher aproximou a bandeja de Dwiok que, com os lábios pressionados, ainda fitava, furiosamente, Caledrina encostada sobre o batente da porta. O menino esforçou-se para manter os sentimentos intensos apenas dentro de si, e, percebendo o grande empenho que ele fazia, a criatura azulada apresentou uma careta.

— Que inseto desatinado ousou picá-lo?

Desesperado para fugir do assunto, Dwiok colocou a mão na bandeja.

— Ai! — gritou.

— Cuidado, estão quentes — disse Isi, tranquilamente. — São pãezinhos sem fermento com geleia de avelã e pimenta. Vamos, você vai gostar!

Receoso, com mais calma dessa vez, pegou dois dos dez pães.

— Também deseja alguns, querida? — perguntou à pequena lutadora, antes de voltar-se para Cuco.

Isi distraiu-se ao distinguir, no meio de tanta tagarelice dos pássaros, o canto isolado de Cuco, e sussurrou a ele, esquecendo-se do fato de que estava mais próxima dos jovens hóspedes do que da gaiola.

CAPÍTULO XXIV

— Eu sei, sei que não temos transbordado os limites do tempo com nossos inigualáveis momentos juntos como sempre, mas é porque temos visitas agora. Você concordou com isso, então, para não rasgar meu coração, eu lhe imploro que se recorde de nosso acordo.

Caledrina, Dwiok, e até mesmo o lêmure, que levou a mão ao peito do corpo minúsculo, tomaram um susto quando Isi gritou em euforia pelo novo comentário de Cuco.

— Está certo disso?

— O que houve? — perguntou Dwiok, intrigado.

— Cuco me comunicou que o primeiro dos sete relógios nunca esteve tão perto de completar a sua última volta.

Os poucos raios de sol, os quais entravam pela fresta da porta entreaberta, acentuavam as listras escuras das raízes de Cally, que, ali, cresciam mais devagar, se comparadas ao crescimento na corte. A menina ignorou os últimos acontecimentos e respondeu à pergunta feita minutos atrás:

— Hoje dispensarei meu desjejum. Quero tentar algo novo esta manhã.

Estranhando o posicionamento súbito da garota, Isi largou a bandeja em uma pequena mesa de madeira, bem abaixo da gaiola de pássaros barulhentos, e ajeitou a saia do seu único modelo de vestido, alisando o tecido com a palma das mãos.

— E me concederia a honra de descobrir os mistérios que sondam essa ideia?

Cally desencostou-se do batente e, com Isi acompanhando seus passos, caminhou pelas duas filas de espelhos, que não refletiam sua imagem, até alcançar, do lado de fora, o grande relógio sem ponteiros. Enquanto abocanhava um pão com geleia, Dwiok seguiu as duas.

Já em frente ao grande círculo, após um curto aceno de cabeça vindo de Isi, Cally, com as mãos apoiadas sobre as bordas da madeira, aproximou-se ainda mais do relógio. A jovem sussurrou algo que apenas os números puderam ouvir, e, como já sabia o que fazer, atravessou para o outro lado.

— Um, dois, três, quatro, cinco, seis, sete.

Após a contagem, os números vagarosamente foram normalizados, depois da correria louca e habitual, então Isi puxou Cally para fora.

Desta vez, o semblante da menina era diferente. Mais do que assustada, aparentava ter chegado ao seu limite. Embora os olhos estivessem estáticos, feito bolas de vidro reluzidas pelos raios solares, ela parecia engasgar-se, como se estivesse quase sufocada por um gole generoso demais de vinho.

Isi e Dwiok correram até Cally para tentar acalmá-la; a jovem parecia encará-los como se o próprio senhor da morte sorrisse para ela. Com os cabelos acinzentados encharcados de suor, tomada por um tremor descontrolado, Caledrina fincava os calcanhares no solo e afastava-se, desesperadamente, das figuras à sua frente.

— Garota, respire! Respire! — gritava Isi, enquanto tentava bater levemente no rosto da menina, que se afugentava como uma criancinha assustada. — Conte-me o que viu lá dentro.

Na maior velocidade que os músculos frágeis de seu pescoço permitiram, Caledrina olhou para os lados para garantir que estava segura, e, lentamente, seus pulmões voltaram a recepcionar o ar da maneira correta.

Todos os esforços depositados em acalmá-la foram arruinados quando, após se recordar do que vivenciara, ficou novamente ofegante e, num berro, explodiu:

— Chega! Eu quero saber o que está acontecendo. Conte-me tudo. Agora!

Serenamente, sem dar tanta importância à determinação da menina, Isi puxou o vestido para cima, a fim de deixar as botinhas brilhantes à mostra, e olhou para baixo.

— O que deseja saber?

CAPÍTULO XXIV

— O que acha que devo saber?

Os olhos de Isi se arregalaram — Dwiok chegou a pensar que eles poderiam pular das órbitas a qualquer momento —, então ela levantou a cabeça e, com os dentes brancos contrastando com a pele azulada, abriu o maior dos sorrisos.

— Você está pedindo um... conselho?

Cally contraiu a face, estranhando a pergunta. A reação do ser à sua frente era atípica. Pensativa, com a respiração ainda pesada, a menina respondeu baixinho, com um tom quase questionador:

— Hum... estou.

Era a primeira vez em que ela esperava pelas palavras da anfitriã, em vez de apenas fazer petições e perguntas. Com uma felicidade desmedida, correndo até Caledrina, Isi ergueu a menina do chão e a girou no ar. Naquele momento, a altura anormal do ser peculiar fora evidenciada, assim como tudo aquilo que o compunha e rodeava. Dwiok e Cally jamais suspeitaram que uma criatura aparentemente tão delicada dispusesse de uma força como aquela. Isi parecia fazer o menor dos esforços para manter sua convidada rodopiando no alto.

Caledrina sentiu-se como uma criança de colo e odiou a sensação. Como uma presa que busca se desprender dos dentes de um predador faminto, ela movimentou seu pequeno corpo e saltou para fora das mãos fortes da mulher intensa, desvencilhando-se dela e de todas as suas cores.

Após a grande volta nas alturas, a blusa amarrotada por entre as calças largas da jovem e o cinto costumeiro estavam um pouco fora do lugar, mas, antes que pudesse ajeitar seus trajes, Isi a puxou pelo pulso e a levou até o espelho mais próximo. De frente para onde deveria estar o seu reflexo, com as mãos da mulher apoiadas sobre seus ombros, Cally ofegou novamente ao olhar para o vidro e perceber apenas a imagem do ser azul, que parecia ter as mãos suspensas no ar.

— Fique aqui. Arnalém deixou algo para você.

A mulher distanciou-se até sumir por completo do campo de visão de Caledrina. O espelho nada mais mostrava — além da paisagem e da outra fila de espelhos posicionada a poucos passos dali, que criava uma espécie de corredor na porta da casa. Era como se sequer notassem a sua presença.

Cally sentiu cada fibra do corpo se arrepiar. A simples menção do nome daquele que governava entre os selvagens a instabilizava de uma maneira confusa, que, por não compreender, detestava. O que ele teria de extraordinário para deixá-la inquieta daquela maneira? O que ela portava de tão especial para que lhe fosse deixado algo? O que era lenda e o que era realidade?

Na corte, aprendera que Dunkelheit era o criador de todo o povo. Sabia que era chamado Arnalém aquele que, no presente, governava os selvagens. Após sair das fronteiras nas quais crescera, descobriu, depois de certa distância, que nem toda a terra era amaldiçoada. Descobriu também que, por consequência de ainda existir vida fora das cercas, do outro lado não havia apenas pessoas embriagadas, como pensara desde criança — afinal, eles não tinham a mistura feita pela facção roxa.

Mas, se fora das fronteiras não havia um povo bêbado, isso só podia resultar de duas opções: ou existia água em algum lugar ou um rebelde teria descoberto outra forma de manter o vinho, que fluía embaixo da terra, suave o bastante para evitar a embriaguez certeira.

Seriam reais as afirmações do manuscrito que desembrulhara na biblioteca de incineração, a respeito de uma fonte que transbordava todas as gotas de vida espalhadas pelo mundo e reunidas por aquele que costumava ser amigo de Dunkelheit? Em uma pequena fração de segundo, milhares de perguntas começaram a borbulhar na mente nada tranquila de Cally. Era como se aquele nome retirasse a capa que mantinha todos os questionamentos adormecidos, no interior da menina, sob o conforto da escuridão.

CAPÍTULO XXIV

Isi voltou com um livro nas mãos, quatro vezes maior que o tamanho convencional de qualquer outro já escrito, e o abriu ao lado de Caledrina.

Ao longe, bastante próximo do batente da porta, Dwiok deliciava-se com alguns outros pães que pegara da bandeja abaixo da gaiola de pássaros. Lambia os lábios, alienado da tensão de sua parceira e do quão sujo estava seu rosto com geleia de avelã apimentada; também brincava com Ince, que, ainda molengo de sono, andando de um lado para o outro por entre os pés do garoto.

— O que é isso? — perguntou Cally, sinceramente.

Folheando a primeira página amarelada pelo tempo, Isi concentrou-se no livro feito de couro marrom.

— Estava ansiosa para que me perguntasse sobre isso. Este, minha estimada hóspede, é um manuscrito com as mais sublimes e horrendas profecias e maldições. — Tirando o foco das páginas e direcionando-o para a menina, com o olhar acima do nível de Cally, fitou-a. Caledrina sentiu os olhos a perfurarem com grande veemência. Ao notar a confusão que bailava pela face da garota, Isi buscou simplificar. — É uma carta, menina. Uma carta de Arnalém... para você.

Farta de enrolações e prestes a rir, não mais encontrando uma razão para sustentar a história criada por Dwiok há algumas luas, julgou que Isi nada mais era do que apenas um ser caduco e uma perda de tempo. Após chegar a tais conclusões, Caledrina berrou:

— Chega! O que quer fazer comigo? Você deve ser muito mais perigosa do que imaginei. Ou é completamente louca mesmo, exatamente como me falaram! — A passos firmes, Cally caminhou até Dwiok e o induziu a segui-la, puxando o garoto pelo pulso, de forma que ele, de boca aberta, derrubou o restante de massa recheada que estava em suas mãos. — Vamos, estamos partindo.

— Garota — chamou Isi, pela primeira vez, porém Cally não cessou a sua caminhada até alcançar o interior da casa. — Garota

— chamou, calmamente, pela segunda vez, enquanto a menina já organizava suas coisas para partir.

Isi, enfim, reuniu forças por meio de um forte suspiro, ao externalizar a sua voz sempre doce e serena chamando-a pela terceira vez. Agora, porém, o som que saíra de sua boca fez o solo estremecer, alcançando as entranhas da terra. Dwiok e Cally desequilibraram-se e caíram quando ela gritou com um tinido que não parecia humano:

— Caledrina Cefyr, ouça as palavras de Arnalém!

CAPÍTULO XXV

Caledrina e Dwiok escorregaram no tapete felpudo, que decorava o piso de madeira da sala, e foram ao chão. Mesmo estando dentro da casa, os jovens sentiram o tremor causado pelas cordas vocais do ser azulado. Agitados pelo ocorrido, os pássaros sempre grazinas intensificaram seus comentários indecifráveis, por meio de gritos e cantorias, deixando o ambiente quase insuportável; até mesmo o tique-taque das centenas de relógios pareceu aumentar.

Apenas alguns movimentos para trás foram necessários a fim de que, pela moldura da porta principal, Caledrina enxergasse Isi. Atônita, a menina não conseguiu dar nem mais um passo em direção ao seu objetivo de arrumar as próprias coisas e sair daquele lugar. Tudo o que ela fez foi levantar o olhar lentamente.

Uma pausa de poucos segundos a permitiu recuperar a sanidade após a surpresa do ocorrido; assim que recobrou o equilíbrio, alto o suficiente para que a mulher no lado de fora pudesse escutá-la, Cally falou:

— O que está tentando fazer? Sabemos que não é humana. Nós já suspeitávamos que houvesse seres com diversas habilidades espalhados pela floresta. Vai usar o seu poder agora para me manter aqui até terminar toda essa encenação medíocre?

Embora normalmente tagarela, Isi estampava uma calmaria invejável e, mantendo a postura serena, recatadamente, posicionou as mãos juntas sobre a saia armada do vestido.

— Jamais usaria o meu poder para obrigá-la a fazer qualquer coisa que não desejasse. Posso até demonstrar-lhe um pouco do que sou capaz, mas isso é para que você me conheça. O que tenho feito é abordá-la com alguns conselhos para que você possa conhecer a si mesma. Se quiser descobrir a verdade, venha até aqui. Caso contrário, você é livre para ir e buscar pelas suas próprias afirmações. O mundo está cheio delas. Nestes tempos, qualquer mentira bem argumentada pode ser envolta em um pano e vendida na beira da estrada como verdade absoluta. E, embora me dilacere o coração, eu não a impedirei.

Assim que foi contrariada, o corpo de Cally reagiu e, como reflexo, sua língua passeou por entre os dentes — como uma forma de lutar contra os seus próprios impulsos. Ela largou sobre a mesa os poucos pertences que havia reunido, e caminhou até a mulher que, para a sua surpresa, encarava-a sem esboçar reação alguma.

— Estou aqui. Fale, e eu decidirei se vale a pena ou não. Melhor ainda, eu farei as perguntas.

A firmeza das palavras da garota, ainda sem completar o seu décimo quinto aniversário, foi ignorada por Isi, que se sentou sobre os calcanhares e voltou para as páginas.

— Pergunte.

Dando abertura para que a multidão de questionamentos jovens e curiosos corressem para os braços das respostas já trajadas para a festa que fariam ao serem encontradas, Cally quase esboçou o que, para muitos, poderia ser considerado um sorriso. Entretanto, ainda sem saber se poderia confiar nas palavras da mulher, buscava controlar sua animação. Isi estava pronta para folhear cada página e, pouco a pouco, revelar o conteúdo.

— Quem ou o que é Arnalém? — A garota tentou elaborar a sua primeira pergunta.

CAPÍTULO XXV

— O Vento.

Poucos segundos foram mantidos em seriedade. Sem conseguir conter o riso, Cally irrompeu uma gargalhada sarcástica, que transbordava uma ironia cheia de escárnio e exteriorizava todo o sentimento ruim que crescia dentro de si. Bem no fundo, ela era apenas uma garota confusa.

— O Vento é um mito sobre o qual eu li nas páginas empoeiradas guardadas na sala de meu pai. Às vezes, duvido até mesmo de que exista água. Qual será a próxima mentira que irá inventar? Vamos, estou curiosa.

O olhar piedoso de Isi, encontrando a pele quente de Cally, fez com que a raiva da menina borbulhasse ainda mais efervescente dentro de si.

— Não há engano nas minhas palavras. Arnalém é o Vento. Na verdade, ele é muito mais do que apenas ar.

Sem nada a perder, Cally decidiu ir a fundo para contestar qual seria o ponto máximo de sustentação de toda aquela mentira.

— Entendo. E qual seria o interesse desse… ar por mim?

As mãos azuladas abriram o livro bem no meio, em uma página já marcada, provavelmente porque fora lida diversas vezes. Naquele instante, Isi o fazia novamente, porém em alta voz:

"Há muitos anos, eu, o Vento, vivia em harmonia com todos os seres no lado mais sublime da Terra. Tão majestosos eram os dias que, para mim, semanas corriam despreocupadas feito poucas horas. Entre todos os seres, havia um, em especial, o qual, desfrutando da minha intimidade, assentava-se à minha mesa durante as refeições. Seu nome era Dunkelheit. Como de costume, em todas as manhãs, juntando-se a mim para meu desjejum ao ar livre, meu antigo amigo achegava-se ao outro lado da mesa, de forma que, refletindo sobre suas penas douradas, o Sol o fazia brilhar feito um anjo de luz. Certo dia, inflamado pela inveja por não ser o responsável pela movimentação de todas as coisas nem ser quem lhes trazia a ordem perfeita, ao julgar-se ainda mais poderoso do que aquele que lhe escreve, convenceu alguns de meus seguidores de que estariam melhores sob a sua proteção. Assim que compreendi que o ciúme havia me roubado um amigo, deixei para ele o seu próprio castelo, e levei comigo o meu reino para outro lugar. Antes, contudo, lancei sobre ele uma maldição: eu o trancafiei entre as muralhas que abrigavam o seu desejo de reinar. A ausência de minha presença foi parte de seu castigo, de forma que eu não mais sopraria sobre a sua corte, tornando, portanto, a terra infrutífera, e retirando de seu domínio toda a água; afinal, ela não corresponderia à toda impureza de suas ações. Por isso, Dunkelheit me confrontou pelo domínio da fonte da vida eterna. Sequer precisei me esforçar durante a disputa, já que fui eu quem recolheu e juntou as gotas dos mais variados cantos da Terra. Assim, a fonte permaneceu sob a minha autoridade. Por puro furor e vingança, a fênix jurou manter o máximo de pessoas longe da imortalidade, de mim e de meu filho, esperando o momento certo para a jogada final... você. Você é a última jogada de Dunkelheit, a peça perfeita para que ele reine vitorioso, como sempre desejou."

— Bela história, mas não respondeu à minha pergunta. Qual é o interesse dele em mim? E por quê? — interrompeu Cally, inquieta por respostas.

Os olhos daquela que guardava as informações pareciam os da serpente astuta que pulara na menina em uma de suas aventuras dentro do relógio. Entretanto, com doçura nas palavras, Isi respondeu com ternura e firmeza:

CAPÍTULO XXVI

— Se você permanecer questionando demasiadamente enquanto eu leio o grande livro das mais belas e horrendas profecias e maldições, cessarei a leitura. Então, silêncio! Descanse. Escute e confie. Deixe-me continuar lendo. Prometo que aquilo que Arnalém escreveu aqui é melhor que qualquer junção de palavras que você mesma conseguiria escrever, ainda que ele entregasse em suas mãos a pena e a tinta que usou. Confie, garotinha impacientemente tempestuosa.

Bufando, Cally deu espaço para que Isi continuasse. A mulher prosseguiu a leitura:

"Desde antes da grande rebelião, eu já planejava você. Desde antes do início dos tempos, eu já sonhava com alguém como você. Quando a movimentação interna, cheia de orgulho, e o fogo estranho daquele que costumava brilhar à minha frente enquanto banqueteávamos alcançaram os meus ouvidos, eu a fiz levantar do barro com as minhas próprias mãos. Sem postergar ainda mais os meus planos, em um borbulho de criatividade, eu soprei em você o meu próprio fôlego, para que pudesse respirar. Por milhares de luas, cada um dos seus detalhes dominou os meus pensamentos, e, quando chegou o dia de dar-lhe o dom da vida, o meu coração não podia deixar de sorrir ao pensar que, finalmente, daríamos início a todas as nossas aventuras unicamente extraordinárias. Porém, a sua criação também chegou aos ouvidos de Dunkelheit, que alegou que você seria propriedade dele. Isso, porque você foi criada dentro do que, naquele momento, passou a ser o território da fênix. Ao descobrir na sua vida uma oportunidade de me atingir, o meu antigo amigo exigiu a sua guarda. Não vi outra alternativa a não ser amaldiçoá-lo mais uma vez, impedindo-o de sair de sua corte sem um convite para fora. Transformando seu sonho em uma jaula, fiz com que, aquele, antes visto como uma ave faustosa excelsa no céu, acabasse se tornando uma besta grotesca. E, tendo a minha criação recém-recebido o dom da vida, tive de deixá-la para trás, na esperança de que um dia voltasse para mim. Com o tempo, por conta da desobediência de parte do meu povo, que escolhera seguir a fênix, a matéria daquele território também ficou debaixo da maldição, igualando suas cores às da própria terra sem vida. A lenda, contada em segredo na corte, é a verdade. E ela foi vivida por todos aqueles que nasceram antes de você, Caledrina. Mas ao tomarem, anualmente, uma poção cruel que lhes esconde a realidade e os faz lembrar de tudo como uma ingênua narrativa inventada, ninguém se recorda do verdadeiro passado vivenciado, ou seja, dos anos antes de você nascer. Não se recordam, também, de que os sete reis não foram nascidos de mulher, mas agraciados por Dunkelheit. Na verdade, eles foram os primeiros e únicos a estarem nos tronos da corte desde que eu parti. A fênix, então, virou crença. Mesmo que não esteja lá para desfrutar, a história a transformou naquilo que ela gostaria: alvo de adoração. Assim, influenciados pelos planos obscuros de Dunkelheit, os sete reis escolhidos pela fênix fizeram você crescer como uma garota normal, mas não em uma casa ordinária. Entregue ainda bebê ao grande general, líder da facção de Iros, treinaram-na, desde criança, para um dia exterminar todos aqueles que vivem em meu acampamento. Apesar de tamanha revelação, e das inseguranças que podem causar em seu coração, preste atenção especialmente a estas palavras: você foi gerada pelo Vento, concebida do pó da terra, por amor."

Sem conseguir sufocar o desejo de, finalmente, acabar com a farsa, Cally interrompeu Isi mais uma vez:

— Por amor? Como por amor? Qual é a lógica disso? Ele me criou apenas por amor?

CAPÍTULO XXV

O olhar firme da mulher introduziu sua resposta em meio às novas gargalhadas de Cally:

— E há algo maior do que isso?

Fazendo-a se calar, Isi observou a expressão da garota mudar.

— Acha que vou acreditar que saí da terra só porque o meu cabelo tem essa cor bizarra?

— Não creio que acreditará nas palavras de sabedoria sussurradas pelo livro apenas por essa razão, embora tenha sido esse um dos sinais — respondeu Isi. Seu tom soava um pouco pensativo. Abaixando a cabeça, ela voltou a ler.

> "Reinando a verdade sobre as sete mentiras, frente aos sete tronos, aquela nascida no território da besta, pertencente ao que da fonte é guardião, deverá se colocar unida ao fôlego que lhe deu a vida, trazendo morte aos sete príncipes das trevas. No entanto, é válido lembrar: tudo começará, somente, quando a cabeça dos sete ela cortar."

Levantando o olhar, Isi fitou o rosto assustado que a encarava.

— Eis uma de suas profecias, menina. Espero que tenha encontrado prazer em conhecer a sua história. Está tudo bem em se sentir confusa. Os maiores mistérios, às vezes, levam tempo para serem compreendidos; e são justamente esses que valem a pena serem vividos. Você tem um livro inteiro de mistérios esperando para lhe ser revelado.

Espantada e desorientada, ainda sem absorver por inteiro aquelas palavras absurdas, Cally falou:

— Supondo que não esteja mentindo... Não que eu esteja disposta a acreditar em qualquer coisa que saia da sua boca ou dessas páginas, apenas estou curiosa. Mas digamos que tudo o que disse seja verídico, então eu não sou de verdade. Não sou real.

— Não, criação do Vento. Você compreendeu errado. Você é mais real do que a soma de todas as coisas.

Caledrina sentiu que as palavras haviam se esquecido de percorrer o caminho habitual — da boca até os ouvidos —, pois, feito fogo, elas queimavam cada parte de seu interior. Sua postura estava inconscientemente torta, pelo peso estranho que pareceu se apoiar sobre seus ombros estreitos, incentivando-a a levar sua mão ao coração, como se tal ato pudesse lhe devolver a normalidade da respiração e eliminar as alterações influenciadas pelo choque. Desprovida do que pensar, deixando para trás um ser insano e azulado, um lêmure e um Dwiok boquiaberto e perplexo, Caledrina correu sozinha em direção ao lado desconhecido da floresta densa.

— Não vá por aí! Se fugir nessa direção, acabará na ruela das loucuras! — gritou Isi, na ponta dos pés, tentando projetar a voz para que Cally conseguisse escutá-la melhor.

Apressado, Dwiok alcançou a mulher azul no quintal e avistou a figura que, distanciando-se de forma rápida, diminuía aos seus olhos.

— Pensei que todo este lugar se chamasse floresta densa — falou ele, gesticulando em círculos.

Ainda com os olhos fixos no último ponto da clareira em que havia visto a garota correndo antes que sumisse de vez por entre as árvores, Isi respondeu ao menino calmamente, e colocou as mãos juntas frente ao corpo, apoiando-as de forma suave sobre a saia do vestido volumoso:

— E se chama, mas digamos que eu dei um nome especial para cada parte.

Dwiok não conseguia esconder a preocupação em sua postura, enquanto, ansioso, mexia os dedos das mãos.

— Devemos ir atrás dela ou acha que é melhor deixá-la sozinha por um momento?

Isi virou-se para o garoto e sorriu com os lábios fechados. Seus olhos pareciam carregar um brilho diferente, contido e intenso.

— Ela não está sozinha.

CAPÍTULO XXVI

Cally correu até sentir os pés doerem por causa da força que fazia e da intensidade do nevoeiro de seus pensamentos. Mesmo estando em alta velocidade, a garota não sentia sequer uma leve brisa. Não existia Vento! Arnalém provavelmente era o nome de um velho bêbado, com uma coroa de barro na cabeça, que oprimia um povo cruel e sem estribeiras!

Em frente a uma árvore, Caledrina parou. Embora soubesse, dentro de si, que não havia razão lógica para justificar a insanidade de seus próximos atos, com os punhos cerrados começou a socar o tronco mais próximo. As luvas, que deixavam os dedos descobertos, não protegiam o suficiente, e logo a pele passou de pálida para um vermelho cada vez mais escuro, que, alcançando o seu ápice, verteu sangue.

A menina permitiu que um grito, até então sufocado, irrompesse por sua garganta. Ela sentiu o corpo inteiro aliviar a tensão. A cada novo berro, percebia-se um pouco mais leve.

— Cally!

Seus membros estremeceram, o chamado a fez gelar. Era a voz de May, sabia disso.

Quase torcendo o pé, pela pressa em girar o corpo, Caledrina começou a correr freneticamente em direção à doce voz que não ouvia há tantos anos. Tão grande era o desespero, unido à confusão crescente, que mal conseguia escutar o som dos próprios passos. Ao mesmo tempo em que os lábios de Cally tremiam e os olhos acumulavam o líquido salgado nas pequenas bolsas, ela olhava, agitada, de um lado para o outro.

Arfante, sua boca secou instantaneamente ao ver a pequena figura estática em meio à floresta. Cally ignorou o fato de que Ince poderia correr para os braços de May, não conseguia pensar em mais nada além do desejo de permanecer ali, olhando para a irmãzinha, que parecia não ter mudado nada.

— Por que demorou tanto? Esperei que me encontrasse aqui por muito tempo.

A voz de May era mais melodiosa do que recordava, e, ao som das palavras pronunciadas de forma tão suave, Cally fechou os olhos, permitindo que a primeira lágrima percorresse seu caminho tortuoso pela bochecha quente. Com a voz embargada, lutava para encontrar a fala:

— Como você… como você pode estar aqui? Como pode estar viva, May?

Caledrina esperou por uma resposta, e sentiu o coração apertar quando, balançando os cachinhos pretos, May começou a gargalhar para ela, como no dia em que conhecera Ince, na sala de seu pai.

Impulsionada pelas emoções em seu mais alto nível, a garota correu até aquela pequena fonte de alegria e, ao abraçá-la, centenas de moscas saíram de dentro da irmã. Aparentemente, tratava-se apenas de uma ilusão.

Cally berrava ao espantá-las com as mãos e cuspia para que não entrassem em sua boca. O corpo fervia.

— Malditos insetos da floresta! Xô, xô!

Ela sentiu as forças que lhe restavam se esvaindo pelos olhos, vagarosamente, e, encolhendo-se na imensidão da floresta densa, enfiou a cabeça por entre os joelhos. Foi ali, bem no centro das

CAPÍTULO XXVI

árvores, odiando com todas as forças a instabilidade e a loucura do mundo em que vivia, que Cally se lembrou daquilo que costumava acalmá-la. As conversas com o ser imaginário, o qual ela ousava invocar somente na segurança de seus pensamentos, começaram apenas como um ato de braveza e rebeldia — pronunciar o nome do inimigo de seu povo a fazia se sentir corajosa. Surpreendentemente, Caledrina passou a encontrar certo conforto em lhe narrar e descrever os detalhes de seus dias. Ela sabia, no entanto, que tudo não passava de uma mentira fantasiada pela fértil imaginação de uma garotinha.

— Vamos, Cally, descreva o que vê. Conte como se o Vento existisse — disse, tão baixinho que mal pôde se ouvir.

Esperando uma nova lágrima fugir do abrigo dos olhos, no mais profundo de si, ela se permitiu perguntar:

— Você existe?

Depois de alguns instantes, sem nenhuma movimentação estranha na terra ou acontecimento milagroso, sentiu-se a mais tola entre todos os néscios. Abaixou a cabeça novamente e grudou-a nos joelhos, em silêncio.

Foi então que, sem cordialidade ou cortesia, a primeira gota apresentou-se ao braço esquerdo da garota ainda cabisbaixa. Por desconhecer, até aquele momento, a sensação do líquido frio e puro escorrendo pela pele, Caledrina julgou ser algum dos tantos pequenos moradores voadores da floresta, e não moveu um músculo sequer, até que uma nova gota alcançou o topo de sua cabeça. Estranhando a falta de zumbido dos possíveis insetos, curiosa, olhou para cima. Procurou pela espécie estranha e minúscula que causara aquela sensação; Cally arregalou os olhos ao ver que as gotas caíam do céu.

Em um piscar de olhos, colocou-se de pé com a visão fixa nas nuvens, que logo mudaram de tonalidade, dando espaço a cores mais escuras. As gotas começaram a cair tão rápido que a jovem não conseguia mais contar ou enxergar. A menina experimentou, pela primeira vez, a sensação daquilo que os contos da corte chamavam de chuva.

Os cabelos de Caledrina ficaram encharcados de água e começaram a pesar. Assustada, ela bateu as palmas das mãos na cabeça e beliscou-se.

— Acorde, acorde. Pelas sete coroas! Poucos dias na casa de uma mulher louca e já está ficando como ela? Acorde! — dizia, mais alto do que o normal, furiosa por ter de berrar para se fazer ouvida por si mesma.

Quando percebeu estar se machucando, exatamente como seu pai costumava fazer com ela, ainda incrédula com o fenômeno que a envolvia, parou. Correu as mãos pelos braços e deu batidinhas nos trajes, na tentativa de remover a chuva do corpo, mas, percebendo ser inútil, deixou de lutar e decidiu analisá-la.

Em silêncio, permitiu que o único som a preencher a floresta fosse o estranho barulho da água caindo sobre a terra marrom e sobre as árvores, que possuíam um verde jamais visto na corte. Com os membros rígidos como pedras, largados ao lado do corpo, a garota, ao estreitar os olhos na tentativa de ver as gotas caírem do céu, adquiriu a postura de uma assombração feita de rocha. De maneira ousada, tentou olhar para cima, a fim de estudar melhor o evento, mas falhou. A intensidade da chuva a proibia de manter as pálpebras abertas, e Cally entendeu que, para prestar atenção, deveria fechar os olhos, confiando que não seria machucada.

Cada vez mais intrigada com o líquido estranho, sem coloração, cheiro ou sequer um formato capaz de ser analisado — dada a velocidade que caía —, a garota bateu o pé como uma criança mimada em agonia. Estava diante do maior dos fenômenos que já presenciara em toda a sua vida, mas, diferentemente de tudo o que já vira, não poderia desvendá-lo completamente.

CAPÍTULO XXVI

Naquele momento, para vivenciá-lo de fato, a única coisa possível era desejar que continuasse a chover. Detestava não conseguir executar alguma coisa. Detestava se sentir impotente. Cally não podia segurar ou controlar, apenas sentir.

Ao mesmo tempo que abriu os braços de forma lenta e receosa, a garota levantou a cabeça novamente. Entregando o controle da situação e sem poder ver o que estava acontecendo ao redor, Caledrina se deixou experimentar. Como se os céus a admirassem e a aplaudissem por sua coragem e bravura, intensificaram ainda mais as suas gotas, tocando tambores dentro das nuvens que, nas primeiras vezes, amedrontaram a menina — uma verdadeira forma de incentivo. Talvez tenha sido por isso que as nuvens decidiram compensar os sustos e, todas as vezes em que percutiam, enviavam um forte clarão, o qual, por alguns segundos, colocava fim à escuridão. Cally apreciou a atitude e decidiu que gostava do céu.

Não entendendo os seus próprios impulsos, a jovem, que estivera sempre amarga, fora invadida por um riso doce e sincero, sem nenhuma razão especial; em poucos instantes, perdera o controle dos próprios pés, que passaram a bailar pela floresta densa. Ela sentiu-se amiga íntima das nuvens e tentou desviar-se dos pingos. Caledrina ria cada vez mais alto por não conseguir fugir das gotas. Por fim, teve de entregar a vitória à chuva. Foi a primeira vez que não se importou em perder. Em meio ao aguaceiro, a garota tempestuosa encontrou um sentimento estranho.

Diferentemente de todos aqueles com quem Cally sempre conviveu, a chuva não pareceu se importar com o seu passado ou julgá-la pela cor de seus cabelos. Diante daquele evento, a jovem sentiu-se purificada como nunca antes. Leves e sublimes, as gotas lhe alcançavam a pele e a acariciavam, de modo que, em toda a sua vida, nem mesmo os pais lhe fizeram. Foi quando, ao permitir-se experimentar a movimentação que vinha dos céus, com o controle fora de suas mãos, sem poder compreender integralmente o que acontecia e sem saber dizer se estava com o coração acelerado ou tão calmo que ameaçava parar, sentiu algo novo. Algo como… paz.

Enquanto dançava e ria por entre os troncos, rapidamente, Cally parou ao ouvir uma voz. Assemelhava-se a um eco, uma combinação entre estrondo e sussurro:

— Caledrina.

A voz chamou-a pelo nome.

Nessa hora, a menina olhou para todos os lados, mas não encontrou ninguém; pela primeira vez, sentiu um forte vendaval.

CAPÍTULO XXVII

Preocupado, pensando em Cally, Dwiok levou lentamente à boca uma nova colherada do doce de nozes silvestres que havia feito para ele e para Isi. Em pé sob o batente da porta, enquanto desfrutava o alimento molengo, a criatura azulada observava o garoto. Sentado de pernas cruzadas no quintal, ele tentava apreciar a sua deliciosa criação — coberta por pequenos grãos coloridos de açúcar.

Ainda que jamais admitisse em voz alta algo que era realidade no mais profundo de seu interior, Dwiok pensou que, sem um certo alguém para lançar críticas sobre seus pratos, sempre muito bem elaborados, seu paladar sequer encontrava prazer, mesmo com os sabores festejando em sua boca. Apesar de ciente de que Caledrina era a pessoa que mais possuía o poder de atazaná-lo, o menino desejou que a companheira de viagem retornasse logo.

Dwiok foi gerado por uma mãe que deu o último suspiro no instante em que ele deu o primeiro. Filho único, o jovem vivia apenas com o pai. O homem, sendo o líder da facção de Gudge e responsável por supervisionar toda a alimentação da corte, mal trocava dez palavras por dia com o garoto. Espremendo os lábios inconscientemente, pensou em como nunca havia passado tanto tempo com uma única pessoa quanto havia feito com Cally. O menino contorceu ainda mais a boca ao pensar que sua inimiga de infância era, agora, o mais próximo que tinha de uma amiga ou, até mesmo, de uma família.

Com uma colher, o doce foi remexido na tigela mais sóbria em saturação que Isi possuía: amarela com pequenas gotinhas de todos os tons pastéis existentes. Dwiok temeu que Caledrina não voltasse mais, e questionou-se sobre quanto tempo suportaria viver com aquele ser excêntrico e todas as suas cores, seus relógios e pássaros, até, finalmente, enlouquecer de vez. Com o título oficial de procurado pela corte, sem a vitória ou a glória de levar a cabeça de um selvagem nas mãos, sabia que, se voltasse para casa agora, não alcançaria uma boa recepção. Por outro lado, ele não lutava tão bem quanto a filha de Heros para se atrever a encontrar o acampamento de Arnalém sozinho. O menino viu-se preso no meio do caminho.

O pequeno Ince pulava em seu colo. Dwiok engoliu em seco quando, inesperadamente, o lêmure sempre brincalhão parou e, em pé, com as patinhas em frente ao corpo, apenas o encarou. Os olhos graúdos do animal adquiriram um tom severo e, como se sondassem os seus mais sombrios pensamentos, pareciam julgá-lo. Intimidado por um simples bichinho, o garoto fez uma careta, ao notar que ele também sentia... falta dela.

Distraído, enfiou a colher na boca mais uma vez, de forma que quase engasgou com o exagero de doce ingerido. Controlando o desejo de tossir, Dwiok respirou fundo; não queria desperdiçar a sobremesa.

— Querida! — exclamou Isi, surpresa. A mulher azul, num pulo, pôs-se de pé e andou em direção à figura pequena que, abraçando a si mesma, carregava um inédito frescor, surgindo por entre as árvores, pouco à frente, na clareira.

Todo o esforço feito pelo garoto, instantes atrás, para não desperdiçar o doce desfez-se no instante em que viu Cally à sua frente; imediatamente, engasgou-se com o manjar de nozes. Entretanto, motivado pelo choque do que viam os seus olhos, levantou-se do

CAPÍTULO XXVII

chão rapidamente e partiu para alcançá-la. Alguns passos depois, ele parou espantado, observando que havia algo de errado com a menina. Os cabelos sempre cinzentos, como a terra amaldiçoada, pareciam um pouco mais escuros. Milhões de elevações minúsculas escorriam por sua pele, como gotas de vinho incolor, e, a cada passo, ela deixava uma nova marca no chão. Dwiok esboçou uma careta que franziu todo o seu rosto, ao pensar que pareciam bolhas de queimaduras.

— O que aconteceu na floresta? — perguntou ele, genuinamente interessado.

Ao levantar o olhar, Cally sentiu pequenas gotas se despedirem de seus cílios.

— Também não consigo acreditar que isso realmente ocorreu. Não é insano?

Cético, o garoto rapidamente se preocupou com a sanidade mental da menina, e se questionou quais eram as chances de ela ter batido a cabeça ou passado por algum trauma durante as horas em que esteve fora. Dwiok estendeu a mão até a testa molhada de Caledrina, e, ao estranhar a sensação, secou o dorso na calça.

— Você está febril! Venha, vou preparar uma sopa e...

— Não! — disse ela, ao soltar-se das mãos do menino. — Estou perfeitamente bem — suspirou, compreendendo a situação. Era natural que, por estar mais acostumada à leitura, tivesse maior conhecimento sobre o fenômeno que descia das nuvens. Tudo o que Dwiok se interessava em ler estava, provavelmente, relacionado às panelas. Cally torceu os lábios em curiosidade quando seus olhos encontraram os de Isi. — Isso costuma acontecer com frequência por esta região?

Intrigado e um tanto desesperado por informações, o menino intrometeu-se na conversa:

— Isso o quê?

— Chover! O que acha que são essas coisinhas geladas em mim, Dwiok Minerus? Acha que meu cabelo ficou assim porque eu o lambi feito um gatinho? — zombou. — Choveu e… — Cally deu uma leve pausa antes de finalizar sua fala, e engoliu a saliva na garganta não tão seca como de costume. Seus sentimentos desejavam pular para fora do peito e as suas emoções eram nítidas; a confusão estampava-se na face da menina. — E ventou…

Em conformidade com o tom das palavras que foram direcionadas, não tão ríspido, Dwiok permaneceu sério, apenas para, após poucos segundos, cair na gargalhada.

— Não sei onde se meteu para ficar nesse estado, mas não voltou batendo bem da cabeça, não. Está mais maluca do que quando saiu.

Caledrina o observou rir exageradamente e, como de costume, revirou os olhos, porém, com as gotas de água escorrendo pelo seu corpo, não se importou tanto com a infantilidade do garoto quanto antes.

Dwiok e Isi pareciam sequer ter notado o fenômeno atípico, talvez estivessem dentro da casa quando a chuva aconteceu. Embora o solo em frente à residência parecesse seco, a menina ainda não tinha experiência com a chuva para saber a duração de seu efeito na terra, se o processo poderia ocorrer em diferentes tempos ou, até mesmo, lugares. Tudo o que sabia era que, certamente, havia chovido e ventado. Não há maior prova para um acontecimento do que a chance de experimentá-lo, não importa o quão insanamente sobrenatural possa parecer. Ao sentir na pele, não é necessário inquirir por evidências; a realidade já é garantia e razão suficientes para crer.

Enquanto o garoto sentia o abdômen queimar — com as mãos na barriga, na tentativa de aliviar a dor do riso contínuo e sincero —, Caledrina sentia-se ainda mais confusa. Como forma de equilíbrio indireto de suas emoções, em um tom um tanto paciente, Isi falou:

— Respondendo ao seu questionamento, garotinha tempestuosa, isso não é comum. Arnalém preparou uma tempestade especialmente sobre você.

CAPÍTULO XXVII

A menina piscou repetidas vezes, inconscientemente, em sincronia com a velocidade de seus pensamentos, e recordou-se da voz que ouviu.

— Na floresta, achei ter escutado alguém me chamar.

Boquiaberta, Isi saltitou em animação, e deu curtos tapinhas nas costas de Cally, como quem descobre uma grande e boa notícia.

— Sei que foi Arnalém quem a visitou.

— E como pode ter tanta certeza disso? Você sequer estava lá.

— Pois bem, cérebro peculiarmente cético para a pouca idade, vamos analisar os pontos e jogá-los sobre a mesa colorida de nossa racionalidade! — Isi sorriu. — Arnalém é poderoso, entretanto, um tanto manso e ordeiro. É como se a sua voz tocasse lira para o coração, e lançasse fora toda a agitação. O que sentiu quando achou ter escutado a tal voz?

— Quietude… eu acho — sussurrou a garota, por entre os dentes, surpreendendo a si mesma.

Sorrindo ainda mais, Isi falou:

— Como eu disse… sei que foi Arnalém quem a visitou.

Longe do abrigo das árvores, debaixo do Sol quente no quintal, poucos minutos foram necessários para que as gotinhas começassem a se despedir do corpo de Cally.

— Está bem, então quer dizer que tudo isso é… água? — questionou Dwiok, ao movimentar as mãos apontadas para a garota, desvendando, finalmente, o mistério que inundava seus pensamentos. De fato, bolhinhas de queimaduras ou até mesmo um lago de vinho eram ideias que não estavam fazendo muito sentido, uma vez que Cally não parecia sentir dor, e o menino nunca havia visto bolhas nos fios de cabelo de alguém antes.

— Sim! — responderam as duas, em uníssono.

Dwiok coçou a cabeça, seus cachos graúdos pularam e, gradativamente, ficou maravilhado. Caledrina, acostumada à dor, não sabia dizer se estava sentindo algo diferente nas profundezas da mente ou no transbordar do coração; ela sentiu a água lavar o incômodo que nunca a deixara desde a perda de May, e o Vento soprar para longe a agitação que, semelhante a uma veste de espinhos, costumava oprimi-la. Não sabia se aquela sensação duraria, mas, por aquele momento, desejou permanecer ali.

Cally respirou fundo e, com um sorrisinho de canto na boca, tomou uma decisão.

— Isi, você gosta quando lhe pedem conselhos, certo? — Esperando a mulher balançar a cabeça em afirmação, era possível ver o brilho exultante em seu olhar. — Conte-nos, do que precisamos para chegar até lá?

A visão que tiveram de Isi correndo para dentro de casa dispensou qualquer explicação. Minutos depois, a mulher voltou com o grande livro de couro marrom.

— O manuscrito de profecias e maldições? — perguntou Cally, retoricamente, num tom tão melodioso que quase soou sarcástico. — Vai querer que eu leia tudo isso agora?

Sem precisar de palavras, Isi a respondeu ao puxar para fora uma página amassada, retirada quase do fim do livro, guardada entre folhas pesadas. Desdobrado, marcado em quatro partes, o papel amarelado revelou ser um mapa.

— Poderíamos dizer, diante de todos os seres presentes em meu quintal, que foi um trabalho em equipe — disse, com o peito estufado, sem perceber que os jovens se encaravam, a fim de se certificarem de que havia apenas os três na propriedade. — Arnalém fez o mapa, e eu nomeei os lugares detalhadamente com as minhas tintas favoritas. Não desperdice, é uma obra de arte! — gabou-se.

Isi esticou a mão e entregou o papel desdobrado para Dwiok, que estava bastante próximo a ela. Sem sentir necessidade de manter a gentileza que tomara conta de si após o contato com a chuva, Cally, curiosa, tomou o mapa das mãos do garoto.

CAPÍTULO XXVII

Farto das atitudes mesquinhas da menina, a ponto de rir de si mesmo por ter sentido falta da criatura desagradável à sua frente, Dwiok arqueou as sobrancelhas grossas e despenteadas e levantou a voz, cansado de manter a cortesia que havia aprendido na infância:

— Acho que você se esqueceu daquele com quem está viajando. O pedestal que criou para que todos possam apreciar e louvar a sua inteligência é alto demais para pular agora. Você não consegue ver mais ninguém além de si mesma, não é?

Num impulso, virando-se de costas, Cally arrebitou o nariz.

— Como é?

— Você se esqueceu de que também sou filho do líder de uma facção, e de que, quando voltarmos, ocuparei o lugar do meu pai? Serei tão temido e respeitado quanto você! Pode achar que a sua facção é a melhor, mas é o que todos pensam de sua própria! Você não tem mais força do que eu; somos as duas promessas da corte! Entendo que gosta de coisas mais brutas e que prefere usar o braço em vez do cérebro, então não sei se você se recorda de que a corte não é composta por apenas uma pessoa. Aliás, sem nós, vocês, guerreiros, morreriam de fome. Ou será que conseguem mastigar as suas lâminas?

Cally sentiu um calor lhe percorrer toda a extensão da espinha, ao perceber que seu pescoço se arrepiou.

— Quem sabe se as cozinharmos bem, dentro das casas que nós, da facção preta, mantemos seguras, com os moradores vivos. Talvez devêssemos nos juntar a vocês, já que são tão superiores assim. Ou melhor, poderíamos formar um exército de cozinheiros para defender a corte com espátulas e pãezinhos frescos contra as forças do mal.

— As panelas seriam mais eficientes...

Pensando ser necessária uma intervenção, erguendo a voz para sobressair-se sobre aqueles que discutiam, Isi berrou até levantar as veias do pescoço sob a pele azulada:

— Já chega!

Eles se calaram e encararam os olhos amarelos que, arregalados, pareciam querer lhes contar algo além das palavras que saíam de sua boca.

— Vocês têm uma grande necessidade de se sobreporem um ao outro. Desse jeito sempre serão inimigos. Quando ambos decidirem manter a cabeça no lugar, focarem no momento, permanecerem juntos em busca da fonte, e se esquecerem de competições tolas e vãs, entenderão tudo, em seu maior sentido, com mais clareza. Quanto tempo passará até que percebam que nada é sobre vocês, mas, sim, sobre a missão?

Cally corou e sentiu o rosto e toda a saliva de sua boca congelarem.

— Missão? Essa palavra geralmente é usada quando alguém segue as ordens de outrem, e nós fugimos da corte. Não devemos nada a ninguém.

A menina sentiu o lábio inferior tremer pela menção inesperada da palavra e da mentira inventada. A esse ponto, já não sabia exatamente quais informações eram verdade em sua narrativa, mas Isi sabia. E, obviamente, os dois companheiros de viagem haviam revelado mais do que gostariam nessa tola discussão. Apesar de a história de que Dwiok era seu irmão e de que seus pais fugiram da corte ter sido contestada pelo grande livro de profecias, Caledrina não desistiu por completo da farsa. Precisava ter uma segurança, um lugar para onde voltar caso aquilo que lhe fora desvelado se mostrasse ainda mais fictício do que toda a invenção do menino. Até onde Isi ignorasse a situação, ela também o faria.

— Até mesmo respirar já é uma missão, uma linda e brava missão. — Isi deu de ombros.

Com um sorrisinho amarelo, Caledrina concordou. Soltando a cabeça para trás em seu pescoço, Isi arregalou os olhos esbanjando sua costumeira expressividade.

CAPÍTULO XXVII

— Creio ser uma das primeiras vezes que concorda comigo, se não a primeira. O que tem de especial na palavra mi...

Aflita, a fim de mudar o curso da conversa, Cally interrompeu-a:

— Se este livro foi mesmo escrito para mim, por que Arnalém não o deixou debaixo de uma tábua secreta dentro de meu quarto ou algo assim? Por que ficou com você?

Comprando a troca de assunto, Isi sequer percebeu quando iniciou sua explicação:

— Oh, não. Arnalém o guardou num lugar em que pudesse ser encontrado na corte, mas, infelizmente, o livro acabou caindo em mãos erradas; foi queimado na biblioteca de incineração, porém eu tinha os meus truques e o restituí.

— Como você...

Aproximando-se, Dwiok cochichou:

— O ser à nossa frente fez a terra tremer com um único grito. É sério que o seu maior interesse está em como ela recuperou um livro? Até nós pudemos fazê-lo por alguns instantes. Pela fênix dourada! Cale-se e escute a história!

A repreensão causou um biquinho no rosto de Cally, que mordeu a língua para não retrucar.

— Bem, foi naquele momento que deixei o bilhete para que me encontrasse, Caledrina. Agora, vocês estão aqui — animando-se, o ser azulado gesticulava, cada vez mais, com as mãos. — Mas, infelizmente, está na hora de partirem. Cuco e eu sentiremos tanta falta! Meus pássaros estavam prestes a decorar seus nomes.

Ambos esboçaram caretas ao tentarem compreender a fala e o sorriso gigantesco que alumiava a face de Isi.

— Vamos, vejam o mapa!

Eles se aproximaram um do outro e observaram juntos os amontoados de linhas desordenadas. Não havia árvores ou rochas, nada que se parecesse realmente com um mapa. Havia apenas várias palavras, como se fossem escritas por alguém que não conhecesse o alfabeto. Linhas tortas e sem sentido, com frases aparentemente ordinárias, compunham o papel.

— Mas só há palavras soltas aqui — resmungou Cally. — Como poderemos chegar ao nosso destino com base apenas em letras?

— Ora, não é a letra, menina. — Isi a olhou de maneira que aquietou algo dentro de seu coração. — Olhe além. Há um mundo inteiro dentro de cada uma delas. Arnalém as explicará, é só pedirem que ele os acompanhará em sua jornada.

— E como faremos com que ele nos perceba? — perguntou Cally.

Desviando a atenção por apenas um segundo para olhar para baixo, a menina avistou Ince puxar a borda de sua calça, como se lhe dissesse que também já estava pronto para partir. Caledrina percebeu que, embora acontecessem sempre no momento certo, as aparições do lêmure costumavam ser repentinas — o que talvez se devesse apenas ao fato de que estava sempre distraída. Certa, porém, de que, assim como ela, o animal sabia se cuidar, não se importava nem se preocupava. Sentado sobre a superfície rígida da bota de Cally, Ince encarava a mulher de cabelos rosados com os costumeiros olhinhos esbugalhados.

— Menina bobinha! Eu já lhe disse, a atenção de Arnalém, em sua intensidade máxima, já está com você — respondeu Isi, com um sorriso que fez parecer que aquilo não era uma despedida, por mais que aquecesse como um abraço. — Caso algo aconteça, se você ferir-se, ou, por alguma razão, sentir-se sozinha pela jornada, apenas respire. Arnalém soprou o seu próprio fôlego dentro de você. Se não der certo, respire outra vez e o sentirá correr vivo dentro de seus pulmões.

CAPÍTULO XXVIII

— Deixe-me ver também — disse Dwiok Minerus, ao dividir a visão do mapa de letras soltas e sem ordem com Cally.

— Não há sentido algum! Nunca chegaremos à fonte se continuarmos caminhando pela intuição — disse a menina.

— Talvez devêssemos voltar e encontrar Isi, para que ela nos explique. Não estamos longe…

— Não! — discordou Cally, convicta de sua decisão. — Ela já fez a parte dela, agora é conosco.

Temeroso em dizer a coisa errada, Dwiok tapou a boca por breves segundos, mas logo se atreveu a repetir o que já havia dito várias vezes desde que deixaram a casa do ser azulado.

— Talvez, se você chamasse por ele…

Perfurando-o com o olhar, Cally prendeu uma mecha cinzenta rebelde atrás da orelha.

— Não sei até onde comprei toda essa história. Eu me sinto uma boba chamando pelo Vento! Estou começando a pensar que foi só uma sensação. Talvez tudo seja apenas imaginação; provavelmente, havia uma parte de mim que desejava tanto por algo assim, que o meu subconsciente me fez acreditar nos meus devaneios.

— Mas eu também a vi molhada, e a aparência péssima com que toda aquela água a deixou me fez ter certeza de que era real.

Caledrina, contrariada, virou o rosto.

Já Dwiok sentiu-se suficientemente motivado, e sua feição temerosa rapidamente se transformou na postura confiante que tinha nos momentos de embate com Cally. O garoto apressou os passos para ficar frente a frente com a menina, e pensou em novos argumentos que a convencessem:

— Anda logo! Se é mesmo bobeira, por que tem receio de fazer? Quer dizer, se não for real, vai render algumas risadas. Mas e se for? Vale a pena carregar uma vida toda de questionamentos apenas por um medo que sequer tem base para ser justificado? Simplesmente abra a boca e…

— Arnaléeeem! — berrou Cally, interrompendo a fala do garoto mais para zombá-lo do que por esperança. — Ajude-nos a entender o mapa.

Bufando, a garota olhou para o papel juntamente com Dwiok, atento. Nada.

Apenas silêncio.

Embora decepcionado, o menino ainda tinha esperanças e não desistiu.

— Talvez ele não tenha ouvido.

Caledrina emitiu um som de indiferença, para explicitar a falta de interesse no que estava prestes a fazer, e, em seguida, gritou ainda mais alto, até suas veias saltarem por entre as raízes que já alcançavam o pescoço:

— Ajude-nos a entender o mapa! Dê-nos um sinaaaaaaal!

Após alguns curtos instantes de quietude, invadido por uma forte crise de riso, Dwiok caiu na gargalhada ao ver que nada acontecera. Enraivecida, Cally jogou o mapa de palavras no chão.

— Pedaço de papel idiota!

CAPÍTULO XXVIII

O objeto caiu muito próximo a uma brecha de luz, vinda do Sol, que escapava por entre a copa alta das árvores. O arremesso de Cally fez com que ele alcançasse a claridade. Indignado com a atitude da menina, Dwiok correu até o mapa e, então, espantou-se.

Cally virou-se para o garoto, arqueou as sobrancelhas e, com um ar de superioridade que transparecia toda a sua ironia, cruzou os braços ao fitá-lo.

— O que foi agora?

Para chegar mais próximo ao mapa, que resplandecia pelos raios quentes, Dwiok se abaixou e, arfando, disse:

— É a luz! O mapa é ativado pela luz. Como não pensamos nisso antes?

Prontamente, Caledrina alcançou algumas pedras na tentativa de fazer fogo, ao unir os elementos de fricção e um dos tantos pedaços de madeira que encontrara em abundância a poucos metros de onde estava. Em um movimento contínuo de batida, raspou as pedras lisas, secas e não muito densas que, cuidadosamente, havia selecionado, criando a primeira faísca. Após colocar a madeira entre as pedras, onde havia mais fumaça, aproximou-se do garoto com a tocha acesa nas mãos.

A jovem conduziu a chama para baixo do mapa e, então, uma listra vermelha surgiu por entre as palavras, como se apontasse para um caminho; no centro superior, uma bússola, que redirecionava a rota conforme movimentada, apareceu. Em toda a extensão do mapa, existia apenas um lugar que não continha milhares de informações em forma de tinta.

— Para onde leva? — perguntou Dwiok, enquanto segurava uma das pontas do papel.

Estreitando os olhos, Caledrina analisava cada centímetro.

— Isi escreveu algo sobre um lugar chamado "O Vale das Árvores" — respondeu a menina, que, em seguida, olhou ao redor, frustrada. — Não faz sentido, já estamos cercados por milhares delas.

— Talvez seja apenas um nome inventado para uma parte específica da floresta. Poucos dias na presença de Isi foram o suficiente para sabermos que ela, certamente, faria algo assim. Onde ficaria "O Vale das Árvores"? — perguntou Dwiok.

Cally apontou para a esquerda, torcendo o nariz.

— Naquela direção.

Após alguns minutos caminhando por aquela rota, surgiram burburinhos, como se centenas de pessoas conversassem.

Incomodada com o aparecimento abrupto dos sons — o que era um tanto suspeito, considerando que estavam no meio da floresta —, Cally levou a mão aberta até o estômago do garoto, segurando-o. Devido à pressão causada, Dwiok ficou paralisado, e a menina o empurrou para trás.

— Shhh! Tem gente aqui — disse, com os dedos espremidos contra os lábios volumosos. Ela entregou o mapa ao garoto e voltou a observar se havia alguma movimentação estranha, ainda que mínima.

Minerus sentiu o corpo tremer, e até planejou deixar a bolsa de pano para trás, com o intuito de correr mais rápido na fuga, caso fosse necessário.

— Selvagens, devem ser os selvagens! — sussurrou ele.

A garota lutadora espiava por detrás da segurança de um tronco largo.

— Se tem tanto medo deles, deveria ir embora agora. Está andando em direção ao ninho de cobras e quer amedrontar-se?

— Há uma diferença entre chegar até eles, dentro de seu acampamento, com uma história comovente, e ser encontrado por um deles na floresta! Minhas narrativas soarão como uma súplica para evitar a morte.

— Quieto, Dwiok! Estou tentando ouvir — advertiu a menina, enquanto, buscando compreender as palavras, levava a cabeça alguns centímetros para frente, como se isso pudesse ampliar a sua audição.

CAPÍTULO XXVIII

— Está longe demais. Preciso chegar mais perto. — Saindo de trás do tronco, com os joelhos levemente flexionados para suavizar seus passos, Cally começou a correr.

— O que você... — O jovem segurou o ar ao ver a sua fonte de segurança saltar para longe e, em uma tentativa de agarrá-la, esticou o braço, mas a menina foi mais veloz do que o seu movimento.

Caledrina sumiu completamente do campo de visão de Dwiok, porém, ao ouvir o grito da garota ecoar pela floresta, ele se arrepiou. Enquanto sua perna direita tentava, desesperadamente, mover-se; a esquerda, contrariamente, estava paralisada pelo medo. O garoto levou as mãos até a coxa, que parecia imitar uma rocha estagnada no chão, e a forçou a sair do lugar. Com passos cambaleantes e a tocha na mão direita, Dwiok correu até a origem do som.

A visão do menino era chacoalhada pelo impacto de suas botas no solo. Quando chegou até o local, não viu nada além de Caledrina sozinha entre as árvores e, embora as vozes estivessem ainda mais altas, correu até ela sem hesitar. Alcançando-a, segurou-a firmemente pelos ombros, fazendo com que olhasse para ele.

— Você está bem?

Sem sequer notar os olhos do garoto, que a analisavam centímetro por centímetro, verificando se havia algum ferimento, Cally apontou para frente.

— São as árvores, veja!

Dwiok direcionou as chamas para o caminho adiante e deparou-se com um corredor de macieiras que tagarelavam entre si. Cada tronco tinha o seu próprio rosto, como um relevo de madeira formado por olhos graúdos, nariz largo, uma boca espichada, alguns possuíam até sobrancelhas — embora ficassem muito acima dos olhos, se comparadas às de um ser humano.

Ele riu das surpresas da floresta, julgando-as inofensivas. Cally, então, seguiu em linha reta até estar entre as duas primeiras árvores do corredor.

— Olá, querida! — cumprimentou a que estava na entrada, revelando ser do gênero feminino, dado o tom adocicado da voz.

— Olá, senhora... árvore — respondeu a jovem, sem saber exatamente o que dizer.

Olhando para a macieira que estava ao seu lado, aquela que cumprimentara Cally pareceu chamar Dwiok com um assovio, mas falhou, e notou que, em vez de emitir algum som, havia somente cuspido um pouco de relva. Logo, desistiu e falou:

— Veja, Folhal. Há crianças aqui hoje.

Entendendo que aquele era o esposo da árvore com quem conversava, a menina segurou o riso ao pensar em como havia sido a cerimônia de casamento, e se tinham outros pretendentes.

— Veja, Folhal, veja se não é o cabelo mais lindo que já viu! Veja, Folhal, veja! É tão liso que se parece com um véu de seda pura e fina, não é, Folhal? — continuou a macieira.

Caledrina espantou-se pelo elogio único, sentiu-se constrangida, e se esqueceu de que se tratava apenas de uma árvore.

— Meu cabelo?

— Ah, sim — insistiu. — Digam-me, amigos, este não é o cabelo mais lindo que já viram na floresta?

A conversa chamou a atenção de todas as árvores do longo corredor e, sobrepondo-se umas às outras, começaram a concordar, dizendo coisas como "Ah, sim!", "Realmente é belíssimo!", e até "Maravilhados estamos perante tamanho espetáculo em forma de fios!".

Caledrina chegou perto de Dwiok sem tirar os olhos daquelas que tagarelavam. Com uma careta, o menino sussurrou:

— Acho que não costumam ver muitas pessoas.

— Calado! — Cally o repreendeu.

CAPÍTULO XXVIII

— E o que duas criaturinhas tão adoráveis fazem em meio à floresta densa? — perguntou o senhor Folhal.

— Estamos à procura da fonte — respondeu Dwiok.

A simples menção àquele nome fez todos os troncos espantarem-se em grande terror.

— A fonte? — perguntou um deles, espavorido.

— Não, a fonte não! — exclamaram, em uníssono, as árvores trigêmeas localizadas a alguns metros de distância.

— O que há de errado em procurarmos por ela? Por que não? — questionou Cally.

— Dizem isso porque são medrosas! — respondeu às trigêmeas, com uma carranca, a senhorita árvore. Voltando a atenção para a garotinha à sua frente, ela afagou o olhar. — A fonte fica para o leste, docinho dos cabelos feitos do mais açucarado dos frutos.

— Para o oeste, quis dizer! — gritou uma voz madura, provavelmente de um tronco centenário.

— Não, nada disso! Eu tenho plena certeza de que fica para o sul — disse uma outra, do outro lado do corredor.

— Garotos! — chamou o senhor Folhal. — Não procurem pela fonte, não vale a pena. Vocês são jovens, vivam longe daquele povo. São como sanguessugas, e, pouco a pouco, eles lhes tomarão tudo. A fonte é uma ilusão. Não gastem as suas vidas para descobrir, no final, que viveram por uma mentira medíocre. Serão como escravos. É isso o que querem?

— Na-não — gaguejou Dwiok, receoso, dada a firmeza das palavras proferidas em tom amadeirado.

— Então fujam deles. Melhor é o vinho do que a água! — berrou o senhor Folhal. — Queria eu ter sido plantado na terra que dá vinho para as raízes.

— Ignorem o meu esposo, ele é muito sentimental às vezes — desculpou-se a senhora árvore, esboçando uma careta briguenta ao marido. — Como eu já disse, fica para o leste, caso desejem ir.

Todas as macieiras tagarelavam as suas opiniões sobre o destino que Caledrina e Dwiok procuravam, e cada uma delas gritava para que suas percepções fossem ouvidas. A cada novo som ensurdecedor vindo dos troncos, os jovens sentiam-se mais perdidos e com uma grande enxaqueca.

— Cally, veja! — chamou o menino.

Em contato com o fogo da tocha, que Dwiok, sem perceber, aproximou do papel, uma tinta vermelha começara a surgir no único lugar do mapa em que não havia letras. Agora, aquele espaço revelava uma frase completa.

— O que está escrito? — perguntou Cally, sem conseguir concentrar-se nem mesmo em uma simples leitura.

— "Não deem ouvidos às macieiras, são insanas e seus frutos são podres. Não se desviem do caminho por elas. Sigam em frente".

Cada vez mais zonza devido ao grande barulho, pegando Dwiok pelo pulso, Cally tomou para si o mapa e correu para a direção que a bússola apontava. Estranhamente, quanto mais rápido corriam, mais a tocha queimava.

Ao ouvir uma voz familiar, prontamente enrijecendo os pés, o jovem parou, forçando Cally a fazer o mesmo.

— O que está fazendo? — perguntou a garota, olhando para o lado antes de avistar aquele que estava logo à sua frente. Quando viu Dwiok, espantou-se ao perceber que saía sangue dos ouvidos dele; levou os dedos até as próprias orelhas e notou que também estava sangrando.

— Pa-pai? — gaguejou o jovem. Com os olhos marejados de medo, encarava a figura esguia, com cachos como os dele, parado de pé bem ali. — O que... o que... o que está fazendo aqui?

— Acho que essa pergunta pertence a mim, não? Sabe a falta que você faz estando longe das panelas? Não posso nem imaginar o desgosto que causaria à sua mãe se ela ainda estivesse viva. Por certo, você a mataria novamente de decepção! — falou o líder da

CAPÍTULO XXVIII

facção de Gudge, cuspindo em seguida, vestido em seu uniforme alaranjado de chefe. — Por que fugiu? Sabe há quantas luas eu o estou procurando?

— Você... você estava me procurando?

— É claro, você é meu filho.

Dwiok engoliu em seco e sentiu o coração acelerar ao ouvir aquela palavra atípica pela segunda vez na vida — tendo sido a primeira em frente a outros pais que faziam o mesmo. Ao ver o homem sempre duro abrir os braços para aconchegá-lo, o menino beliscou-se sutilmente para garantir que não estava sonhando e deu o primeiro passo.

Cally estreitou os olhos, buscando entender como, em meio a tantas árvores, ainda podiam ouvir a voz do líder da facção laranja, sendo que mal escutavam um ao outro, e, enfim, lembrou-se das moscas barulhentas.

— Dwiok, não! — gritou, tentando alertá-lo, mas o garoto, cego pela carência, continuava caminhando. — Ele não está mais aqui, isso é passado. Lembre-se de que o lugar dele é para trás! Só poderemos continuar se seguirmos adiante. Se abraçar a visão, as moscas farão um barulho insuportável e regrediremos. Nossos ouvidos não suportam mais.

Como se estivesse surdo para as palavras da garota, o menino continuou andando. Uma última vez, Cally gritou, mas era tarde demais.

Chegando ao homem, que o esperava afável como nunca, Dwiok pareceu abraçar o ar no mesmo instante em que centenas de milhares de moscas, tão negras que pareciam carregar todo o céu noturno, uniram seus berros à tagarelice barulhenta das macieiras. Voando em todas as direções, os insetos cobriram-lhes quase toda a visão.

Sentindo-se cada vez mais fraca e atordoada devido ao grande esforço, com o líquido quente avermelhado já escorrendo pelo nariz e pelas orelhas, Cally correu sozinha pela floresta densa, desesperada para fugir dali. Distanciava-se cada vez mais daquele que, ao escolher aconchegar-se nos braços do passado, causara a própria perdição, como ela havia feito com May. Enquanto corria, a garota não reconheceu a si mesma. Em vez de alívio, por, finalmente, ver-se livre daquele que tanto perturbava seus pensamentos, e felicidade, por saber que receberia as honrarias estampando apenas o seu nome quando voltasse vitoriosa para a corte, Caledrina sentiu ter abandonado parte de casa, como se houvesse desfeito um quarto antigo, repleto de boas memórias.

CAPÍTULO XXIX

Percebendo-se do longo tempo que, provavelmente, já havia passado em sua jornada — quando, dentro de sua bolsa, o lêmure, que sempre viajava ao seu lado, calmamente começou a se remexer —, Cally diminuiu a velocidade de seus passos, até que parasse completamente de andar, para tomar fôlego sob o sol e para assoprar levemente o pedaço de madeira. O fogo deveria permanecer aceso em suas mãos, a fim de iluminar o mapa e manter a bússola sempre ativa.

A tocha era segurada pela menina, já bastante cansada. A madeira roçava nas raízes dos dedos de Caledrina, que, com as palmas das mãos enluvadas, suava pelo calor do ambiente e esforço de seu corpo.

Ao levar o antebraço até a testa úmida, Cally secou as gotinhas formadas na raiz de seu cabelo; quando maiores, as partículas de suor escorriam e pingavam em seus cílios. A menina se via concentrada naquela sensação. Enquanto reparava no caminho tortuoso percorrido por uma nova gota em sua pele quente, pegou-se sorrindo, doce e timidamente, ao se lembrar da chuva.

Por alguns instantes, Caledrina pensou em seus pais e na carência de Dwiok. Fez uma careta ao admitir para si mesma que não era tão diferente dele. Embora a mãe ainda estivesse viva, a menina nunca se sentira verdadeiramente amada e feliz com ninguém além de May. Sentia-se solitária, mesmo quando permanecia em frente a uma grande plateia. Ao analisar os seus pensamentos, ainda que julgasse que eram motivados pelo clima mágico da floresta, a garota não se reconheceu. Seria mesmo possível a mata fechada exercer tamanho domínio sobre ela? Ou teria a chuva lavado, inclusive, algo em seu interior? Não sabia dizer, mas alguma coisa, em algum lugar, parecia ter mudado.

Era como se Isi previsse que Cally se sentiria sozinha. Perdida. Abandonada. A menina se lembrou das palavras daquela que a abrigara em sua casa por tanto tempo: "Se por alguma razão sentir solidão durante a jornada, apenas respire. Arnalém soprou o próprio fôlego dentro de você. Se não der certo, respire outra vez e o sentirá correr vivo em seus pulmões". A garota respirou fundo. Ao ficar levemente aliviada, fez um som estranho com a boca, como alguém que não sabe assoviar, e caçoou da coincidência.

Julgando estar pronta para continuar sua caminhada, abriu a bolsa de pano, aflita pelo tempo em que seu lêmure fora chacoalhado de lá para cá no escuro. Ince pulou sobre os seus ombros. Distraída, Caledrina elevou as mãos até o pescoço, a fim de colocar novamente a bolsa nas costas e carregar, outra vez, o compartimento que abrigava o pequeno animal. Mas, antes, certificou-se de formar uma superfície almofadada para as patinhas, e seguiu sua viagem.

Com os olhos focados no mapa para garantir não errar nenhum passo, Cally parou quando notou ter chegado ao que Isi, utilizando a tinta mais vibrante — que lembrava a junção de um amarelo luminoso feito o Sol e um azul bem clarinho —, intitulara de "Ponte do Tempo". Abaixando o pedaço de papel e a tocha, enquanto franzia as sobrancelhas cinzentas, a menina sentiu-se traída pelos próprios sentimentos ao avistar um penhasco ainda mais íngreme do que aquele que encontrara dentro do relógio no quintal da mulher azulada. Suas pernas tremiam.

CAPÍTULO XXIX

Embora Cally estivesse a poucos passos da beirada, tão grande parecia ser o desfiladeiro que ela teve de formar uma espécie de toldo com a mão para que, enquanto protegia os seus olhos do sol, pudesse enxergar o outro lado da superfície. Caledrina assegurou-se de que não havia um segundo caminho e, ao avistar a ponte que atravessava o penhasco, com o seu tônus postural fraquejado, teve a impressão de que todos os seus órgãos estavam mudando de lugar.

Sem balaustradas, a ponte mais se parecia com um trilho e, quase como um convite, havia um carrinho de madeira que convenientemente se encontrava encaixado para partir, parecendo já esperar por um passageiro. Poucos passos a aproximaram ainda mais do caixote com rodas e, para garantir a segurança da viga, Cally apoiou-se sobre as bordas que enfeitavam a madeira do carrinho; num estralo, porém, a menina foi ao chão. A proximidade ao parapeito do penhasco fez cada parte do seu corpo tremer ainda mais. Com os dedos das mãos dobrando pela inclinação do solo que limitava a terra, seu rosto estava perto o bastante do desfiladeiro para que visse, escapando de sua mão, a tocha cair, revelando a profundidade do penhasco por trás do nevoeiro.

No momento exato em que sentiu o corpo sobre o qual se apoiava resvalar rumo à neblina, o lêmure saltou para o lado seguro, garantindo a sua vida. Já na estabilidade do solo, apercebendo-se do estado de sua dona, o pequeno animal buscou levá-la para longe da beirada e, superestimando sua própria força, puxou algumas mechas do cabelo de Cally, como se suas patinhas fossem capazes de mover a menina por inteiro.

Com os olhos atordoados, Caledrina levou alguns segundos para entender que o incômodo em sua cabeça vinha dos puxões de Ince, e não apenas de uma súbita enxaqueca causada pelo susto. Ela afastou-se vagarosamente do penhasco, até estar distante o suficiente para colocar-se em pé, e, notando o pavor que o lêmure parecia ter ao encará-la, com as mãos gentis, devolveu-o ao interior escuro e confortável de sua bolsa. Ela sabia que ali ele estaria a salvo, e respirou fundo enquanto, devido à ansiedade, raspava as unhas no couro que cobria as palmas das mãos, reunindo, em cada canto de si, a coragem para dar o primeiro passo depois de quase ter sentido o coração parar de bater.

Próxima, novamente, àquilo que já sabia não estar em seu estado perfeito, mordeu inconscientemente o cantinho inferior dos lábios ao notar que seria sábio contar com o auxílio de um galho para remover as teias que se aglomeravam no interior do carrinho — já velho o bastante para acumulá-las. Obedecendo aos seus impulsos, assim o fez.

A passos leves, Caledrina acomodou-se dentro do caixote de madeira, já posicionado sobre a inusitada ponte. Segurando o mesmo galho que utilizara para destruir a casa de tantas famílias de aranhas, enfiou-o entre o vão dos trilhos e tentou sair do lugar, como se soubesse exatamente o modo como remavam os pescadores sobre os quais havia lido, ainda criança, nas fábulas dos livros proibidos.

Após avançar não mais que cinco fileiras dos trilhos, um som seco anunciou que um galho fora quebrado, fazendo a garota cair sentada sobre o caixote de madeira. Ao tombar, o ruído dos trilhos se rachando a fez paralisar. Longe demais para voltar à superfície, Caledrina temeu mover um músculo sequer pela fragilidade do objeto que a sustentava.

Ela sentiu a respiração quente envolver a pele de seu rosto. Foi como se o calor extremo que escapava de forma pesada por entre os lábios rachados percorresse todo o seu corpo. Em um máximo esforço, tentou pensar em como sairia dali.

— Vamos, Cally, conte o que você vê, como se… — Ela hesitou. Seria a primeira vez que faria aquilo que lhe dava conforto, após a revelação de que o ser que sempre recebia suas impressões dos lugares pelos quais passava poderia ser real, de acordo com Isi. — Como se o Vento existisse! — Movimentando-se pela animação, um novo estalejo a fez conter seus impulsos.

CAPÍTULO XXIX

Se o Vento soprasse como achou ter sentido naquele dia da tempestade, talvez o carrinho alcançasse o outro lado. Deitada no caixote, olhando para o céu — que já não parecia mais o mesmo que se divertira com ela no dia anterior —, Cally começou a dizer as palavras:

— Eu vejo nuvens em formato de móveis da casa de um gigante, com certo gosto… peculiar para a mobília. Eu vejo as bordas do carrinho de madeira. Vejo minhas mãos e minhas luvas. Vejo minha bolsa de pano e… — Fechando os olhos com força, sentiu o calor do corpo aumentar e tomar conta de cada parte de si. — Vejo uma menina que suplica ao Vento para que sopre.

Ao esticar o braço um pouco para a esquerda, a fim de acomodar-se melhor, sem tocha, uma ponta de esperança queimou dentro da menina: sentira o mapa ainda quente roçando a pele. Encolhida sobre o carrinho e temerosa demais para mexer um músculo sequer além dos necessários para movimentar os braços, com as mãos trêmulas, seus olhos puderam ver, no espaço iluminado pelos raios solares já fracos, o borrão de algumas letras que, juntas, formavam a frase: "Mesmo que pareça não se mover, confie no tempo do Vento. Ainda que não percebamos seus atos, ele permanece trabalhando. Aproveite para descansar, a jornada será árdua".

— O quê? — indagou a garota para si mesma. Por mais que aquele fosse apenas um mapa com palavras que deveriam ser lidas, era como se o pequeno papel falasse em voz alta com ela; como se fosse dedicado a emergências.

Caledrina chegou a pensar estar tão sonolenta a ponto de sonhar acordada. Ela se abraçou ao entender que não poderia fazer mais nada. Deitada, sem saber que o carrinho se movimentava pelos trilhos, imaginando que seria apenas a sensação que o corpo cansado lhe proporcionava, conversou com as nuvens, que mais pareciam detalhes do interior de uma casa ambulante, até cair num sono profundo.

A menina despertou de maneira tão súbita que, por um breve instante, a sua respiração parou. Com um forte baque, o carrinho alcançara o fim dos trilhos. Ainda de forma um tanto cuidadosa, apoiando-se com as mãos enluvadas sobre a madeira dura, ela se levantou, e precisou de alguns minutos para entender como chegara ao outro lado do penhasco — mas não teve sucesso nessa missão. Caledrina espremeu os olhos com o dorso da mão direita para afastar as fagulhas de sono que insistiam em acompanhá-la, e perguntou-se como o carrinho, há pouco tão frágil, não havia quebrado ao receber o atrito da batida no final da ponte. Ainda receosa, colocou-se suavemente em pé, sem conseguir explicar para si mesma como havia chegado ali. Tudo o que ela sabia era que enquanto descansava avançara ainda mais depressa do que enquanto andava na velocidade de seus próprios passos.

A jovem decidiu não ousar questionar a bondade dos acontecimentos misteriosos que tão cordialmente foram realizados a seu favor. Pulando para fora do caixote com a bolsa e o mapa, seguiu em frente, pisando firme sobre suas botas de couro. Sentindo a solidez de seus passos nos calçados aos quais estava acostumada, pensou nas roupas que usava.

Embora a simples — e pavorosa — lembrança dos trajes apertados e agonizantes do dia de vertigem aumentasse a gratidão da jovem pela possibilidade de usar suas vestimentas costumeiras, Cally sentia, naquele momento, que as calças largas — que tanto haviam colaborado para provar suas habilidades na época em que frequentava o campo de treinamento — não eram mais o suficiente para lhe garantir conforto na viagem. Mesmo estando mentalmente atenta após o breve descanso que desfrutara ao cruzar o desfiladeiro, Caledrina, de repente, cambaleou as pernas pelo cansaço, como se o seu corpo decidisse, inexplicavelmente, ignorar toda a energia que sentia há alguns segundos.

Poucos passos do outro lado do penhasco e, de súbito, um sono profundo tomou conta da garota. Tamanho era o adormecimento

CAPÍTULO XXIX

que pareceu atingi-la tão agressivamente quanto um piano caindo de uma janela na facção azul. O seu corpo desejava deitar-se ali mesmo, rendendo-se ao seu anseio quase insuportável de descansar. Prestes a fechar os olhos, o papel roçou os dedos de Cally, como se tentasse lembrá-la de que, caso se deitasse naquele lugar, ainda estaria próxima ao outro lado do penhasco, e não avançaria durante o tempo de sono. Tal pensamento destampou a caixa de sua memória, trazendo-lhe claridade e frescor, Caledrina recordou-se do mapa e mordeu a língua por já estar caminhando em direção ao norte, por pura intuição.

— Maldito costume! — disse a menina, em um tom baixo para si mesma.

Cally tratou, então, de encontrar algumas pedras e um galho, tarefa que exigiu maior concentração e levou mais tempo do que necessitaria caso a menina não sentisse aquele sono incomum. Após alguns minutos, a jovem viajante segurava uma nova tocha acesa nas mãos.

Sonolenta, levando o fogo sob a superfície do papel amarelado, ela sorriu por estar no caminho certo.

— Pura sorte — sussurrou.

Logo, tão rapidamente quanto se formou, seu sorriso se desfez ao ver que Isi havia nomeado o lugar em que estava como "Bosque Tépido". Diferentemente dos outros, esse não lhe avisava o que deveria esperar, e o espaço em branco não mais abrigava as palavras de conforto de minutos atrás. Caledrina revirou os olhos e murmurou, ao mesmo tempo em que se questionava sobre a razão de aquelas frases aparecerem somente nos momentos de maior apuro. Ao menos a falta de informações significava que ela não estava em uma situação de perigo... certo?

No lado ainda inexplorado da floresta densa, a menina, que persistia em sua caminhada, pensou que, para quem nunca havia deixado as fronteiras, ela estava bem, bem longe de casa. Enquanto andava por entre as árvores, quase tropeçava em suas próprias botas pelo peso do sono que lhe recaía sobre os ombros.

Em breve iria escurecer e, movida pelo cansaço, imaginou que ali fosse um bom lugar para passar a noite. Com o Sol se pondo, ela buscava um local para acomodar-se; prestes a retirar a bolsa dos ombros, acidentalmente, aproximou a tocha das narinas. Em um súbito susto, Caledrina percebeu que, da mesma maneira como aquela chama afastaria o mau cheiro de um ambiente, a sonolência desaparecera quase que por inteiro enquanto a menina respirava próxima ao calor do fogo. Cally passou a gargalhar pela surpresa da descoberta. O Bosque Tépido não a dominaria se ela estivesse conectada às chamas. Gozando de seu novo estado desperto, com olhos atentos, analisou as árvores. Um sorrisinho de canto formou-se no lado esquerdo de sua face, ao julgar que era das próprias folhas que deveria evaporar algum tipo de substância para deixá-la tão sonolenta. Ainda concentrada nas pequenas elevações de cada folha desbotada, o sibilar de uma serpente a fez parar.

A escama grotesca foi revelada ao surgir da terra bem à sua frente. Levantando um amontoado de pó, uma cobra de quatro cabeças e corpo alongado, com braços e pernas, colocou-se em pé diante de Caledrina. A serpente possuía quase a altura exata daquela que, com horror nos olhos, encarava-a.

Jamais, nem mesmo nos livros que roubara da sala secreta de seu pai, Cally havia sido preparada para um encontro como aquele.

— Olá — disse a serpente de escamas esverdeadas como a relva noturna de longe da corte. Seu cumprimento afável contrariava a aparência chocante. Sua voz era arrastada e adocicada. Até demais.

— Olá — respondeu Cally, por entre os dentes, surpreendendo a si mesma por ser capaz de esboçar qualquer som diante do ser que, além de aparentemente já possuir várias anomalias, ainda contava com o dom da fala. Imóvel, torceu para que a cobra não

CAPÍTULO XXIX

tivesse boas maneiras e não estendesse a mão para cumprimentá-la, temendo não ter a coragem para fazer o mesmo.

Ainda que não contasse com pálpebras e possuísse olhos imóveis e amarelados, que lembravam os de Isi, a serpente fitava Caledrina tão profundamente a ponto de parecer ser capaz de ler a alma da jovem por meio de seus lumes cinzentos. Ao notar, com seu instinto, o nervosismo da menina, amaciou ainda mais o tom de voz:

— Belo entardecer, não acha?

Distraída demais com a língua delgada e fendida ao meio, Caledrina sequer notou quando o seu braço tratou de afastar a tocha de suas narinas, em um movimento de relaxamento. Sem poder conter um bocejo, levou a mão à boca, e lutou para responder com sobriedade:

— Oh, sim! É o mais belo que eu já vi.

Mantendo o sibilo que embalava o cansaço daquela com a qual conversava, a serpente aproximou-se, a ponto de permitir que Cally fosse capaz de observar até mesmo os dentes em formato cônico, presentes em toda a extensão da boca espichada, da mandíbula firme e da maxila da cobra. Apesar disso, prestes a cair de sono, a garota não notou por entre os detalhes perigosos do animal que seu hálito fedia a carne.

— Está se sentindo sonolenta, pequena órfã da floresta?

— Apenas quando estou distante da chama, e eu não sou uma órfã!

Segundos depois de responder à serpente, pegou-se pensando em como realmente aqueles que, por toda a vida achou serem os seus pais, não verdadeiramente os eram. Isso se o manuscrito de profecias e maldições de Isi estivesse certo a seu respeito. Será que, mesmo depois de todas aquelas experiências com a chuva e o Vento, ainda havia espaço para dúvidas? Ou será que a menina deveria se perguntar se as meras experiências significavam o bastante para aniquilar os questionamentos de uma mente racional?

Em poucos segundos, o ser das profundezas havia bagunçado os pensamentos de Caledrina com grande veemência; absorta demais, mesmo ainda falando da chama, a jovem sequer notou não mais contar com o seu calor.

— Entendo. — A serpente a rodeou, analisando-a, enquanto sibilava com a língua fina e comprida para fora. — E para onde vai?

Cally bocejou uma segunda vez.

— Estou à procura da fonte.

— Eu conheço um atalho.

— Um atalho? — Com o mapa em mãos, sentindo todo o corpo doer pela exaustão física e mental, aquela palavra apresentou-se como um bálsamo à menina. — E que atalho seria esse?

— Se cortar caminho e descer por esta região, encontrará uma rua larga em direção à fonte que procura. — A serpente apontou para a estrada com as quatro cabeças. — Mas aconselho que apague a tocha que carrega, há animais pelo caminho que não gostam de claridade e poderiam atacá-la.

Sem aperceber-se da falta de sentido naquelas palavras, com o sono já se apossando de quase todo o seu corpo, cambaleando, Cally desceu por um caminho levemente íngreme, seguindo as coordenadas do ser que surgiu do chão. Depois de esperar o suficiente para ver a figura de Caledrina parecer cada vez menor à sua vista, a serpente voltou para as profundezas da terra.

Em uma reunião com todos os seus argumentos mentais, a sentença de Caledrina para o conselho do animal falante determinou que se tratava de algo mais vantajoso do que o caminho direcionado por um simples papel amarelado.

Ela escolheu desviar-se das rotas que o mapa lhe aconselhava, acreditando que a sua decisão era a mais sábia a ser tomada. Com o ritmo da caminhada servindo para afastá-la dos feitiços do Bosque Tépido, Cally se sentia cada vez mais alerta. Poucas horas se passaram e foi apresentado à sua visão um lugar completamente diferente

CAPÍTULO XXIX

daquele em que estivera — sem as árvores vivas e esverdeadas, às quais a menina já havia se acostumado e que já não mais a fascinavam.

Ao estreitar os olhos a ponto de fazer os cílios cinzentos superiores ameaçarem unirem-se aos inferiores, na esperança de ver melhor o que a aguardava, a menina ficou na ponta dos pés, antes de apressar os passos para alcançar o que parecia um gramado esbranquiçado mais à frente. Caledrina encontrou imensurável beleza no terreno que estava destruído, e arfou ao maravilhar-se com o movimento que a grama — embora morta e repleta de folhas secas — fazia quando ela deslizava suas botas firmes sobre o solo.

Um biquinho satisfeito surgiu em seu rosto ao acreditar que aquele era o Campo Pálido, razão suficiente para a sua admiração. A segurança de uma sombra ocasionada por um dos poucos troncos espalhados por ali a possibilitou abrir os olhos com maior facilidade. Abruptamente, ela teve o ar sugado pelos seus pulmões, quando viu, a alguns metros, um enorme e temível dragão em repouso, com a pele tão escura como as trevas da mais sombria noite.

CAPÍTULO XXX

Com receio de acordá-lo, Cally praguejou contra si pela capacidade de andar sobre folhas secas sem perceber a exuberante presença de um ser tão majestoso quanto um dragão. Embora criada submissa a reis que, como aquela criatura, carregavam asas, a jovem nunca havia se encontrado com um daqueles seres, e estava certa de que era a primeira de dentro da fronteira da corte a vivenciar essa honra. Pela falta de testemunho, duvidava, até aquele momento, serem criaturas reais.

O som da sequidão das folhagens tornava-se repentinamente mais barulhento, como se elas, cientes do dever de manter o silêncio, fossem impulsionadas a quebrar as regras. Caledrina estava certa de que acabaria despertando a grande fera de qualquer maneira; então, num ato irracional, movida pela mais pura curiosidade e fascinação, em vez de fugir, decidiu andar em sua direção.

Admirada pelas escamas, as quais pareciam mais rígidas do que o seu melhor escudo, deixou-se levar pelo excesso de interesse. Chegou perto a ponto de sentir o calor saindo pelas narinas da enorme criatura; se estendesse as mãos, poderia acariciar o seu rosto.

Ao vê-lo abrir os olhos, Cally prendeu a respiração e espantou-se ao observar as pequenas faíscas que incendiavam a íris do animal. Os pelinhos cinzentos da menina arrepiaram-se por toda a extensão do corpo, e, com a cabeça inclinada, ela notou que a fera não parecia totalmente desperta, mesmo com os luminosos olhos abertos — que, completamente alaranjados, queimavam intensamente. A jovem sentiu-se ainda mais atraída por aquele fogo; era quase como se estivesse hipnotizada.

Gritos irromperam do interior de Caledrina quando, ainda o encarando, suas raízes começaram a avançar com maior velocidade sobre a pele, de forma que o crescimento seria facilmente constatado por qualquer um que olhasse para ela. Com o braço direito, o colo e o pescoço cobertos, frente ao monstro, as ramificações alastravam-se por toda a extensão do braço esquerdo ainda mais rápido. Assim como doem os ossos ao crescer, Cally sentia que a derme queria rasgar-se ao abrir espaço para as linhas escuras que corriam soltas em seu corpo. Propagavam-se de maneira tão veloz, que, em poucos segundos, a garota de apenas quatorze anos alcançou, dada a quantidade de raízes, o nível dos líderes mais respeitados das facções.

Enquanto a criatura fechava os olhos e retornava ao sono profundo, Caledrina, ainda arfando em dor, notou que a fera possuía sete feridas expostas. Sem conseguir evitar, esboçou uma careta enojada ao perceber pequenos vermes lavando-se em sangue — pareciam desfrutar de seus melhores dias. Vasculhou, no mais profundo de sua mente, o que seria capaz de machucar daquela maneira um animal tão grande, e torceu o nariz por, inicialmente, não conseguir chegar a nenhuma conclusão.

Não, não eram machucados. Era como se ele tivesse arrancado alguns pedaços de seu próprio corpo. Só uma criatura forte como aquela poderia fazer aquilo consigo, e Caledrina não precisava conhecer todos os monstros da floresta para ter certeza. Olhar para a besta era o suficiente para constatar que estava diante de um dos bichos mais horrendos da Terra.

Contando com os galhos secos de fácil alcance, presentes nos poucos troncos que faziam companhia ao gramado ressequido, e

CAPÍTULO XXX

motivada pelo som das folhas quebrando quando pisadas, Cally rapidamente arrancou um dos ramos para proteger-se. Tamanho era o pavor da menina, que havia se esquecido de que ainda carregava sua bolsa com algumas armas, as quais, certamente, seriam mais úteis em uma possível briga com o dragão do que um simples graveto.

Arqueando uma das sobrancelhas ao perceber que a fera estava prestes a bocejar, largou o galho no chão e saltou para o lado, na esperança de não morrer queimada. Uma onda de fogo escapou da boca do animal, enquanto, desacordado, parecia repousar em mansidão. Cally sentiu o calor raspar em seu corpo.

Aturdida, a menina soltou um riso nervoso, ao ver que metade do ramo queimava. Ela tinha, então, uma nova tocha, criada sem muito esforço e consumida pelo fogo que saíra da boca da fera.

Com a Lua já alta, afastou-se daquele que dormia e caminhou até a beira de uma decadência do solo, que não se comparava ao penhasco de horas atrás, contudo era bastante íngreme. Caledrina sentiu-se suficientemente segura para continuar sozinha. Usando toda a sua força para arremessar a tocha longe, com a mente agitada, invejou a calmaria do dragão, no qual ela não conseguia parar de pensar. Acostumada como era ao pouco conforto, fruto de anos de treinamento árduo e capacitação na bandeira preta, repousou sobre uma pedra sua cabeça, e aguardou até que sua mente eufórica desse a ela uma trégua; rendendo-se ao cansaço, dormiu até o amanhecer.

Pela manhã, Cally encontrou certa dificuldade para despertar, como se as suas pálpebras carregassem todo o peso das árvores. Quanto mais dormia, mais sono parecia sentir. Mas, no momento em que o calor do Sol esquentou suas roupas escuras, a ponto de fazer a menina senti-las ferver sobre a pele, ela pôs-se de pé.

Moveu o antebraço rapidamente até a boca para tossir. Sentira o incômodo subir pela garganta de modo incontrolável e ergueu a cabeça na tentativa de farejar a origem do ar danoso que a fizera engasgar. Com os dedos da mão direita fechados acima dos olhos, avistou, ao longe, uma nuvem de fumaça avançando lentamente em sua direção, como um convite. A jovem, então, contornou o despenhadeiro por várias e várias dezenas de minutos, até alcançar a parte mais baixa. Atenta, como de costume, Cally ajeitou os pés dentro das botas e continuou correndo destemidamente em direção ao vapor, ainda que o sentido fosse oposto àquele que pensava ser o melhor caminho. À espreita, percebeu que retrocedera em sua jornada: estava na parte de baixo do mesmo desfiladeiro que havia atravessado com o carrinho no dia anterior. Lenta e sorrateiramente, aproximou-se ainda mais da fumaça, como uma predadora preparando-se para o bote.

Ao ser contemplada pela garota curiosa da floresta, a origem do fogo foi obrigada a abandonar a excitação de manter seus mistérios, revelando-se aos olhos daquela que ainda a analisava. A menina bateu os pés no chão, decidindo se valeria a pena o novo desvio para chegar mais perto; àquela altura, percebera que o fenômeno não era mais tão intrigante. Caledrina, no entanto, deixou para trás qualquer margem de indecisão quando avistou, bastante próximo à carroça em chamas — que, no momento, era apenas um amontoado de madeira, de forma que nada poderia ser resgatado de suas sobras —, Dwiok Minerus, desacordado e estirado no chão, em uma posição tão deplorável que o fazia parecer ter sido arremessado por um gigante.

— Dwiok, acorde! — ordenava, em desespero, ao dar-lhe tapinhas nas bochechas coradas, que ferviam mais do que nunca.

Enquanto Cally tentava despertá-lo, o garoto virava o rosto de um lado para o outro e balbuciava palavras indecifráveis. Sendo chacoalhado insistentemente, em poucos instantes, abrindo os olhos de maneira esbugalhada, o menino acordou desesperado por ar.

— Caledrina?

— Dwiok! — Cally sorriu em compaixão ao ver o braço esquerdo do menino com graves queimaduras que alcançavam o ombro.

A menina relaxou a face, chegando a uma conclusão louca, e balançou a cabeça como se o ato pudesse afastar tais devaneios de

CAPÍTULO XXX

sua mente. Sem poder se livrar dos tormentos, temeu ter causado o incêndio quando, no entardecer do dia anterior, atirara a tocha de cima do desfiladeiro. Teria ela ateado fogo sobre uma carroça cujos passageiros, considerando estarem seguros, repousavam? Com os lábios desencostados — uma vez que seu cérebro, em vez de manter suas feições apresentáveis, estava gastando energia com fantasias —, receou quase ter causado, por um descuido, a morte de seu companheiro de viagem.

Para afastar Dwiok do fogo, Caledrina o puxou, tomando cuidado para não tocar nas feridas expostas e nas bolhas que levantavam do braço fragilizado. Não sabia onde o garoto conseguira tal façanha ou como uma carroça aparecera na floresta, sequer podia afirmar que estavam sozinhos, mas, independentemente das respostas, àquela altura, não havia mais nada a fazer.

O jovem sentia a necessidade de se explicar. Sem conseguir abrir os olhos, padecendo de uma dor anestesiante, com a voz fraca e rouca, começou a falar:

— Depois do Vale das Árvores, corri o mais rápido que pude para longe de tudo aquilo. Encontrei uma família de selvagens, cuja filha tinha a nossa idade, e lhes contei a história mais triste em que consegui pensar. Surpreendentemente, embora eu fosse um completo estranho para eles, que tinham os cabelos como a cor do Sol, de forma bondosa, aceitaram me levar até o acampamento. Eu sabia que a encontraria lá. Quando começou a entardecer, paramos para descansar, então desci da carroça para tomar um ar fresco e colocar a cabeça no lugar. O casal resolveu dormir um pouco e chamei a filha deles para me acompanhar, mas ela preferiu se deitar porque estava sentindo-se indisposta. Afastei-me consideravelmente daqui, mas a fumaça me trouxe de volta. Assim que retornei, eu me deparei com os corpos dos pais da garota em chamas, mas não a encontrei... provavelmente, já havia sido consumida pelo fogo. — Arqueando o corpo para tossir, Dwiok se contorceu em dor. — Estiquei o braço para tentar puxar a mãe, mas o fogo alastrou-se rapidamente e quase me levou com eles. Fui fraco. Em vez de me esforçar para puxá-la mais uma vez, apenas me retirei dali; e, enquanto a mulher queimava por completo, eu rolava no chão em agonia por um único braço, gemendo de dor, ao mesmo tempo em que os ouvia, também, gritar. — Tossindo ainda mais, Dwiok parecia fazer um grande esforço para não se debulhar em lágrimas.

No rosto do menino, sentimentos novos estampavam sua face: amargura, rancor e desgosto. Caledrina conhecia bem aquela sensação. Sabia que, na arte de culpar alguém, nada doía mais do que ser a sua própria e mais profunda decepção.

— Deitado, observei-os clamar por socorro cada vez mais alto, antes que não se ouvisse nada além do estalar do fogo. Também gritei até que minhas forças se acabassem e eu desfalecesse em dor. — As últimas palavras foram quase inaudíveis, e Dwiok apertou os olhos.

Colocando a cabeça do garoto sobre o seu colo, Cally buscou acalmá-lo. A jovem se sentia traiçoeira.

— Está tudo bem. Vai ficar tudo bem — cochichava, com o gostinho da traição escapando-lhe por entre os lábios rachados, como vinho na boca de um velho bêbado.

Não importava se não havia sido intencional. Sendo um plano meticuloso e proposital ou apenas um infeliz acidente ocasionado por ela, nada mudava o fato de que o braço de Dwiok ardia de maneira incessante.

Caledrina esperou até que, mais uma vez, a dor do garoto atingisse o ápice e o deixasse inconsciente; então, abandonando a bolsa com todos os seus pertences e armas, posicionou o companheiro de modo que pudesse arrastá-lo pelo chão. Com Ince agarrado aos seus cabelos, Cally levou o menino pela estrada, ladeira acima; ela sentia vontade de gritar por tão grande esforço.

Acostumada a decorar as coisas, após conferir o mapa repetidas vezes, a imagem ainda estava acesa em sua memória. Caledrina

CAPÍTULO XXX

contava os passos para distrair-se, até que alcançou uma encruzilhada. O guia orientava a seguir em frente, mas não especificava por qual caminho. Então, ignorando a rota que, no mapa, tinha mais apontamentos e palavras sobrepostas, escolheu aquela que abrigava uma terra aparentemente mais firme. Uma terra que parecia... úmida. De forma controlada, a jovem espirava, a fim de manter a energia para continuar arrastando o corpo do garoto, cuja altura era dois dedos maior que a dela.

Optou por abandonar a estrada pela qual seu lado racional atraía-se, aquela que, pela segurança do excesso de informações, parecia ser a escolha mais inteligente e confiável; permitiu-se buscar pela verdade misteriosa do caminho que não possuía milhões de apontamentos, mas contava com algo ainda mais poderoso: sua sensível intuição a respeito daquilo que procurava desesperadamente. Talvez fosse um sinal de que a estrada mais simplória da encruzilhada poderia ser aquela que abrigaria a fonte perdida, sobre a qual lia nas páginas amareladas dos livros de seu pai.

Prestes a fraquejar os joelhos, uma gargalhada cansada fugiu por sua garganta: a jovem notara que estava próxima ao caminho do acampamento; ela poderia gritar e ser escutada do outro lado. Após alguns minutos sem se mover, soltando levemente o peso do garoto até se recompor, Cally seguiu por uma estrada estreita em meio a duas montanhas, as quais pareciam querer esmagar qualquer um que ousasse atravessá-las.

Sentindo-se sufocada, Caledrina encontrou forças onde não mais existiam para se livrar logo daquele aperto e viu a luz brilhar do outro lado. Com a boca seca e os músculos exaustos, largou Dwiok cuidadosamente no chão. Ao alcançar o fim do túnel a céu aberto, Cally lançou-se sobre o gramado mais verde que já vira. Ince, que estava com os pelinhos quentes devido ao calor do Sol, deitou-se próximo a ela. A menina esticou toda a sua musculatura exausta, que repuxava a cada movimento, e, com o rosto enfiado por entre as folhinhas de grama, estremeceu. As pontas de seus dedos tocaram algo... líquido?

Ela puxou a mão de volta para si, em um reflexo, e notou a coloração inexistente da substância. Como poderia algo assim sair do chão? Era transparente e sem cheiro algum; lembrou-se da chuva. Aquilo era água. Será que havia chovido e uma poça gigantesca formara-se ali? Não, não parecia certo. O restante do chão e das árvores não demonstravam quaisquer sinais de algum aguaceiro vindo do céu.

O coração da garota estava tão acelerado, que poderia sair pela boca a qualquer momento. Suas mãos suavam e, ofegante, esfregava os dedos nas pálpebras, como quem desconfia dos próprios olhos. A mente vasculhava cada cantinho para tentar descobrir o que estava diante dela — um lugar que acumulava muita, muita água, e do qual era impossível ver o fundo. Seria real? Será que aquele líquido sempre estivera ali?

Perplexa, Cally aproximou-se um pouco mais daquilo que se recordava de ler em algum livro de seu pai: davam-lhe o nome de lago. Até onde ela sabia, todo aquele fluido vindo do chão nunca havia sido presenciado por ninguém da Corte dos Sete. Vagarosamente, certificando-se de que nenhum tipo de monstro, milhões de moscas ilusórias ou qualquer outra coisa sairia de dentro daquele depósito imenso, tocou a superfície.

Caledrina sentiu todo o corpo tremer. Mesmo desacreditada, encheu suas mãos do que havia ali e levou para perto do rosto. Percebia o frescor aproximando-se da pele quente. Arrancando as botas, a menina foi invadida da segurança necessária para mergulhar os pés. Foi como se um vigor ascendente, pouco a pouco, invadisse a garota.

Olhando em volta, percebeu que Dwiok ainda estava adormecido e Ince a observava, curioso. Assim, a exausta viajante deitou-se

CAPÍTULO XXX

na beira do lago, ainda em contato com a água, e gargalhou na intensidade que suas forças permitiram. Parecia que ao menos parte do discurso de Isi era verdade, afinal.

Caledrina estava dentro dos limites do acampamento.

Enfim, chegara ao seu destino.

CAPÍTULO XXXI

Bastante alto para um garoto de apenas dezesseis anos, em pé, com os braços cruzados, o rapaz carregou a sombra de sua silhueta até o corpo que permanecia estirado na beira da água. Caledrina ria para si mesma com o calor do Sol, que beijava sua face.

— Você realmente gosta de água, não? — perguntou ele.

Ao abrir as pálpebras, Cally deixou que os feixes de sol encontrassem os seus olhos. O menino que a encarava possuía íris azuis feito o céu em seu dia de maior inspiração, e os cabelos tão loiros como ela nunca havia visto até então. Eles eram quase brancos, e lembravam os próprios fios acinzentados daquela que os observava. Tratava-se de um selvagem. No primeiro instante, o corpo da menina tremeu, preparando-se para a morte; mas o garoto estava desarmado e não parecia ter qualquer pretensão de machucá-la. Cally o analisou melhor e torceu o nariz. A julgar pela posição nada cautelosa — mesmo em frente a uma estranha — aquele, provavelmente, era um filho único, mimado, que jamais sentira dor pior do que a de uma farpa no dedo mindinho, conquistada após brincar de se esconder atrás de algumas vigas de madeira. Embora vestido com roupas de pano grosseiro, como um camponês qualquer, ele tinha a aparência daqueles que Caledrina apelidara na corte de "almofadinhas".

Parecia ter sido esculpido por alguém que passara noites em claro à procura das mais precisas medidas e, mesmo sem razão especial, aquilo a irritava.

Na Corte dos Sete, quando estava na presença de um almofadinha, Cally sentia o desejo súbito de estragar aquela simetria toda com um forte soco bem no meio dos traços grotescos de perfeição; no entanto, mesmo profundamente irritada, revirar os olhos lhe pareceu o suficiente para expressar os seus sentimentos. Num rápido espio, a menina chegou à conclusão de que ele possuía lábios eloquentes em manipulação, e um coração que jamais seria verdadeiramente entregue a alguém. Ela estava habituada com aquele tipo e o achava enfadonho. Almofadinhas como ele apenas costumavam demonstrar cortesia para com as mocinhas, que, vestidas como recheio de bolo, derretiam-se por eles. Esse tipo de garoto não fazia parte do mundo de uma lutadora ardilosa como Caledrina.

Antes mesmo de a jovem saber o seu nome, ele já a irritava.

O rapaz colocou uma mecha loira atrás da orelha esquerda, mas, devido ao comprimento, os fios escaparam dali em poucos segundos. Ignorando isso, o garoto estendeu a mão para cumprimentar a menina, que permanecia jogada no chão.

— É um prazer conhecê-la, forasteira. Meu nome é Kyrios Logos. Qual é o seu? Seja bem-vinda ao nosso acampamento. Você está com fome?

Caledrina hesitou, temendo dizer besteiras, e lamentou estar em situação tão deplorável. Para manter garotos como aquele na linha, era preciso sustentar uma boa postura, revirando os olhos e dando as costas para fugir da tagarelice incisiva. Porém, debilitada e estirada no chão daquele jeito, Cally julgou não ter causado a boa primeira impressão que desejava.

Deitada de bruços na orla do rio, a menina apoiou as mãos para sustentar seu próprio peso e levantou-se, recusando a ajuda.

— Caledrina Cefyr. O prazer é todo meu — mentiu ela.

CAPÍTULO XXXI

Mais do que nunca, Cally precisava se recordar de que não estava na corte. Não tinha mais um título ou uma família com um nome relevante para protegê-la. Ali, estava em uma missão. Ali, era uma forasteira desejosa de unir-se aos selvagens. Não poderia arruinar tudo, não tão perto de concluir o seu objetivo, independentemente do quão maçantes fossem as pessoas que encontraria.

A menina fitou os olhos daquele que parecia esperar por ela, e cobriu o Sol de forma que a sombra envolvesse quase todo o seu rosto. Uma tímida e diminuta parte do seu subconsciente a fez hesitar. E se... toda aquela história que havia escutado no quintal de Isi a seu respeito fosse verdade? E se as fantasias que costumava ler nos livros secretos de seu pai fossem a realidade? Teria a sua origem realmente sido pensada antes mesmo de ela nascer? E se... Não! Não poderia ser! Caledrina não soube onde estava com a cabeça ao permitir que tantas asneiras invadissem tão brutalmente o seu juízo, roubando-lhe a energia que deveria ser investida em gerar estratégias contra os selvagens.

Grandes eram as probabilidades de que, da mesma forma como a floresta brincou com os seus pensamentos — e o relógio de Isi, com a sua realidade —, as sensações de ventania e água que sentira fossem não mais do que fruto de sua imaginação. A menina sacudiu a cabeça e pensou que fora alertada sobre isso. Ela sabia que deveria manter os pensamentos longe das sensações e focar na missão, apesar de estar rodeada por coisas que pareciam gritar a plenos pulmões, a fim de fazê-la acreditar em mentiras bem argumentadas por um bando de loucos.

Ela respirou profundamente e, em uma fração de segundos, repassou o seu plano mentalmente antes que Kyrios pudesse dizer mais alguma coisa. Cally deveria ser gentil e conquistar a confiança de todos. No momento certo, após encontrar a fonte e conseguir ficar a sós com Arnalém, bastaria queimar as suas raízes para chamar a Rainha Saturn, e tudo caminharia exatamente como deveria ser:

Caledrina aplaudida por todos, liderando a maior facção da Corte dos Sete; o seu pai, na plateia. Ela se esforçaria para ser gentil e concluiria a missão... Mas não seria um grande problema começar somente após estar em pé, não é?

Recolhendo a mão que, perdida, permanecia estendida e ainda esperava pelo toque da menina, Kyrios preocupou-se com Caledrina ao notar a tez pálida da jovem e relevou o descaso com a ajuda oferecida, acreditando ser motivado pelo cansaço da viagem.

— De onde você vem?

Ela forçou um sorriso e desejou que Dwiok estivesse acordado para ocupar a função de membro simpático da equipe. Cally soltou as primeiras palavras que corriam soltas em sua mente para criar uma história comovente.

— Nós viemos da floresta. Nossas famílias foram devoradas por alguns animais selvagens há dois anos, eu acho... Não sei dizer o tempo exato. Para ser sincera, tento não pensar muito nisso. — A pausa para um suspiro foi meticulosamente calculada por ela, que julgou ser um acréscimo tocante à sua performance. A jovem desejou que alguém do lado azul pudesse vê-la naquele momento, certa de que orgulharia a bandeira das artes. — Fomos os únicos que conseguiram escapar. Ouvimos muito sobre vocês e queremos nos juntar ao acampamento. Os nossos pais eram amigos e costumavam nos contar histórias a respeito deste lugar. Acho que aqui não apenas nos sentiremos próximos a nossas famílias, mas ganharemos outra, se aceitarem nos acolher. — A menina mordeu o interior da bochecha e se questionou se não havia abusado de exageros dramáticos.

— Nós? — Kyrios perguntou.

Seguindo a direção para a qual Cally apontara, apercebendo-se pela primeira vez de Dwiok e de seu estado, esbaforido, Kyrios correu até o garoto desacordado sobre o gramado bem apurado. Pegou-o no colo com cuidado e, devido à nova distância, obrigou-se a levantar

CAPÍTULO XXXI

a voz ao olhar novamente para a garota, que observava atenta cada um de seus movimentos.

— Deixe-me levá-los até as tendas para que se recuperem. Não é longe daqui.

Receosa, Caledrina fechou os punhos enquanto tentava entrar na personagem indefesa e ingênua que descrevera há pouco. A garota da corte se infiltraria armada; a menina da floresta confiaria e agradeceria pela bondade.

— És muito gentil, Logos. Sê-lo-ei grata até o fim de meus dias por nos ajudar.

— Isso não é fardo algum para mim — respondeu Kyrios, ao ajeitar o braço que apoiava a cabeça de Dwiok e dar início à sua caminhada.

Caledrina calçou apressadamente as suas botas e, segura da vista do garoto que andava com pressa à sua frente, levou a língua para fora da boca numa careta mareada. Ainda nos primeiros passos que deu ao seguir Kyrios, Cally permaneceu pensando nas palavras que pronunciou a ele, e no quão estranho foi o som de sua voz ao dizê-las.

Seus pés seguiram o ritmo frenético do rapaz, o que incentivou Ince a escalar o ombro da menina e alcançar abrigo e conforto ao lado de seu pescoço, sem que ela precisasse sequer cessar a sua caminhada. Sentado sobre Cally, o animal felpudo parecia estranhamente animado, quase como se estivesse aliviado por ter chegado a um lugar conhecido após uma longa viagem.

Eles seguiram o curso do rio, e Caledrina sentiu a boca secar ao perceber que as águas eram ainda mais vastas e belas do que imaginava. Perdida na imensidão de suas correntezas, não saberia dizer se ela e o seu guia andaram por muito ou pouco tempo.

— Chegamos — disse o selvagem, ao alcançar a primeira tenda.

Sorridente até demais, uma garota de cabelos ondulados e extremamente claros, como os de Kyrios, que ultrapassavam o limite de sua cintura, aproximou-se deles. Sua pele pálida, em contraste com os graúdos olhos azuis, era feito areia branca; e o seu rosto fino abrigava um sorriso fascinante com um pequeno espaço entre os dois dentes da frente que, incrivelmente, apenas aumentava o seu charme. A menina parecia uma divindade na Terra.

— Roena, ajude-me aqui, por favor — pediu Kyrios, ao dividir, da maneira mais suave que poderia, o peso do garoto que segurava. — Cuidado com o braço — avisou.

Ao notar o rosto de Dwiok e o braço repleto de feridas causadas pelas graves queimaduras, Roena passou a ofegar.

— Está tudo bem? — perguntou Kyrios. — Você o conhece?

Cally notou que, por baixo da sobrancelha desalinhada, o rapaz parecia ter um olhar preocupado e sincero. Ela sentiu um súbito desejo de rir e aplaudir, mas uma nova olhada para Roena furtou-lhe, bruscamente, o deleite. Uma garota com aquela aparência tornava fácil a comoção com qualquer sentimento que parecesse inflamado pela mais pura veracidade.

Roena colocou o braço bom de Dwiok por cima de seus ombros, a fim de dividir o peso, e encontrou os olhos do amigo, que segurava, com cuidado, o braço queimado.

— Apenas preocupei-me com o estado dele. Um estranho também é uma pessoa.

— Lembrou-se de seus pais, não é? Eu já disse que se precisar conversar, eu...

Interrompendo Kyrios, Roena voltou a atenção para a garota de cabelos e olhos cinzentos.

— E você é...?

Incomodada com a voz fina e o olhar inconvenientemente atencioso e delicado, Cally lutou dentro de si para sustentar sua personagem e sua cortesia, e respondeu com um sorrisinho amarelo:

— Eu me chamo Caledrina, ele... — Apontou para o menino que Roena ajudava a segurar. — Ele é Dwiok, e este é o pequeno Ince. — Indicou o animal em seus ombros.

— Muitíssimo prazer, eu me chamo Roena Hawkynel.

CAPÍTULO XXXI

Farta de conhecer novas pessoas, Cally agradeceu mentalmente por a garota estar com as mãos ocupadas, e apenas sorriu.

— O prazer é todo meu.

Seguindo os dois indivíduos, que mais pareciam extensões do Sol, a menina não conseguiu perceber muitas coisas do acampamento dos selvagens, além de pessoas espalhadas por toda parte — com aparência semelhante àquelas que observava pelas costas e que carregavam Dwiok. Pelo passo apressado, o que mais conseguiu captar do novo ambiente foi um cheiro agradável, que fez a sua barriga roncar; passaram por ele rapidamente e alcançaram uma enorme tenda. Ao entrarem, Caledrina foi orientada por Kyrios e Roena a tirar os sapatos e deitar-se em uma das camas, e sentiu os músculos se regozijarem em gratidão pelo alívio gentil dos cobertores macios.

Ela ouviu aqueles que a levaram até ali cochicharem algo que soou indecifrável, e lhes assistiu deixarem a tenda após aconselharem-na a descansar. Algumas horas de sono foram capazes de devolver a adrenalina à menina, que, ao acordar, elevou as pernas em direção ao teto, até uma altura que fez com que o seu corpo se curvasse, criando a forma de um "L". Cally começou a bater os pés um no outro acima de sua cabeça. Se havia algo que não suportava era o tédio. Nem mesmo o seu lêmure, que caçava uma borboleta rosada, saltando de um lado para o outro sobre sua barriga, era suficiente para entretê-la. Faminta, ela ouviu o seu estômago roncar. Certa de que o descanso servia como mero respaldo aos preguiçosos, sentiu-se bem melhor por estar acordada e, rapidamente, pôs-se em pé, ignorando a náusea que a afligiu ao fazê-lo.

Ela se certificou de que Dwiok continuava preso a um sono profundo e, convicta de que não seria difícil preparar um simples pãozinho, colocou os sapatos, antes de, sorrateiramente, deixar a tenda. Cally se lembrou do cheiro doce que sentiu ao andar apressadamente pelo acampamento e, escondendo-se atrás de pilares, tecidos e caixas espalhadas pelo chão, fugiu dos olhares, até que alcançou a origem do aroma em outra tenda. O novo ambiente abrigava vários utensílios de cozinha e, aparentemente, servia para o preparo de alimentos do acampamento.

Maravilhada ao ver legumes, vegetais e frutas frescas que, diferentemente daqueles que eram preparados na corte, mantinham-se no lugar, decidiu atender aos seus desejos de sentir a textura e fragrância de cada alimento. Perdida entre tantos ingredientes, soltou em uma panela as escolhas que mais a cativavam e segurou a sua mistura sobre as chamas. Num susto, saltou ao ver as labaredas alastrando-se, e correu à procura de panos para jogar sobre a panela, conseguindo, assim, controlar o pequeno incêndio que criara.

— Caledrina! — exclamou Roena, em alto tom, ao mesmo tempo em que, adentrando às pressas pelas cortinas da tenda, ajudou-a a apagar o fogo. — O que está fazendo aqui? Deveria estar repousando!

— Eu senti fome e vim preparar algo para mim e Dwiok. Sei que ele despertará logo e estará faminto como eu — mentiu, ao ouvir o desespero por uma resposta rápida lhe sussurrar aquelas palavras, como se fossem de uma mocinha atenciosa e recatada.

Roena apoiou as mãos nas costas da visitante e a conduziu até a saída, dizendo:

— Isso não será necessário, deixe que eu mesma prepare algo para vocês. Espere na tenda com o seu amigo. Logo chegarei com o alimento e o médico que chamamos para examiná-los.

Caledrina concordava com cada uma das palavras que ouvia. Não deveria nem desejava estar ali; após uma jornada tão longa, necessitava, na realidade, ser muito bem servida por homenzinhos. A cozinha não fazia parte de sua facção, mas o preparo de alimentos certamente era comum na vida da órfã que crescera na floresta. Lutando contra os seus próprios impulsos de não revirar os olhos ou esboçar uma careta, livrou-se das mãos que, suavemente, a empurravam até as cortinas, e encaminhou-se para uma das mesas retangulares que serviam de suporte para alguns ingredientes.

CAPÍTULO XXXI

— Apenas não estou acostumada a tantos artefatos. Na floresta, um arco e flecha, uma boa caça e uma fogueira já resolvem qualquer ronco na barriga. Deixe-me, ao menos, ajudá-la para que eu não me sinta uma inútil — respondeu Cally, surpreendendo-se imediatamente com a segurança em sua fala. Até ela acreditaria em suas palavras se não fosse quem as proferia.

Ao ver a persistência em forma de menina à sua frente, mesmo hesitante, Roena assentiu.

— Está bem, prepararemos juntas — respondeu ela, com um sorriso que irradiou a tenda.

Caledrina achava cada vez mais difícil não expressar a sua impaciência com a sinceridade irritante de Roena. Estranhamente, após o crescimento acelerado de suas raízes — que não a condenavam como uma moradora da corte, uma vez que fora ensinada que todos as possuíam, exceto os selvagens que viviam no acampamento —, sentia-se mais irritadiça e orgulhosa do que nunca. Ao perceber que os olhos da garota à sua frente não estavam posicionados sobre ela, permitiu-se olhar em volta com desgosto pela precariedade da tenda, comparando-a ao luxo da corte. Roena se aproximou mais uma vez, e, contra a própria vontade, Cally devolveu o sorriso, enquanto notava as maçãs rosadas do rosto da selvagem roçando os olhos que pareciam inchados e avermelhados.

— Perdoe-me a intromissão, mas sente-se bem? Parece que esteve chorando — perguntou, não resistindo à curiosidade.

Um pouco incomodada, Roena virou o rosto antes de se direcionar à Caledrina novamente.

— Kyrios me contou que planejam permanecer conosco, então você acabará descobrindo mais cedo ou mais tarde.

Tratava-se de algo sério, Cally percebeu e buscou retratar-se — mesmo que não se importasse verdadeiramente.

— Não precisa me contar se não quiser. Eu não deveria ter perguntado, desculpe-me se fui invasiva em algo que não me diz respeito.

— Não — respondeu Roena, com o olhar triste, enquanto consolava a aparente agitação de Caledrina com um carinho no braço, que a fez encará-la ainda mais. — Está tudo bem. Melhor falar agora do que precisar abrir a ferida depois, tocando no assunto quando ela já estiver se transformando em cicatriz. Além do mais, é bom compartilhar. Todos aqui apenas me abraçam como se eu estivesse doente, tentando ajudar-me com as suas próprias palavras. Ao menos com uma estranha poderei usar as minhas.

Sem saber o que dizer, Cally optou por manter-se em silêncio até que Roena estivesse pronta para falar. Enquanto isso, a selvagem ensinava a menina a descascar duas cenouras. Assim que as cascas foram jogadas no lixo, Roena começou a explicação:

— Há uma semana, eu convenci os meus pais a fazermos uma viagem além dos limites do acampamento. Eu sonhava em ver como era lá fora e, no dia do meu aniversário, eles me permitiram ir, desde que estivessem comigo. Mesmo sem a recomendação de deixar as tendas para trás, por minha grande insistência, eles acharam que me acompanhar seria mais seguro, porque temiam que eu acabasse fugindo, expondo-me, sozinha, aos perigos da floresta densa. Eu só queria conhecer aquilo de que sempre fui privada. Durante os dias em que estivemos fora do acampamento, nós não cruzamos com ninguém que nos fizesse mal e acendíamos fogo à noite para nos proteger dos animais. Foram bons momentos... Os melhores, na verdade.

Embora Roena falasse tão devagar a ponto de Cally temer que o mero engolir de sua saliva fosse alto o suficiente para quebrar o silêncio em meio às falas, a moradora da corte sentiu o desejo súbito de rir, ao pensar que era o povo daquela menina indefesa que representava um dos grandes perigos da floresta.

CAPÍTULO XXXI

Sem tirar os olhos marejados de lágrimas da cenoura, Roena continuava ralando o alimento, ao mesmo tempo em que o encarava com um olhar tão angustiado como se o legume lhe houvesse roubado a alegria e ainda caçoasse dela por isso.

— Quando estávamos voltando para cá — continuou, com a voz embargada —, paramos a carroça bem próxima ao acampamento para passarmos nossa última noite em família na floresta densa, abaixo de um desfiladeiro. No fim da tarde, os meus pais resolveram dormir um pouco, pois já estavam cansados devido à viagem. Eu permaneci acordada, mas, por um mal-estar, comecei a suar frio e saí para caminhar e respirar um pouco. Quando voltei, a carroça havia pegado fogo com os meus pais dentro. Eu não sei explicar de onde aquelas chamas vieram ou como consegui voltar para cá, mas, ao chegar aqui, descobri que a única coisa pior que a dor de perder os pais é ser vista como uma pobre menina digna de pena; não há ninguém que não me veja assim no acampamento. Então decidi que passaria pelo luto sozinha em minha tenda. Em frente aos outros, continuarei sorrindo e agindo naturalmente, até que a visão da órfã frágil e necessitada desapareça, de uma vez por todas, do coração de cada um deles.

Com Roena lutando para manter as lágrimas nos olhos, boquiaberta, Caledrina não conseguia consolá-la ou proferir qualquer palavra. Ela não seria capaz de ir tão baixo para sustentar a sua imagem de boa moça. Voltou, então, sua atenção para os legumes, e encontrou ali a única alternativa para deixar de encarar aqueles olhos sofredores. Tantas dúvidas invadiram a sua mente! Roena certamente era a garota de quem Dwiok se aproximara por ter a idade semelhante à sua. A história da carroça confirmava essa informação. Mas por que ela não o havia mencionado? Até que ponto seria sábio questioná-la? Em silêncio, Caledrina decidiu, em poucos instantes, guardar parte da verdade para si, ciente de que Roena não era o anjo que demonstrava — afinal, não havia revelado toda a veracidade do que de fato ocorrera e, evidentemente, não sabia que Cally guardava recortes da narrativa consigo.

Em poucas horas no acampamento, a menina da corte já havia desvendado que a selvagem considerada uma das moradoras mais indefesas daquele local era, na realidade, uma grande mentirosa. Do que mais Roena seria capaz? Do que mais aquele povo seria capaz? O que a garota tramava? De um jeito ou de outro, Caledrina estava um passo à frente.

Ainda descascando as cenouras, a visitante sentiu o peito explodir em uma onda de alívio e satisfação ao pensar que, antes mesmo de descobrir que Roena era uma traidora, já havia se vingado das palavras sujas que a selvagem ousara dizer ao tentar, tão inutilmente, enganá-la. Seu instinto, mesmo absorto no que ainda estava para ser revelado, havia agido por ela. Foi ali que constatou, mais do que em seu maior dia de reconhecimento e veneração pelo povo e facção em que nascera, que as raízes não mentiam sobre as habilidades de uma pessoa. Com ambos os braços repletos dos traços negros, que, vagarosamente, ainda tomavam mais partes de sua pele, sentiu-se indestrutível. Sempre fora a melhor e, ainda assim, nunca fora tão boa quanto naquele momento. Cally voltaria para a corte, lideraria a facção preta e seria maior do que jamais fora Heros.

Sorrindo sem jeito por não ter recebido um abraço ou sequer um toque no ombro, Roena não sabia que cozinhava ao lado da assassina de seus pais.

CAPÍTULO XXXII

Tendo despertado bem antes do amanhecer, Cally revirava-se na cama sem conseguir parar de pensar que, além de estar naquele lugar como espiã e traidora, também era causadora de destruição antes mesmo de chegar ali. Embora Roena a irritasse até o seu último fio de cabelo, pela doçura demasiadamente forçada, Caledrina jamais desejaria a morte dos pais da selvagem. A garotinha parecia ser de uma boa família e totalmente inofensiva.

Ao tirar o travesseiro de debaixo da cabeça para apertá-lo contra o rosto, sentiu vontade de sumir. Caindo em si, rapidamente sentou-se ao perceber que estava agindo feito uma criancinha fraca. Sua missão era de alta importância e o seu único foco deveria ser cumpri-la com sucesso. Doesse a quem doesse. Matasse a quem matasse.

A garota ouviu gemidos de agonia vindos da cama ao lado e notou que, com o braço já enfaixado e com os unguentos necessários em suas feridas, Dwiok parecia ser atordoado por pesadelos.

— Bem-vindo ao grupo — sussurrou Cally, ao pressionar a almofada ainda mais forte sobre o rosto.

A noite arrastava-se feito um bebê de colo que aprende a engatinhar, parecendo ainda mais longa do que o normal. A menina encarou o teto e remexeu-se sob as cobertas até que o sol raiasse.

— Caledrina?

Logo reconheceu a voz como pertencente ao rapaz loiro que a encontrara no lago, e engasgou-se. O que estava fazendo ali tão cedo? Na tentativa de parecer apresentável, ela limpou os olhos e, ao se deparar com uma pilha de trajes na tenda, puxou um colete de panos grosseiros, vestindo-se tão rapidamente que quase lhe faltou o ar.

— Si-sim? — gaguejou, ao pentear os cabelos lisos com as pontas dos dedos.

— Quero apresentá-la a alguém. Acha que consegue se aprontar em quanto tem...

Antes que ele pudesse finalizar a frase, Caledrina já atravessava as cortinas. Kyrios sorriu enquanto a garota levantava a cabeça para olhá-lo nos olhos.

— Estou pronta — disse Cally, com os raios do sol da manhã fazendo suas mechas brilharem. — Para onde vamos?

No mesmo instante, Kyrios alargou o sorriso e estendeu a mão, indicando a direção que deveriam seguir.

— Conhecer o líder.

Internamente, Cally vibrou por, enfim, chegar a esse momento, embora engolisse em seco, com o corpo trêmulo, absorto, arrepiando-se pela animação que florescia em sua mente. Com grande atenção e a postura ereta, seguia os passos do rapaz; enquanto caminhava, a força do olhar de cada selvagem a atingia — eles analisavam a sua cor de cabelo, as suas raízes e as vestimentas, que evidenciavam o fato de a menina não pertencer àquele lugar. Caledrina sentiu brotar dentro de si o desejo de praguejar em nome da fênix dourada.

Durante o caminho, disfarçando com uma rápida olhadela, Cally tentou conter a surpresa ao notar que, ainda que fossem minoria, alguns selvagens possuíam uma pequena quantidade de raízes nas mãos, local onde as ramificações, geralmente, começavam a crescer. Embora fossem ainda menores que as suas no dia de iniciação, a jovem não foi capaz de compreender como os selvagens poderiam

CAPÍTULO XXXII

tê-las, uma vez que eram enxertadas pelos próprios reis — que retiravam de si para implantar nos novos membros de suas bandeiras. Eles nunca, em circunstância alguma, deixavam a corte. Seriam todas aquelas pessoas antigas moradoras de lá? Não que tivesse o hábito de andar pelas ruas longe da facção, mas não se recordava de nenhum daqueles rostos; alguns, no entanto, eram semelhantes a indivíduos que foram perseguidos por seu pai.

Cally teve de controlar-se ao máximo para não estragar o seu disfarce de órfã que vivia na floresta; era difícil para a jovem evitar as inúmeras perguntas que não condiziam com a sua personagem. Viera para o acampamento preparada para contar a história que explicaria sobre as linhas pretas espalhadas pelo corpo, de forma que não a envolvesse com os sete reis ou com a corte, mas pouquíssimos segundos em silêncio foram necessários para que novos pensamentos passassem a borbulhar em sua cabeça, ao perceber que até mesmo alguns selvagens tinham as ramificações. Questionou-se por que Kyrios parecia não se importar com as grandes raízes que ela carregava, já que ele fazia parte do grupo que não possuía nenhuma crescendo sobre a pele.

Mais alguns passos, e Caledrina, curiosa, também notou que vários dos moradores do acampamento pareciam muito velhos, provavelmente com a idade da soma de quatro gerações. A menina caminhava atrás do garoto, que, tranquilo, assoviava despreocupadamente. Ela decidiu que se manteria calada quanto a isso até que pudesse desvendar as sujeiras escondidas naquele povo misterioso. Aos poucos, preparava-se para desmascará-los.

Assim que chegaram ao seu destino, Kyrios, antes de levantar a cortina que separava a tenda maior das ruas gramadas do acampamento, deslizou os dedos vagarosamente pelo tecido, como se soubesse a maneira certa de matar Cally com todo aquele mistério. Um caminho de luz foi formado na cabana iluminada por lamparinas, e o rapaz abriu espaço, permitindo que Caledrina adentrasse primeiro.

Levou algum tempo até que os olhos da menina se acostumassem à nova claridade tênue e amarelada e conseguissem dar um formato à silhueta sentada a alguns metros. Antes que o rosto fosse revelado, ouviu-se uma voz à sombra.

— Caledrina Cefyr — disse, tão firmemente que mais parecia o som de centenas de carruagens e cavalos marchando para a guerra. A entonação carregava milhares de emoções, todavia o medo não era uma delas. Havia apenas força. Poder, mas não receio.

Cally sentiu todo o seu corpo arrepiar-se, e, então, preparou-se para finalmente descobrir se a lenda era real. Teria o Vento a silhueta de um homem? Embora a voz soasse estranhamente familiar, enquanto sentia o peito queimar em ansiedade, aprontou-se para desvendar toda aquela farsa e, finalmente, provar que o líder dos selvagens não passava de um mero mortal, velho e bêbado. Contudo, ao mesmo tempo, temeu estar certa. Como voltaria para casa, como conquistaria o seu prestígio se o líder dos selvagens não fosse um monstro como todos pensavam? Saturn certamente cortaria fora a sua cabeça se fosse convocada até aquela região e encontrasse qualquer coisa diferente do que desejava. Caledrina jamais poderia chamá-la apenas para dizer que estava errada. A rainha, assim como todos os outros reis, jamais deixava a corte. A menina sabia que nunca haviam se encontrado com aquele que liderava o povo de cabelos claros. Como reagiria a líder da corte se descobrisse que o inimigo perigoso, o qual desde o nascimento fantasiava matar, era, na verdade, uma mentira e não valia uma moeda?

Assim que se lembrou ser um costume daquele povo o aperto de mãos em cada cumprimento, Cally esticou a mão direita.

— Muito prazer. — Sem receber retorno, arrependeu-se e pensou se deveria ter feito uma reverência ou algo do tipo.

— Kyrios me explicou a história que contou a ele. Queria dar a você e ao garoto minha bênção e permissão para ficarem conosco durante o tempo que desejarem. Apenas digo que os aceitaremos como

CAPÍTULO XXXII

vieram, mas, se algum de seus costumes antigos não coincidirem com as leis que seguimos aqui, busquem não continuar da mesma maneira. Digo para o seu próprio bem, porque desejo que, assim como os outros, possam viver a plenitude da vida no acampamento.

Estreitando os olhos para o homem, que, de acordo com a luminosidade do interior da tenda, pouco a pouco ganhava nitidez, Cally fitou-o de cima a baixo, garantindo ser, embora alto, forte e vistoso, apenas um senhor com mais fios brancos do que loiros na cabeça.

— Obrigada, senhor. Não sabe o quanto me alegro com a notícia. Prometo dar o meu melhor para me adaptar. Ainda sinto muita falta de meus irmãos e…

— Achei que fosse filha única. Os seus pais foram devorados, não?

Caledrina tremeu os lábios, sutilmente, e pigarreou.

— Oh! Claro, sou, sim, mas pelos tantos anos solitária na floresta, os meus pais acabaram achando por bem trazerem conosco alguns animais para nos fazerem companhia. Quando pequena, eu os chamava de irmãos, como parte de uma brincadeira e, embora saiba que não é algo maduro, acabei nunca perdendo o costume. Ince, meu lêmure, é um deles; os outros, infelizmente, ficaram para trás. Desculpem-me por confundi-los desta maneira.

Ainda torcendo para terem acreditado na história mais rápida que conseguira pensar, Caledrina fechou os olhos com força, odiando-se pelas asneiras que havia dito; foi quando, sem avisos, um homem extremamente grande, largo e com muitos músculos — que, de relance, Cally achou serem maiores que sua cabeça — direcionou a palavra ao seu superior:

— Senhor, os homens estão esperando.

O líder dos selvagens dispensou-o com a mão e respondeu:

— Diga a eles que, em breve, eu os encontrarei. — Aproximando-se mais da jovem à sua frente, esboçou um sorriso. — Pois bem, sinto dizer que terei de me ausentar, mas creio que não faltarão oportunidades para conversarmos, e poderá terminar a sua história.

Sem dizer mais nada ou esperar que Cally tivesse a chance de responder, a passos firmes como os de um general de guerra, retirou-se.

— É… Bem-vinda ao acampamento! — Parabenizou Kyrios, já a sós com a menina na tenda.

— Para onde ele vai agora? — perguntou, na pontinha dos pés, como se os dois centímetros acrescentados à altura pudessem contar a direção dos novos passos daquele que, agora, sequer podia ser visto. A garota não se conteve ao transparecer a curiosidade que transbordava dentro de si.

— Ao campo de treinamento. Ele irá supervisionar e ajudar os seus guerreiros. É aberto ao público, se quiser…

Caledrina sentiu o coração palpitar pela simples ideia de pisar na areia quente dos campos novamente, então, de forma apressada, já do lado de fora da tenda, perguntou:

— Para qual lado fica?

Kyrios riu pela pressa da menina misteriosa, e, despreocupado, puxou as cortinas para alcançá-la e levá-la até lá.

Eles caminharam até o local em que aconteciam os treinamentos e, antes de chegarem, passaram por algumas mesas e caixas que chamaram a atenção de Cally. Perto do campo de luta, existia um depósito de armas e utensílios para a manutenção dos equipamentos, como roscas, arcos, flechas, cordas, espadas, aros, pedaços de metal, tesouras, facas e outros diversos aparatos para as armas. Por alguns instantes, a jovem lembrou-se dos seus treinamentos na antiga facção.

Enquanto Caledrina notava cada detalhe do local, diminuiu a velocidade do caminhar, e Kyrios a deixou um pouco para trás. A garota teve a atenção cativada por um selvagem que, com pouca habilidade, consertava um arco. Ele se emaranhava na corda e não a esticava o suficiente para que a flecha pudesse ser encaixada. Vendo a inaptidão da criatura néscia, a menina riu e se aproximou.

CAPÍTULO XXXII

Vários cabos estavam caídos ao chão, e, sem que ninguém percebesse, Cally pegou um e enfiou em sua bota direita. Aquele fio poderia ser útil, como uma proteção, caso precisasse lutar, além de servir como um lembrete de sua missão ali. A menina distanciou-se e correu até Kyrios, que a esperava a poucos metros.

— O que houve? Você se perdeu? — questionou, com o semblante tranquilo, assim que percebeu a aproximação de Caledrina.

— Não, só precisei parar um pouco para tirar uma pedrinha que havia entrado em minha bota — respondeu ela, batendo os sapatos no chão, com esperança de que o garoto acreditasse. O jovem rapaz assentiu com a cabeça, enquanto fitava a garota, e apontou para o campo aberto. Eles haviam chegado.

Acomodados sob a sombra de um arbusto em fase de crescimento, assistiram a corpos suados e barulhentos chocando suas espadas por horas a fio. Com as pernas cruzadas sobre a areia, Cally sequer piscava; a menina analisava e criticava cada movimento que faziam. Embora apreciasse o grande esforço dos homens que esperavam para exibir as suas habilidades ao líder, muitos deles eram, da maneira mais gentil que Caledrina poderia cogitar descrever, um terrível fracasso.

Falta de precisão, agilidade e força. Os selvagens eram nada mais do que o nome que carregavam. Sabiam como matar, ela admitira, mas não como fazê-lo de forma limpa e rápida. Alguns poucos fizeram-na tremer pensando em como seria duelar contra eles em campo aberto até a morte, mas estes eram minoria, poderia contar nos dedos das mãos.

Em tom de desaprovação, Cally fez uma careta ao notar que o líder, apesar de sério enquanto analisava os seus guerreiros, atento aos menores movimentos, parecia alegrar-se pelo simples fato de permanecerem com a espada nas mãos. Ela disse baixinho para si mesma:

— Realmente devem estar precisando de guerreiros. — Antes de recordar-se de que muitos deles haviam perecido pelas pontas de suas próprias flechas. Mesmo tão nova, achava-se mais eficiente do que a maior parte daquelas montanhas de músculos em forma de homens e mulheres.

— Eu quero lutar. — Soltou num impulso para aquele que, sob a sombra, desfrutava da manhã ao seu lado.

Calmo como sempre, descruzando as pernas, Kyrios trouxe os joelhos para perto do peito e os abraçou, mantendo os olhos fixos nos lutadores que treinavam no campo um pouco abaixo deles.

— Não está pronta.

Cally virou-se rapidamente para ele, arqueou as sobrancelhas e conteve uma gargalhada.

— Como é? Cresci na floresta. Já matei muitas pessoas e feras que tentaram nos atacar.

— É aí que está! Não estar pronta não significa que não é habilidosa o suficiente, mas que os seus interesses estão depositados no lugar errado. Você não deseja ir até lá para ser vista pelo líder, mas, sim, por todos. Enquanto pensar dessa maneira, não estará apta. Sem contar que luta para matar; nós lutamos para salvar e conquistar território. Nosso interesse está além dos campos. Nossas armas não são o objetivo, apenas um meio para alcançá-lo.

Mesmo com uma parte de si querendo revelar quem era verdadeiramente, somente para varrer a poeira armazenada debaixo do tapete e expor seu conhecimento sobre o que os selvagens faziam fora dos limites do acampamento, Caledrina respirou fundo um tanto agitada, inevitavelmente desconcertada com a fala do garoto.

— É claro. Entendo as suas razões. Mas me diga, por que treinam tanto? Buscam atacar a corte? — Sentindo que o jovem rapaz a encarava, Cally não tirou os olhos das lutas. — Ouvi boatos.

Dando de ombros, Kyrios respondeu:

— Nosso interesse não está em matar ninguém de dentro das fronteiras, nós queremos conquistar todas as pessoas e a localização. Nosso líder tem muito apreço por aquele território; sonha em ver os moradores da terra amaldiçoada usufruindo do que temos aqui

CAPÍTULO XXXII

em abundância. — Involuntariamente, uma respiração mais pesada tomou conta do garoto, que estreitou o olhar devido à claridade do dia, enquanto fitava os soldados. — Como sabemos que muitos não se renderão, independentemente do quanto tentemos mostrar a vida que perdem por estarem acostumados demais com o que têm, preparamo-nos para uma guerra. Ocuparam-se tanto com o luxo na sujeira que não dispõem de tempo para, sequer, olhar para o lado e ver que existe água límpida os esperando.

Cally voltou o olhar para alguns homens que dominavam suas espadas no campo de treinamento e notou que os mais fortes ensinavam os mais fracos. Não eram os principais guerreiros que estavam lutando, tratava-se de uma preparação, provavelmente, para os que exerciam outras funções até então. Ainda sentada debaixo da sombra, assistia àqueles que se preparavam para destruir a cidade em que fora criada.

Não satisfeita com o que já tinha, na tentativa de recolher novas informações, Cally coçou a pontinha do nariz para parecer despreocupada e perguntou:

— E como se chama aquele que os lidera? Não me recordo o nome.

— Nosso líder? — indagou Kyrios, antes de prosseguir. — Arnalém. Arnalém é o seu nome.

O coração de Caledrina alterou o ritmo e, com olhos ágeis, procurou por ele no campo e repousou o olhar em sua figura. Arnalém vestia roupas de guerra e tinha a aparência de um líder nato, inegável, mas a última coisa com a qual se parecia era com um jato de ar! Deveria ser como a fonte — embora Cally não pudesse perguntar sem parecer suspeita, uma vez que ninguém sequer a havia mencionado desde que chegara. A fonte não passava de mais um mito da Corte dos Sete para criancinhas sonhadoras, e, apesar de Arnalém existir, todas as histórias que envolviam seu nome ainda eram uma mentira.

Com o cenho franzido, Caledrina gritou para si que deveria encontrar um lugar isolado, queimar as suas raízes naquele exato momento e chamar a rainha até lá, mas algo em seu interior contra-argumentava, dizendo que não havia problema algum em permanecer, só por mais alguns dias, naquela aventura, antes de chamar Saturn.

Sentiu-se movida por algo, talvez fosse o ego faminto, latejando internamente, que a impulsionava a pegar uma arma para exibir quão boa era. Cally se levantou em um piscar de olhos.

Pelo pulso, de forma tão rápida que fez a garota pular em surpresa ao reflexo inesperado do rapaz, Kyrios a segurou para detê-la.

— Confie em mim, ainda não está pronta.

CAPÍTULO XXXIII

Enquanto encarava o teto de panos, o mesmo que a abrigara quando chegou ao acampamento, Caledrina se questionava: revirar-se na cama sem conseguir dormir se tornaria um costume? Zangada pelo dia anterior, bufava ao lembrar que Kyrios não havia permitido que ela lutasse, e negou-lhe até mesmo o direito de pegar uma arma. Ainda que com as mãos enluvadas, Cally as sentia suar pelo desejo de encostar em alguma lâmina afiada ou em um grande arco, e dominá-los como aqueles homens não eram capazes. A lembrança do item que jazia escondido dentro de sua bota a impulsionou. Entretida em seus pensamentos, com a Lua ainda alta, sentou-se sobre a cama desarrumada, e levou os pés ao chão.

— Se não querem me dar uma arma, eu mesma a farei — sussurrou, dando voz aos seus delírios noturnos.

Travessa, calçou as botas, que, como um incentivo para seguir por onde desejasse, estavam aos pés da cama. Dwiok, desacordado debaixo dos cobertores, ficou para trás. A menina pegou uma das lamparinas que alumiavam o lugar e afastou-se da tenda.

Atenta, com o objeto em mãos e as vestes amarrotadas do dia anterior — as quais, indignada, Cally se recusara a retirar —, andou até que encontrasse o que procurava. Longe o suficiente para não ser incomodada, a garota animou-se ao se deparar com algumas amoreiras nas extremidades do acampamento. Então, largou a luminária sobre o gramado bem cuidado e, sem dificuldade alguma, escalou a árvore. Sentada em repouso sobre a madeira, a uma boa altura do solo, escolheu um galho que considerava adequado. Normalmente optaria por um ramo espesso, por se tratar de uma madeira mais densa, mas, como não pretendia usá-lo por vários dias, um pedaço não muito encorpado daria conta do recado. Depois de retirá-lo da árvore e escorregar um pouco pelo tronco, num salto, seus pés voltaram a encontrar o solo. Agarrando o centro do galho, Caledrina criou duas marcações na região da empunhadura.

 Um barulho estranho a fez erguer a cabeça subitamente, mas, após alguns segundos sem manifestações eminentes, apoiou a madeira na forquilha de uma árvore, e, com mãos ágeis, Cally começou a esculpir o arco, retirando a madeira da parte interna, a qual ficaria voltada para o arqueiro no momento do disparo. Alguns minutos depois, já havia retirado quase metade da espessura do galho, então ela o apoiou nos joelhos e puxou as pontas na direção de seu corpo, conferindo se o ramo já envergava o suficiente.

— Perfeito — gabou-se, baixinho.

 À medida que retirava a madeira das extremidades, o objeto tomava forma em suas mãos. Caledrina amarrou, nas pontas, a fita do tronco de uma árvore próxima, que lhe parecera convidativa; apoiou o arco ao pé da amoreira, caminhou despreocupada por curtas distâncias, e escolheu as hastes das madeiras mais lineares que encontrara. A menina retirou a casca por completo, e as deixou do tamanho adequado. Caminhou um pouco mais até conseguir, em meio às árvores, algumas penas de aves espalhadas pelo chão, juntou uma parte e prendeu às pontas das flechas. Com as fibras de uma folha, garantiu a estabilidade para o disparo.

 Ela voltou para o arco que deixara na árvore. Em suas extremidades, Cally fez pequenos furos para encaixar a corda que retirou

CAPÍTULO XXXIII

de dentro de sua bota. Assim que suas mãos pararam de trabalhar, a alguns metros, por detrás dos troncos, Caledrina ouviu o bramar de um veado. Prestes a dar pulinhos entusiasmados pela chance de atirar novamente, num impulso voraz, improvisando uma espécie de aljava, enfiou as flechas no cinto, mantendo apenas uma em mãos. Com a respiração acelerada pela euforia, Cally caminhou silenciosamente para mais perto do animal. Posicionou-se em silêncio e, num disparo certeiro, provou a si mesma, mais uma vez, a eficiência do próprio trabalho. O veado, acertado pela lança, correu para alguns metros longe dali. A menina aguardou até que ele percebesse o ferimento e se rendesse ao seu destino.

Os lábios, ainda curvados num sorrisinho travesso, murcharam assim que Cally, levando as mãos à cabeça, caiu em si arrependida. Como poderia chegar ao acampamento arrastando um veado? Não conhecia aquele povo e suas leis, e deveria manter-se na linha até que os estudasse suficientemente — embora estivesse ciente da sua dificuldade em se conter. Se passeasse por entre as tendas com um arco, saberiam que ela era a responsável pela morte do animal que sangrava na floresta do acampamento. O evento chegaria ao conhecimento de todos em pouco tempo. Sem mais opções, Cally ajoelhou-se em frente ao veado, e, cobrindo o nariz com o dorso do braço, rasgou a pele do animal com a ponta da flecha, imitando as garras de uma fera, até que não fosse mais possível dizer que foi morto por um arqueiro.

Terminado o seu trabalho, cobriu o bicho com folhas e, enquanto limpava o sangue das mãos nas calças escuras, torceu para que ninguém o encontrasse no caminho de volta para as tendas.

◆

No acampamento, pela manhã, para evitar uma nova onda de olhares, Cally esperou que os trabalhadores, que acordavam logo cedo para realizar suas atividades, espalhassem-se, e, de forma apressada, correu para a tenda que fora designada aos forasteiros. Encontrou Dwiok ainda dormindo, não parecendo ter movido um músculo sequer desde que saíra; assim, escondeu o arco embaixo da cama.

— Com licença — disse uma voz feminina, ao entrar.

Caledrina levantou-se rapidamente e escondeu as mãos atrás das costas, receosa de que elas denunciassem o que havia acabado de fazer. Com as cortinas ainda fechadas, torceu para que a pouca luminosidade encobrisse as manchas escuras que fundiam-se ao tecido negro de sua calça. A menina, esforçando-se para demonstrar atenção e tranquilidade, encarou a selvagem desconhecida.

— Sim?

— Pediram que eu a chamasse para o desjejum mais cedo hoje. Poderia me acompanhar agora ou... posso esperar até que se apronte, para que consiga trocar esse... traje.

Cally piscou, inconscientemente, mais rápido do que o normal ao notar que a mulher a olhava de cima a baixo, mesmo na escuridão tênue da tenda. A jovem a fitou de volta e observou que ela usava um vestido cor-de-rosa que a cobria até os pés. Se fosse ofendida por alguém com um gosto um pouco melhor, talvez consideraria a opinião, mas não era o caso, então ergueu o queixo e empinou o nariz em contradição. Caledrina temia que o sangue fosse visto à luz do dia e, somente por isso, não estrearia o desjejum matinal vestindo os seus trajes costumeiros. Como resposta, deu de ombros às palavras da mulher que, com aquelas vestes, parecia uma miniversão de Isi.

A garota olhou ao redor e encontrou uma pequena pilha de roupas posicionadas sobre uma mesinha entre a sua cama e a de Dwiok, entregues por uma das mulheres selvagens como uma "boa ação de recepção". Mesmo com a consciência de que tal ato era nada além de uma distração para que ela os considerasse verdadeiramente gentis e abaixasse a guarda, encontrou consolo em aparecer, perante todos, de forma que a considerassem mais apresentável.

CAPÍTULO XXXIII

Certamente, aqueles trajes a permitiriam se misturar com mais facilidade, para o benefício de sua missão.

— Claro! Se não for um incômodo, alguns minutos extras seriam muito bem utilizados para que eu volte a ser uma dama. — A mulher sorriu em concordância, retirando-se da tenda, a fim de dar privacidade à menina, mas Caledrina não se reconheceu ao dizer aquelas palavras e esboçou uma careta com a língua para fora em desaprovação.

Com passos apressados, sem querer fazer a selvagem esperar demais, Cally estava prestes a pegar uma das vestimentas muito bem dobradas sobre a mesinha, quando virou o rosto e viu, do outro lado da cama, sobre uma segunda mesa de madeira, as roupas oferecidas ao garoto ainda em recuperação. Ao conferir que Dwiok ainda dormia, sorrateira, correu até a pilha de tecidos e puxou para si uma das três calças marrons. Com as mãos firmes, rasgou as laterais das calças para que ficassem mais confortáveis — bem como para fugir um pouco do corte masculino — e combinou a peça de roupa com uma das blusas simples disponibilizadas para ela. Protegida de quaisquer olhos que não os seus, trocou-se em um canto da tenda, feito de tecidos pendurados, reservado justamente para essas situações.

Pronta, Caledrina atravessou as cortinas, deixando a selvagem para trás e fazendo-a se apressar para acompanhá-la. Prestes a dar mais um passo, lembrou-se de que a boa garota que crescera na floresta provavelmente não sairia correndo, mas esperaria; sem contar que não sabia para onde ir. Cerrando os punhos com força, aguardou até que a mulher, cujo gosto para vestimentas era péssimo, alcançasse-a.

Teve de suportar alguns sorrisinhos completamente fora de hora, além da felicidade irritante da selvagem, mas, ainda assim, para manter a conversa, Cally fingiu ouvi-la com atenção, mesmo que chutasse as pedras pelo caminho e se concentrasse em qual parecia mais dura.

— Sabe, tiramos a sorte para ver quem a chamaria para o desjejum, mas, estranhamente, acabei gostando muito de você. Desculpe-me por ter dito aquelas coisas — disse a mulher loira, ao chegarem a um lugar aberto dentro acampamento, com várias longas mesas de madeira clara.

 É evidente que havia gostado dela. Cally não mencionara um posicionamento ou opinião sequer durante todo o percurso, apenas repetia as palavras daquela que falava, manipulando-a para que se sentisse ouvida, quando, na verdade, não estava. O plano funcionou, já que, sem que a menina precisasse entender o que a mulher dizia, a selvagem acreditou ter tido suas ideias e pensamentos apoiados.

— Que coisas? — perguntou, repetindo mais uma vez o último tópico que saiu da boca daquela que acompanhava.

 A selvagem arregalou os olhos pela surpresa da pergunta, e devolveu para trás da orelha uma mecha fujona de seus cabelos. Diferentemente da corte, que, em eventos públicos e treinamentos nas facções, estampava penteados bem elaborados nos moradores; no acampamento, quase todos usavam os cabelos soltos, como Caledrina.

— Na-nada, não. — A mulher gaguejou, apressada, e andou até a mesa que possuía a maior concentração de garotas com vestidos de tons claros.

 Com todas as mesas abarrotadas por pessoas de cabelos como o Sol — mesmo os de pele negra —, Cally mordeu a língua ao notar que o único lugar disponível era ao lado de Roena. Ela serviu-se assim que chegou a sua vez na fila e, a passos desapressados, andou até o lugar vazio. Ao seu redor, várias meninas e meninos se esforçavam para permanecerem próximos a Kyrios, bajulando-o exageradamente, e Caledrina perguntou-se qual seria a relevância dele, além de ser meramente atrativo aos olhos. Forçada a assistir a cena de uma dezena de selvagens amontoados, tentando capturar uma gota da atenção do rapaz, engoliu a comida tão rápido, que começou a soluçar. Emitindo sons ao mastigar todas as vezes em que a órfã lhe dirigia a palavra, esquivou-se da possibilidade de conversar ou sequer olhar para Roena.

CAPÍTULO XXXIII

Caledrina observou algumas pessoas passarem por ela com seus arcos e suas aljavas já nas costas ou coxa. Distraída, foi a primeira a se levantar da mesa e, apressada, acabou derrubando a tigela e o copo vazio. Todos a encararam; em seguida, voltaram a cochichar — provavelmente sobre como ela era diferente do restante, já que a tratavam como o assunto principal.

— Aonde vai com tanta pressa? — A jovem não percebeu Kyrios se aproximar, mas ouviu a sua voz. A poucos metros de distância, os olhos do rapaz a encaravam com curiosidade.

A menina não conseguia disfarçar ao encarar os jovens homens e mulheres que passavam por ela vestidos com roupas de guerra e segurando arcos. Seus olhos brilhavam, deixando transparecer o desejo que tinha; mas Kyrios acenava negativamente com a cabeça.

— Eu já disse que não está pronta.

Caledrina alcançou o seu limite de gentileza e cortesia e, julgando que nem mesmo a garota da floresta seria tão boazinha, num impulso, virou as costas para seguir a fila de corpos armados que caminhavam rumo ao campo.

— Assista-me.

Não sabia o porquê, mas, embora tentasse convencer-se de que desejava lutar apenas para saciar a vontade dos dedos, uma parte de si ansiava ser vista por ele, almejava provar para Kyrios o quão merecedora era de sua atenção, e o quão diferente era de todos os outros que o rodeavam.

CAPÍTULO XXXIV

Com as mãos enluvadas, Caledrina percorreu os dedos pelo pescoço enraizado. Enquanto segurava o arco e flecha que havia corrido para buscar em sua tenda, a garota riu ao ver que a arma escolhida para o treinamento da manhã fora, justamente, a que fizera sozinha na noite anterior.

Novamente, organizados em linha, vários selvagens carregavam os seus próprios arcos, com a aljava nas costas ou nas coxas. Dispondo de alguns minutos para analisá-los calmamente, Cally notou que os melhores estavam no fim da fila ou haviam tirado o dia de folga. Frente à grande fileira que aguardava debaixo do Sol, uma estreita circunferência, sustentada por uma pequena vara, esperava pela mira perfeita — aquela que atravessaria e alcançaria o centro do alvo a poucos metros.

Ao lado do primeiro anel de metal, que apresentava um alvo circular — com a madeira pintada pelos pigmentos azul, branco e vermelho —, um segundo esperava ainda mais pacientemente por um bom disparo, no entanto seu ponto central contava apenas com um galho esguio. Os selvagens, um por um, davam um passo à frente e lançavam as suas flechas para uni-las à madeira. E, um por um, erravam todos.

Caledrina levou a mão até a boca para bocejar, e balançou a cabeça em um certo desdém contido. Antes das tentativas, ao lado do início da fila, Arnalém ouvia cada homem dizer o nome, a idade e a sua opinião sobre como estava o próprio desempenho.

— Egdlin Mures. 44 anos. Irei melhorar, senhor — disse um homem de cabelos soltos, que chegavam até a cintura, antes de prestar uma reverência ao seu líder.

Desprezando-os por tamanha incapacidade de cumprir a simples tarefa, um pouco acima do declínio no qual encontrava-se o campo de areia onde costumavam treinar, Cally decidiu entrar na fila para demonstrar a todos como soaria a voz de Arnalém ao proferir um elogio bem-merecido.

O relinchar de um dos cavalos pôde ser ouvido em cada parte do acampamento, quando uma flecha passou pela cerca de madeira que separava o campo de treinamento do lugar onde ficavam os equinos, acertando um deles. Em um impulso involuntário, o homem de péssima mira recebeu vaias de todos.

— Siuens Wusver. 38 anos e eu... irei melhorar, meu senhor.

O selvagem retirou-se após abaixar a cabeça, dando lugar a outro que, agitado pela concentração de olhares recaindo sobre si, já se posicionava com a corda do arco tensionada e os olhos fixos no alvo.

Por mais que desculpas já tivessem sido pronunciadas várias vezes durante aquela manhã, a maior parte dos selvagens não se sentia incomodada ao falhar, era como se eles nem mesmo se esforçassem para acertar o alvo. À frente, Arnalém entristecia-se pela atitude de seus soldados, que, sustentados pela ciência de agradarem seu líder ao empunharem suas armas e se disporem a lutar em seu nome, não entregavam o seu melhor ao fazê-lo.

O último lugar da fila pertencia a um homem calvo com uns poucos fios amarelados na barba rala. Cally, então, posicionou-se logo atrás dele. Apercebendo-se rapidamente da presença da garota,

CAPÍTULO XXXIV

o selvagem virou-se para ela e arregalou os olhos, que destoaram da postura firme.

— Isso não é lugar para uma criancinha como você. Vá ficar com os outros da sua idade — disse o homem de aparência amedrontadora.

Novos burburinhos de vozes captaram a atenção deles. O mesmo grupo de pessoas com quem Cally se sentara no desjejum por alguns dias, acompanhado por mais alguns selvagens, aproximava-se, vagarosamente, enquanto conversavam entretidos por algo provavelmente fútil e trivial. Subiram até a parte gramada bem ao lado do campo, e se sentaram embaixo do mesmo arbusto que Caledrina estivera com Kyrios no dia anterior, ainda que o local não oferecesse a mesma sombra durante aquele horário.

Voltando o seu olhar para o velho rabugento, a menina arrebitou o nariz e disse:

— Garanto que não sou como as outras crianças, senhor.

— Talvez não na escolha das roupas, mas certamente é fraca — gritou o homem, cuspindo pequenas gotas de saliva no rosto de Cally. — Saia daqui agora, menininha insolente. Este não é o seu lugar!

Ela sentiu aquele olhar ferver suas raízes e desejou caçoar do corpo limpo e avermelhado do selvagem, resultado da intimidade do sol com a pele clara. Virando-se de costas para o velho homem, a jovem não conteve a sua vontade de debochar daquele com quem havia falado, e revirou os olhos, torcendo para que as queimaduras solares que encontravam a pele dele ardessem a ponto de, além do incômodo, trazerem consigo a pior das insônias.

Todo o furor de Cally foi esboçado em sua face tensionada e, ainda com uma gota de saliva quente do homem repousada sobre a maçã de seu rosto, cerrou o punho da mão livre com toda a força que possuía, para impedir que exteriorizasse sua raiva em palavras. Ela teve a certeza de que, se não usasse luvas, feriria a palma da própria mão com tamanha intensidade.

Cessou, enfim, o ritmo frenético de seus pensamentos raivosos e voltou lentamente o olhar até o segundo alvo em forma de galho. Caledrina fez o corpo acompanhar o novo direcionamento ordenado pela cabeça. Igualou seus pés à linha dos ombros, levantou os braços até que a corda alcançasse a sua bochecha e, fechando o olho direito, montou a sua mira. Respirando fundo, Cally não se privou de sorrir ao largar a corda. De forma rápida e calculada, em um dos únicos lugares que não contava com corpos banhados em suor — pela agitação e pelo nervosismo —, a flecha seguiu em linha reta, até que, atravessando o segundo anel, cravou-se no galho esguio.

Todos no campo se calaram, como se um grande monstro da floresta densa houvesse invadido o acampamento e não tivesse deixado um só sobrevivente para gritar. Ao desfrutar toda a atenção que recebera, a pequena garota, em alta voz, falou:

— Caledrina Cefyr. 14 anos e eu… me garanto.

Ofegante, sem que fosse capaz de desvendar a feição de Arnalém, ela ainda o encarava com expectativa, enquanto tomava a posição de primeira da fila. O líder dos selvagens apenas a fitava de perto. Nenhum movimento foi feito, nem mesmo um leve levantar de sobrancelha para revelar qualquer admiração pelas habilidades da garota. Ele não moveu um músculo sequer. Depois de três segundos que, diante do completo silêncio, mais pareceram três longos minutos, calmamente a menina preferiu o conforto à postura, e transferiu todo o peso do corpo para a perna esquerda. Pela fênix dourada! O que aquele comportamento significava?

Prestes a dar o primeiro passo para longe dali, por odiar o quão misterioso aquele homem era, Cally tropeçou. No momento em que começaria a caminhar, decidiu curvar o corpo respeitosamente — assim como fizeram todos os outros —, a mudança repentina, porém, transformou a sua ação em uma reverência burlesca, que

CAPÍTULO XXXIV

parecia caçoar de todos aqueles que haviam zombado dela. Com a visão dos selvagens boquiabertos, a jovem se afastou, e, à medida que se movia, percebia o som de passos atrás de si. Virou-se, intrigada, para descobrir a origem, mas logo retornou para a frente, decepcionada com o que encontrou.

A poucos passos de distância, Roena a seguia esperançosa em manter uma conversa por mais de trinta segundos com a forasteira.

— Foi muito impressionante o que você fez no campo. — Ela andou com passos cada vez mais apurados para acompanhar a pressa de Caledrina, e prosseguiu sua fala em meio ao silêncio causado pela ausência de resposta. — Sabe, eu estava pensando se nós não poderíamos...

Interrompendo-a antes que pudesse falar besteiras, Cally dirigiu-se a ela novamente, a fim de dar ênfase às suas palavras.

— Com a sua licença, eu realmente preciso ver como está Dwiok. Na noite passada ele gemeu afligido por maus sonhos e temo que possa acordar a qualquer momento.

A menina pensou que aquele corte seria o suficiente para afugentar a selvagem, mas quis arrancar os cabelos quando Roena respondeu:

— Nesse caso, irei com você! Também quero saber como Dwiok estará ao acordar.

Caledrina avistou a tenda em que estava passando as noites no acampamento. Então achou proveitoso mentalizar novas estratégias para fugir das perguntas inconvenientes que, certamente, já estavam borbulhando na cabeça de Roena; preparada para elas, ao abrir a cortina, Cally arfou por ver Dwiok sentado ao pé da cama, desperto.

— Dwiok! — disse, ao correr até ele, sem acreditar que estava mesmo o chamando.

Incomodado por uma forte enxaqueca devido ao tempo que passara desacordado, depois de tantas noites sem nenhuma atenção especial, levou a mão até o cabelo, que estava com cachos tão desgrenhados a ponto de parecer ter duas vezes mais fios do que realmente tinha. O garoto estava atordoado e espremeu os olhos em busca de algum alívio. Com as articulações dos joelhos ainda sobre a superfície macia da cama, ele mantinha as pernas retas, o que fazia a sua coluna curvar-se em uma postura engraçada.

 Farto de apertar os olhos, já convencido de que tal ato não o ajudaria a afastar as dores ou o sono que ainda pareciam esmagá-lo como o peso de um rinoceronte, Dwiok encarava os panos amarelo-escuros que compunham a tenda. Seu o olhar era tão estático, que Caledrina lembrara dos olhinhos sempre esbugalhados de Ince.

 Desde que chegara, mesmo acostumada com os sumiços comuns do animalzinho, não o vira tanto durante o dia. Decerto, diferentemente dela, ele possuía liberdade para fazer o que quisesse e, àquela altura, já devia estar repousado sobre o gramado, acostumando-se à sensação macia. Conhecendo Ince, Cally também não se surpreenderia se descobrisse o envolvimento do bicho em alguma enrascada, ocasionada pelo roubo de pãezinhos na cozinha do acampamento.

 — Posso preparar um chá quente. — Roena ofereceu os seus serviços, ao ajeitar as ondas do seu cabelo. De pé, próxima às cortinas, com a claridade certa entrando por elas, nunca parecera tanto com uma criatura celestial como naquele momento.

 De repente, esquecendo-se da dor, ao olhar pela primeira vez para a garota que falara, Dwiok sorriu de forma que Cally jamais havia visto antes.

 — Roena? Roena Hawkynel?

 Com uma pontinha de ciúmes enchendo seu peito pelo alvoroço e animação presentes no tom atípico do garoto com quem crescera competindo, Caledrina não conseguiu discernir as feições esboçadas por Roena, que, posicionada contra a luz, mantinha-se em silêncio, por mais que apertasse os olhos até enrugar o nariz.

 Enquanto ainda tentava processar toda aquela exultação, a garota não moveu nenhum músculo para ajudar Dwiok quando,

CAPÍTULO XXXIV

sem tirar os olhos de Roena, que sorria ainda mais, o menino pôs-se de pé com alguns gemidos involuntários de dor.

— Não acredito que sobreviveu — falou ele, com certo fascínio.

É claro! Agora Cally estava certa de que Roena era, verdadeiramente, a amiga que Dwiok acreditava ter morrido primeiro, enquanto a carroça queimava. Ele não a havia encontrado, mas mal sabia que ela não estava mais lá. O que intrigava Caledrina era que Roena não tinha mencionado conhecer Dwiok no dia em que chegaram; quando ela, sorridente como sempre, ofereceu-se para ajudar Kyrios a levá-los para dentro.

Tão perdida quanto a visitante, Roena embaralhou-se ao buscar as palavras.

— Ah, sim. Sobrevivi... e você também! Estamos vivos. Eu e você.

Dwiok levou a mão ao peito ao rir como um senhor que gastara anos trabalhando em minas de carvão, e passou a adquirir certo fulgor no olhar.

— Venha, conte-me. Quero saber de tudo. Diga-me como narrou a história para as estrelas naquela noite.

Com as risadas do menino bailando sozinhas, novamente, pelo espaço silencioso, após alguns segundos, Roena Hawkynel acompanhou o pensamento de Dwiok de forma que Cally poderia jurar ter sido irreal.

— É claro! Como eu poderia esquecer? Contarei tudo com o maior número de detalhes possível.

Dwiok animou-se outra vez pela devolutiva bem-humorada da amiga e, então, ajeitou-se na cama para ouvi-la. Caledrina, certa de que se irritaria com a voz fina de Roena pronunciando um simples "bom dia", desejou não estar ali quando ela descrevesse qualquer coisa com "o maior número de detalhes", mesmo que fosse uma lista de armas e bestas da Terra.

Enquanto segurava a saia do vestido da cor mais bela do lago, Roena se aconchegou aos pés da cama para contar a história, tendo uma visão privilegiada de cada um dos cachos volumosos de Dwiok.

Ao entender que não cabia mais no pequeno universo que o casal de amigos havia criado, Cally virou as costas e puxou as cortinas para deixá-los a sós.

— Caledrina! — chamou a garota.

Irritada, revirou os olhos, tendo apenas o Sol como testemunha antes de, com as mãos nos tecidos que formavam a porta, virar-se para trás e fingir um sorriso ao olhá-la.

— Fique conosco.

— Sim, fique! — reafirmou Dwiok, esboçando um biquinho. Cally percebeu que a expressão do garoto era igual à das crianças de colo do lado laranja da corte, que abusavam das bochechas rechonchudas para convencer seus pais diante das guloseimas.

Com os braços cruzados, batendo as botas firmemente no chão, a menina caminhou até a única poltrona da tenda. O corpo de Dwiok, por sua vez, apresentava uma inclinação acentuada ao contemplar a fala da selvagem, que trajava um vestido com mangas bufantes. Enquanto analisava a situação, Caledrina ponderava, apoiando os braços sobre ambos os encostos da poltrona verde musgo, se seria possível que alguma parte do cérebro de Roena tivesse excluído fragmentos do que ocorrera, devido ao trauma sofrido. Pelos livros, havia aprendido que, desgostoso, o cérebro humano tem a capacidade de se convencer de que algo não fora real, negando determinado evento com um vigor voraz. Cally já sabia que a garota era muito apegada aos pais; teria ela se esquecido de Dwiok depois do choque de perder os familiares e, constrangida demais para confessar, achou por bem apenas seguir com a mentira de que se lembrava dele?

Mais uma vez, reconheceu a grande sabedoria que pairava sobre o seu pai ao forçá-la a ler acerca de tantos assuntos, projetando nela a ideia de saber portar-se em qualquer situação. Por

CAPÍTULO XXXIV

causa do arsenal variado de conhecimento que armazenava dentro de si, fosse adquirido pelas páginas ou pela experiência, Cally considerava a possibilidade de que, na verdade, Roena estava apenas buscando manter a imagem de "garota perfeita", ao agir com cordialidade para com aquele que, ao contrário dela, expunha as suas feridas externas.

Por outro lado, reconhecia também haver grandes chances de estar frente a uma cobrinha traiçoeira e, embora não soubesse quais eram as motivações da selvagem, ciente de suas próprias aptidões, estava convicta de que era questão de tempo até descobrir.

Não importava o quanto Dwiok a irritasse, Caledrina acreditava ser, de certa forma, responsável por garantir que ele não se enroscasse nas garras de uma mentirosa. Decidindo, porém, manter as suas opiniões para si naquele momento, escolheu apenas observá-los, incomodando-se cada vez mais com o entusiasmo exagerado do garoto, que estava prestes a pressionar a barriga com as mãos pela intensidade de suas gargalhadas.

Caledrina se acomodou melhor na poltrona e ouviu a voz estridentemente fina transpassar-lhe os ouvidos por dezenas de minutos a fio, até que, ao som de risadas e cochichos, em uma posição pouco graciosa, sentiu a sua baba escorrer pela boca entreaberta. Pegara no sono.

CAPÍTULO XXXV

Recostada ao pé de uma árvore, Cally pensou em como os primeiros sete dias no acampamento passaram depressa, desde que encontrara o local. Sem disposição para permanecer no amontoado de pessoas — que buscavam servir-se dos alimentos, movendo as mãos apressadamente para garantir as melhores guloseimas em seus pratos, enquanto, praticamente, tentavam escalar uns aos outros —, Caledrina esperou pacientemente até que todos estivessem satisfeitos com as suas escolhas, sentados à mesa.

Durante uma semana, por causa da cor que apresentava em seus cabelos, a menina havia suportado os olhares tortos e os cochichos de muitos selvagens, e é claro que fazer parte da única dupla com raízes tão grandes entre aquelas pessoas não a ajudava a se misturar. Observando o acúmulo de corpos em fila diminuir, ao pé da árvore Cally lembrou a si mesma de que recebera ordens para, em sua primeira oportunidade, chamar Saturn. No entanto, sete dias já haviam se passado e ela permanecia sem presunção de realizar tal tarefa. Desde que aprendera a arte da luta, a garota, que sequer completara o seu décimo quinto aniversário, jamais havia passado um dia sem ser invejada ou aplaudida, contudo, justamente no lugar que aprendera a odiar, sentia-se estranhamente… bem. Em meio às suas dúvidas, algo no acampamento a fascinava. Apesar dos olhares que alguns lançavam sobre Cally, outros se apresentavam com gentileza, afinal não suspeitavam de sua identidade.

Ela não saberia dizer se era pela água ou por outro motivo que ainda não descobrira, mas as pessoas que viviam ali apenas cumpriam aquilo que deveria ser feito no dia, sem a sobrecarga de preocupações ou murmurações — às quais Caledrina estava tão acostumada. Talvez fosse até mesmo pela comida naturalmente saborosa e verdadeiramente saciável. Esse mistério permanecia imutável para a menina, que apenas admitia no mais profundo de seu ser, sem jamais fazê-lo em voz alta, que algo no acampamento lhe parecia bom.

Chacoalhando a cabeça, lembrou-se de que, tão certamente como as raízes cresciam sobre a sua pele, mesmo a mais gentil das almas selvagens a desprezaria se soubesse o que ela já havia feito. Não podia negar que a razão de permanecer ali era a simples necessidade de mostrar as suas aptidões, mas, mesmo após o show que dera com a sua mira perfeita há alguns dias, Caledrina conseguira o respeito somente de alguns. Entre eles, obviamente não estava Roena, que passou a irritá-la ainda mais desde a aproximação excessiva com Dwiok. O que ele via em uma menina tão maçante como aquela? Quer dizer, além da beleza exótica, que causava um sentimento semelhante a olhar para um filhote fofo de algum animal raro na corte, da gentileza e dos atos de serviço que não esperavam nada em troca, o que ela tinha que tanto o cativava? Cally poderia jurar que toda a disposição da garota não passava de fingimento.

Roena era traiçoeira, e Caledrina conhecia aquele tipo, porque era exatamente como ela. Por certo, calculava até mesmo os seus sorrisos. Quem, em sã consciência, seria capaz de agir daquele modo o tempo inteiro, por qualquer que fosse a finalidade? Mordendo a língua, Cally negou fazer a mesma coisa. Era completamente diferente. Ela estava em uma missão, e isso a tornava melhor que a garota de voz irritantemente fina. Ainda encostada sobre o tronco, levando até o pescoço a ponta dos dedos livres das luvas, que cobriam apenas

CAPÍTULO XXXV

as palmas e o início das articulações das falanges, a jovem coçou a parte do corpo que abrigava a formação de uma nova ramificação; ela se encontrava afundada demais em seu ciúme para notar as manchas rosadas que brotavam em seu pescoço ao friccionar, de forma intensa, suas unhas sobre a pele.

Apercebendo-se do caminho livre até a mesa em que os alimentos ficavam dispostos, o estômago de Cally roncou e a jovem tomou uma decisão. A menina andou até alguns pães e bolos frescos, confessando a si mesma que os seus sentimentos a respeito de Roena não passavam de uma birra imatura e descabida. Jurou que, até o fim do dia, agiria como a líder da facção que se preparou para ser, desde o seu nascimento. Com a mesma determinação e coragem com que faria o seu pai, Caledrina invocaria aquela que a enviara ao acampamento. Até o fim do dia, a filha de Heros chamaria Saturn.

Como na Corte dos Sete não havia chuva ou água, as árvores eram regadas pelo mesmo vinho com mistura que todos tomavam, e eram sustentadas por poções diárias, feitas pelos membros da facção roxa. Alimentos que proviessem da terra, iguais aos dispostos no acampamento, não eram familiares à menina, e possuíam um gosto bastante diferenciado daqueles que ela consumia na corte — como as hortaliças que cresciam à base de muita magia. Era engraçada a forma que, mesmo sem nada para comparar, o seu paladar parecia saber que havia algo melhor disponível no mundo e, por isso, nunca se saciava realmente, ainda que estivesse diante dos banquetes do lugar de onde viera. Em vez de apenas entreter a fome — como se o alimento a distraísse em uma conversa de alguns minutos, antes que, sedenta por atenção, ela aparecesse mais uma vez implorando novas delícias —, no acampamento, a comida parecia mantê-la vigorosa por mais tempo.

Enquanto pegava uma das últimas fatias de bolo de banana fresca, Cally pensou que, certamente, sentiria falta dos frutos e sucos. Em poucos dias, a menina adquiriu um gosto pessoal pela bebida que combinava morango e bananas; sem pestanejar por um instante sequer, seria capaz de trocar dezessete barris de vinho apenas por um copo dela. Não conseguia descrever a magia com que se apresentavam ao paladar os sabores cítricos e adocicados, que jamais encontrara em qualquer outro lugar.

Com uma jarra de ferro, a menina se serviu do suco feito de morango, mel e algumas sementes, as quais ela não conhecia. Seus olhos atentos acompanhavam o derramar do líquido, que quase transbordou o copo, enquanto pequenas gotinhas vermelhas saltavam. Depois de lamber as gotículas que haviam respingado no dorso da mão esquerda; com a direita, Caledrina aproximou da boca a fatia do bolo que estava em seu prato e, permitindo-se apreciar a fragrância adocicada pela última vez, fechou os olhos antes de dar a primeira mordida.

Ainda de boca cheia, Cally avistou Kyrios caminhar de forma apressada em sua direção, encarando-a de uma maneira desconfortável, que a fez se arrepiar. Ele parecia animado e um tanto inabalável. Havia fogo no oceano de seus olhos.

— Venha, quero lhe mostrar algo — disse o garoto, ao puxá-la pelo pulso, sem se importar com o fato de que ela ainda estava comendo. No último segundo em que esteve próxima à mesa dos alimentos, enfiou um pãozinho inteiro na boca, e se deixou ser levada.

Derrubando farelos da comida que mastigava enquanto caminhava seguindo os passos apressados de Kyrios, lamentou por seu suco ter sido deixado para trás. O que teria o rapaz para falar de tão importante que valesse interrompê-la justo na sua última refeição? Não que ele soubesse daquilo, mas, ainda assim, Caledrina sentiu o peito rasgar-se ao meio, dividido entre fagulhas cintilantes de curiosidade, ocasionadas pela euforia do garoto, e a profunda agonia em

CAPÍTULO XXXV

ter de deixar o bolo e a bebida refrescante, que nunca mais provaria, longe de suas mãos.

Com a massa do pão abafando o som de sua voz, Cally indagou:

— Será que você pode me falar aonde estamos indo com tanta pressa?

— Você verá.

Tamanha parecia ser a exultação do rapaz, que Caledrina achou ter ouvido a voz de Kyrios tremer quando ele falou num tom um tanto mais grave que o de costume. Sem conter um risinho de canto, arrastada pelo garoto cheio de mistérios, ela decidiu que, embora tenha passado toda a vida odiando ser surpreendida daquela maneira, estranhamente, gostava daquele segredo, ainda que não tivesse qualquer controle sobre a situação.

Kyrios levou Caledrina para frente de si, guiando os seus passos como uma mãe cuidadosa guia a cria teimosa, ele a segurou com as mãos firmes pelos ombros, e garantiu a sua atenção quando chegaram até a entrada da tenda de Arnalém.

— O que é isso? — perguntou Cally, que se sentiu minúscula ao levantar o olhar e ver a cabeça do menino a um palmo e meio acima da sua.

— Veja! — encorajou o rapaz, sorridente. Ele estava tão envolto na situação criada, que não notou ainda manter as mãos apoiadas sobre os ombros levemente tonificados pelos árduos treinamentos da garota.

Embora não conversassem muito — mais por esquivo da menina do que por desinteresse dele —, Kyrios sempre parecera gentil. Ainda que, indiretamente, a maioria dos selvagens fizesse Cally sentir-se menosprezada, o garoto pertencia ao grupo seleto que não demonstrava indiferença em relação a ela; é verdade que, muitas vezes, o julgamento alheio acontecia apenas na mente da jovem. Para Caledrina, ele era um dos únicos que nunca a havia desprezado por suas raízes.

A menina analisou melhor onde estavam e notou uma fila muito bem organizada de guerreiros trajados em frente às cortinas da entrada da tenda; a razão do ajuntamento a intrigou.

Ao assistir a confusão estampada no rosto de Cally, Kyrios riu.

— Aqui no acampamento, eles podem até se machucar nos campos durante a noite, mas sabem que, de manhã, voltarão a ter alívio. Isso acontece tradicionalmente em todos os amanheceres desde... bem, desde que eu me lembro. — Por mais que a informação revelada por Kyrios lhe fosse comum, os olhos do jovem quase se esqueciam de piscar e, estáticos, transpareciam altos níveis de contemplação sobre o acontecimento.

A presença do menino fazia Caledrina se sentir ao lado de um amigo de infância que nunca tivera e, por isso, não sabia explicar de onde vinha o conforto que ele tão facilmente exalava. Embora sem intimidade, até a superficialidade do toque em seus ombros lhe causava sensação semelhante à primeira vez em que bebeu água pura: frescor e saciedade. Ela sequer sabia que estava sedenta. Cally, por conta de toda a sua autossuficiência, considerava que em nada precisava do garoto que mal conhecia e, ainda assim, a presença dele não a incomodava. Reconhecer isso a horrorizava; afinal, acostumada a odiar, não sabia como agir perante o conforto.

Kyrios não parecia necessitar ser impressionado por Caledrina para continuar ali ao seu lado. Ele simplesmente permanecia, sem que fosse necessário que ela lutasse por sua atenção. Pelo contrário, mesmo que a menina o desprezasse, e escolhesse não investir seu tempo em conversas, ele sempre parecia dar um jeito de se mostrar presente. Se estivessem na corte, Cally o julgaria morador do lado roxo desde o nascimento, dominador de feitiços poderosíssimos, que eram capazes de fazê-la vivenciar sentimentos tão especialmente raros até então. Deixando-se levar pelo conforto daquela confusão, tão distante da realidade quanto o próprio rapaz que ainda mantinha as mãos aquecendo os seus ombros, a menina falou:

CAPÍTULO XXXV

— Pela fênix dourada! Você é o menino mais esquisito que eu já conheci em toda a minha vida, e olha que cresci com pessoas que nunca vi sóbrias por um dia sequer.

Assim que proferiu tais palavras, Cally desejou enterrar-se ali mesmo, e torturou-se mentalmente por sua capacidade de cometer tamanho deslize. Que tipo de magia obscura era aquela que Kyrios possuía sobre ela? O que teria feito o garoto para arrancar-lhe tamanha verdade relacionada à maior crença que a Corte dos Sete possuía, em meio à missão mais importante de sua vida? Com os dedos das mãos movimentando-se descontrolados, acompanhando o nervosismo que borbulhava dentro de si e que parecia explodir por sua boca, a menina, ignorando os níveis de sua agitação, levou as mãos até os lábios, garantindo que nada mais sairia dali.

Ela lutou para manter os pensamentos em ordem, a fim de impedir a sua mente de prosseguir se questionando sobre como deixara aquele linguajar escapar bem em frente a Kyrios. Tentou, então, consertar a situação, e buscou manter a tranquilidade que teria se, de fato, fosse apenas mera coincidência.

— Oh, perdão pela expressão! — iniciou, depois de pigarrear de forma despreocupada, virando-se para o rapaz. — Na floresta densa há um lugar com várias árvores falantes e, sem pais, quando farta dos meus irmãos, aprendi a tê-las como amigas, para não enlouquecer com a solidão. Embora boas para passar o tempo, elas repetiam tudo o que os peregrinos falavam, então acabei aprendendo palavras de todos os cantos inimagináveis.

— Não precisa se desculpar, apenas cuide para não voltar a mencionar o linguajar que aprendera com as árvores.

— É claro. — Cally engoliu em seco, feliz por ter deixado escapar a expressão em frente ao mais gentil dos garotos... ou ao mais tolo deles.

Resgatando o assunto há pouco perdido, Kyrios torceu o nariz em comicidade.

— Mas respondendo à sua indignação: sabe qual é o significado da palavra "esquisito", senhorita Caledrina?

Boquiaberta, Caledrina espantou-se por um selvagem ter feito a mesma pergunta que ela usara para extrair as informações do homenzinho que guardava a biblioteca de incineração. E, embora ciente da resposta, divertindo-se com a animação de Kyrios, ela balançou a cabeça negativamente.

— Raro e precioso — respondeu ele, vangloriando-se de forma cômica pelo conhecimento aparentemente atípico. — Portanto, agradeço por tão nobre elogio. Devo admirá-la pela bela escolha de palavras.

Em um humor contido, Cally riu baixo e revirou os olhos. Enquanto segurava, com a mão enluvada, o cotovelo do braço esquerdo, que estava relaxado ao lado de seu corpo, posicionava uma perna em frente a outra, para deixar o seu peso sobre aquela que estava mais para trás. Nunca havia prestado atenção ao lado brincalhão de Kyrios e teve de admitir para si mesma que não o havia detestado. O que, para alguém que não se dava muito bem com pessoas em geral, era algo muito, muito raro.

— E o que eu deveria ver aqui tão urgentemente? — Caledrina gesticulou e indicou os arredores.

— O que deve ver é o motivo de eu segurar os seus ombros. — Rindo mais um pouco devido à dança engraçada que Cally fez com as sobrancelhas, sugerindo que ele continuasse, Kyrios a virou novamente de frente para a fila de guerreiros.

A menina estreitou o olhar para ver melhor e, pela descrença em seus próprios olhos, ela sequer piscava quando deixou a distância da fila para trás e deu o primeiro passo em direção ao que estava acontecendo. Caledrina viu guerreiro por guerreiro se assentar sobre uma cadeira de madeira e apontar os seus ferimentos a Arnalém, que, sentado com as pernas cruzadas sobre o gramado em frente ao seu lugar de repouso, levantava as mãos, posicionando-as sobre os

CAPÍTULO XXXV

machucados das pessoas, até que quase tocassem onde doía. Sem, aparentemente, nenhum grande esforço, com as feridas recebendo nada mais que o toque da sombra de suas mãos estendidas, ele os curava. Os hematomas desapareciam, instantaneamente, na frente de quem se dispusesse a ver com olhos atentos.

— Isso é bruxaria — comentou Cally, cuspindo as palavras secretas de seus pensamentos mais alto do que gostaria. Diante de tal fenômeno, maior era a sua descrença do que o nível de sua cautela. — Não sabia que praticavam esse tipo de arte aqui.

Sem tirar os olhos da tarefa que cumpriam as suas mãos, embora encharcando a menina com a sua atenção, Arnalém falou:

— Eu dou a cura para todo aquele que em mim a procura.

— Mas como? Não que as últimas coisas que eu tenha visto estejam dentro de meu habitual, mas isso... isso é impossível até para um lugar como este.

Sem distrair-se do seu trabalho miraculoso, Arnalém respondeu, enquanto devolvia o sorriso para mais outro homem, que lhe mostrava uma fratura na perna esquerda.

— O verdadeiro sábio não é aquele que pensa que sabe tudo, mas aquele que entende que algumas coisas são um mistério e devem manter-se assim até o dia em que deixarão de ser.

— Explique — falou Cally, sem conter o impulso.

Arnalém apenas sorriu para ela e, ao observá-la com tamanha expressividade e ternura, fez a menina encolher-se em si. Alguns segundos depois, deu de ombros ao compreender a atitude serena do líder dos selvagens.

— É o mistério, eu sei.

Arnalém, ainda com as feições serenas, interrompeu as curas que realizava apenas para olhar novamente para Caledrina.

— Procure-me mais tarde. Falaremos a sós ao pôr do Sol.

— Eu terei as minhas respostas?

— Poderá fazer as suas perguntas — corrigiu Arnalém.

— É claro, meu senhor. — Ela despediu-se numa reverência impecável.

Seus pensamentos pareciam estar afundando num mar desconhecido, que estranhamente a fascinava e a fazia querer descobrir tudo sobre aquele homem e seus mistérios. Contudo, com as raízes coçando ao crescerem, ela não tinha permissão para focar completamente em saciar a sua curiosidade. Ainda assim, Caledrina não poderia mentir nem mesmo para a parte mais escondida nas profundezas de seus sentimentos, que afirmavam, timidamente, que ela estava se apegando a certas regalias da vida no acampamento. Em meio a tudo isso, a garota tempestuosa lutava para convencer-se de que não pertencia àquela história. A menina ergueu a cabeça numa tentativa de manter os devaneios no lugar, e engoliu em seco antes de lamber os lábios, não mais tão rachados, ao pensar que, até o entardecer, Arnalém jazeria como um homem morto, e ela seria a causa disso.

CAPÍTULO XXXVI

Enquanto subiam uma montanha dentro dos limites do acampamento, Cally questionou qual seria o interesse repentino de Kyrios em passar tanto tempo com ela. Ele insistira em levá-la até um lugar misterioso, o qual Caledrina aceitara apenas após o rapaz jurar que o passeio não levaria mais do que poucas horas. Nada poderia atrasar os seus planos. Queimaria as próprias raízes e, antes do pôr do Sol, Saturn já estaria a caminho do acampamento.

Ofegante pela subida íngreme, Cally parou com as mãos nos joelhos, a fim de recuperar o fôlego.

— Falta muito?

— Ora, já está cansada? Ainda bem que, mesmo com a disposição de uma velha senhora, conseguiu sobreviver por tanto tempo sozinha na floresta — gracejou o rapaz, parecendo deslizar sobre a montanha sem grande dificuldade.

Kyrios sabia que o comentário tocara o orgulho ferido da garota, então gargalhou ao vê-la ultrapassá-lo em poucos instantes.

— Quem aqui tem o ânimo de uma idosa agora? — caçoou Caledrina, correndo morro acima e deixando o jovem para trás.

Ao alcançá-la, Kyrios a fez parar e, de repente, esboçou uma feição séria.

— Venha, quero lhe mostrar algo! Creio que irá gostar.

Intrigada, Cally seguiu o rapaz em silêncio, até que chegassem ao topo da elevação. Estreitando os olhos e checando ao redor atentamente, o menino, com um sorriso singelo, deu quatro passos até um ponto do gramado que, aparentemente, abrigava o item que tanto procurava; ela o observava. Com olhos curiosos, a menina o analisou remover algumas folhas de bananeira do chão e, inclinando a cabeça, pôde contemplar uma tela de pintura e alguns pigmentos guardados em pequenos frascos achatados, os quais se escondiam abaixo da folhagem.

Sem dizer uma palavra, Caledrina sentiu o cheiro forte de cola e colorante quando Kyrios abriu o primeiro frasco. O suporte de madeira, ao lado de Cally, carregava alguns rabiscos inacabados que remetiam à vista daquele ponto da montanha. Boquiaberta, com as mãos inconscientemente apoiadas na cintura, enquanto analisava o rapaz dos pés à cabeça, Caledrina pensava em quantas outras coisas esquisitas o garoto de riso fácil escondia dentro de si.

Na floresta, conhecera árvores falantes; moscas negras que, de alguma maneira, pareciam conhecer os seus piores traumas; e, também, um ser grazino e de pele azulada, que vestia trajes espalhafatosos, gerava terremotos ao gritar e abrigava centenas de aves. No entanto, nada a havia desconcertado mais que a simples leveza que Kyrios exalava. Sentia-se uma boba ao pensar que ele, por vezes, parecia ter o poder de fazê-la se esquecer das preocupações constantes. Era como se o som daquela risada sincera trouxesse ordem para a sua bagunça, fazendo até mesmo a inquietação, que formigava em suas mãos, ir embora assim que a gargalhada se difundia no silêncio.

Ora a irritava com aquela gentileza, ora lhe trazia leveza, mas fosse de uma forma ou de outra, Kyrios facilmente a surpreendia. A menina

CAPÍTULO XXXVI

sentia-se tola ao pensar tudo aquilo do rapaz, mas, mesmo assim, descansou os braços ao lado do corpo e sorriu, decidindo apenas desfrutar o pouco tempo que lhes restava, antes de dar procedência à sua missão.

— Está pintando o horizonte — observou Cally.

— Não — respondeu Kyrios, enquanto se abaixava e passava o pincel, feito com cerdas separadas, presas por um metal, à outra mão. — Estou preparando o cenário.

— Cenário para quê? — Entendendo a ideia que se escondia por trás dos olhos azul-oceano, Cally ergueu as mãos na defensiva. — Oh, não. Sem chances de posar para você.

— Vamos, eu insisto — suplicou Kyrios, com um olhar gentil. Caledrina, se não estivesse apavorada, certamente riria, pensando ser ironia.

— Aparentemente ainda não notou que eu não sou o tipo de garota que gosta de mangas bufantes, penteados espalhafatosos ou… ou posar para um pintor. Procure por uma princesinha, qualquer outra pode proporcionar traços melhores para você desenhar.

— As suas cores se encaixam perfeitamente na obra que tenho em mente. São únicas!

A menina se calou e o observou por alguns milésimos de segundos antes de desviar o olhar; poucos instantes foram necessários para que ela levantasse o semblante novamente e encontrasse a face de Kyrios.

— Como é?

— Suas cores são só suas e seria um desperdício não as eternizar. Deixe-me mostrar-lhe que você é uma obra de arte.

Era a primeira vez em que alguém mencionava o tom bizarro de seus cabelos e olhos sem que a fala soasse como desprezo. Não sabendo reagir à novidade do elogio, sentindo o corpo ainda indeciso entre relaxar ou tensionar ainda mais a musculatura rígida, Cally, mesmo com passos hesitantes, não impediu Kyrios de a conduzir até o lugar que ele desejava.

A menina sentiu-se tão envergonhada pela intensidade com que o rapaz a olhava, a fim de retratar cada detalhe, que sequer notou o tempo passar. Nunca achou que a tarefa mais árdua em toda aquela aventura seria permanecer parada. Quando Kyrios coçou o queixo com o dorso da mão que segurava o pincel, enquanto colocava a ponta da língua para fora, distraído em sua própria concentração, manchou o rosto com a tinta verde. Caledrina notou que nunca antes analisara um ser humano com tanta atenção como naquele momento. Talvez, por causa de sua agitação natural, nunca houvesse achado razões plausíveis para fazê-lo; aquela, no entanto, fora a primeira vez em que não tinha nada mais para observar, além do mesmíssimo rosto. A demora dos olhos de Caledrina naqueles traços a fizeram pensar que, independentemente do quão habilidoso fosse o selvagem, não haveria arte mais bela do que apenas admirar o artista. Mesmo sabendo que as linhas registradas na tela eram as suas, o que desejava eternizar eram os olhos do garoto em seus pensamentos.

Ela analisava cada detalhe de Kyrios, até que, antes de encarar as próprias botas, os olhares da obra e do artista se encontraram. Caledrina soube, então, que aquela não era a mais difícil das missões. Pela primeira vez, esqueceu-se de ser uma assassina habilidosa e invejada; naquele momento, era apenas uma garotinha que ansiava por ver a sua pintura. Ainda encarando as botas de couro, sabia que não podia mover nada além dos olhos nas órbitas. Então, lentamente, voltou a erguer o olhar e, embora desta vez focasse em uma árvore no horizonte, sabia ainda estar sendo observada pelo jovem.

Num ato inconsciente, Cally franziu a testa ao sentir uma leve coceira, provavelmente ocasionada por alguns dos insetos daquela região. Em seguida, temeu que aquilo estragasse a pintura. Ela também percebeu que sequer pensou se a posição escolhida era o suficiente para a obra. Com os pés posicionados na linha dos ombros, como se estivesse prestes a atirar com seu arco e flecha, e as mãos juntas em frente ao corpo, Caledrina apenas aguardava

CAPÍTULO XXXVI

Kyrios terminar. A garota controlava-se para não ficar na ponta dos pés, tentando espiar o que formaria a junção de tantas tintas, e imaginava como seria ver a si mesma pelos olhos de alguém que, por uma razão a qual ela ainda não desvendara, parecia enxergá-la além de suas vergonhas.

Com o sol se despedindo ao som de grilos e de outros insetos cantores, Kyrios finalizava a sua obra.

— E... — Concentrado em sua pintura, levantou uma das mãos, preparando-se para chamar a menina. — Terminei.

Em um piscar de olhos, Caledrina correu em direção à tela tão rápido que, devido ao tempo em que ficou sem movimentar as pernas, tropeçou em uma elevação do gramado — não tão grande para ocasionar tal acidente. Num impulso, colocou a perna esquerda em frente ao corpo de forma flexionada, protegendo-se de uma queda frontal, e caminhou recatadamente. Parecia ouvir as risadas de Minerus preencherem sua mente. As gargalhadas que soaram da boca de Kyrios, por sua vez, não a irritaram como de costume; entendia que não eram zombaria. Se não estivesse envergonhada demais, talvez até risse com ele.

Ela ajeitou os fios rebeldes cinzentos atrás das orelhas, e, quando apenas um passo distanciava os seus olhos de contemplarem a misteriosa pintura, respirou fundo. Embora tivesse nascido na nobreza da Corte dos Sete, nunca havia tido a sua imagem representada em tinta, já que os seus pais, com extrema vergonha da cor atípica de seus cabelos, julgavam ser apenas perda de dinheiro ter algum registro dos traços da filha.

Caledrina parou de súbito e buscou acalmar os sentimentos que, sem razão, estavam descontrolados demais. Abaixou as expectativas irreais que projetara. Seria possível a tela ser péssima a ponto de não servir nem mesmo para ser jogada no fogo e aquecer uma família numa noite fria? Para isso, Kyrios teria de ser um artista com terríveis aptidões ou não enxergar as cores como verdadeiramente são. Qualquer um poderia pintar algo apresentável, e o quadro à sua frente não deveria ser nenhuma grande obra artística. O que ela estava pensando? Kyrios não era seu amigo, mas seu inimigo!

— Só mais um passo — motivou o rapaz, como se conhecesse os pensamentos da jovem e desejasse lhe mostrar que não estava espantado com nenhum deles. Ele a olhava como um amigo atencioso e gentil.

Depois de todo aquele tempo, Caledrina devia a ele, ao menos, um olhar para o trabalho de tantas horas. Não. Devia aquilo para si mesma. Kyrios não importava. Movida pela mais obscura curiosidade, Cally seguiu adiante com os braços cruzados, tentando provar a si mesma que não se importava — até que os olhos, finalmente, alcançaram a tela.

Os braços caíram descansados ao lado do corpo e, enquanto piscava algumas vezes, a menina percebeu o queixo tremer ao movimentar os lábios em uma sensação desconcertante; sentia-se como uma mera visitante em seu próprio corpo, que não a obedecia. Ao passo que deixava-se levar por algumas emoções calorosas de exultação, Caledrina corria o olhar por cada centímetro da imagem à sua frente.

Era a arte mais bonita que já havia visto, e era ela. Kyrios Logos havia conseguido encontrar beleza até mesmo em seus traços cinzentos, como se ele a fizesse enxergar-se com clareza pela primeira vez. E ela... ela era linda.

Quebrando aquele momento de contemplação, tão rápido como uma espada encontra o chão quando arremessada ao ar, notando que não fora retratada com a parte de si da qual mais se orgulhava, Cally estreitou os olhos e cerrou o punho, enquanto ajeitava as luvas puxando-as para cima, a fim de proporcionar mais conforto aos dedos.

— Onde estão as minhas raízes?
— Quando olho você, elas se tornam irrelevantes.
— Mas são quem eu sou — disse, um pouco irritada.
— Você não é o tamanho de suas raízes, Cally. Não é o que denota o seu valor... Não para mim.

CAPÍTULO XXXVI

— Por quê? — indagou a garota.

— Porque enquanto só vê razões para fugir, eu não vejo uma sequer que a impeça de ficar aqui conosco.

Pega de surpresa pela resposta, Cally transferiu o peso do corpo para a perna direita e, requebrando a cintura, ao cruzar os braços, fez as luvas alcançarem a pele quente pelo calor do Sol; ali estavam as marcas do passado.

— Está enganado. Desde quando fujo de alguma coisa?

— Acha que não percebo que se esquiva toda vez que tento conversar? Não vou obrigá-la a falar. Acredito que tenhamos alguns tesouros para você aqui, mas, se pensa que encontrará maior valor lá fora… vá e faça o que tiver de fazer. O Sol já se pôs e não quero tomar mais de seu tempo.

Constrangida pela clareza daquelas palavras que, surpreendentemente, ainda soavam gentis, Cally consolou-se repetindo incansavelmente que não passara de mera coincidência. Era impossível Kyrios saber da missão que até mesmo ela havia esquecido naquele momento. Entretida na envolvente distração de todas as suas cores, a garota não se atentou às horas e, àquela altura, o Sol já havia se despedido.

De forma obstinada, os seus pensamentos pareciam gritar, implorando para que ela queimasse suas raízes e chamasse por Saturn o mais rápido possível, mas, ao mesmo tempo, dentro de uma caverna mental, um eco das profundezas de seu raciocínio chegava aos seus ouvidos. Seu coração estava apertado e sussurrava para ela, como a brisa suave que sentira na floresta antes da grande ventania, que, na corte, não haveria nada que saciaria a sua fome e sede como o que encontrara nas tendas do acampamento.

Cabisbaixo, Kyrios começou a guardar os artefatos de pintura, colocando-os debaixo da folha de bananeira, exatamente como estava quando chegaram.

— Ainda tem planos de se encontrar com Arnalém? — perguntou.

Pigarreando em agradecimento à recente troca de assunto, Caledrina recordou-se do convite feito pelo líder dos selvagens e, como já estava atrasada para o que havia planejado, pensou que não seria nenhum problema ouvir o que o velho tinha para dizer uma última vez. Seria uma demonstração de que ela também carregava uma pontinha de bondade ao concedê-lo a chance de suas últimas palavras. Em breve, aquele que fingira ser o Vento, daria o seu suspiro final e se tornaria, finalmente, nada mais do que um sopro na história, a qual certamente não pararia por ele.

— É claro. Para onde mais iria?

Receosa, Cally não compreendeu a sensação estranha que sentiu ao mentir para o garoto com quem passara o dia. Estava acostumada a criar especulações e contornar situações com pequenas mentirinhas. Por que, justamente na missão mais importante, confiada a ela por Saturn, sentia-se daquela maneira? Aquele ambiente estava brincando com a sua cabeça. Deveria encontrar-se com Arnalém o mais rápido possível para desaparecer daquele lugar o quanto antes.

Em silêncio, Caledrina e Kyrios seguiram rumo à tenda de Arnalém.

◆

Enquanto o líder dos selvagens escrevia algum manuscrito, o estalar do fogo queimando sobre o castiçal fazia companhia ao som da tinta que raspava no papel; debruçado sobre uma escrivaninha de madeira, ele sussurrava, dando voz aos pensamentos.

— A adição dos dez primeiros, mais os dois da semana passada, darão, além dos resultados da soma do andar de cima, aproximadamente 34,328. — Usando a ponta dos dedos como garantia, continuava os seus cálculos. — 103 somado a 742 é equivalente a 1.947.223, sem contar com os de ontem.

CAPÍTULO XXXVI

Com os lábios fechados, Cally emitiu um som que expressava o desejo de rir do velho homem e da sua caduquice confiante.

— Não acredito que esteja tão... correto quanto pensa estar.

Kyrios apertou o dedo indicador nos lábios, pedindo silêncio, e se aproximou da menina.

— Deixe-o trabalhar. Os números dele são diferentes dos nossos.

— Os números?

— Cálculos e tempo.

Caledrina moveu os olhos para a direita e para a esquerda, com o foco tão confuso quanto os pensamentos, tentando decidir rapidamente se valeria a pena questionar ou manter-se calada e, com um sorrisinho sem graça, acenou com a cabeça em concordância.

Entreouvindo os cochichos dos dois na entrada da tenda, Arnalém levantou-se para recebê-los.

— Logos e Srta. Cefyr, estava prestes a dormir com a espera, mas os cálculos me mantiveram desperto.

— Mas... a Lua acabou de subir. Não devemos ter atrasado sequer uma hora. — Ao notar o olhar incisivo de Kyrios, Caledrina piscou demoradamente, descontando nas pálpebras pesadas toda a sua frustração. — Eu sei, eu sei. O tempo dele é diferente...

— Desculpe-nos pelo atraso, pai. Mas o tempo foi bem investido.

Arnalém riu ao ver as mãos do filho sujas de tinta.

— Imagino que sim, Logos. Imagino que sim — respondeu, enquanto acenava com a cabeça.

— Espera aí. Filho? Oh, isso explica muita coisa — disse Caledrina, ao cruzar os braços e encará-los, encontrando, pela primeira vez, as semelhanças que se apresentaram de forma brutalmente clara, e a fizeram sentir-se a maior das desatentas.

Ao caminhar até ela, Arnalém ofereceu o braço como uma forma de convite para que deixassem a tenda.

— Diga-me, senhorita. Acho por bem, como anfitrião do lugar no qual se hospeda, oferecer-lhe uma caminhada. O que inferem os seus pensamentos a respeito do bosque?

A garota, receosa, mordeu os lábios inferiores ao notar que o líder selvagem simplesmente não deixaria o convite receber uma recusa, assim, após alguns segundos, estendeu o braço para apoiar-se nele. Quando estava prestes a tocá-lo pela primeira vez, Cally desequilibrou-se, e, então, sentiu seu braço transpassar o homem. Arnalém não possuía carne ou osso. Era como uma grande nuvem personificada em forma humana, ainda que fosse feito apenas de... ar.

De uma forma que nunca antes ocorrera, desconfiada de suas próprias mãos, Cally as encarava como se fossem as maiores traidoras que conhecera. Sem poder conter-se, convencida de ter sido apenas uma sensação do momento, como em um impulso, novamente tentou apoiar-se nos braços daquele que, com ternura no olhar, ainda esperava por ela e a observava com atenção. Transpassou-o novamente. Caledrina franzia as sobrancelhas com tanta determinação que enrugava todo o rosto, enquanto, olhando para baixo, encarando as mãos — como se fosse desvendar todos os segredos nas linhas das palmas —, deixou que os fios de cabelos encobrissem sua face, escondendo de Arnalém e de seu filho as caretas confusas. Pela primeira vez, a menina, que sempre tinha algo para dizer e questionar, viu-se em completa quietude frente à verdade de que Arnalém era quem dizia ser. O Vento existia diante dela.

Enquanto Kyrios, com as mãos juntas abaixo do queixo, divertia-se com a descoberta da garota e sorria com os lábios fechados, seu pai, bastante sério, fitava Caledrina com tanta veemência que mais parecia estudá-la como um dos cálculos que fizera há pouco. Cally arfou incrédula, e soltou uma risada sem jeito.

A menina sentiu ventar, e seus cabelos foram movimentados pelo sopro; a corrente de ar certamente havia sido ocasionada pelos

CAPÍTULO XXXVI

passos de Arnalém no momento em que caminhou até a abertura secreta na parte de trás da tenda. Kyrios permaneceu onde estava, sabia que era o desejo de seu pai. Cally percebeu que ficara para trás e, rapidamente, seguiu Arnalém em busca de respostas.

— Espere!

Ela o alcançou, ofegante, e se perguntou como ele poderia mover-se tão depressa. O pensamento logo deteriorou-se, tão rápido quanto o Vento — forma que ele, há pouco, provara possuir. De pé na escuridão da noite, frente ao homem que Isi alegava tê-la criado, Caledrina encarava Arnalém. Sua expressão era indecifrável. Parecia que, quanto mais coisas descobria sobre o líder daquele povo, mais mistérios havia. Com ele, tudo se renovava.

Arnalém sorriu, enquanto Caledrina ainda o fitava durante a caminhada, e, então, o Vento soprou, criando um agudo engraçado, quase como se cantasse no compasso perfeito do ritmo do coração da menina, o qual batia de tal forma que mais parecia ter sido substituído por tambores barulhentos. Motivados pelo assobio repentino de Arnalém, centenas, ou melhor, milhares de vagalumes começaram a bailar e a exibir as suas luzes, como damas fariam com vestidos rodados em luxuosas cerimônias.

Quando o solo inteiro cintilou pela luz que os bichinhos radiavam, Cally se admirou ao perceber onde estava. Como se soubesse do desejo imenso da menina em conhecer as flores, o Vento a conduzira até um bosque abarrotado delas, cujo caminho só poderia ser encontrado se antes passasse pelas cortinas de sua tenda. A garota deliciou-se da fragrância que sempre sonhara sentir; teve de lutar no mais profundo de si para manter-se focada e lembrar-se do motivo de estar ali.

Não estava no acampamento para ser pintada, fazer amigos ou inebriar-se pela fragrância que exalavam as plantas. Estava ali para encontrar os selvagens e matar Arnalém. Ela conteve os seus impulsos de correr por entre as cores do jardim e engoliu em seco, sem conseguir encontrar as palavras que gostaria de proferir. Era como se todos os seus questionamentos, de repente, decidissem se esconder e resolvessem traí-la. Ali, Caledrina não conseguia fazer nada além de respirar e, até mesmo neste simples ato, pensava em Arnalém.

Parecendo ciente da situação da menina, o senhor, que demonstrava grande vigor apesar da idade já avançada, preencheu o silêncio:

— Amanhã bem cedo, com o primeiro raio de sol, iniciaremos o seu treinamento, se ainda desejar.

Com olhos estáticos e cuidadosos, Cally assistiu o Vento sumir bem à sua frente. Beliscou-se para garantir que os seus olhos não haviam mentido para ela e, iluminada pelos vagalumes, Caledrina resmungou, esquecendo-se momentaneamente da força que tinha. Esfregando as mãos sobre a pele do pescoço, agora vermelha, suas raízes fizeram um barulho engraçado ao rasparem no couro das luvas.

Cally decidiu que já era tarde demais para queimá-las e, certamente, um único dia a mais não faria grande diferença. Ela merecia respostas. Acenando a cabeça, mesmo sozinha no bosque florido, entrou em acordo consigo mesma de que, após o treinamento matinal prometido pelo ser fantasmagórico, chamaria Saturn. Não importava quantos mistérios conseguisse descobrir até lá.

CAPÍTULO XXXVII

Ao fazer companhia à Lua, enquanto todos repousavam tranquilos em suas tendas, ainda desperta, Caledrina aprontava-se para lutar. Seu sono fugiu, ignorando até mesmo o brilho lunar, que não foi o suficiente para cativá-lo; por isso, antes de levantar-se, a menina revirou-se por longas e tortuosas horas. Enquanto se embolava nas cobertas como resultado do corpo inquieto, os seus pensamentos viajaram até os novos conhecimentos que geraram diversas dúvidas em sua mente: se o Vento e a água de fato eram reais, até que ponto não seria lenda a história de Dunkelheit? Os sete reis realmente foram presenteados com tais habilidades sobrenaturais por uma fênix dourada? E teria a fênix sido amiga do Vento nos primórdios dos tempos, e o traído por inveja de seu poderio? Ou o Vento, cruel a ponto de tomar para si toda a fonte de vida, amaldiçoaria a ave que costumava voar com ele?

A menina encarou as linhas amassadas dos panos que formavam as paredes e o teto da tenda. Temendo ser consumida pela intensidade de seu distúrbio, poucos segundos bastaram para que aquela que sequer havia pregado o olho à noite ficasse pronta. Cally calçou as suas botas e, como despedida, deu um beijo estralado no focinho longo de Ince. O lêmure sempre fora muito inquieto e Caledrina vira o animal poucas vezes nos últimos dias, provavelmente porque ele já desbravara quase todo o acampamento ao correr com as suas curtas perninhas para cada canto. Inclusive, visitara as flores antes de sua dona.

Para não fazer barulho ao rir da cena que encontrara ao seu lado, Cally cobriu a boca e, na tentativa de não acordar Dwiok, controlou o riso. Por alguma razão estranha, o garoto dormia com a cabeça para baixo da cama, com o corpo disposto numa curvatura lamentável. A menina seguiu em frente, em direção à entrada da tenda, e sentiu-se confortável ao abrir a cortina e se deparar com a tênue escuridão aconchegante aos olhos, mas espantou-se ao notar que havia outra pessoa acordada fora dos dormitórios. Estranhamente, aquela presença parecia aguardá-la.

— Oh, é você! — disse Roena. — Ouvi alguns barulhos de dentro da tenda, e, como eu também estava com insônia, quis ver se alguém gostaria de um chá. Eu levantei para fazer um para mim, então não será incômodo algum caso você...

— O que está fazendo aqui? — interrompeu Cally, dispensando a cortesia. Em poucas horas, a garota com quem conversava provavelmente estaria morta. Talvez, ela pudesse se aproveitar da situação um pouco, apenas para saciar a sua sede de respostas.

— Eu já disse. Acordei sentindo-me febril e levantei para fazer um chá de cascas de salgueiro. Quando estava à caminho da cozinha, ouvi barulhos e quis perguntar se alguém também gostaria. — Abrindo a mão, Roena revelou algumas cascas cortadas em pequenos pedacinhos. — Veja, eu até já peguei.

Caledrina arqueou as sombrancelhas e fitou a selvagem de cima a baixo. Cascas e folhas para chá geralmente eram guardadas na cozinha. Por qual razão a selvagem as teria consigo se não para sustentar um argumento que pudesse mantê-la segura para ir até a tenda dos forasteiros num momento em que pensava que todos estariam dormindo?

— Entendo — respondeu Cally, cruzando os braços e esbanjando da ironia que, sempre presente, era imperceptível à selvagem.

CAPÍTULO XXXVII

— Já que está tão disposta a cooperar, ajude-me a entender: por que tem tanto interesse em Dwiok?

— Como é?

Farta da personagem inocente e exageradamente meiga que Roena buscava a todo custo proteger, Caledrina decidiu falar de forma um pouco mais incisiva, o que muito lhe agradou.

— Você me ouviu bem; agora responda.

Com um passo para trás, a menina de fios loiros recuou ao se deparar com a personalidade geniosa daquela que, até então, nunca a havia tratado mal; ao se recompôr segundos depois, arrebitou o nariz.

— Entendo que deve ser difícil para você compreender o significado dessa palavra, mas somos amigos. Ele estava comigo e com os meus pais na noite do... na noite do incidente.

Cally torceu os lábios para conter um sorriso, e deliciou-se ao ver a menina transtornada. Roena poderia enganar até mesmo as sete coroas, mas não seria capaz de iludir aquela que a escutava, nem se chorasse sangue com as mãos juntas.

— Por que, então, fingiu não conhecê-lo quando chegamos ao acampamento? Por acaso não se comoveu pelo seu... amigo... estar com o braço inteiro desfigurado?

As sobrancelhas curvadas levavam uma feição entristecida ao rosto de Caledrina, que fez um biquinho exatamente como o esboçado pela garota à sua frente.

— É claro! É claro que eu me comovi! — gritou Roena, antes de olhar para os lados e garantir não ter despertado ninguém.

Em um tom mais adocicado, Cally cochichou enquanto manipulava a selvagem com o olhar, para arrancar-lhe mais informações:

— Então... por que não correu para os braços do seu amigo ao reencontrá-lo?

Roena agarrava firme a saia de seu vestido azul, fazendo o tecido contorcer-se.

— Porque...

— Vamos, fale! — disse Caledrina, ao tempo em que a selvagem parecia cada vez mais incomodada.

A garota loira de mechas onduladas chegou ao seu limite e explodiu em uma espécie de sussurro enraivecido.

— Porque tive medo de que Kyrios interpretasse de forma errada! Há tempos eu tento fazê-lo se aproximar de mim, mas ele sempre prefere passar os dias com aquilo que faz no alto da montanha, seja lá o que for, e que o ocupa por tantas horas.

Cally encarou Roena e a observou descarregar, com um suspiro profundo, todo o peso que a pressionava. Então ele não havia levado a selvagem até lá em cima também? Embora não tenha sido uma informação útil para a missão, o conhecimento de tal irrelevância fez com que Caledrina achasse Kyrios um pouco mais gentil do que já pensava, e um pouco menos... loiro.

Assim que os primeiros raios de sol encontraram os olhos cinzentos de Cally, fazendo-a apertá-los a ponto de franzir o nariz, ela se deu conta de como o tempo havia passado depressa. O ar escapou, em forma de um grito tímido, por sua boca, e, sem se importar com despedidas, ela correu até o campo de treinamento.

◆

— Está atrasada, outra vez — disse Arnalém, ao vê-la chegar ofegante.

Ele a aguardava com as mãos juntas em frente ao corpo fantasmagórico, e a esperava bem no centro do campo de areia. Caledrina dispensou desculpas para evitar difamar Roena, e andou calada até as varas que apoiavam as armas, tomando para si o maior de todos os arcos.

— Talvez esse atraso tenha impedido você de salvar treze pessoas... ou mais — pronunciou o líder dos selvagens, calmamente. — Na próxima vez em que for convocada para vir até os campos,

CAPÍTULO XXXVII

comece a andar, e não deixe que nada a pare. Cumprir as ordens fora de tempo significa transgredi-las.

Com a intenção de terminar logo tudo aquilo, Caledrina acenou com a cabeça. Ela não estava ali para conversas, não mais. Só queria mostrar a Arnalém o que era capaz de fazer. Sabia que, assim que a contemplasse, o rosto à sua frente esboçaria admiração e, então, ela poderia manter tal lembrança viva em si. Dentro de pouco tempo, a jovem seria a líder temida de sua facção; e ele, não mais do que a memória de seus breves feitos.

— Não quero que lute com o arco.

Com fúria, Cally encarou o homem e engoliu em seco. Arco e flecha representavam o motivo de ela colecionar os seus elogios mais vibrantes. Ainda assim, assentiu, e, lentamente, devolveu a arma para junto das outras; o braço tensionado revelava as raízes saltadas. A menina logo tratou de sorrir, relaxando os músculos.

— Está bem. Quer que eu arremesse facas? Empunhe duas espadas de uma vez? Gostaria que eu acabasse com alguém usando a casca de uma árvore? Vamos, escolha o que quiser e farei com que os seus homens treinados pareçam bebês recém-nascidos.

Caledrina odiava como Arnalém parecia inescrutável. Ela simplesmente não conseguia desvendar os seus pensamentos nem ousava tentar manipulá-los. Diferentemente de todos, ele parecia possuir uma barreira distinta contra as tentativas da menina de entrar e brincar com a sua cabeça. Em vez de incitá-la a pensar em formas de atravessar as suas muralhas, o líder simplesmente abria a porta para ela entrar. Arnalém a convidava a conhecê-lo somente com a força de sua estática presença na areia. Cally permitiu que os seus olhos imergissem no olhar do Vento por apenas mais alguns instantes. Ela se remexia por dentro pela agonia de se sentir dividida entre abandoná-lo por completo ou conhecê-lo profundamente. Os seus pensamentos berraram, chamando a sua atenção, ecoando em seus ouvidos. Mas ela não se permitiria renunciar aos desejos de uma vida toda por meras sensações, independentemente do quão agradáveis elas pudessem ser naquele momento. Pois bem, não precisava sondar as suas atitudes, Caledrina se garantia por si só; o que ele tramava contra ela não era importante.

— Quero que lute com o chicote.

Atônita pela velocidade com que as suas lembranças a envolveram, a menina sentiu uma onda de fraqueza afligi-la brutalmente e, com os lábios trêmulos, voltou a ofegar.

— Não. O chicote não.
— Pegue.

Cally dominava quase todas as armas de forma louvável, até mesmo para um guerreiro experiente. Por vezes, passara dias sem comer até que acertasse determinado movimento ordenado por seu pai. As luvas, que nunca tirava, não serviam apenas para esconder as cicatrizes do incidente com a janela — do dia em que, após abrir a porta do armário, libertou um selvagem sanguinário —, mas eram úteis, também, para evitar os ferimentos devido ao manuseio excessivo das armas. Mesmo envolvidos pelo couro escuro, em várias ocasiões, os dedos, e até mesmo as palmas de suas mãos, já haviam vertido sangue.

Acometida pela sensação das costas arrebentando-se cada vez em que os seus olhos encontravam as tiras do chicote, Cally não suportava a simples ideia de tocá-lo. Seu pai o havia destinado como punição certeira para todas as vezes em que ela o desobedecesse ou falhasse em cumprir alguma de suas ordens, sem se importar com quão irreais elas fossem. Ainda assim, Caledrina nunca foi impelida a andar dentro dos trilhos. Entre todos os dias em que era obrigada a treinar para ser a melhor, apenas em um deles a menina voltou a tocar em um chicote: ao som do primeiro estralar, tamanho era o seu trauma que, levantando-o pela segunda vez, assustada, Cally rasgara o próprio pé.

CAPÍTULO XXXVII

— Eu já disse que não!

Extravagantemente paciencioso, o homem, que, em melodia afinada, parecia rebater as negações da menina tão rápido, olhava para ela com brandura.

— Criança. Eu quero que lute com o chicote. Agora.

— Não me chame de criança.

— Caledrina, o chicote — solicitou Arnalém, mais uma vez, ainda sereno.

Cally gesticulava e tentava fazê-lo entender, enquanto desviava o olhar.

— Eu não sou boa nisso, tá legal?!

— Eu não preciso que seja boa, quero apenas que pegue o chicote — insistiu ele.

— Não — respondeu a menina. Atormentada, ela buscava manter as emoções sob controle em frente ao homem que sempre a fitava com atenção. Tamanho era o seu esforço que, respirando com a boca fechada, as veias e raízes da garota saltaram pelo pescoço. Com os punhos cerrados, Caledrina começou a tremer.

— Por quê? — perguntou Arnalém.

— Não — disse Cally, dessa vez um pouco mais alto em meio às batidas aceleradas de seu coração.

E, novamente, tão calmo a ponto de enlouquecer os nervos da menina, o homem insistiu:

— Por quê?

CAPÍTULO XXXVIII

Cally se encontrou enlaçada em uma situação semelhante àquela que armara para Roena minutos atrás. A persistência do líder dos selvagens a deixou farta e furiosa, então a menina retirou as luvas — assustando-se ao rever as cicatrizes que, cobrindo toda a extensão dos dedos, roubaram-lhe a formosura e delicadeza das mãos —, e disse:

— Porque foi por causa dele que tudo começou!

Com as mãos enrugadas devido ao tempo em que estiveram encobertas, e sem contato com algo que pudesse lavá-las, Caledrina rapidamente as levou para trás das costas, como se escondesse doce de criança. Decidindo que não se privaria mais de expor o rancor que guardara dentro de si por todos aqueles anos, começou a respingar ironia em cada palavra:

— Um de seus homens matou a minha irmã, arremessando-lhe uma faca no peito… Ela só tinha cinco anos. Daquele dia em diante, meu pai começou a… me educar ainda mais… para que eu soubesse como acabar com o próximo selvagem que tentasse algo contra mim, assim como fizeram com May. Acontece que, como dizia papai, "toda boa educação anda ao lado de uma boa punição". O seu povo é cruel e destruiu a minha vida. Eles mataram… eles mataram May!

— Sinto muito por sua irmã, mas não foi um de meus homens que lhe roubou a chance de crescer — respondeu Arnalém, com a calma de sempre, mesmo depois de Cally ter praticamente revelado ser uma das crianças que nascera na corte.

— Impossível! Ele tinha os cabelos claros como os dos seus, e sabemos que não existe união fora das raças.

— Só porque vivem aqui e se parecem com os que realmente têm a minha marca, não quer dizer que verdadeiramente sejam meus. Diga-me, você se lembra de ter visto algum tom de vermelho no homem que diz ser o selvagem que matou a sua irmã?

— Sim, mas o que isso tem a ver?

— Se pensar bem, lembrará que todos aqueles que lhe causaram algum mal também sangravam. Pessoas feridas ferem as outras, Cally. Mesmo aquelas que são boas acabam se tornando rancorosas quando não perdoam e, de igual modo, machucam as que passam pelos seus caminhos. Quantas delas você já feriu? Por que, enquanto aquele homem não é digno do seu perdão, você é merecedora de aplausos? Ambos erraram. O que a faz pensar que aquele é o pior entre todos os indivíduos, quando você pode ter machucado ainda mais pessoas do que ele?

Incomodada pela cena que irradiava em seus pensamentos, que ilustrava o momento em que o selvagem fechava a janela em seus dedos e o chão da sala de seu pai era manchado pelo sangue de May, Cally mordeu a língua tão forte que a cortou.

— Nunca disse que era merecedora de algo.

— Não? — indagou o líder dos selvagens, quando, para a surpresa da menina, sorriu para ela com os lábios fechados em um gesto de compaixão.

Caledrina detestou aquele momento de introspecção que a pergunta lhe causara, e percebeu que, sendo o Vento ou não, Arnalém era diferente de todas as outras pessoas — que, para a garota, sempre foram tão fáceis de manipular, semelhante à argila

CAPÍTULO XXXVIII

molhada nas mãos. Mas, ao contrário disso, ele já havia desvendado a verdade por trás de suas histórias.

— Você sabe, não sabe?

O sorriso foi alargado com os lábios ainda fechados, e Arnalém respirou fundo.

— Nômades da floresta não dominam todas as armas, tampouco obrigam os seus filhos a aprenderem.

— Encontrei-me com alguém pela floresta densa. Alguém cujo nome é Isi; ela afirmou ser uma amiga íntima sua. — Motivada pela atenção do líder dos selvagens, Cally prosseguiu. — Ela me contou a história de um livro, e jurou que ele fora escrito para mim pelo próprio Vento. Eu não acredito em nada disso — mentiu, buscando convencer-se de suas palavras. Insegura pelas mudanças que poderiam acompanhar a verdade, caso decidisse aceitá-la, Caledrina tentava manter cada um daqueles fatos o mais longe possível de seus pensamentos, contrariando-os tanto a ponto de realmente crer no vazio causado por sua fuga.

Enquanto a menina parecia tomar cuidado com o que dizia, Arnalém sempre sabia exatamente o que proferir e, com as frases certas na ponta da língua, suspirou mais uma vez.

— Entendo que a sua infância tenha sido difícil, mas, minha criança, não duvide de quem a criou, seria como duvidar de si mesma.

— Como pode falar da minha infância? Você sequer esteve lá...

— Mesmo que você não me sentisse movimentando os fios de seus cabelos ou trazendo frescor à sua face, eu ainda estava lá, Caledrina. Eu me movi em seu desconhecimento. Torci, dia após dia, para que você apenas parasse e prestasse atenção à sua volta e me ouvisse chamá-la pelo nome, percebendo que o Vento nem sempre assobia como faz no alto das montanhas. Às vezes, apenas sopra de forma suave, feito uma brisa tímida. Esses chamados carregam poder e beleza inimagináveis, porque são o encontro entre Criador e criatura. Grito ou sussurro, ambos são ensurdecedores, mas um deles só pode ser ouvido no silêncio! Mesmo que não olhasse para mim, eu sempre a mantive viva em meus olhos, com todas as suas cores em intensidade máxima. Estou além de um sentimento ou arrepio; *Eu Sou,* criança. E é por essa razão que sempre estive por perto. A resposta para "quando?" é: sempre. E para "onde?" é: em todo lugar!

— Ainda acha que acredito em fábulas? — perguntou Cally. A jovem permanecia com as mãos para trás e usava a força de cada átomo presente em seu corpo estremecido para manter a voz firme. Ela continuou tentando acreditar naquilo que dizia, desesperada para ocultar a ameaça de desmoronamento das muralhas de suas certezas, outrora solidificadas, mas, agora, prestes a se tornarem pedaços esfarelados. — Tente com a próxima intrusa que cruzar as suas fronteiras. Eu já vivi coisas que pessoas da minha idade, e até mais velhas, jamais sonhariam; não caio mais em contos para crianças! Acredite quando eu lhe digo que, internamente, a marca sombria que cobriu os meus dias me obrigou a deixar de ser uma criança muito cedo. E não há como limpar manchas como essas. Não quando elas estão misturadas ao sangue e ao vinho.

Arnalém ergueu o queixo, abandonou a posição estática e levou os dedos até os lábios, enquanto estreitava os olhos para encarar a areia quente em frente aos seus pés.

— Diga-me, por que você acha que existe alguma mistura no vinho que bebem na corte?

Cally gargalhou mordazmente.

— Ainda que toda a história ouvida na Corte dos Sete seja realmente verdade, embora muitos, como eu, acreditem se tratar de uma mera lenda, tenho certeza de que existe mistura no vinho, porque você roubou toda a água para si! — O seu olhar era implacável. Encontrou, naquele momento, resgatando as condições precárias do lugar em que crescera, a motivação para voltar a desprezar o ser à sua frente; agora, no entanto, não era tão fácil como antes.

CAPÍTULO XXXVIII

A jovem percebeu que nada era capaz de abalar o líder dos selvagens. Com a voz ainda firme e serena, traço bem-marcado de sua personalidade, ele falou:

— Acha mesmo que alguém como Saturn faria algo apenas pelo bem-estar de seu povo? — Arnalém deu um passo e aproximou-se da garota. O movimento indicava o novo nível de intimidade que as suas palavras carregariam ao confessar-lhe um segredo. — Imagino que Saturn tenha relatado a você que a poção que os seus monarcas obrigam o povo da corte a beber, ano após ano, é para que todos se esqueçam de que os seis irmãos foram mais novos anteriormente, e não percam o respeito, uma vez que os reis são jovens para o governo. Além disso, sei que eles também alegam que a dose anual serve para poupar as pessoas da lembrança dos traumas e acidentes das coroas passadas. Entretanto, o que vocês não sabem é que essa poção também se encontra na mistura dos vinhos servidos. Eles os embriagam com a ignorância todos os dias, enquanto os fazem adorá-los como deuses bondosos. Cada dia que permanecem na corte é uma condenação à ausência da verdade. Mas a realidade é que a poção não encobre o quão novos já foram ou o que aconteceu com os antigos monarcas e linhagem dos reis atuais, mas o quão velhos são, e como a família real nunca existiu. O que Isi lhe falou não era mentira, Caledrina. Os reis a quem serve nunca tiveram pais ou uma idade inferior à que você conhece. Nunca foram crianças, nunca tiveram família; nunca foram os sete bebês abençoados pela fênix. Eles fazem parte do plano de Dunkelheit. São seres cruéis, manipuladores de um povo indefeso, e se deleitam ao bailar sobre a ignorância. A corte não os protege, ela os prende. Os seus monarcas os cercaram com tantos prazeres e entretenimentos que vocês sequer perceberam estar em uma jaula. O povo da corte acostumou-se com a maldição, enfeitou a terra morta e a chamou de lar.

— Pare! — berrou Cally, tão alto que fez os pássaros que repousavam tranquilos sobre as armas voarem em direção ao horizonte, que era adornado pelas mais belas cores do amanhecer. — Não pode chegar aqui e simplesmente falar que toda a minha vida foi baseada em mentiras, pedindo que eu vá arrancar flores com você à luz de milhares de vagalumes! Não importam as cores que possa me apresentar, nada muda o meu passado cinza, negro e vermelho. Eu já estou marcada e não há nada que você possa fazer. — Acompanhada pela força de seus pensamentos, ela soltava as palavras tão rapidamente que cuspia pequenas gotinhas de saliva sobre a areia do campo. — Mesmo que os registros do grande livro de profecias e maldições fossem verdade, e que o tivesse escrito para mim, o que eu duvido muito, se Dunkelheit o odeia tanto, por que ele não me matou quando pôde? Se a fênix arde tanto em ciúmes, a ponto de criar uma corte apenas para prejudicá-lo, por que ela não tirou a minha vida quando eu estava sob a tutela dela?

A garota inclinou a cabeça, estava preparada para deliciar-se ao ouvir o homem se perder na própria fala. Estava curiosa para ver quanto tempo ele levaria para criar uma justificativa, e o quão ruim seria, pela pressa em sua resposta. Por fim, cruzou os braços e aguardou.

Calado, a pedido de Cally, Arnalém voltou a falar apenas quando foi convidado com uma nova pergunta e, estendendo as mãos, esperou por ela.

— Venha até aqui.

Com passos hesitantes, receosa, ainda de braços cruzados, Caledrina reparou na rara e estranha sensação da pele nua de sua mão encostando em seus braços, e caminhou até o homem. Subentendendo o que deveria fazer pela insinuação da atitude que observou, levou as mãos marcadas até as dele, transpassando-as, mais uma vez, como se apenas as movimentasse no ar.

— Não podem ferir o meu corpo — iniciou Arnalém, com o olhar intensificado pela pequena distância entre eles. — Quando a criei, eles viram a oportunidade de me machucar. Até o Vento tem

CAPÍTULO XXXVIII

sentimentos, Cally. E quem melhor do que a própria obra de minhas mãos para machucá-los? Quem melhor para ferir-me do que aquela que é parte de mim? Você é a fração minha que eles podem tocar. Você, Caledrina, é a parte de mim que poderia me fazer sangrar.

A menina lutava contra tudo que colidia vorazmente dentro de si, não queria abaixar as suas muralhas, mas, naquele momento, temeu fraquejar.

— Isso não é real. Não pode ser — sussurrou, com a voz fraca, tentando manter as suas convicções no lugar, apesar de não estarem mais lá... Nunca soube de tantas coisas, porém também nunca se sentiu tão confusa. Jamais esteve tão perto de alcançar a imensidão de tudo o que sonhou e, ao mesmo tempo, nunca havia se sentido tão diminuta.

Embora não percebesse o seu toque, Cally movimentava as mãos como se fosse conduzida por aquele que era muito mais do que ar. Ao deixar para trás a segurança das luvas, que sempre encobriram os traumas de seu passado, ela permaneceu com as mãos estendidas sobre as dele, expondo toda a sua vulnerabilidade. E, no instante em que seus dedos pareceram esquentar, enquanto ele soprava suas cicatrizes, Caledrina sentiu o calor de uma lágrima escorrer pela bochecha já quente. Não sabia de onde viera ou o que a motivara, mas, ali, perante o Vento, a lágrima se movia.

No intervalo de um novo soprar, nada fora do comum, Arnalém sorriu outra vez. Seus próprios olhos pareciam embargados de emoção. Cally levantou as sobrancelhas, curiosamente, ao pensar em como seria ver o Vento chorar.

— Formada pelo barro, vivificada pelo meu fôlego. Você é fruto do meu melhor dia de inspiração — disse ele.

A menina sentiu um sopro, mais uma vez, e observou que, embora os pequenos cortes causados pela fragilidade da pele não estivessem mais ali, as cicatrizes não haviam sumido — nem as lembranças de seu passado. Diferentemente daqueles que se enfileiravam em frente à tenda de Arnalém, esperando pela cura, Caledrina permaneceu com as marcas, embora, assim como eles, após o soprar, não estivesse mais ferida.

Foi ali, naquele instante, que a menina entendeu que o sopro não havia sido para as mãos, mas para o mais profundo de seu ser. É como se o Vento lhe soprasse a alma. Mesmo que ainda pudesse ver as marcas de seu passado, elas não a incomodavam mais. As cicatrizes a lembravam de que o sangue ficara para trás. Com os olhos fechados, num impulso, ao sentir uma onda de calor envolvê-la, a garota ferida foi abraçada por aquele que a sarou. Quem diria que uma assassina promissora se sentiria confortada pelo Vento?!

A menina levantou a cabeça para olhar nos olhos daquele que a havia livrado do passado e, com lágrimas contínuas, motivadas por algo que ela sequer poderia explicar, Cally andou até o suporte de armas. Correu os dedos trêmulos pela superfície plana de algumas espadas, e parou quando eles encontraram as tiras de um chicote. Puxando-o para fora, Caledrina suspirou profundamente.

— Lembre-se de que eu lhe disse que não era boa nisso — falou, esperando que Arnalém compreendesse a força que ela esboçava por meio de suas fracas palavras. Era a sua abertura envergonhada. Então respirou fundo, mais uma vez, sabendo que ele reconhecia e admirava o seu esforço.

O Vento caminhou para se aproximar dela; seu andar não deixava nenhuma pegada na areia.

— Confie em mim. Não são as suas habilidades que peço; a sua disponibilidade me basta por agora. Não preciso que seja boa, quero apenas que diga "sim", permitindo que eu me mova e exista em você, que sempre foi uma parte de mim.

Mesmo sem compreender as palavras do homem por completo, ela tomou uma decisão em meio ao mistério; encontrou, nos olhos

CAPÍTULO XXXVIII

do Vento, uma segurança voraz. Fraca, pela força intensa com que seus sentimentos se apresentavam cada vez mais, Cally sussurrou, com os lábios trêmulos:

— Está bem.

Então Arnalém contrariou qualquer especulação ou probabilidade e abandonou o aspecto humano visível aos olhos, transformando-se em ar, a sua forma natural. Os cabelos cinzentos da garota voaram para todos os lados, até desgrudarem do pescoço, que os prendia com suor. Ela sorriu com sinceridade pela sensação ainda mais fresca do que imaginara. Foi quando Caledrina estava completamente rendida, com o chicote em mãos, que o Vento passou a direcionar cada um de seus movimentos, por meio de fortes rajadas de ar. E, com a permissão da garota habilidosa, embalou-a em sua dança violentamente aprazível — agora, ele passaria a lutar por ela.

CAPÍTULO XXXIX

— Tem certeza? — perguntou Cally, apreensiva.

— Você já entrou em contato com a água uma vez. Lembra-se do dia em que a encontrei? — disse Kyrios Logos, ao abrir um sorriso gentil para incentivar a menina.

— Eu me arrastei até lá — corrigiu ela. — Não tinha forças para chegar até o fundo.

Bastante próxima a eles, Roena mantinha os seus próprios conflitos com Dwiok, na tentativa de persuadi-lo a entrar na água, seguindo os comandos de Kyrios ao seu lado.

— E o que aconteceu depois? — perguntou o filho de Arnalém, sem tirar os olhos de Cally, enquanto a analisava cautelosamente. Isso já se tornara comum: na presença da menina, ele sempre encontrava novas razões para contemplá-la.

— Você me trouxe até o acampamento, onde cuidaram de mim.

— Agora está pronta. Vamos, não há como desvendar os mistérios das profundezas se permanecer na beirinha. — Ele mergulhou, nadou para mais perto de Caledrina, e aproveitou o sustento da parte rasa para fazer uma pose animada, buscando distraí-la do medo.

— Se quiser me convencer, tire a palavra "profundezas" da lista — respondeu Cally, no mesmo tom de animação.

Rindo, Kyrios lhe estendeu a mão mais uma vez.

— Vem ou não?

Com as palavras de Arnalém ainda ressoando em sua mente, Cally respondeu, enquanto aceitava uma das mãos de Logos.

— Vou.

Segurando a mão de Caledrina, que o tocava sem receios ou restrições quanto às cicatrizes — que não mais a incomodavam —, Kyrios a conduziu até que o primeiro nível de água, correndo livre sobre os pés descalços, fizesse a menina gargalhar. Alguns curtos passos adiante, com o líquido incolor nos tornozelos, Cally sentiu a euforia arrepiar sua nuca, mas logo cessou. Aquela quantidade não era mais o suficiente para refrescá-la do calor, ela desejava correr para mais fundo. Quanto mais se acostumava à água, mais desejosa sentia-se por ela. A densidade e leveza da sensação era indiscutivelmente cativante. Nada se comparava àquilo. Cally permitia que rio se exibisse para ela com oscilações sutis, formadas pela movimentação de seus passos. Observando o horizonte, ela achou engraçado fazer parte de algo tão imenso, e maravilhou-se pela sensação de, mesmo tão pequena, unir-se àquela vastidão misteriosa.

Inconscientemente, a menina apertava a mão de Kyrios cada vez mais forte. O jovem, servindo de apoio, preparava-se para lhe apresentar, pacientemente e de bom grado, todos os níveis do rio. Em alguns momentos, o rapaz ria, parecendo mais exultante do que a menina, que, até então, desconhecia aquela substância. Ele se divertia ao ansiar pelas reações dela. Já sabia o que Caledrina, expressiva, esboçaria ao alcançar as profundezas: ficaria em triunfo. Mais alguns passos e as águas do rio cobriram seus joelhos. Cally não conseguia parar de sorrir ao sentir a movimentação estranha criar certo peso sobre os seus pés. Era como se ainda pudesse caminhar, mas não mais correr sem ser conduzida pela correnteza. De repente, deixara de possuir o completo controle sobre o lugar

CAPÍTULO XXXIX

para onde o corpo era movido, e, ainda assim, o anseio de avançar a dominava.

Arriscando-se, deu um novo passo em direção ao nível mais profundo do rio; a comodidade de permanecer parada foi deixada para trás. Cally segurou firme nas mãos de Kyrios. O rapaz, ao ajudá-la a manter o equilíbrio, conseguiu ler, nas linhas que contornavam o seu olhar cinzento, que ela desejava correr. Pela falta de experiência íntima com as águas misteriosas, a menina teria se desequilibrado, e provavelmente se afogado, se não houvesse decidido adentrá-las com aquele que parecia conhecê-las demasiadamente.

Com o líquido na cintura, Caledrina descobriu a beleza de jogar pequenas gotas para cima. Ela se recordou da sensação dos pingos de chuva competindo em velocidade uns com os outros ao correrem por sua pele, e riu ainda mais alto ao perceber que não havia comparação entre aquele fenômeno e o ato de adentrar uma concentração daquilo que vinha do céu. Sem soltar a mão de Kyrios por um instante sequer, não percebia a força que depositava ao fazê-lo. O rapaz não reclamou nem uma vez ao segurá-la, nem um simples resmungo se ouviu de sua boca enquanto estava com ela.

Cally sentiu seu corpo submerso quase por inteiro, e, tão forte era a correnteza, que a menina já não dominava mais os próprios passos. Àquela altura, era o rio quem decidia. Caledrina teria a cabeça encoberta pelas águas se Kyrios não fosse um palmo e meio mais alto e sustentasse o peso da jovem, que flutuava na água com os pés já fora do solo. Era ele quem caminhava por ela. Tendo o corpo sustentado pelas mãos firmes do garoto, Caledrina se manteve na superfície, respirando com a cabeça para fora. Ali, em completa dependência, apenas o toque de Kyrios a relembrava de que estava segura, mesmo sem saber para onde era levada. Ela sentiu cada parte de seu corpo sendo massageada pela correnteza, e, num anseio crescente, desejou ir além. Ao perceber o corpo não mais em uma posição de estabilidade, sentiu um frio na barriga. Notou as mãos de Kyrios virando-a na água e criando um apoio em suas costas, fazendo-a deitar-se sobre a superfície.

— O que está fazendo? — perguntou, ao debater-se. Ela não conseguia ocultar o pavor que sentia. Ofegante, batia as mãos na superfície do rio, criando um barulho opaco; quando se remexeu violentamente para tentar assumir o controle de seu corpo novamente, estranhou a sensação dura que o líquido, até então sempre afável, apresentou-lhe.

— Shh — sussurrou o rapaz, acalmando-a. — Apenas descanse, vai gostar disso. Prometo. Feche os seus olhos, Cally. Feche os seus olhos e confie que eu a sustentarei. Não a deixarei cair, tudo bem?

A garota, pensando na falta de opções, e sem saber como sair dali, decidiu obedecer. Mesmo com medo e incomodada pela novidade, descrente de que estava verdadeiramente segura, silenciou, por alguns instantes, todos os murmúrios duvidosos de sua cabeça, e entregou-se ao momento. Suas pálpebras tremiam pelo esforço de mantê-las fechadas. Quando a jovem abriu os braços sobre a superfície, sentiu-se flutuando como as borboletas no céu, embora não acreditasse que tamanho privilégio pudesse ser estendido a ela. Liberdade semelhante não existia em lugar algum, e Caledrina não precisava ir a todos os lugares para ter certeza disso.

Kyrios moveu a menina de um lado para o outro, e sorriu ao notar os cabelos de Cally acompanhando o movimento da água, criando figuras diferentes à medida que flutuava. A cada novo ponto que alcançava, ele se cativava ainda mais pela criação de seu pai, a qual, com os lábios e pálpebras trêmulas, sorria, e, vagarosamente, permitia que a confiança se sobressaísse ao medo. Submersos, aqueles fios possuíam uma tonalidade ainda mais bela. Kyrios desejou estar no topo da montanha para reproduzi-los novamente, ou levar as suas tintas até o rio.

CAPÍTULO XXXIX

O clima de exultação de Cally foi quebrado por Dwiok, que, arfando, soltava pequenos gritos ao correr para a orla, sem coragem de alcançar as profundezas. Prestes a desistir de convencê-lo, Roena falou:

— Então quer dizer que... vocês nunca se banharam antes?

— Roena! — disse Kyrios, calmamente, apesar da voz grave em tom de repreensão, pela indelicadeza da selvagem. Ela deu de ombros.

— É claro que nos limpamos, se foi isso o que quis dizer — berrou Dwiok, ainda na beira, enquanto tentava entrar e, mais uma vez, falhava. O menino correu de volta para a terra seca no segundo em que as pontas dos dedos dos pés alcançaram a substância gélida e líquida. Com os pés molhados pelas últimas tentativas, as quais julgava serem o suficiente para saciar a sua curiosidade e desejo do momento, ele se sentou na beira do rio e abraçou as pernas enquanto observava os outros se banharem. — Mas não com água — concluiu.

Com os ouvidos embaixo d'água, Cally escutava apenas os burburinhos. Auxiliada por Kyrios, voltou à posição vertical para ouvi-los melhor.

— Com o que se limpavam, então? — perguntou Roena, curiosa, após emergir de um raso mergulho que fez as ondas do cabelo grudarem no rosto.

Ainda bastante próxima de Dwiok, que permanecia à beira, a menina precisou se deitar para conseguir imergir, já que não havia profundidade naquele ponto do rio. Apercebendo-se de que estava fora dos olhares, com dedos ágeis, ela retirou as mechas molhadas que lhe encobriam os olhos e cuspiu, reprovando a sensação do líquido na boca.

Com as mãos nas costas de Cally, para ajudá-la a se sustentar, Kyrios pôde analisar a menina de perto. A garota esfregou os dedos sobre os olhos, esperando remover as gotas presentes nos cílios; piscando algumas vezes, ela observou o rapaz profundamente. O filho de Arnalém era quem estava no campo de visão de Caledrina quando, finalmente, ela se colocou em pé, após ter confiado nos direcionamentos que recebera. Encabulando-se, rapidamente desviou o olhar e preocupou-se em, possivelmente, ser um peso para o garoto, que a sustentava por tanto tempo. Cally não sabia que, para ele, ela era leve como uma pena, e isso o permitia apreciá-la sem distração ou esforço.

 Ao contemplar Caledrina, Kyrios descobriu mais profundidade naqueles olhos cinzentos do que a garota encontrava nas águas, e entendeu o motivo de seu pai tanto desejar tê-la por perto. Assim como o Vento, o seu filho sabia que Caledrina não encontraria na Terra um lugar melhor do que junto a eles; foi por essa razão que desejou ardentemente, em seu coração, que ela decidisse ficar. Almejou que a garota pudesse, um dia, encontrar prazer em sua presença como ele encontrava na dela. Ao olhar aqueles olhos, que, pela primeira vez, não se desviaram para longe, Kyrios enxergou a forma de uma coroa delicada e valiosa, e percebeu que não haveria outra opção além de, incessantemente, ansiar protegê-la. Mesmo com medo das águas, Cally confiava no garoto e sabia que nada poderia machucá-la — apenas por ele estar ali, olhando por ela.

 — É complicado — indicou Dwiok, sem tirar o foco do rio que o cercava, como se as águas pudessem, sem permissão, subitamente engolir o seu corpo. — Digamos que temos poções e excelentes... excelentes fragrâncias.

 Roena expressou uma careta de desdém ao ouvi-lo soltar aquelas palavras de forma tão simplória. A selvagem, ao perceber que suas atitudes não correspondiam às de uma dama, esboçou um biquinho em reprovação por seu próprio ato, e pigarrou aliviada por não ter sido observada.

 — Devo confessar que não os trouxemos até aqui apenas para mostrar o lago... As pessoas começaram a comentar sobre um cheiro e...

 — Já chega — disse Kyrios, de forma firme, mas ainda gentil. Roena se calou instantaneamente. A voz do rapaz lembrava a do

CAPÍTULO XXXIX

próprio pai, afinal passava grande e temível autoridade, embora sempre distante da agressividade.

A selvagem fechou as suas expressões e nadou até Dwiok, tentando novamente puxá-lo, em vão, para o mais profundo do rio. Sabia que ele não sairia do lugar, mas serviria como uma boa desculpa para livrar-se do fardo de presenciar a inconveniência que a intimidade de Kyrios com a forasteira lhe causava. Caledrina e Dwiok não pertenciam ao acampamento, e, no momento propício, Roena se esforçaria para fazer todos perceberem aquilo.

Kyrios auxiliou Caledrina para que os seus pés voltassem a tocar o solo. Então segurou as mãos da obra de seu pai e, correndo os dedos sobre os dela, começou a limpá-la com a água. A menina, ao entender o que ele desejava fazer, encheu-se de uma culpa a qual não soube dizer de onde veio, e, sentindo-se indigna, apenas balançou a cabeça.

— Você não vai conseguir. O que já fiz é permanente. Sempre estarei imunda, não importa o quanto queira que isso mude.

— Não, Cally. A água jamais questionou quem decidiu adentrá-la. Ela limpa todo aquele que se dispõe a conhecê-la, não se importa com o que pode estar sujo. Você está limpa agora — respondeu, antes de abrir um sorriso que quase fez a menina ter esperança no amanhã. O rapaz continuava correndo os seus dedos sobre a pele do braço enraizado, esfregando gentilmente.

— Não, tenho muita sujeira... e está em todo o lugar.

— Acredite. — Ele olhou no fundo dos olhos de Caledrina, e a fez sentir-se presa às suas palavras. — Nós temos mais água do que você tem de sujeira.

Cally balançou a cabeça novamente e achou-se uma tola ao devolver o sorriso que tanto havia recebido de Kyrios. Era como se o rapaz a fizesse desejar... viver por algo maior e mais forte do que apenas ela mesma.

Ao sair do rio, Caledrina sentiu as suas raízes arderem pela evaporação da água. Abraçando-se com força, gemeu em busca de algum alívio ao corpo dolorido. Não indiferente à sua dor, cerrando os punhos com força ao vê-la contorcer-se, Kyrios desejou tirar o seu incômodo com a mão.

— É — disse o jovem, ao raspar o antebraço no queixo, encarregando-se de sumir com as gotas que escorriam dos cabelos ondulados. — Chegou a hora.

— Hora de quê? — perguntou Dwiok, que mantivera os ombros enraizados a seco, colocando-se em pé, como se tal ato empático pudesse ajudar a garota que gemia à sua frente.

— Vamos encontrar o meu pai — respondeu Kyrios, tão tranquilamente como se comentasse sobre o clima. — Chegou a hora de conhecerem a fonte.

CAPÍTULO XL

A Lua e as estrelas pareciam acompanhar o movimento dos corpos que, abaixo delas, dançavam ao redor da fogueira. Com olhos atentos, Cally os observava de longe. Não fazia ideia de que aquele povo poderia ser tão agitado. Na corte, já estivera em muitos festejos, mas certamente nenhum se igualava àquele. Com homens e mulheres tocando liras, harpas, tambores e muitos outros instrumentos, o ritmo era incrementado aos passos; a noite não exibia pompas ou mobílias de luxo, entretanto brilhava mais do que a soma de todos os lustres do salão de onde a menina viera.

Caledrina deslizou as mãos sobre as roupas lavadas e abrigou-se no casaco arranjado, que antes pertencera a alguém chamado Huther Leib, ainda lembrando-se da sensação do banho que tomara mais cedo. Uma brisa gelada a fez bater as botas uma na outra. Ela manteve os pés juntos para buscar se aquecer daquilo que tanto duvidara e que, agora, tornara-se comum. Estava ansiosa, e não conseguia tirar as palavras, ditas há algumas horas por Kyrios, da cabeça. Provavelmente, Arnalém a levaria à fonte ao amanhecer. Inúmeras coisas haviam mudado desde que ultrapassara os limites da corte! Sua cabeça fora inundada, como uma enchente, por todos os acontecimentos; finalmente, chegara o momento de testemunhar aquilo que tanto havia buscado.

Com o sorriso largo de sempre, Kyrios a resgatou de seus pensamentos e aproximou-se, segurando uma travessa de prata.

— Coma — disse.

Ao analisar a aparência estranha e amarelada do alimento, Cally torceu o nariz.

— Não estou com fome.

— Vamos — insistiu. — Você vai gostar!

— O que é isso? — perguntou, até então não muito disposta a dar uma segunda chance ao prato de procedência duvidosa.

— É... um cardápio solicitado especialmente para você e Dwiok. — Sabendo não estar obtendo o êxito que gostaria ao tentar convencê-la, rendendo-se, Kyrios fez uma careta. — É peixe.

A garota levantou a cabeça e arregalou os olhos.

— Os que vivem na água?

Kyrios gargalhou.

— Sim, Cally, os que vivem na água.

Curiosa, com mãos ágeis, ela rapidamente pegou no prato um dos peixes fritos. Sentiu a ponta dos dedos arderem, e os assoprou, fazendo Kyrios rir novamente. Era o que ele mais fazia quando estava com ela. Ao observá-la deliciar-se com a nova receita, ele deu lugar a uma feição mais séria.

— Dance comigo — convidou Kyrios, ao estender a mão, sem introduzir algo que antecipasse a exposição do seu desejo.

Ainda mastigando a carne, que se desmanchava em sua boca, Cally riu e, ao notar que pequenas gotinhas de saliva escapavam por entre os lábios, levou o dorso da mão até eles.

— Não sei como minhas vestimentas um tanto animalescas, se comparadas às de outras damas, não o ajudaram a perceber que não sou o tipo de garota que dança debaixo das estrelas. — Olhou pela primeira vez nos olhos de Kyrios após se aproximar, e, distraindo-se, esqueceu-se de manter as mãos em frente à boca ao sussurrar, como quem pretende contar um segredo. — Eu não sei dançar.

CAPÍTULO XL

Kyrios espremeu os lábios e, com os olhos voltados para baixo, acenou a cabeça demoradamente, enquanto tentava disfarçar um novo sorriso: a boca da menina estava suja, de forma que ela se envergonharia se conseguisse ver a si mesma naquele instante.

— Bem, dançaremos acima delas, então. Eu não me importo, só quero que dance comigo, seja lá qual for o astro que estiver iluminando o céu. Sem contar que você já usou essa desculpa quando estávamos em cima da montanha, lembra? Não funcionou antes e não funcionará agora.

A mão do garoto permanecia estendida à sua frente, Cally a encarou e expulsou os próprios temores, acenando no ar. Ao mesmo tempo, um suspiro irrompeu em seus lábios, e isso causou um barulho engraçado.

— Você é muito insistente, sabia? Eu já lhe disse que não sei dançar.

— Sabia. — Ele deu de ombros e ignorou o restante da frase.

Cally levou a sua mão até a de Kyrios e, quando estava prestes a tocá-la, o rapaz andou para trás dela. Ele colocou as mãos sobre os ombros de Caledrina e segurou o pano pesado do casaco.

— Mas, antes, tire todo este peso. Sem ele, poderei conduzi-la melhor ao dançarmos.

Cally retirou os braços das mangas, para permitir que ele removesse o casaco. Pelo pulso fino, Kyrios a direcionou até o centro dos selvagens, que dançavam alegres, sem o auxílio do vinho. Obedecendo aos comandos que recebera, Caledrina entregou a sua mão direita, agora sem luvas, ao garoto, e, timidamente, apoiou o braço esquerdo no ombro dele.

Antes de moverem um único músculo entre todos aqueles que, felizes pela melodia, remexiam os quadris, Kyrios olhou tão fundo nos olhos da menina que ela sentiu as íris azul-oceano transpassarem o seu corpo. Então ele disse:

— Ainda tem dúvidas de que você é criação de meu pai?

Cally inclinou a cabeça e tensionou o maxilar, gerando uma linha mais forte no limite de seu rosto fino; sentiu-se dividida entre dois mundos, como se houvesse duas versões dela que lutavam entre si para dominá-la por inteiro. O que ela poderia responder? Durante aquele tempo, havia experimentado sensações e emoções que nunca sentira antes, mas não conseguiria simplesmente ignorar tudo o que sabia e acreditava. Um sentimento não era o suficiente para que ela desconsiderasse todas as ocasiões em que fora ferida.

O nevoeiro de seus pensamentos não passou despercebido pelo rapaz. Os olhos perdidos de Caledrina encaravam o chão, e os de Kyrios procuravam encontrá-la, em algum lugar, para resgatá-la e iniciar a dança.

— Fale — motivou.

Como se abrisse os portais que mantinham a represa de seus questionamentos de pé, aquela simples palavra fez as suas águas verterem.

— Não posso. Eu danço com você, no entanto não consigo deixar todos os meus pensamentos para trás. Os selvagens já me machucaram, como eu deveria simplesmente conviver com eles? Eu tenho muitos planos, Kyrios. Tenho planos para viver fora daqui, e uma dança não será suficiente para me convencer a simplesmente abandoná-los. As coisas não são assim.

Kyrios deixou a posição que estava para segurar o rosto da garota, concentrando entre suas mãos uma infinidade de questionamentos. Ele a fez olhar em seus olhos.

— Perdoe-os, Cally. Não fizeram isso seguindo os comandos de meu pai, e você sabe disso. Não culpe um general pelo erro do soldado, que sequer havia recebido suas ordens. Mesmo sem o casaco, você ainda carrega um grande peso. A leveza não se alcança oferecendo aos outros o mesmo que lhe deram, mas deixando ir. Garanto-lhe que a maior ferida não foi a que eles causaram, mas a que você mesma gera em si ao reviver esses momentos dia após dia. Perdoe-os, Cally. O rancor a impede de dançar livre sob as estrelas...

CAPÍTULO XL

ou acima delas — corrigiu, atenciosamente, e, pela densidade de suas palavras, arrancou um sorriso um pouco sem graça da menina. — Eu sei, no fundo de meu coração, que não me conhece, e por isso não consegue decidir-se por mim. Sei que está acostumada a mover-se apenas com base nas suas certezas seguras. Mas eu lhe peço, arrisque-se comigo. Tudo de que preciso é uma chance para mostrá-la que permanecer aqui é a melhor decisão da sua vida... Apenas uma oportunidade, Cally. Não vá, eu lhe peço. Não machuque o meu coração dançando comigo esta noite, deixando os meus próximos passos serem acompanhados apenas das memórias a seu respeito. Deixe-me ensiná-la a dançar até que todos perguntem como você consegue flutuar em seus movimentos. Se me der uma chance, eu lhe mostrarei que este lugar é a sua casa. Que nós somos a sua casa. Não volte para a corte. Fique...

— Por quê? Por que quer que eu fique? Uma dança não é o bastante para desejar que eu permaneça. Certamente qualquer outra lhe serviria como uma melhor parceira nessa missão. — Mesmo desesperada para acreditar naquelas palavras, Caledrina balançava a cabeça negativamente. A jovem não era capaz de encontrar, naquele discurso, apoio suficiente para manter-se firme em sua superfície.

— Sabe o quanto meu pai a desejou, mesmo antes que recebesse o dom da vida? Agora ele finalmente a tem. — Notando a alteração na respiração da menina que, acelerada, revelava o caos que percorria cada parte de seu interior, ele suspirou e a fez olhá-lo novamente. — Eu a desejo. Os interesses de meu pai se tornam os meus, porque eu sei que ele tem uma razão sábia por trás de cada mínimo movimento, mas com você... quando a vi na praia e os meus olhos encontraram os seus pela primeira vez, senti como se eu estivesse procurando-os por todos os meus dias e soube, instantaneamente, que o meu coração se rasgaria em milhões de pedaços se algum dia deixasse de contemplá-la. Então fique e me faça mil perguntas por dia. Fique e pise em meu pé em todas as danças. Fique e me faça ter de pintá-la constantemente, apenas para lembrá-la de quão lindas são as suas cores. Fique e grite as suas frustrações no meu rosto. Faça o que fizer, mas, por favor, fique!

Caledrina sentiu como se o peso de muralhas caísse sobre o seu frágil coração pulsante e, apenas após alguns segundos submersa naquilo que ouvia, percebeu que havia trancado o ar, esquecendo-se de respirar. Ela ergueu as sobrancelhas, que emolduravam os olhos cinzentos, e verteu mais algumas lágrimas. A expressão da jovem poderia, facilmente, ser confundida com a de uma ótima atriz do lado azul da corte — que certamente agradeceria pelos aplausos ao perceber a alta cortina de veludo vermelho fechando atrás de si. Caledrina, no entanto, não estava encenando.

Com o queixo e os lábios trêmulos, por vezes, Kyrios esboçava pequenos sorrisos. Mesmo diante da intensidade de tal situação, a face do jovem apresentava impulsos de felicidade, que iluminavam o seu rosto de tempos em tempos e interrompiam as lágrimas, que, assim como na garota, também jorravam em seu rosto.

— Eu cresci ouvindo a seu respeito, Caledrina. E bastou um olhar para que eu entendesse o amor do qual meu pai tanto falava. Você desperta, no meu presente, a agonia da possibilidade de não tê-la em meus dias futuros. Devo confessar-lhe: você me mostrou que sou mais parecido com o meu pai do que eu já sabia ser; cheio de planos e, incondicionalmente, ardentemente transbordando do mais ousado e puro amor… por você. É por isso que eu volto a dizer: fique e faça o que quiser, mas não nos deixe.

Como a aparência das pedras, os olhos estáticos e esbugalhados da garota fitavam o oceano nos olhos de Kyrios, que a encarava de volta e chorava à sua frente. Sem conseguir focar em mais nada, devido ao excesso de líquido que embaçava sua visão, a menina apertou as pálpebras fortemente e deixou as novas lágrimas escaparem; o som de seu pranto traduzia os sentimentos ilegíveis do coração.

CAPÍTULO XL

— Não diga isso! Não conheço nada sobre o amor. Parte de mim o deseja, mas a outra afirma ser apenas uma grande besteira e me alerta constantemente sobre o arrependimento que me acompanhará. Não sei como amá-lo, Kyrios. Eu sinto muito, mas eu não sei como fazer isso. Não sei como amá-lo, muito menos como ser amada por você. — Notando estar em meio aos corpos dançantes pela primeira vez, Caledrina desviou o olhar, envergonhada. — E não sei nada sobre essa dança bizarra.

Assim que soltou o rosto de Cally, Kyrios afastou-se ligeiramente e ergueu os braços para voltar à primeira posição da dança.

— Bem, você pode começar seguindo os meus passos.
— Não é tão simples assim.
— Tudo é simples… — Kyrios sorriu. — Quando você reconstrói.

Motivada pelo som daquela voz, algo na menina, de alguma forma, pareceu abrir espaço para compreender uma novidade: seja lá o que fosse o amor, não estava nela. Não era amada porque merecia o amor, mas porque ele era amoroso em uma imensidão capaz de encobrir a extensão do seu passado. Kyrios, por alguma razão, não se importava com o que ela já poderia ter feito. O seu desejo por ela não abria espaço para possíveis sugestões de como tudo deveria ter acontecido em sua vida; ele simplesmente era misericordioso o suficiente para aceitá-la. De fato, o amor não estava nela, mas era algo que jorrava dele. E, por isso, a realidade era imutável, independentemente da decisão de Caledrina. Ela permaneceria, aos olhos dele, amada, para sempre.

Temerosa, Cally decidiu arriscar-se, pela primeira vez, em algo que não prometia aplausos nem um lugar de destaque. Decidiu lançar-se no que Kyrios chamava de amor. Após o primeiro passo, estranhamente, ela começou a perder o medo à medida que era conduzida de um lado para o outro. Fazendo-a rodopiar, ele a surpreendeu com um giro, guiando-a pela mão direita acima de sua cabeça. O rapaz realmente não pareceu se importar quando ela pisou no seu pé. Ao tempo que ela corava, ele sorria.

Com a mão firme, Kyrios Logos direcionou a garota dos mais belos cabelos ao redor da fogueira. Cally lentamente começou a se sentir mais livre, e ria toda vez que o rapaz a fazia girar. Se ainda estivesse usando as luvas que lhe protegiam dos traumas do passado, ela não saberia que cada pedaço de sua mão estava sendo envolta pela dele. A menina sentia que Kyrios trouxera beleza e equilíbrio às partes que ela lutava para esconder. Distraída, Caledrina sequer percebeu como os seus pés foram parar sobre os dele e, até o fim daquela dança, ela não seguiu apenas passos semelhantes, mas pisou sobre os próprios calçados daquele que a conduzia.

— Eu estava animado para a festa de hoje e pedi ao meu pai que me permitisse dançar com você nesta noite, mas ele já os aguarda — sussurrou Kyrios, antes de fazê-la girar outra vez, ao relembrar sua promessa. — Conversei com ele. Amanhã, você e Dwiok finalmente conhecerão a fonte.

CAPÍTULO XLI

Com Ince boquiaberto sobre os seus ombros, Cally imitava as feições do lêmure ao encarar a cena com atenção. Não acreditava em seus próprios olhos. As luzes do amanhecer pareciam emoldurar a imagem à sua frente, o céu iniciava um show de cores, e, de modo extraordinário, os tons eram revelados por toda a extensão da mesma fonte que todos na corte pensavam ser tão irreal quanto o Vento. Esboçando um sorrisinho encabulado, Caledrina relaxou os músculos da face ao perceber que, pouco a pouco, a realidade estava se tornando ainda mais excelsa do que as fábulas que jurava serem meros mitos fantasiosos.

Junto a um pequeno grupo, com não mais do que vinte pessoas, Arnalém convidava um por um a se dirigir até a água que jorrava sobre as pedras esverdeadas de formato engraçado. Abismada, Cally descobriu o motivo pelo qual a maior parte dos selvagens não possuía raízes. Cada vez que a menor das ramificações crescia, eles se ajoelhavam ao pé da fonte e, ao tocarem nas pedras que serviam como base para o fluxo de água, as linhas corriam por suas peles, até alcançarem as rochas e unirem-se a elas.

Submersa nos mistérios revelados diante de seus olhos, a ponto de esquecer-se de piscar por alguns segundos, Caledrina levou as mãos à boca ao notar que a base da fonte não era o que pensava.

As raízes, não mais bem-vindas na pele em que encontravam calor, desprendiam-se de seu antigo hospedeiro e arrastavam-se até as rochas. Dessa forma, eram elas que, na realidade, criavam o sustento para a água e, por isso, o formato engraçado — não eram pedras, eram raízes! As ramificações frescas, logo após desvincularem-se do corpo humano, ainda permaneciam negras. Caledrina assumiu que trocariam de cor e passariam a ser esverdeadas após certo tempo de vínculo com a fonte, por já estarem hidratadas, possivelmente. O pensamento passou apenas de relance em sua mente. Àquela altura, entender a origem das cores era o que menos importava.

Acompanhando a cerimônia que acontecia bem à sua frente, Cally observou atentamente quando um ancião, sem dificuldade alguma, foi ao chão e, gemendo como todos anteriores a ele, enraizou o que crescia em si na fonte da vida eterna.

— Então esse é o segredo — cochichou Caledrina para Kyrios, cada vez mais assombrada. — Vocês estão enraizados na fonte, por isso não possuem raízes em seus corpos.

Ainda observando o homem, cuja idade parecia ser seis vezes a sua, Cally encontrou um novo baú de dúvidas bem guardado em seus pensamentos.

— Mas... se entendem que a água é tão valiosa, por que se enraízam nela?

Kyrios, também sussurrando, para não perturbar ninguém na cerimônia, respondeu para que só ela ouvisse:

— As suas atitudes são fruto do lugar onde decide se enraizar. Se escolher desenvolver o que cresce em você em algo criado por Arnalém, ali também estará o seu coração. E, se o seu íntimo estiver com ele, sentirá todas as suas preocupações irem para longe, como se o próprio Vento as soprasse. Os dias difíceis não deixarão de existir, mas perderão a força. Tudo o que seria como espinhos se deteriorará nas águas da fonte.

— Então quer dizer que aquela água tem... poderes?

CAPÍTULO XLI

Kyrios achou a pergunta engraçada, e passou a mão nos lábios, arrastando-a até o queixo para ocultar a feição sorridente.

— Digamos que sim. É por isso que sempre recorremos a ela. As suas raízes não deixarão de crescer, Cally, mas, toda vez que sentir como se rochas pesadas pressionassem o seu coração, poderá recorrer à fonte. As águas dela são fortes o suficiente para arrastarem o peso para longe.

A menina voltou a atenção ao homem velho que, de pé, já abria espaço para que outro se despedisse de suas raízes, confiando-as à fonte, que prometia trazer paz aos dias futuros. Subitamente, porém, uma névoa sombria apoderou-se das expressões de Caledrina.

— Se a fonte traz mansidão, e aquele que matou a minha irmã era um dos seus, não estaria ela mentindo ao prometer tais atributos, já que é preciso ser perturbado por maus sentimentos para roubar a vida de uma criança? — questionou Cally, sem rodeios.

— Meu pai oferece brandura à alma daqueles que se mantêm sob a sua guarda e lutam em seu nome para ocupar territórios. Quando os moradores da corte recebem o que chamam de invasor, estão, na verdade, diante de um dos nossos. Os selvagens tentam trazer vocês para um lugar melhor; contudo, muitos deles usam a força e acabam afastando os nascidos na terra amaldiçoada. Nunca os ensinamos a agir assim. Para revidar e se defender, vocês ferem aqueles que, por usarem a ponta da espada, já se condenaram — respondeu o rapaz, que nunca se surpreendia com as perguntas lançadas.

— Se existem soldados, por mais que apenas para ocupar... por que não quis que eu lutasse aquele dia, quando estávamos à sombra do arbusto no campo?

— Sempre quis que lutasse, mas também sempre quis que o seu coração estivesse no lugar certo. Um guerreiro sem um objetivo real, por mais que habilidoso, é apenas alguém confuso com um pedaço de metal. Ele luta em vão.

— Não entendo — falou Cally, ao tempo que uma mulher bastante magra, ajoelhando-se, tomou o lugar em frente à fonte.

— Como podem ter raízes? Nunca estiveram na cerimônia com os reis.

— Elas crescem em todos, mais cedo ou mais tarde. Acontece que vocês nunca tiveram a opção de faltar ao dia de vertigem para comprovar isso. Aqui no acampamento, essa é a nossa cerimônia, e deve ser realizada sempre que necessário. Quando as ramificações aparecem, o povo volta às águas. — Kyrios percebeu a confusão no semblante da menina, e, antes de continuar, olhou para ela com ternura. — A corte existe desde que nasceu, Cally, mas você existe há mais tempo na mente e no coração de Arnalém. Tudo o que conhece é limitado. Há muito tempo esperam você aqui — disse ele, calmamente.

Ao ver a menina abrir a boca novamente, continuou, como se soubesse o que perguntaria:

— O sol brilha diferente neste lado da montanha. De algum modo, é o calor que clareia os cabelos. Com o tempo, essa se tornou uma forma de nos reconhecerem. Talvez os seus fios também clareiem, embora eu duvide que fiquem com a mesma tonalidade dos outros. Independentemente disso, você é uma de nós.

Alvo de uma ternura que nunca havia sentido em sua vida, Caledrina mudou de assunto por se sentir constrangida com as palavras de Kyrios.

— Como pode saber essas coisas? E ter tanto conhecimento sobre os nossos costumes?

— Eu sou o filho do Vento. O que esperava?

Caledrina ainda guardava consigo mais centenas de outras perguntas, mas entendeu que, num lugar como aquele, jamais as sanaria por completo. A questão não era quantos de seus questionamentos seriam respondidos, mas, sim, se estaria disposta a viver no mistério.

— Cally — chamou Kyrios —, é a sua vez.

Com todos os rostos voltados para ela, tudo o que Caledrina via eram os olhos de Arnalém, que a esperava ao pé da fonte. Ninguém

CAPÍTULO XLI

além de Dwiok possuía tantas raízes quanto Cally, e, mesmo assim, pelo som que os selvagens expressavam ao tocarem as pedras, parecia um processo bastante doloroso. Uma simples piscadela foi suficiente para que Ince entendesse o recado e pulasse para o ombro de Dwiok, que, calado, observava a cena com o mais puro pavor estampado em sua face. Suas feições exageradas fariam Caledrina rir se a garota não estivesse com expressões parecidas.

Deixando Kyrios e Dwiok para trás, junto às outras poucas pessoas que haviam decidido ir até a fonte pela manhã, Cally deu o primeiro passo rumo ao que parecia esperar por ela. A simples possibilidade de estar com a pele limpa depois do contato com aquilo que almejara por toda a vida fazia o seu corpo vibrar de forma que sequer poderia definir. Desejava experimentar aquela realidade, e a sua curiosidade permitia que o enorme desejo se sobressaísse ao medo, levando-a a dar outro passo. Precisava dar mais um. Avistando a água cristalina que batia nas pedras esverdeadas, a menina suspirou ao contemplar tamanha beleza. Era como se aquele líquido estivesse vivo e brincasse em suas próprias ondas. Impulsionada pelo olhar afagoso de Arnalém, Caledrina Cefyr colocou a mão direita na base da fonte.

Um simples toque. Foi tudo de que precisou para começar. Um toque.

Sentiu as raízes se movimentarem. Corriam inteiras, fazendo Cally sentir uma dor quase insuportável. Era como se espinhos flamejantes arranhassem o seu corpo por dentro e por fora, perfurando a sua pele e queimando tudo pelo caminho. Quando as do pescoço, motivadas pelas outras, começaram a se agitar, a menina não pôde mais conter o grito, que se apresentou a todos de forma estridente. As lágrimas, que eram cada vez mais comuns no acampamento, sem esperar por permissão, irromperam de seus olhos, motivadas pela dor — embora não carregassem tristeza alguma.

Ao sentir as mãos do Vento confortando-a e aquecendo parte de suas costas, os gritos de dor misturaram-se à euforia de algo novo. Se não fosse o sopro de Arnalém mantendo-a firme no lugar, Cally teria retirado a mão da fonte; mesmo querendo permanecer, a agonia era imensa. Aquele seria o momento em que deveria queimar as raízes e chamar por Saturn, mas, assim como elas se desprendiam de seu corpo e enroscavam-se ao pé da fonte, sua pretensão em obedecer à rainha roxa também se esvaía. Não existia mais retorno. Caledrina estava se despedindo do seu único passe para o lugar de onde viera. Na cabeça da pequena guerreira, não fazia mais sentido voltar quando já estava em casa.

Arrepiados pelos gritos da menina, os poucos presentes espantavam-se pela conexão revelada entre Arnalém e Cally, quando o homem falou para ela:

— Que as mesmas mãos que a formaram deem-lhe forças agora e por todos os dias da sua vida.

Foi ali que, ao abrir mão daquilo de que mais se orgulhava, a garota desprendeu-se de cada uma de suas pretensões em ser o espetáculo aclamado, dando espaço à vida que desfrutaria ao assumir o seu lugar, em meio aos selvagens, como a criação do Vento. Nele, ela encontraria razões de honra e aclamação maiores do que jamais havia visto em si mesma. A menina sempre achou que a plena magnitude estava em poder escrever a própria história, mas, ao renunciar ao seu orgulho e aceitar que, por amor, um livro todo já havia sido escrito para ela, Cally descobriu ter ainda maior força e beleza.

◆

Caledrina Cefyr levou as mãos sujas de terra até a altura dos olhos para analisar, com atenção demasiada, a textura amarronzada escondida no meio das unhas.

— Acha que já cavamos o bastante? — perguntou, ignorando a sujeira que, por ter limpado as gotinhas de suor com o antebraço também repleto de terra, enfeitava seu rosto. Ela ainda

CAPÍTULO XLI

encarava as mãos, desacostumada com a sensação lisa, sem as raízes nos braços.

Por mais estranho que fosse, a ausência das ramificações não a fez sentir o vazio que imaginou. Diferente de falta, tudo o que experimentava era leveza. No lugar de suas antigas raízes, nem uma marca havia ficado; a água limpou tudo. Era como se sequer houvessem ganhado espaço em sua pele em algum momento. Ela mexeu a musculatura dos dedos num movimento de abre e fecha, e observou as próprias mãos e braços de maneira tão empenhada que, bastante próximo a ela, Arnalém riu para si mesmo.

— Já cavamos o suficiente — respondeu ele, ajoelhado ao seu lado sobre a terra firme. Contrariando o pouco esforço, ofegante devido à concentração que depositava na tarefa manual, Cally o analisou, intrigada com o quão humano aparentava ser às vezes. O Vento a abismava em todos os bons sentidos possíveis.

— As sementes estão com você? — Arnalém perguntou, já consciente da resposta.

A menina abriu um pequeno pedaço cinzento de tecido dobrado, e pegou duas sementinhas de mostarda. Estendendo as mãos, mostrou-as ao Vento.

— Sabe por que quis que as plantasse comigo hoje? — perguntou Arnalém. Caledrina balançou a cabeça de um lado para outro, em negação, de forma que os cabelos sempre soltos caíram levemente sobre o rosto manchado de marrom. — O grão de mostarda é um dos menores que existem, no entanto, se cuidarmos dele dia após dia, pode se tornar a maior de todas as hortaliças. Algumas crescem tanto, que se assemelham até mesmo a árvores.

Ao seu lado, sentada sobre a terra, Cally, atenta às suas palavras, observava o homem.

— Por mais que a maior parte de seus mistérios permaneça secreta para mim, acredito conhecer-lhe o bastante para saber que isso não se trata apenas de uma hortaliça, estou certa, criador?

Arnalém voltou a trabalhar com o solo e, assim que enterrou as duas sementes, regou-as com a água que saía de um regador de ferro, tingido por uma coloração semelhante à da terra. A garota, que ainda aguardava por uma resposta, acompanhava, com atenção, cada um dos seus movimentos.

— Criança, quando você decide confiar e se entregar, como esses grãos se entregam à terra, pode até se sentir fraca e pequena como eles, mas torna-se capaz de fazer grandes coisas, caso seja regada dia após dia. É importante que não dê ouvidos aos sussurros ociosos da preocupação. Tempos miraculosos aguardam por aqueles que persistem. Existem coisas ainda maiores do que imagina! Quando a formei, sonhei com os seus dias vividos extraordinariamente, entretanto você só os experimentará se, assim como as sementes, permitir-se crescer, independentemente do clima. Não vou impor a minha vontade, mas, se ansiar por ela como eu anseio por você, desfrutará de grande contentamento. E lhe prometo isso.

Cally sorriu e achegou-se a Arnalém, esperando que ele a abraçasse. Alguns dias haviam se passado na companhia do Vento, e, embora já fosse algo comum, a menina não conseguia acostumar-se com a sensação. Cada vez que era abraçada, sentia como se fosse a primeira. Mesmo sem poder tocá-lo, envolvida por seu calor, ouvia as batidas do coração daquele que era além de ar. Cally verdadeiramente ansiava. Fosse lá o que havia reservado para ela, ansiava.

CAPÍTULO XLII

Sentados sobre o tronco de uma árvore, Dwiok e Roena comiam algumas maçãs que se apresentavam convidativas, penduradas entre as folhas que os rodeavam. Balançando os pés, ele observou que a garota se sentou a saia do vestido dobrada sob as pernas, a fim de balançá-las, imitando-o, enquanto abocanhava a fruta. Ela manteve os olhos tão fixos nele, que isso o fez corar. Embora se deleitasse com a amizade de Roena e realmente gostasse de passar tempo com a menina, algumas vezes a achava vulgar demais para uma simples garota que nem mesmo completara o seu décimo quinto aniversário. Dwiok não lembrava se a menina agia daquela maneira quando conversaram na floresta densa, antes do incidente com os seus pais. Provavelmente, a mudança de atitude dela fora causada por ainda não se sentir à vontade o suficiente com o menino para comportar-se como verdadeiramente era ou, talvez, fosse pela própria euforia de uma nova amizade.

O garoto jogou o miolo com caroços da maçã para trás e, apoiado no tronco que o sustentava, espichou-se para arrancar mais uma da árvore.

— Já estão crescendo novamente — comentou Roena, ao ver as pequenas raízes ganharem vida na mão de Dwiok.

— Quanto maiores ficam, mais doloroso é quando partem, não é? Esta noite mesmo já irei até a fonte. — Com uma cara de dor, ele as observou antes de morder a fruta. — Sabe o que seria engraçado? Se Ietam estivesse aqui...

Riu sozinho, mas parou de súbito ao ver as sobrancelhas confusas de Roena.

— Ietam! Você não se lembra? — Perdendo a esperança, Dwiok relaxou a musculatura e soltou um suspiro. — Foi o nome que demos ao cavalo que encontramos. Ele estava machucado e nós cuidamos de seus ferimentos. Seus pais ficaram furiosos por atrasarmos a viagem.

Roena gargalhou, mas dessa vez Dwiok apenas permaneceu em silêncio.

— É claro que eu lembro. Estava apenas brincando com você. Eu até trancei os cabelos dele... ficou uma graça — respondeu a menina, com a boca ainda cheia.

— Crina. O nome dos cabelos do cavalo é crina — corrigiu Dwiok, muito sério. Roena deu de ombros. — Às vezes, parece que você deixa de ser você mesma.

Ainda mais intrigado ao ver uma parte queimada do vestido de Roena, entre as pernas que balançavam sobre o tronco, Dwiok abriu a boca para falar, mas ela foi mais rápida:

— O que você quer dizer com isso?

Ele se acovardou pelo olhar incisivo da garota e engoliu em seco.

— Nada. Só estava pensando.

— Pensando em quê?

Naquele instante, o garoto detestara a si mesmo pela grande covardia em confrontá-la. Mordeu a língua tentando impedir a pronúncia das palavras amenas que a sua mente formulava. Falhou. Mulheres realmente eram complicadas, mesmo com pouca idade. Buscar entendê-las seria uma missão eternamente inútil.

— Em como você consegue ficar cada dia mais bela!

CAPÍTULO XLII

Ao preencher o novo silêncio, as risadas de Roena ecoaram por entre as árvores.

◆

O peso da veemência do olhar de Dwiok parecia amarrar Caledrina com a força de cordas novas.

— O que foi? — sussurrou pela terceira vez, prestes a esgotar a sua paciência perante o interminável e saltitante enrolado que os cachos do garoto faziam quando ele olhava para os lados de forma nervosa.

Com os olhos esbugalhados, sem focar em nada exatamente, ele parecia fixar em algo para além de Caledrina. Parecia distante. Cally abriu a boca para perguntar outra vez, porém foi surpreendida por Dwiok, que, estendendo a mão até que os seus dedos tocassem os lábios da menina, sinalizando que ela não deveria falar, olhou para os lados novamente. Dessa vez, com ainda mais intensidade, como se estivesse se escondendo de um predador.

— *Shh!* Silêncio — pediu, baixinho, para não chamar a atenção das pessoas que estavam por perto. — Estou pensando — completou, atordoado.

Enquanto bufava, sem entender, Caledrina olhou para frente e cruzou os braços com força. Irritada, ela revirou os olhos e ignorou o teatro do garoto.

— Já sei! — irrompeu Dwiok Minerus, em um sussurro, cuspindo saliva no rosto daquela que inutilmente tentou abandonar o assunto. — Você precisa sair daqui!

— O quê? Não posso, sabe disso. Veja como as nossas raízes estão grandes. — Cally ergueu a mão direita, achando engraçado o comentário de Dwiok. — Sabe que quanto mais demorarmos...

— Maior é a dor ao deixá-las partir — completou. — Eu sei, eu sei. Mas agora é o momento perfeito!

— Momento perfeito para o quê? — perguntou Cally, batendo as botas no chão com impaciência. Julgara que tudo aquilo não passava de uma brincadeira em um péssimo momento; irrelevante demais para continuar capturando a sua atenção.

— Todos estão ocupados esperando a sua vez de chegar até a fonte, então se for cuidadosa o bastante, poderá sair sem ser vista.

— Nós também estamos esperando pela nossa vez, esqueceu? E por que eu desejaria sair?

Por alguns instantes, além das conversas que cada selvagem mantinha, em baixo tom, com a pessoa mais próxima, o único som que se ouvia era o da água pulando em sua própria fonte e o do estalar da fogueira, a qual iluminava o caminho daqueles que escolheram o anoitecer para se livrar de suas raízes.

Como quem guarda um grande segredo, Dwiok se aproximou de Cally, e a menina se assustou pela nova proximidade com o rosto do garoto, enquanto ele deu mais um passo em sua direção. Caledrina era capaz de sentir a respiração dele raspando-lhe a pele. Com os olhos graúdos de espanto, ela observou o peito do rapaz subir e descer uma, duas, três e quatro vezes, demoradamente. Era como se ele lutasse para encontrar, em algum canto de si, coragem o suficiente para expor o que tanto o afligia.

Cally sentira o próprio coração começar a sua marcha acelerada devido ao grande mistério que o garoto fazia. Quando os lábios de Dwiok desencostaram um do outro, ligeiramente, prestes a saciar toda a curiosidade que crescia na menina em forma de arrepio, ela sentiu um leve toque no ombro. Roena lhe avisava que era a sua vez. Caledrina fechou os pulsos, um pouco incomodada, mas seguiu os comandos da menina de vestido colorido — já havia um tempo que começara a achar a presença da selvagem tolerável o bastante para a convivência. Dwiok, extremamente assustado, ficou para trás e, apenas com o olhar, Cally despediu-se, até que retornasse sem as suas ramificações, para ouvir o que ele tanto desejava contar.

CAPÍTULO XLII

Presa demais à preocupação urgente que a ansiedade de seu amigo causara, ainda olhando para o garoto, Caledrina desconcentrou-se de sua própria caminhada e, distraída demais para notar os pés de Roena no caminho, tropeçou. Sentiu, então, o seu corpo cair vagarosamente, como se o mundo congelasse o tempo apenas para enfatizar a cena de tão inoportuno e embaraçoso desequilíbrio. Embora estivesse sem o controle de seus movimentos, chegou a considerar-se capaz de contar cada um dos detalhes do que via e sentia ao Vento, tamanha era a demora que sentiu em sua queda ao chão.

Cally arregalara os olhos, mais do que julgava ser possível, segundos antes de, por impulso, fechá-los com tanta força ao ponto de provocar uma enxaqueca instantânea. Ao abri-los novamente, viu-se caindo bem em cima do fogo que, tempestuoso, ardia sobre a madeira. Ao chocar o corpo sobre o chão em vez das brasas que queimavam vivas, sentiu-se aliviada. Mas o alívio veio cedo demais. Caledrina estava tão próxima do calor das chamas — as quais mais pareciam dançar feito um monstro enorme com as suas labaredas devoradoras —, que berrou quando o braço direito, sem tempo para encontrar outro apoio, caiu sobre o fogo.

Sem forças para mover um músculo sequer além dos responsáveis por abrir a boca ao gritar, sem o controle de sua própria voz, Cally sentia o braço arder como se um castelo inteiro fosse derrubado sobre ela, esmagando a sua pele e quebrando os seus ossos. Ainda que apenas o braço direito estivesse sendo consumido pelo fogo, seu corpo inteiro tremia, mesmo estando seguro na superfície do solo seco. Sentiu como se toda a extensão do membro queimasse por horas, embora não houvessem passado mais de três segundos até que, ao som dos gritos, Kyrios e Dwiok corressem para resgatá-la.

Afastando-a o mais rápido possível das chamas que a consumiam, ambos os jovens rapazes a encaravam abismados. Sem cessar os berros que pareciam crescer em intensidade e queimar sua garganta,

Caledrina apertava com força a parte inferior do braço já desfigurado, como se tal ato pudesse lhe trazer algum alívio.

A garota respirava pesadamente incontáveis vezes por segundo. Ao notar que, entre as bolhas que já se formavam em sua pele, as pequenas raízes de seus braços levantavam uma fumaça, ergueu as sobrancelhas com os olhos inundados de terror.

— Saiam todos! — ordenou Arnalém.

Embora curiosos, os selvagens obedeceram prontamente e voltaram para as suas tendas. Todos, exceto Cally, Dwiok, Arnalém e o seu filho, Kyrios.

O líder ergueu o olhar para encontrar os dois jovens rapazes que, com expressões bastante semelhantes, mantinham os lábios entreabertos e as mãos soltas ao lado do corpo. Apenas com um aceno, o Vento reafirmou o seu desejo de ficar a sós com a sua criação. Hesitantes, mais por preocupação do que por desobediência, alguns segundos a mais se passaram antes que, ainda ofegantes, os meninos acatassem as ordens de seu líder, deixando-o a sós com Cally diante da fogueira e da fonte.

Com as mãos unidas ao corpo, Arnalém observava a sua obra remexer-se no chão. Suas feições eram tênues, mas, ao vê-la em agonia, o seu coração ardia como o braço da menina. O som da voz de Caledrina o arrepiava a cada novo grito. O Vento deixou que seus olhos se fechassem enquanto aguardava o que sabia estar por vir.

— Mandaram me chamar?

Caledrina reconheceu a voz sedutora e incoerente diante da situação. Ainda consciente, mesmo com a visão influenciada pela dor, a garota passou a lamentar-se com um movimento fraco e lento, ao reunir forças e virar o rosto para a Rainha Saturn.

Sério como Cally jamais vira, Arnalém encarava a rainha. Ele tinha as expressões de um guerreiro que mantinha o seu pior inimigo na ponta de sua espada, repassando em sua mente todas as

CAPÍTULO XLII

crueldades abomináveis de seu oponente antes de lhe perfurar o peito sem misericórdia.

— Você não é bem-vinda aqui, Saturn.

Caledrina sentiu as lágrimas inundarem os seus olhos pela dor e arrependimento de seu descuido, e começou a soluçar, embora desejasse berrar com todas as forças para ser claramente ouvida. Entre as novas gotas que molhavam a sua face, sua voz saiu como um sussurro:

— Meu senhor, eu caí. Não era a minha intenção... não mais. Eu juro, criador! Eu caí. Eu estava distraída. Eu caí...

Trajada com um vestido roxo tão escuro ao ponto de se misturar às trevas noturnas, Saturn fez Cally se questionar como a rainha conseguia caminhar facilmente, mesmo com algo tão justo e agarrado ao corpo. Não diferente do habitual, ela mantinha os longos cabelos negros presos em uma trança lateral enorme. Nenhum fio de cabelo sequer se apresentava fora do lugar. Os olhos estreitos transpassavam a superioridade que julgava ter perante qualquer um. Os dedos sobre a cintura sobressaíam o contorno do tecido brilhoso em sua postura perfeita.

— Oh, não? — debochou, ao imitar exageradamente o biquinho esboçado por Cally.

— Caledrina está de volta ao lugar ao qual pertence — disse Arnalém. Sua voz era forte como um trovão. Ele conhecia os pensamentos que pairavam na cabeça da rainha, e endireitou ainda mais a postura já impecável. — Seu interesse nunca foi matar os selvagens, não é? Sabe que a maldição a impede de tocá-los, a não ser que entrem em seu território. Seu paladar é contaminado com a podridão de sua língua; não saberia distinguir o vinho da água, muito menos se importaria com o seu povo a ponto de lutar por eles para conquistar a fonte, mesmo se pudesse tocá-la. Então, apesar de atormentada pelo engolir de água de cada um dos meus, sabes também que não pode secar aquilo que temos. Você veio com outras tramas e usou a minha criança para isso.

— Oh, não. Por favor. Não me exponha diante da garota. — Saturn ergueu as mãos como sinal de inocência antes de cair em uma gargalhada que fez Cally se arrepiar. Tentando demonstrar que tinha tudo sob o seu controle, a criatura diabólica zombou, fazendo pouco caso das palavras de Arnalém.

Ele apenas a olhava enquanto, arqueando o corpo para enaltecer a silhueta marcada, ela ria cada vez mais, até que lentamente se acalmou. Logo, Saturn começou a caminhar de forma provocativa ao redor da fogueira, com as mãos para trás, e falou com voz mansa, ignorando o pequeno espetáculo de revelações oferecido pelo Vento:

— Parece haver certa dor em suas expressões, velho amigo da fênix.

Ao ouvir as risadas, Cally não sabia dizer serem apenas tosses ou impulsos de alguém que verdadeiramente encontrara graça em algo. Enquanto estava deitada, a menina acompanhava a conversa entre o Vento e Saturn com o máximo de atenção que conseguia ter naquelas condições.

Ainda em meio aos risos frouxos da rainha, Arnalém falou:

— Será que mentiu tanto para o seu povo que passou a acreditar nas próprias palavras traiçoeiras, Dunkelheit? Tem medo da verdade?

— Eu não tenho medo de nada.

— Então por que permanece se referindo a si mesmo como se falasse sobre outro alguém? Mesmo sendo apenas uma de suas partes grotescas, ainda vejo o grande monstro que paira à minha frente.

As asas de Saturn se abriram, ao tempo que, com toda a musculatura do corpo tensionada, ela fixava ainda mais o olhar em seu adversário. A rainha berrou em meio às brasas que escaparam de sua boca:

— Calado!

Pela primeira vez desde que a rainha chegara, Arnalém assumiu uma postura rígida, como reflexo de sua autoridade sobre aquele

CAPÍTULO XLII

lugar. Cheio de grande furor, ele ergueu a voz, sobressaindo-se ao tom usado pela mulher:

— Você não tem autoridade para me dar ordem alguma, besta do fogo! Assentava-se à minha mesa, comia de minha comida e ainda teve a audácia e ignorância de desejar o meu lugar. Voava comigo, mas, dominado pela inveja de minha posição, condenou a si mesmo. Foi sua escolha! — Arnalém caminhava impetuosamente, avançando com lentidão e intencionalidade em cada passo, fazendo a sua figura parecer ainda mais suntuosa a cada nova proximidade alcançada. — Espalhou por entre aqueles que escolheram segui-lo os rumores de ter tido a nobreza de sacrificar a si mesmo em prol da evolução de seu povo, aguardando pelo momento em que concederia asas poderosas aos sete bebês dignos de governar em seu lugar. Nunca revelou que a parte do sacrifício nada mais é do que uma baixa mentira. Jamais confessou a verdade de que fora amaldiçoado com a terra, tendo como condenação deixar de ser a bela ave para tornar-se um dragão asqueroso, além de não poder sair dos limites das cercas sem um convite. Também deixou de revelar ao povo com o qual nunca se importou que você rasgou as sete partes mais vivas de si para reinar sobre eles, e que garantiu incontáveis distrações e poções de esquecimento para entretê-los, a fim de que nenhuma alma viva em sua corte de mentiras se recordasse de mim. Fez com que sumisse de suas memórias que era eu aquele ao qual todos seguiam em plenitude, na origem do tempo, além da montanha.

Com o rosto no pó, Caledrina cuspia no solo e tossia, lutando para manter-se consciente. Ainda incapaz de conter as lágrimas, pensou no dragão que encontrara na floresta. Como um flash em sua memória, lembranças das sete feridas expostas passaram a lhe invadir os pensamentos com a intensidade de todas as cores. É claro! O dragão não estava desperto porque apenas a sua carcaça estava ali. Não poderia operar ação alguma porque as suas partes vivas estavam presas dentro das cercas. Nem mesmo os mais velhos moradores da corte recordavam-se dos monarcas quando crianças ou da família real, porque nunca houve coisa alguma. Não havia passado além da história do Vento, e era isso que os reis, com poções de encantamento, temiam que o povo lembrasse. Era tudo real! Os sete monarcas eram a própria fênix. Dunkelheit havia tramado tudo desde o início. Os sete reis eram o próprio dragão!

A rainha recuou, incapaz de suportar a pequena proximidade perante aquele que, no início dos tempos, costumava chamar de amigo, e enquanto ajeitava o vestido colado, ela se recompôs.

— Sua cria feita do barro pode ter sido formada por você, mas nasceu dentro de minhas fronteiras. No meu território, do qual você abriu mão antes de me amaldiçoar. No fim das contas, isso a torna mais minha do que sua — disse, ignorando todas as outras palavras do Vento, afinal sabia que a menina era a única forma de verdadeiramente atingi-lo.

Arnalém suspirou e relaxou a postura.

— O que você quer por ela?

Saturn encarou-o com olhos atentos e traiçoeiros sob as sobrancelhas grossas, e esboçou um sorriso de canto.

— Deseja comprar a liberdade da menina? — A rainha parecia arrastar-se nas palavras, exatamente como fazia a cauda de seu vestido, apenas para saborear ainda mais cada momento de agonia que parecia levar ao Vento. — Quer dizer, ela não é uma serva, mas ainda é nossa propriedade, e ninguém deixa a Corte dos Sete.

— Diga qual é o preço, e será feito.

Ela caminhou solenemente até Caledrina, com as unhas cumpridas das mãos batendo umas nas outras ao movimentar os dedos próximo do rosto bronzeado da menina. Então, Saturn abaixou-se e, agarrando-a firme pelo pulso queimado, fez Cally gritar, contrariando a pouca força que achou ainda lhe restar.

CAPÍTULO XLII

— O pagamento é algo que não pode me dar: sangue. Eu sinto muito por isso, Arnalém. Mas apenas Caledrina pode pagar por si mesma, e ela sangrará até o fim.

Saturn apertava o braço da garota, que falhava miseravelmente ao tentar livrar-se da mão firme da rainha. Mas, quando menos esperava, congelou ao ouvir um timbre conhecido chegar aos seus ouvidos. De trás de uma das árvores plantadas perto da fonte, a poucos metros de distância de onde estavam, o dono da voz gentil e trêmula que já reconhecia surgiu e disse:

— Eu vou, pai. — Os olhos firmes e marejados do filho do Vento denunciavam o medo que sentia.

— Não! — berrou Caledrina, com a voz rouca, voltando a soluçar. Lágrimas ainda vertiam e sua cabeça começou a pulsar em sincronia com o seu coração.

O sorriso da rainha asquerosa foi alargando, divertindo-se de forma facínora. Ela arqueou as sobrancelhas com os olhos fixos em seu novo interesse e voltou a chocar as unhas negras umas nas outras, criando um tilintar controlado.

— Kyrios Logos — iniciou, ardilosa —, em minha casa, há regras. Segundo o pergaminho de ofensas à corte, cada delito contra a coroa tem a sua devida penalidade. E Caledrina conhecia cada uma delas. — Fechando os olhos, a rainha se sentiu extasiada ao imaginar que seu plano poderia gerar um resultado ainda mais deleitoso do que esperava. — Se tivesse caído na cor preta no dia de vertigem, um dia Cally assumiria o papel de Heros, homem designado para lhe preencher o papel de pai. Ele, além de lutar e liderar, também é responsável por aplicar as punições aos sentenciados.

— Vá em frente — motivou Kyrios. Sua voz carregava uma tristeza que Cally jamais ouvira sair de seus lábios.

— Se deseja mesmo pagar o preço pela pequena criminosa, é o meu dever, como uma rainha justa, lembrar-lhe de que, segundo as leis, a infratora em questão fugiu da corte. Seguindo o pergaminho, teríamos que furar os pés da desertora por tal desrespeito.

— Mentirosa! — gritou a menina, entre soluços, incrédula pelas palavras de Saturn. — Foi você quem me pediu para sair.

Ao ignorar os lamentos da garota, com a voz firme e inalterável, Saturn continuou:

— Caledrina também removeu as suas raízes. Em outras palavras, as mãos devem ser igualmente perfuradas.

— Chega! — gritou Cally, em lágrimas, outra vez. — Poupe-o! Ele não tem nada a ver com essa situação. É a mim que você quer. Apenas acabe logo com isso. Deixe-os em paz. É minha culpa!

Arnalém observava a cena. Kyrios ouvia Saturn com atenção.

Silêncio.

A rainha roxa deliciava-se com o momento. Então viu que era a hora perfeita de expor a sua cartada final. Conforme o garoto à sua frente suava, a sua sede por vitória aumentava.

— Sem contar, é claro, que Caledrina também acobertou uma procurada e se aliou a ela... Isi! E, portanto, deve receber um corte no coração, assim como apunhalou a confiança das sete coroas.

Uma gargalhada escarnecida tomou todo o ambiente e, com os olhos alucinados, Saturn sequer piscava.

Kyrios viu o olhar de seu pai pairar sobre ele, e sentiu o seu soprar, que aliviou o calor que o menino sentia em toda a extensão do corpo, quando novas gotas de suor ameaçavam se formar no topo da testa. Naquele instante, Kyrios Logos soube estar tomando a decisão correta e, ignorando o pavor que lutava para se instalar em seu peito, disse por fim:

— Se essas são as condições para libertá-la, assim o farei.

CAPÍTULO XLIII

Na corte, Heros sempre obrigou a filha a ler sobre cada parte do corpo humano. Ele dizia que uma boa guerreira não treinava apenas os músculos, mas também o cérebro, e que tudo ficava mais simples e divertido quando se sabia exatamente onde perfurar. Quando era mais nova, enquanto estudava, Cally havia lido que uma pessoa em situação de profunda emoção e extremo estresse ou medo poderia ser alvo do rompimento das finas veias capilares sob as glândulas sudoríparas. Isso significava que tal nível de tensão tinha como resultado o suor de sangue. A filha de Heros lembrou-se de que sempre quis ver como seria o espetáculo da tinta quente e vermelha manchando a pele.

Ao deixar os pensamentos da infância para trás, Caledrina buscou relembrar ao corpo exausto o que estava acontecendo. Enquanto tremia com os joelhos no chão, como se estivesse diante de um frio que nunca experimentara, a jovem encharcava os olhos e a face com as lágrimas que jorravam. Sem saber se era pela falta de forças ou por causa do choque que a atingira desprevenida, Cally não foi capaz de esboçar nenhuma expressão ao avistar Kyrios suar sangue a alguns metros de distância.

A tinta vermelha vertia desde o início da testa do rapaz. Aproximando-se de Arnalém, ele sussurrou:

— Há outro jeito? Não vou mentir, pai, estou com medo. — Logos, ao limpar seu suor, assustou-se com a coloração estranha. — Se for possível, façamos outra coisa, mas, se não, farei o que for preciso, porque sei que a ama… e eu, amando você, também a amo.

Derramando-se em lágrimas, as quais alcançavam o solo sem que tocassem as suas bochechas, Arnalém olhava para o filho.

— Este é o único jeito. A menina nunca seria capaz de pagar pelos próprios pecados e, assim, pereceria para sempre.

— Pai — iniciou Kyrios, temeroso. — O senhor sabe de todas as coisas, e sopra aos quatro cantos da Terra passada e futura. Podemos, ao menos, estar certos de que ela será fiel a você?

Desviando o olhar para observar a garota, que, envolta nos próprios braços, chorava em choque, Arnalém respondeu, com grande pesar:

— Não, filho, não será. Sua fidelidade será forte como uma grande onda, porém instável como tal.

— O senhor verdadeiramente a ama, não é?

— Muito — respondeu Arnalém, convicto como nunca.

— Eu também — disse Kyrios, com a voz embargada, ao virar-se para Saturn, que, com as mãos repousadas sobre a cintura marcada, aguardava recatadamente. — Estou pronto.

A rainha juntou os dedos até que uma fumaça esverdeada começasse a escapar deles, fazendo Cally tossir. De repente, Saturn segurava os instrumentos de tortura necessários para cumprir com o seu objetivo. Ela mesma teria o prazer de executá-lo.

Caledrina sabia que o seu impulso para impedir tamanha injustiça seria refreado, de alguma forma. Ainda assim, a menina lutava contra os reflexos de seu corpo, a fim de dar o primeiro passo em direção àquilo que desejava evitar. Naquele momento, devido à dor das queimaduras e à energia que investira para

CAPÍTULO XLIII

manter-se sã, seria necessário repensar cada um de seus movimentos já debilitados, desde o mais sutil até o mais desesperado deles.

O que mais a surpreendeu, no entanto, foi sua incapacidade em fitar a cena da tortura. A menina, mesmo acostumada a assistir ao derramamento de sangue, virou o rosto, por não conseguir observar a imagem repulsiva de Kyrios. Sentiu-se ainda menos merecedora de tal sacrifício. Ao fechar os olhos e cerrar os punhos, Arnalém transformou-se em um forte vendaval, e soprou ao redor de Caledrina. O Vento a segurou imóvel, de costas para a cena que se arrastava, de modo que ela não conseguiria observar Kyrios e a rainha. No centro do Vento poderoso, Cally apenas chorou, enquanto ouvia o ar correr furioso ao redor dos seus ouvidos. Com as imagens especulativas veementes em sua mente, Caledrina escutava até os gritos inexistentes do jovem rapaz, sem saber que o filho do Vento permanecera em silêncio até que a última sentença lhe fora aplicada; apesar disso, as veias evidentes saltando de seu pescoço, e as unhas curtas arranhando a terra, gritavam por ele.

Eventualmente, Cally sentiu o corpo relaxar com a diminuição da pressão causada pelo ar, e virou-se tão rapidamente que os seus joelhos fraquejaram e a levaram ao chão. Sua mente gritava cada vez mais alto para levantar-se e correr até o corpo daquele que a segurara nos braços quando estava estirada à beira do rio, mas, ao vê-lo banhado no sangue que deveria ser dela, Caledrina não conseguia mover um músculo sequer, exceto aqueles que se agitavam involuntariamente com o tremor de todo o seu corpo. Cally perguntava-se como Kyrios poderia permanecer tão sereno, mesmo banhado em vermelho. Naquele estado, ele ainda parecia dizer, de forma que pairava além das palavras não ditas, que tudo ficaria bem. Mas não ficaria. Caledrina sabia que não.

Enquanto Saturn, rindo, saiu andando tranquilamente para longe, Cally, sem avistar Arnalém, manteve-se estática feito uma estátua de rocha. Da escuridão das árvores, Dwiok surgiu ofegante e correu até a menina, ultrapassando o corpo ensanguentado de Kyrios. Ele observou o rapaz estirado ao chão, mas desviou o olhar rapidamente. Cerrou os olhos com força e respirou fundo antes de falar:

— Sei que não deve ser um bom momento, mas acho que Roena não é quem ela diz. Acho que pode ser uma infiltrada para nos vigiar. Foi por isso que Saturn chegou tão rápido quando você caiu no fogo. Aproveite que todos estão distraídos e vá vasculhar a tenda dela. Veja se encontra algo estranho.

Caledrina sequer olhou para Dwiok, não se surpreendia com a insensibilidade e franqueza do menino. Não podia culpá-lo, ele também havia crescido dentro das fronteiras da corte. Era comum sentenças como aquela serem executadas à vista de todos para manter a ordem, e Dwiok não havia se apegado emocionalmente a Kyrios Logos como a menina. Caledrina jamais havia chorado por alguém além de May. Até aquela noite. Aquela maldita noite. Talvez fosse o desespero para sair dali e fingir que tudo não havia passado de um sonho, mas, incentivada pela fala de Dwiok, o corpo, até então fragilizado, encontrou forças para erguer-se do chão, enchendo-se de uma adrenalina motivada pela aversão ao que presenciara. Caledrina reconhecia o ato de amor, no entanto pensava que um sacrifício em seu nome era um valor alto demais para que pudesse aceitar. Com olhos perdidos pelo trauma, em profunda negação, Cally vagou até a tenda de Roena, deixando para trás o corpo em que habitava Kyrios Logos.

◆

A tenda estava vazia. Cally encarou os pequenos fiozinhos do carpete, mas não saberia dizer o tempo exato que passara ali. Foram horas ou longos segundos tortuosos que correram apenas dentro de sua cabeça? O tempo estava confuso. Tudo estava confuso.

CAPÍTULO XLIII

Com os lábios desencostados, como se de repente as suas queimaduras se lembrassem de arder, compensando os minutos em que a alta adrenalina tratou de manter a dor distante, Caledrina Cefyr permitiu-se gritar. A menina gritou devido ao braço que ardia e continuava formando bolhas; gritou por ter se envolvido tão profundamente com algo do qual, desde a infância, sabia ter de fugir; gritou por reconhecer sua culpa na morte daquele que lhe jurara amor. Com a voz esvaindo-se, assim como suas forças, Cally sentou-se na beira da cama. Em um sobressalto, avistou, estirado no chão, o corpo desacordado de Roena do outro lado do móvel. A menina arrastou-se sobre as cobertas até alcançar a extremidade, chegando, assim, até a selvagem; em seguida, esticou-se para tocar o pulso daquela que permanecia desacordada, garantindo que a garota ainda contava com os seus batimentos cardíacos. Já bastante próxima de Roena, Cally parou. Em um dos quatro pilares que davam suporte para a cama, o cheiro de cinzas, unido à visão da madeira queimada, fizeram com que recuasse por alguns instantes.

— Fogo — sussurrou no silêncio da tenda, antes de esticar-se novamente, a fim de tocar o pilar para ter certeza de que não estava delirando.

Ela sentiu a textura queimada, e, subitamente, Roena despertou como quem acorda de um pesadelo. Cally, impulsionada pelo susto, levou o corpo para trás e arfou.

— É você!

Roena colocou-se de pé e, enquanto ajeitava o vestido florido, adquiriu a mesma postura arrogante de Saturn. A garota passou as mãos sobre a vestimenta exatamente da mesma maneira que a rainha fez sobre o tecido roxo quando Kyrios ainda estava vivo.

— Acha mesmo que lhe contaria cada um dos meus planos?

— Se podia me seguir, por que precisava que eu a chamasse? — perguntou Cally, com uma leve névoa atordoando sua visão. Sua voz soava fraca.

— Não podia, mas fiz o meu plano funcionar. Faz parte da maldição que o seu… criador… lançou — comentou Saturn, dando de ombros. Conferindo o seu reflexo em um espelho sujo apoiado sobre uma pequena mesa, limpou os dentes com o dedo e caminhou até os pertences de Roena, como faz uma amiga fofocando ao arrumar a cama para repousar. — Já que sempre foi uma criancinha perigosamente arrogante, não queria que se ensoberbecesse com tal conhecimento. Convoquei Dwiok para a missão só porque estava ao seu lado, e não queria que você desconfiasse que, como criação do Vento, tinha algo especial. Fiz questão de olhar em seus olhos e dizer que as suas raízes eram mais importantes, as únicas que deveriam ser queimadas, e, em seu maior orgulho, você acreditou. Sua soberba a fez tola. O menino acabou sendo mais útil do que julguei que seria. — Saturn, com o seu típico olhar de desdém, mexia nas peças de roupa que estavam na tenda. — Quando ele passou por um incêndio com a família viajante na floresta, queimou o braço, e as suas raízes me serviram de convite.

Caledrina estava se esquecendo de como movimentar o seu corpo, que, já em choque, permanecia estático ao absorver ainda mais informações. Dessa vez, os fatos atingiam o coração da garota, que, por sempre acreditar ser mais relevante do que Dwiok para a missão, ignorou por completo as experiências de seu companheiro de viagem. Em nenhum momento ela chegou a desconfiar que as palavras ácidas proferidas por Saturn poderiam ser mentira, e que, no incêndio da carroça, as raízes do menino se revelariam tão importantes quanto as suas.

— Acontece que chegar andando até o acampamento de Arnalém não parecia agradável. Não… Eu desejava algo mais… espetacular. Desejava entrar apenas após um convite da própria criação daquele que roubou a minha beleza ao transformar-me numa besta repugnante. Por isso que, em meio às árvores, frente à carroça em chamas, eu me preparei para tomar o corpo do menino e espionar você, Caledrina, até que cumprisse com o seu papel. Foi então que o

CAPÍTULO XLIII

destino sorriu para mim outra vez quando vi, correndo pela floresta, atraída pela fumaça, uma garota... loira.

Saturn bateu palmas como se aplaudisse um espetáculo surpreendente, e riu. Sua voz era tão gélida, que Cally poderia jurar ter sentido um frio no estômago. A rainha voltou a falar:

— Seria perfeito! Infiltrar-me na toca dos selvagens como uma de suas criaturas. Para a minha sorte, a garotinha desejava tanto experimentar alguns dias fora do acampamento no qual nascera, que, longe da fonte, as suas raízes cresceram. Apesar das poucas ramificações, possuía o bastante para que o seu corpo se tornasse apto a me receber.

— Não faz sentido. — Apoiando as mãos sobre a cama, Cally tentou se sentar. Conseguiu apenas na segunda tentativa. — Se tudo isso é verdade, se é mesmo Dunkelheit, ou ao menos parte dele, não deveria o seu ódio pelo Vento manter-me sempre distante daqui? Por que me enviou a uma missão para o lugar onde sabia que eu encontraria Arnalém?

— O meu objetivo nunca foi afastá-la, tolinha, mas trazer-me para perto. Sua cabeça é fraca como o fruto podre das árvores nutridas com pouca poção. A Caledrina que ultrapassou as fronteiras jamais abriria mão de seu conforto na corte para viver em tendas feito uma selvagem de nascença. — Saturn arrumou as vestes que cobriam seus pés, enquanto, vagarosamente, aproximava-se da cama. — Acho que você me surpreendeu dessa vez. Como demorou a me chamar, tive de agir, e Roena me serviu bem para isso. Assim, pude manter o olho em você, e ainda garantir que, de um jeito ou de outro, iria se lembrar de que não pertence a este lugar, fosse pelo remorso ao ver a garota órfã ou pelo ódio motivado pela aproximação dela aos seus dois amigos. A sua ignorância a respeito da própria história foi útil por um tempo, mas nada, absolutamente nada, compensaria o prazer de vê-la conhecendo o Vento e virando-lhe as costas. — Saturn gargalhou. — Não aconteceu exatamente como imaginei, mas, no fim, funcionou. Ele me roubou o trono, eu roubei a criança. O que não imaginava é que seria tão bom. Caledrina e Kyrios. Eu lhe tomei os dois!

Ao ouvir aquelas palavras, Cally sentiu uma lâmina perfurar seu coração. Internamente, a espada de dois gumes girava sobre o órgão que deveria fazê-la permanecer viva. Tamanho era o seu tormento que, com os sentimentos ainda mais feridos do que o braço, a garota tentava manter a calma para se recordar de como respirar. Era evidente que Roena, ou melhor, a rainha, estava tramando algo, por isso Caledrina sabia que devia estar preparada para permanecer firme a cada chantagem que Saturn ousasse fazer.

— Sua mãe engravidou novamente — disse a monarca, por meio de Roena, voltando a conferir os dentes no espelho.

— O quê?

— Eles arranjaram um novo favorito agora.

— É um menino? O meu pai sempre quis um menino. — Com as lembranças da infância agredindo seus pensamentos, Caledrina enciumou-se. Estava preparada para qualquer coisa que Saturn ousasse falar sobre o acampamento, mas teriam mesmo os seus pais de criação a substituído tão rapidamente? Estariam felizes com aquela nova criança? Certamente, como May, ela deveria ter os cabelos normais; deveria gerar o orgulho que Cally nunca fora capaz de produzir. A menina sempre buscou dar o seu melhor para suprir as expectativas elevadas do pai, e, no fim, ele acabou recebendo o que sempre desejou. Um rapaz que lutaria com um pulso firme como o dele.

— Volte para a corte e assuma o seu lugar na liderança — incentivou a rainha, aproximando-se da menina. — Vou desconsiderar o convite que fez para que eu viesse até o acampamento, fingirei que não foi originado num tropeço, e direi a todos, em alto e bom tom, que cumpriu a missão com grande êxito. Farei os meus melhores arautos gritarem o seu nome nas praças por sete luas!

CAPÍTULO XLIII

Abismada pela loucura revoltante da mulher à sua frente, sem encontrar palavras que julgasse estarem à altura para rebatê-la e para expressarem sua incredulidade, Cally tentou lutar contra o discurso que ouvira, mas não gozava mais de forças. Saturn movia-se como um espírito hospedeiro, completamente apoderada do corpo da pequena Roena. Caledrina, por sua vez, sentira uma forte enxaqueca ao receber as palavras pronunciadas pela rainha, que mais pareciam com marteladas num gongo barulhento. Ainda assim, continuou ouvindo. A jovem ouviu cada palavra.

— Seus pais precisam saber que estavam errados a seu respeito. Todos que pisaram em você precisam saber. Não pode deixar que pensem que não é capaz. Precisa provar que é ainda melhor do que o rapazinho que agora chamam de filho! Não costumo render elogios aos meus súditos, mas sua força sempre me chamou a atenção. Mesmo que não fosse criação de Arnalém, aquele que um dia já fora meu amigo próximo, ainda assim conquistaria grande favor aos meus olhos. Tanto que, por ser forte desta maneira, poderia alcançar o lugar que desejasse, até mesmo a liderança da facção da bandeira preta.

Com o ego amaciado pelo que sempre desejou ouvir da maior autoridade que fora ensinada a respeitar, Caledrina foi seduzida por aquelas palavras, que bailavam em meio ao caos e à desordem de seus pensamentos. Contrariando todas as certezas nas quais havia se agarrado até então, vítima da mais plena confusão, a menina encontrou sentido naquilo que, há pouco, encarara como loucura. O corpo fraco de Cally fora, então, acometido novamente por tremores intensos; ela já não sabia para onde as ondas furiosas de suas emoções a levavam; seu suor se misturava com as lágrimas, que jorravam de seus olhos e a lembravam das águas da fonte — a qual não tocara nos últimos dias. Apertando as pálpebras para conter o choro, Caledrina passou a imaginar cenas de seus pais, cheios de orgulho, apresentando o tal menino nos eventos da corte; cenas da mesa de jantar repleta de risos, como nunca havia visto ou participado. Imaginou, também, como seriam as reações se ela simplesmente retornasse, revelando ter desaparecido apenas porque havia recebido e cumprido ordens da própria coroa.

Abrindo os olhos de forma lenta, encontrou uma Roena sorrindo mordazmente para ela. Enquanto a sua mente projetava a visão de uma facção inteira servindo-lhe, Caledrina Cefyr deixou que o seu corpo se rendesse à cama. Ela entendeu a condição oculta à última fala da rainha e entregou-se à Saturn.

Ao tempo em que sentia o vigor restaurando os seus músculos, uma nova personalidade passou a correr pelas veias de Cally e, em poucos segundos, o seu corpo inteiro exibia raízes fortes, exatamente como apenas os sete reis tinham. Com exceção do rosto, cada pedaço de pele de Caledrina estava coberto pelas linhas escuras. Colocando-se de pé, ela gargalhou por causa da sensação de poder, que tomava cada pequena parte de si. Maravilhada, analisava-se, minuciosamente, ao olhar-se no espelho, ignorando o corpo de Roena, que encontrava-se no chão desacordado. Certamente a menina se sentiria perdida ao despertar, mas Cally não se importava.

Um alto barulho estrondou, e todos os moradores mais próximos do acampamento puderam escutar. Ao ser possuída, gozando das habilidades sobrenaturais transferidas pela rainha, Caledrina Cefyr abriu as asas e voou, e, rasgando o teto, fez com que toda a tenda desmoronasse.

CAPÍTULO XLIV

Dwiok entretinha-se ao lançar pequenas pedrinhas no profundo do rio; ele observava o estrago que elas aparentavam fazer nas águas, as quais voltavam ao lugar de plenitude logo após a desordem causada. Em silêncio, torcia para que Cally também se estabilizasse tão rapidamente quanto a água. Despediu-se da última pedra que segurava e lançou-a sobre a superfície do rio, fazendo-a saltar antes de afundar. Sem encontrar nenhuma outra próxima de si, o menino respirou fundo e levantou-se, a fim de descobrir novos alvos que lhe permitissem continuar o seu entretenimento.

Naquela noite, a Lua estava bem grande e luminosa no céu. Dwiok, com olhos atentos, procurava por novas pedras pelo chão, até que, incomodado com uma sombra estranha, olhou para o alto, intrigado.

— Cally? — disse o garoto, pouco antes de o ser com asas agarrá-lo pelo pano grosseiro da vestimenta, fazendo-o voar consigo.

Assustado demais para gritar ou falar, Dwiok manteve-se em completo silêncio até que, bastante distante do solo, como se percebesse a situação pela primeira vez, despertou de tal transe; foi quando o jovem passou a tremer violentamente. Acima do nível das águas, o garoto, que não aprendera a nadar, buscava chacoalhar as mãos firmes que o mantinham nas alturas, como se aquilo pudesse trazer sua amiga de volta à sanidade.

— Ca-Ca-Cally — gaguejou ao chamá-la, embora o esforço investido em projetar as palavras as fizesse soar como uma pergunta.

Mesmo com os cachos cobrindo-lhe parcialmente a visão ao voarem para cima de seu rosto, indicando a presença do Vento naquela região, Dwiok pôde observar que os olhos de Caledrina não pareciam humanos. Era como se estivessem mortos enquanto mantinham as pálpebras da menina abertas. Ora transbordavam um aspecto fúnebre, ora pareciam possuídos.

O jovem rapaz notou que não obteria resultado algum ao esforçar-se para resgatar a atenção do ser que o mantinha nos ares. Os seus tremores intensificavam-se ainda mais e, agora, surgiam em curtos intervalos de tempo. Dwiok levou um imenso susto e perdeu as forças ao tentar gritar, quando, acima das pequenas ondulações, motivadas pelo soprar do Vento sobre a superfície do grande rio, fora largado até que imergisse nas profundezas.

A rainha usara o corpo de Roena sem que a garota sequer tivesse ciência de suas atitudes; isso porque, diante da dor e da vulnerabilidade que acometeram a jovem após a perda de sua família, a órfã entregara, inconscientemente, uma maior liberdade para Saturn. Usufruindo da forma física da selvagem, a rainha roxa operara por meio dos movimentos da jovem em cada lugar. Ao possuí-la, usara vestidos espalhafatosos, bem estampados e de mangas longas, que já eram comuns para Roena. Desse modo, facilmente conseguia esconder as suas ações traiçoeiras por trás de dois ou três sorrisos da menina.

Quando se tratava de Caledrina, no entanto, Saturn sabia que a jovem tinha um poço profundo de amargor e soberba cavado dentro de si, e, por isso, podia hospedar-se no corpo da garota de cabelos cinzentos. Ela teria ainda mais vantagem se permitisse que a menina permanecesse vagando na própria mente, de modo a tornar-se cativa

CAPÍTULO XLIV

de si mesma. A rainha asquerosa reconhecia que Caledrina não desejaria abandonar os anseios que, desde criança, dominavam-na inteiramente. Mesmo ciente do mal que poderia causar para aqueles que há pouco tempo haviam lhe dado segurança, e aos quais ela entregara parte do seu coração quebrado, a filha de Heros se manteria apegada à oportunidade de ser vista e reconhecida pela corte.

E, ainda que em algum momento Cally fosse tentada a voltar para a vida de peregrina, a vontade seria tão pequena que, dividindo o seu próprio espaço com a besta do fogo — que nela também habitava —, não teria forças para agir de acordo com as suas decisões. Enamorada pelo poder e louvor, como a fênix, Caledrina havia se condenado a uma maldição. Diante da busca por ser dona de si mesma, perdeu a sua liberdade.

Enquanto a menina voava em direção ao solo para que os seus pés voltassem a alcançar a terra firme, à beira do rio, o Vento beijava-lhe a face, mas já não lhe causava o frescor de outrora.

Ofegante pela energia estranha que corria em suas veias, ela ria baixinho, eufórica. Ergueu as mãos para analisá-las, enquanto dava alguns passos despreocupados, e encontrou grande beleza nas cicatrizes que ameaçavam formar as suas queimaduras. Por alguma razão misteriosa, elas não mais doíam. Ainda em movimento, notara uma presença, além da sua, na extensão da orla vazia. Ao erguer a cabeça, Cally teve o seu olhar capturado pelo Vento e pela sua impetuosa figura.

Ele fitava a pequena criação tempestuosa à sua frente. Mesmo com o rosto vermelho e o semblante abatido, sinalizando a perda do filho, Arnalém permanecia com a mesma ternura nos olhos.

— Está livre agora, criança — disse o Vento, com as mãos juntas em frente ao corpo. Tão grande era a paciência exalada pela postura serena de Arnalém, que ele parecia estar esperando por Caledrina durante todo aquele tempo, como se soubesse exatamente que os passos dados pela menina a levariam até ele.

— Então acho que posso decidir onde viver a minha liberdade, não? — gracejou Cally, dando de ombros, sem interesse em manter uma conversa com aquele ao qual não tinha mais palavras a apresentar.

Obstinada, ela abriu as asas novamente e voou para longe do lago, afastando-se de Arnalém e se esquecendo de que ele estaria em todo lugar.

Caledrina planou sobre a região por horas, quando, próxima às nuvens negras que se misturavam à escuridão noturna, avistou a fonte. Ela desceu até que alcançasse o corpo de Kyrios, que ainda estava lá, imóvel. Ao tocar o chão, sentou-se sobre os calcanhares e, com as suas asas grandiosas repousadas atrás de si, Cally fechou os olhos de Logos com a ponta dos dedos deformados pelas chamas. Aproveitando-se das feridas expostas, a rainha influenciava os sentidos da menina, que, seduzida pelo cheiro do sangue, lambuzou as mãos no líquido vermelho ainda quente, e voou para longe do acampamento. Ela esboçava um sorriso por ter concretizado um plano tão perfeito.

◆

Caledrina avistara a casa-corredor, que, de cima, parecia tão grande quanto um cubículo de areia. Logo a menina percebeu que venerava a sensação majestosa das asas, que, em um movimento de abrir e fechar, traziam-na um sentimento semelhante ao sabor inigualável do manjar do mais alto requinte, no ápice de seu preparo; lembravam-na, também, da emoção de presenciar o sofrimento de um inimigo que muito lhe prejudicara. Ambas as concepções lhe eram intimamente parecidas e, por isso, não conseguia diferenciá-las com exatidão.

Ainda extasiada pela nova descoberta, que, saindo de suas costas, tanto lhe era aprazível, Cally voou enquanto sentia os seus cabelos

CAPÍTULO XLIV

bagunçarem, até que pousou sobre o teto da casa-corredor e, em um salto, amaciado pelo sustento da nova habilidade, alcançou a estabilidade do solo. O som dos pássaros que tagarelavam com uma voz fina, acompanhados pelo barulho de todos os ponteiros, guiaram-na, e, com um chute, Cally abriu a porta. Isi a encarou, assustada.

— Veja, Cuco, não lhe havia dito que a obra levantada da terra retornaria? — disse Isi ao pássaro, que piava e pulava agitado no dorso da mão do ser azulado, como se respondesse ao comentário.

Em cima da escrivaninha de madeira, que estava posicionada ao lado da poltrona de plumas, a garota pegou uma lâmina pelo cabo. Aquele era um dos utensílios que Isi utilizava no preparo de alimentos. Segurando-o, Caledrina caminhou lentamente até a mulher alta.

— Está sendo acusada de alta traição — falou a menina.

— Se a razão pela qual me acusa é sustentada pela agressão aos princípios da corte, o maior dos prazeres é recebê-la.

Enfurecida pela fala provocadora, com o auxílio das asas, Cally voou sobre Isi, o que fez a mulher alta ser lançada ao chão.

— Sei que ainda está aí, obra de Arnalém. Escute atentamente às minhas palavras, eu lhe peço — sussurrou Isi, sufocada pelo braço da garota, que apertava o seu pescoço esguio; mesmo assim, o ser azulado transbordava intensa urgência em sua voz. Arregalando os olhos amarelos, ela começou a ofegar na tentativa de recuperar o ar que, lentamente, Cally lhe roubava. — Por que acha que a rainha, imersa na soberania e poder dos quais sempre se gabou, não lhes entregou um objeto ordinário como um simples mapa quando saíram da corte? Porventura pensa que naquele lugar tão inigualavelmente excelente não teria sequer um pedaço de papel que pudesse direcioná-los? Escute-me, obra que respira o fôlego do Vento. Escute-me quando lhe revelo que os reis foram amaldiçoados pelo seu criador, como assim já o sabe, mas que parte da maldição envolve não interpretar o que está escrito no mapa! É como se eles pudessem ler e decorar cada palavra daquilo que a guiou, mas não tivessem a revelação e a compreensão. Eles simplesmente não entendem, é por isso que a temem tanto. Você pode ler e, além das letras, também pode, pessoalmente, escutar a voz do Vento. Os monarcas tentam fazê-la sentir-se especial por lhe entregarem conquistas, mas, sem você, eles não têm poder algum. Não há razão lógica para sentir medo do inimigo quando você mesma é a arma mais poderosa que ele tem.

Abrindo espaço para uma gargalhada fria que terminou em tosses, Isi buscou manter a calma para continuar falando. Sua voz saía cada vez mais abafada e rouca.

— A rainha é orgulhosa e não pediria ajuda a ninguém. Não havia como entregar a ela um mapa, porque não saberia diferenciá-lo de uma receita de bolo. Pense, garota! Se ela mesma criou a poção para que todos se esquecessem do passado, não poderia simplesmente enviar um de seus líderes habilidosos e agir da mesma forma com eles? Não, ela queria que fosse você. E você caiu no jogo minucioso dela.

Com os olhos que cintilavam uma raiva profunda — a qual ela tentava controlar abaixo de seus punhos, gozando de uma força sobrenatural —, num grito, Caledrina ergueu a mão que segurava uma adaga...

— *TRIIIIIIIIIIIIIIIIIMMMM*.

Cally se assustou ao ouvir o despertar do primeiro dos sete relógios acima da poltrona de plumas coloridas, aquela que chamara a sua atenção assim que chegou ao lugar pela primeira vez. A menina derrubou a lâmina de suas mãos, e o contato com o chão fez o metal tilintar.

— Chega de tanta tagarelice! — falou Caledrina, enquanto caminhava em direção à arara de roupas. O som dos soluços roucos que a mulher azul fazia, ao lutar para reunir o ar novamente, tomava conta do ambiente.

CAPÍTULO XLIV

Isi soltou um "oh" surpreso e levou as mãos à boca ao presenciar o horror de ver um de seus variados vestidos sendo rasgado tão brutalmente bem na sua frente.

A garota partiu ao meio o pano que puxara da roupa e, então, caminhou até a dona da casa, prendendo as mãos de dedos alongados para trás das costas da vítima. A falta de relutância facilitou a tarefa de Caledrina. Uma vez que não gastara energia tentando lutar, o ser azulado decidiu investir o seu tempo em uma análise atenta da garota, como fazia de costume. Com os olhos de íris amareladas compenetrados naquela que estava à sua frente, Isi notou o quão atordoada Cally parecia diante do despertar do primeiro dos sete relógios, que, devido à proximidade, ainda tocava de maneira ensurdecedora.

A mulher alta sorriu com olhos esbugalhados, pois sabia que falava com Saturn:

— O primeiro dos relógios soou e agora ecoa, revelando os tempos que você não mais desfrutará. O início da guerra eclodirá a qualquer instante. Preparem os cavalos! Arnalém vive! Viva o Rei Arnalém!

Prestes a explodir com o som estridente da gargalhada de Isi cortando-lhe os ouvidos, com a segunda tira de tecido do vestido que rasgara, Cally cobriu a boca da prisioneira, porém isso não fora suficiente para calá-la. Mesmo com o som dos pássaros barulhentos e do relógio que parecia soar cada vez mais alto, a menina ainda podia ouvir o som abafado do riso de Isi. A lâmina repousada no chão amadeirado a encarava e parecia resplandecer, devido às chamas das lamparinas refletidas no metal bem polido. Caledrina flexionava as mãos abrindo e fechando os dedos. Serenamente, Isi analisava a luta da menina contra aquela que a dominava. Cally colocou-se de pé, convencendo-se de que manter o ser amarrado já seria o suficiente, e decidiu ignorar a faca pequena. Ela virou as costas bruscamente, com as mãos sobre os ouvidos, e voou em direção à Corte dos Sete, deixando para trás a mulher azulada, seus pássaros e o grande relógio barulhento.

◆

A jovem, ainda possuída por Saturn, sobrevoou as fronteiras e toda a extensão das facções, até o centro da corte, para chegar à moradia das coroas. Parou frente à entrada principal do palácio e, afastando os guardas com sua suntuosidade e surpreendente aparência, abriu os dois altos portões de ferro negro, empurrando-os com as duas mãos. Tal abertura apresentou um terrível ranger.

No centro das atenções de todas as grandes influências da corte, abaixo dos batentes dos portais reais, que davam entrada ao salão principal, ela observou os reis se levantarem, pasmos pela aparição inesperada da garota tida como fugitiva e desaparecida. Com os olhos minimamente fechados, por ter perdido o costume com as luzes esplendorosas e o requinte reluzente da mobília de ouro, ela analisava todos aqueles que, desconcertantemente inquietos, espantavam-se pelas raízes que lhe cobriam todo o corpo. Perguntavam-se como era possível uma mera moradora conquistar tamanha façanha.

— Prendam-na! — Em um impulso, Gudge, o guardião da bandeira laranja, ordenou. Assentados sobre sete tronos, todos os irmãos a encaravam com ódio nos olhos, incomodados pela falta de respostas.

Aparentemente, os reis já sabiam sobre a origem da menina de cabelos cinzentos, mas Saturn havia tramado o plano de levá-la até o acampamento por conta própria.

Prestes a ser alcançada pelos guardas que, seguindo as ordens do Rei Gudge, correram até ela, Caledrina, com um sorrisinho inocente, abriu as asas, fazendo-os parar no mesmo instante.

— Como sabem, um dos inúmeros deleitáveis contos que temos diz que se alguém matar um dos reis com as próprias mãos,

CAPÍTULO XLIV

torna-se o possuidor de suas... habilidades sobrenaturais. — A jovem relembrou a todos os presentes uma das tantas histórias comumente espalhadas pelo povo, embora, por nunca ter sido comprovada, fosse considerada somente mais uma das fábulas da corte. Ninguém em sã consciência ousaria arriscar a própria vida ao tentar tirar a de um monarca poderoso. Lentamente, movendo as mãos que permaneciam juntas por detrás das costas, Cally revelou-as manchadas pelo sangue de Kyrios, incitando, após a sua fala pretensiosa, ser o líquido vermelho que há pouco vertia da rainha roxa.

— Bem, dispensando novas explicações e considerando serem os seus próprios olhos testemunhas suficientes para comprovar que digo a verdade... Onde está a minha coroa?

Furioso, Iros, guardião da bandeira preta, ergueu a voz, desacreditando em todo aquele teatro:

— Nós, os monarcas, também temos a condição de tomar para nós o corpo de um servo, se assim nos cederem. Quem nos garante que não é você quem nos dirige a palavra, Saturn?

Caledrina fez uma expressão de espanto debochado, e sorriu ao trazer as mãos ensanguentadas para junto de si, como quem faz uma oração. Suspirou feito uma mocinha recatada.

— Antes de morrer, a rainha mencionou algo sobre eu lhe dizer... — Dando tempo apenas para que o seu corpo se adaptasse à nova respiração pesada, a menina buscou guardar, na menor parte de sua mente, responsável pelo que julgava serem momentos felizes, a deliciosa sensação de possuir toda a atenção das maiores autoridades da Terra para si. — Roxo, a cor do demônio soberbo.

De pé, em frente aos tronos, os cinco irmãos olharam-se com grande pavor. Aproximaram-se ainda mais uns dos outros, e Anuza, a rainha vulgar das bandeiras azul e vermelha, cochichou para que apenas seus irmãos pudessem ouvi-la:

— É o código de Saturn. Juramos falá-lo apenas em nosso último suspiro sob pena de maldição!

— Caledrina deve assumir o seu lugar entre os sete. — Prog, o guardião da bandeira verde, observou enquanto bocejava devido à exaustão do dia; seu corpo, no entanto, estava tenso como o dos demais.

Saturn sempre soube ser a mais esperta das sete partes do dragão. Seus irmãos eram tão tolos que, por vezes, ela se admirava por não viverem tropeçando nos próprios sapatos. Sabia que entrariam no jogo dela quando falasse aquelas palavras e, certamente, acreditariam em cada coisa que dissesse após aquilo — o que era a mais pura tolice. Acreditariam como se, de fato, cumprissem promessas; como se já não fossem amaldiçoados até a sola das botas. Ostentavam uma imagem de deuses indestrutíveis e temíveis; contudo, era entre as coroas que mais havia fraqueza e confusão.

Todos eles eram tão néscios. Tão diferentes dela. Saturn sabia que, para manter o verdadeiro poder, deveria sempre haver uma palavra final, que não poderia ser dada por sete, mas por um. E seria a dela. Era hora de transtornar a ordem da corte e unificar as facções. Assim, uma vez reunidas, ela reinaria de forma absoluta, por meio da figura da garota, e concentraria todas as suas forças na destruição daqueles que não se curvassem perante ela. Não mais desejosa de um reino dividido, depois de alcançar o seu maior objetivo desde a maldição, a fênix poderia pôr fim àquilo tudo. Concentrando todo o poder que conquistara em uma só missão, ela daria o golpe final e desfrutaria da destruição de Arnalém. Após roubar a vida de seu único filho e manipular Caledrina para que o rejeitasse mesmo após conhecê-lo, Dunkelheit, finalmente, manteria a criação do Vento dentro das fronteiras da terra amaldiçoada para sempre. Depois da morte de Kyrios, a fênix dourada sorria, utilizando o corpo da obra de Arnalém.

Cally permitiu que os músculos da face relaxassem ao empinar o nariz, e pareceu deslizar ao caminhar, com a postura impecável, sobre o material liso e brilhante que compunha o chão do salão

CAPÍTULO XLIV

real. Em seguida, tomou o seu lugar no trono de Saturn. A garota voltara a sorrir, mas, dessa vez, de forma mais contida e animalesca; deliciava-se com o silêncio de cada um dos presentes. Surpreendera todos, novamente.

Fazendo-se notar, pela primeira vez desde o início do espetáculo ocasionado por aquela que costumava educar, Heros subiu os degraus que mantinham os tronos em um nível mais elevado do que os líderes e nobres, e alcançou a filha, que não se preocupou em olhá-lo. Ele a encarava, e isso era tudo o que ela precisava saber.

— Fi-filha — gaguejou o líder da facção preta. — Você está suntuosa como nunca esteve e...

— Por acaso, mesmo depois de tantos anos aplicando a lei ao punir delinquentes, ainda não aprendeu que aproximar-se de um monarca sem ser convidado é o mesmo que implorar pela morte? Diga-me, homem parvo e ausente de sanidade, deseja que eu mande um de seus inferiores lhe cortar a língua por tal afronta?

Pela primeira vez, Caledrina virou o rosto para Heros e observou a figura à sua frente. Ele, desencostando os lábios, rapidamente, deixou de encará-la como um pai e, ao abaixar a cabeça, passou a agir como um servo intimidado. A garota gostou da expressão que causara naquele que tanto lhe havia ferido nos dias passados e, com um sinal de mão, a pequena rainha fez com que os seus novos guardas levassem o líder da bandeira preta pelos degraus, para onde era o seu devido lugar: abaixo dela.

◆

Ainda desacordado, o corpo de Dwiok foi retirado do rio. Com mãos firmes, alguém lhe apertava o peito em movimentos repetitivos, e ele passou a tossir água. O garoto abriu os olhos com certa dificuldade e teve a certeza de estar morto na presença de assombrações.

— Kyrios? Você está...

— Vivo! — completou Logos.

— Como pode? — perguntou, antes de tossir novamente, ao olhar Arnalém ao lado do filho. Dwiok convencera-se de que estava fora de seu corpo terreno. Perplexo, analisava cada detalhe daqueles que estavam presentes. Até então, nunca vira o líder dos selvagens naquela forma. Parecia o ar.

Com uma rápida olhadela para o pai, Kyrios respondeu ao garoto, estendendo-lhe a mão para ajudá-lo a colocar-se de pé:

— Explico pelo caminho. Vamos?

Desde o início, Kyrios Logos sabia que o seu pai teria poder para trazê-lo de volta à vida, mas ter ciência daquilo não diminuíra em nada a sua dor enquanto lhe perfuravam a palma das mãos e dos pés, até alcançar-lhe o coração.

— Aonde vamos? — perguntou Dwiok, ainda confuso, embora sentisse a urgência da movimentação brotando dentro de si.

— Salvá-la!

Dwiok arrepiou-se quando percebeu, finalmente, que não estava dentro de um sonho ou em uma realidade paralela: ele viu os furos na pele áspera do rapaz à sua frente.

— Você a viu? — perguntou o garoto. Os cabelos molhados lhe encharcavam o rosto, e o menino tremia não somente pelo frio da água, mas também devido ao medo e à surpresa. — Ela virou… aquela coisa.

— Saturn a está controlando, mas não pode fazê-lo por completo. Se Caledrina está na corte, é porque parte dela, mesmo que pequena, ainda deseja estar lá. Podemos tentar convencê-la do contrário. Relembrá-la de que aquele não é mais o seu lugar… nunca foi o seu lugar.

Dwiok aceitou o apoio da mão de Kyrios e pôs-se de pé.

CAPÍTULO XLIV

— Cefyr sempre quis ser aplaudida, reconhecida pelos pais e por todos. E se… e se ela não quiser voltar? E se quiser permanecer na corte?

— Permanecerá, mas saberá que esperamos por ela.

Arnalém voltou-se para o filho, apoiou as mãos fantasmagóricas sobre os ombros de Kyrios, e falou:

— Traga a nossa menina para casa.

Sua voz soava como a junção das muitas águas que, próximas a eles, ali corriam. Era semelhante ao cantar dos ares que melodiaram quando ele soprou em sua criação — aquela que tanto desejava que retornasse. Soava como a própria vida. O Vento ansiava que Caledrina escolhesse gastar o fôlego que recebera ao seu lado.

CAPÍTULO XLV

UM ANO DEPOIS

Deixando os olhos sem vida correrem sobre a sua figura imperfeita, Caledrina aprendera a reconhecer-se no reflexo estranho que via no espelho. O visual era composto por um vestido roxo, justo ao corpo, unido a uma maquiagem escura e carregada, elementos dos quais a jovem havia se desabituado durante o tempo em que estivera no acampamento. Cally sequer tentava encontrar ali um pouco da menina que dançara sobre os pés do filho do Vento, ao redor da fogueira.

A passos firmes, caminhou pelo corredor do palácio, que havia se tornado tão comum e monótono. As mesmas paredes. Os mesmos móveis. Os mesmos rostos. A mesma ausência de qualquer fagulha de sentimento que a fizesse querer abrir um sorriso. Não era falta de simplesmente gargalhar por um comentário engraçado ou trágico; mas de sorrir verdadeiramente.

Ao adentrar a sala principal, os olhares que recaíam sobre ela já não bastavam para preencher a alma vazia; estava saturada de vãs bajulações. Era como se a mãe de todos os dias do universo houvesse enlouquecido e perdido o sentido, e, assim, deixado o filho engatinhando sem direção. Rodeada de servos, vestidos e festejos, Caledrina nunca se sentira tão só. Sentada sobre o seu trono, enquanto assistia aos corpos que, entretidos por uma melodia qualquer, agitavam-se, Caledrina passava as mãos sobre os braços nus enraizados. Sentia falta do banho, da água. O vinho com mistura se apresentava de forma áspera à sua garganta e, independentemente do quanto bebesse, tinha cada vez mais… sede. Pouco a pouco, tornava-se temida pelo povo e respeitada pelos irmãos da coroa, que aprenderam a suportá-la diariamente. Ainda assim, no silêncio da noite, sentia-se imunda.

 O restante do vinho contornou toda a taça de prata nas mãos de Cally, enquanto ela aguardava o fim de mais um dos inúmeros festejos, os quais pareciam cada vez mais longos e iguais. A luz que antes lhe proporcionava brilho nos olhos, agora, na maioria dos dias, apenas ardia sua cabeça. A melodia que tanto a fizera dançar e pular equilibrada na ponta dos pés passou a apresentar-se aos seus ouvidos como barulho. Após virar-se em seu assento, a fim de colocar os pés sobre o braço do trono e sentar-se de forma ainda mais confortável, algo na janela, em frente à nova posição, chamou a sua atenção. Estreitando os olhos, Caledrina pensou ter visto, ao longe, certa movimentação entre as árvores. Pelo horário, a jovem imaginou que, provavelmente, estava sendo influenciada pelo sono em seu corpo. Levantando-se, arrastou os pés até a saída do salão, à procura da escuridão noturna que pairava externa ao telhado. Enquanto esfregava o dorso da mão nos olhos cansados, a jovem atraía cochichos devido às vestimentas vulgarmente reluzentes.

 Cally caminhou despretensiosamente até o jardim privado do palácio, antes que os seus pés, apercebendo-se do cansaço que a mente distraída ignorara, pedissem para parar. Por anos, Saturn havia se dedicado à germinação de flores, e as poucas nas quais obtivera sucesso foram mantidas a salvo do povo dentro de uma área aberta apenas aos reis. A menina caminhou por entre elas, e reconheceu, novamente, que não possuíam um terço da beleza e fragrância suave das que vira na presença dos vagalumes há um ano

CAPÍTULO XLV

no acampamento. Perdendo-se nas curvas suaves de uma flor, que, enfeitiçada, parecia bailar, exibindo aos olhos cinzentos a sua saturação acentuada, Caledrina apenas acompanhava, distante, a movimentação imaginária — gerada pela suntuosidade das cores. Naquele instante, a menina não conseguiu manter a postura, então relaxou os braços. Percebeu as pétalas se movimentarem sutilmente, como se direcionadas por uma brisa suave, e, sem crer no que via, sustentando a coroa na cabeça, esboçou expressões da mais pura incredulidade.

— Arnalém — disse, estranhando o que escapara de seus lábios depois de tanto tempo. Há muito não o chamava.

De repente, um forte vendaval sucedeu a pronúncia daquele nome, e tomou o jardim da corte como há anos não fazia. Os cabelos de Caledrina, que já quase alcançavam a altura do umbigo, voavam descontrolados, enquanto a menina esforçava-se para cobrir os olhos com o antebraço.

— Olá, criança — disse o Vento. Ele, antes em todo o lugar, concentrou-se num só ponto ao unir-se à forma de homem.

Abrindo os olhos, Cally engoliu em seco ao vê-lo em pé diante das flores, as quais imitavam aquelas plantadas por ele próprio em um lugar mais distante.

— Bem, já faz algum tempo que não nos vemos, não é?! — falou Caledrina, sem saber exatamente o que dizer.

— Eu a vejo o tempo todo, Cally.

O olhar sereno e firme de Arnalém a desestabilizava. Não conseguia expulsá-lo dali. Não quando era capturada por seus olhos. Permaneceu em silêncio, questionando-se sobre o motivo da visita.

— Volte para casa.

Suspirando, Cally deu de ombros.

— Já estou em casa.

— Kyrios espera por você.

A menina olhou para o Vento como se o visse pela primeira vez desde a sua aparição no jardim. Com os olhos arregalados por alguns segundos, convenceu-se de ter sido alvo de uma brincadeira, então soltou uma risada sem graça e encarou a barra do vestido, que encobria as sandálias de tiras finas em seus pés.

Por conhecê-la, Arnalém buscou ajudá-la a organizar os pensamentos desordenados.

— Você ouviu certo. Kyrios está te esperando. Todos estamos.

Cally cerrou os punhos de forma que as raízes dos seus dedos roçaram naquelas que estavam em seus braços, e ergueu o olhar.

— Kyrios está morto. A corte o tirou a vida. Vencemos. — Ela observou a cena, sentindo um amargo na língua, com a coroa de pedra arroxeada pesando mais do que nunca sobre a sua cabeça.

— Ele está bem, Cally — insistiu.

— Pare de mentir! Pare de tentar fazer com que eu acredite que me amou a ponto de me criar apenas por essa razão. Pare de me dizer que as minhas cores são bonitas, ou que sou qualquer coisa diferente do pedaço maldito e ordinário que sei que sou. Não faço parte da sua história, faço a minha própria, e ela não conta com o seu amor. Pare de mentir ao dizer que não matei o garoto gentil que me encontrou na orla. — A fala de Caledrina embargava-se com o choro insistentemente presente. — Apenas… apenas pare! — berrou, deixando a voz ecoar entre ela e o Vento. Em seguida, o silêncio preencheu o espaço, sendo interrompido apenas pela respiração pesada da garota.

Arnalém, em um passo lento e curto, tentou se aproximar, mas Caledrina recuou. A menina ainda o encarava com olhos amedrontados. Apercebendo-se disso, o líder dos selvagens cessou a sua caminhada; por mais que o seu coração queimasse para abraçá-la, ele respeitava o desejo daquela à sua frente.

— Tudo o que mais quero agora é que, de alguma forma, você possa compreender a vastidão e a beleza dos mistérios que a envolvem. Mesmo que nada saiba sobre o meu amor, você é alvo dele em seu estado mais puro, menina. E sim, Kyrios entregou o seu último fôlego em prol daquela a quem entreguei o primeiro, mas ele está

CAPÍTULO XLV

vivo agora, e espera por você em casa. — Sem saber o que fazer além de encará-lo, Caledrina permaneceu ali, em meio às flores enfeitiçadas, completamente imóvel. — Deixe-me cuidar de você. — O Vento concluiu.

E, como se interpretassem a insistência do líder dos selvagens como um comando para atormentá-la, todas as emoções da jovem, até então contidas nos dias de monotonia, pareceram querer tomar lugar em seu coração de uma só vez.

— Não pode cuidar de mim! — Irrompeu Cally, tão forte que fez as suas asas abrirem.

— Entreguei o meu unigênito para ser perfurado em seu nome e ainda teme que eu não cuide de você? — Arnalém igualou o seu tom de voz ao da menina. — Eu lhe dei de presente o meu bem mais precioso e continua temerosa sobre o que posso fazer se confiar a mim o seu futuro?

A garota sentiu vontade de erguer as mãos para o céu. Era inacreditável como, mesmo em um tom mais alto, o Vento ainda transparecia a calmaria das gotas que, remanescentes do fim da chuva, pingavam numa folha.

Os questionamentos de Cally se vangloriavam da própria força e eram cada vez mais ensurdecedores. Mas, com fogo nos olhos, a jovem calou-se e abaixou as asas. Embora as perguntas ainda insistissem em aparecer, a fúria de seus pensamentos, lentamente, era apaziguada.

— Certa vez, quando estava com Isi, antes de entrar no relógio, sussurrei para o objeto que desejava ver como seria se eu o matasse e voltasse para a corte. Tudo o que vi foram espelhos quebrados e o meu próprio corpo estirado no chão.

Cally, ao mencionar o que tanto lhe roubava a paz, permitiu que Arnalém compreendesse: a menina buscava respostas. Então, ele disse:

— Formada com o barro, vivificada pelo fôlego. Sem mim, não há você, criança. Volte para casa.

— Tenho coisas para resolver aqui. Coisas para terminar — dizia a menina, balançando a cabeça descontroladamente, ao mesmo tempo em que, em novos passos, afastava-se ainda mais.

— Kyrios cumpriu a sua pena para que não precisasse mais permanecer cativa da maldição. Cada dia que gasta perseguindo as coisas erradas é um dia que deixa de desfrutar a grandiosidade de correr a favor do Vento. Volte para casa — repetiu.

Em pequenos passos, Caledrina foi até Arnalém, aproximando-se daquele olhar para tentar, de uma vez por todas, desvendá-lo. Perto o suficiente, Cally viu-se presa nos olhos do amor. Sentia sede. Sentia falta das flores, dos frutos e dos sucos. Sentia falta de Kyrios.

— Volte para casa — insistiu mais uma vez, ao sorrir para ela.

— Eu… eu… — Dentro da menina, Saturn tentava, violentamente, com todas as forças, fazer Caledrina desviar o olhar, mas a serenidade de Arnalém era ainda mais forte. A jovem não conseguia parar de encará-lo e, com aquele sorriso, lembrou-se de todos os momentos que passaram juntos no acampamento. — Eu… — Cally abria a boca para aceitar, mas, antes que pudesse pronunciar as palavras, era induzida a fechar.

— Volte para casa, Cally.

— Eu volto — disse, finalmente, num sussurro sincero, lutando contra cada átomo dentro de si.

Então a corte, cujo clima era sempre seco e parado, foi invadida por um furioso vendaval. Arnalém ventou com tanta intensidade, que as asas de Caledrina foram arrancadas das costas frágeis pela força da grande corrente de ar. Rendida, de joelhos e com os braços abertos, Cally berrou ao sentir o corpo de Saturn sendo expulso do seu. Sua voz esvaiu-se quase por completo, da mesma forma como as fumaças de uma poção recém-preparada desvinculavam-se do líquido e misturavam-se ao ar. Assim como as asas, as raízes também

CAPÍTULO XLV

fugiram daquela que, com a força do Vento, expelia-as. Trêmula pela dor semelhante a de um ferro fervente em contato com a pele, retomando o fôlego com as mãos sobre o gramado ressequido do jardim, Caledrina avistou o corpo fragilizado de Saturn ao seu lado. Nua, a rainha tremia feito um gato friorento, encolhendo-se, como se abraçasse a si mesma.

Trazido pela corrente de ar, um chicote de corda trançada, com bolas metálicas presas às pontas, voou até Cally. Pensando na ironia dos planos daquele que a formara do barro, um meio-sorriso apareceu em seu rosto fraco. A cada sopro do Vento, a jovem tinha suas forças revigoradas; então, corajosamente sustentada por ele, Caledrina pegou o chicote.

A menina se espantou pela ousadia de Arnalém, que, transformando-se em tempestade, concentrou-se nas correias de couro da arma, fazendo-a trovejar por toda a sua extensão. Cally segurou firme o cabo trançado com as duas mãos. Mesmo sem total compreensão dos planos do seu criador, sentiu o seu corpo arrepiar-se em uma curiosidade exultante. De repente, como se o que era certo encontrasse o caminho até os pensamentos da jovem, conduzida pelo Vento, Caledrina moveu os braços para trás e, com um só golpe, decapitou a rainha da bandeira roxa, cumprindo, assim, a primeira parte da profecia lida por Isi.

Após utilizar o que pareceu ser a sua última gota de vigor, Cally permanecia pasma com seus próprios movimentos. Esgotada, a jovem viu o estado de Saturn em meio às flores e observou Arnalém desaparecer no ar como uma forte ventania.

— Cally! — gritaram, em uníssono, duas vozes masculinas.

Kyrios, Dwiok e Ince correram até ela e a ajudaram a se levantar. De pé, duvidando de sua mente, a garota passou a esfregar os olhos com o dorso da mão — da mesma forma que fazia ao acordar quando se deparava com um intenso raio de luz que adentrava seus aposentos. Descrente da presença das figuras que, após encará-la com um sorrisinho, passaram a rir entre si, Caledrina aproximou-se de Kyrios. Tocando em suas bochechas, esfregou os dedos no rosto do rapaz, fazendo com que as suas feições criassem diversas caretas.

— Não pode ser...

Dwiok, desconfortável pelo único som do ambiente ser causado por sua saliva, quebrou o silêncio que se instaurou após a fala da menina e chamou a atenção daquela que ainda encarava o rapaz ao seu lado como se ele fosse uma assombração.

— Um ano sem mim e já ficou doidinha de pedra? — gracejou, ao cruzar os braços enquanto apoiava o peso do corpo em uma só perna.

O jovem voltou o olhar para Kyrios que, ainda com a mão fina de Cally pressionando sua face, encarou o amigo de volta, com um sorriso sereno preenchendo o rosto.

— O que fazemos para consertá-la agora? — continuou o jovem.

A atenção de Caledrina não se dividia, estava completamente focada no rapaz alto de cabelos loiros à sua frente. Por mais que deixasse de brincar com aquelas bochechas, manteve o toque suave de suas mãos no rosto de Kyrios.

— Você está...

— Estou — respondeu ele, sorrindo.

Como ela havia sentido falta daquele sorriso.

Em um grito engasgado, como se fosse pego de surpresa, Dwiok os tirou de seu transe ao avistar o novo alvo de diversão do lêmure: o corpo decapitado de Saturn no gramado. Com as mãos unidas em frente ao peito, numa feição de terror, o menino analisava o ser para o qual, um dia, já havia se prostrado.

— Você fez bem... guerreira — sussurrou Logos para a menina, que fora instruída por ele a apenas observar os treinamentos. Ela sorriu.

CAPÍTULO XLV

— O que fazem aqui? Como conseguiram entrar? — perguntou, após pigarrear e retomar a compostura.

Caledrina caminhou até Ince, para distanciá-lo do sangue derramado e, após acariciá-lo, direcionou-o até o conforto de seus ombros, tão bem conhecidos pelo bicho.

— Nós viemos até as fronteiras todas as noites por um ano, esperando que você despertasse e voltasse conosco — disse Dwiok, um tanto impaciente.

— Mas Arnalém nos disse que você retornaria esta noite. Dessa forma, criamos um plano para entrar — completou Kyrios, com o mesmo sorriso do pai ao falar.

— Como… — Mordendo os lábios ao interromper a si mesma, Cally riu baixinho. — É claro que ele saberia.

— Então… vamos? — Dwiok assoprou um cacho negro acima dos olhos, fazendo a mecha voltar a um lugar que não o impedisse de enxergar.

Interpretando o curto silêncio como um assentimento pacífico, o menino deu o primeiro passo em direção às fronteiras, até que perdeu o equilíbrio, sem mesmo tropeçar em algo. Com um tapa leve no ombro, Caledrina caçoou do amigo e revirou os olhos exageradamente, de forma irônica, antes de gargalhar; ela jamais confessaria em voz alta ter sentido tanta falta dele.

— Não sei como foi capaz de sobreviver tanto tempo sem mim. Temo encontrar os sintomas que minha ausência causara em seu cérebro diminuto, embora, justamente por ser tão pequeno, não deva ter espaço para armazenar tantos traumas assim, não é?

Rindo mais um pouco da expressão de dor do garoto pelo passo em falso que dera, audaciosa, Cally arqueou as sobrancelhas, como um convite a um último desafio antes de partirem.

— Há apenas uma coisa que desejo fazer antes de ir. Vocês estão comigo?

Uma rápida olhadela bastou para que ambos se voltassem para a jovem, entusiasmadamente curiosos.

— Sim! — responderam, outra vez, em uníssono, enquanto Ince balançava a cabeça.

CAPÍTULO XLVI

Ao lado esquerdo de Caledrina, permanecia um Dwiok assustado, servindo de apoio ao lêmure saltitante, que puxava os cachos do garoto. À direita da menina, estava um Kyrios confiante. Após uma rápida visita à arena, Cally voltou ao festejo.

Ela capturava o fascínio de todos com uma intensidade ainda maior do que no dia em que retornara com o corpo coberto por raízes. Agora, porém, estava expondo a ausência delas. Caledrina caminhou em linha reta até alcançar os cinco reis e os sete tronos. Os monarcas colocaram-se de pé pela insolência da garota, e, tornando-se ainda mais intimidadores devido à altura elevada dos tronos, fitaram-na.

— O que significa isso, Caledrina Cefyr? Onde foram parar as suas raízes? — inquiriu Ince, em vestes amarelas.

— Por toda a minha vida vocês mentiram para mim e para aqueles que chamam de "seu povo" — iniciou Cally, com fogo nos olhos. — Vocês nos roubaram tudo, inclusive a chance de conhecer a verdade. Mas agora que a encontrei… decidi persegui-la e espalhá-la, custe o que custar.

Burburinhos e comentários começaram a encher o salão da corte com a mesma velocidade da fala desenfreada da menina. Os reis sequer piscavam ao analisá-la. Seus rostos tentavam estampar a paciência que jamais tiveram, mantendo-se magnânimos e benevolentes perante os nomes mais influentes de seu povo.

Cally virou-se para aqueles que estavam dançando pelo salão, e, em alto e bom tom, falou para todos:

— A fonte é real, meus amigos. A água existe! Não sabem o quão deleitoso é bebê-la. O quão leve ela passa pela garganta.

— Já chega! — ordenou o Rei Iros.

Caledrina o ignorou e permaneceu falando, como se não o houvesse escutado:

— Não sabem o quão maravilhoso é banhar-se nas águas profundas de um rio! As fragrâncias que usamos aqui parecem besteira quando conhecemos as que existem lá!

— Iros... — Ao ver a pequena menina prestes a incitar uma revolta contra as coroas, Anuza sussurrou para o rei da facção preta, o responsável pela maior parte das mortes da corte.

Incapaz de conter a raiva crescente dentro de si, num grito, Iros irrompeu:

— Eu disse basta!

— Ah, como pude esquecer das flores? As flores sobre as quais tanto lemos... são tão reais quanto nós.

A menina, livre de raízes, revelava a verdade aos quatro cantos do salão real, difundindo-a a todos os que estivessem dispostos a ouvir. Então, rapidamente, os nobres, e até mesmo os homenzinhos, hipnotizados pela exultação que transbordava das palavras de Caledrina, começaram a espremer-se e empurrar uns aos outros. Criaram uma espécie de círculo desordenado ao redor daquela que capturava mais e mais olhares a cada instante. Os olhos acompanhavam-na fixamente, como uma resposta ao brilho presente no semblante da jovem.

Prestes a pular de animação, Cally não sabia dizer de onde surgia aquele júbilo florescente, mas, cada vez que abria a boca, novas palavras invadiam sua mente, e ela era preenchida pelo desejo

CAPÍTULO XLVI

de gritá-las dos telhados. A vida que encontrara a fazia querer correr e chacoalhar cada um dos presentes, apenas para que, algum dia, também pudessem provar das maravilhas que se escondiam por trás do que nunca mais se cansaria de chamar de... verdade.

Caledrina alargava o sorriso e, sem privar os seus pés de alcançarem um, outro e mais outro dos tantos corpos que agora a rodeavam, dava voz ao seu coração.

— E há centenas delas, meus amigos. Não! Há milhares de flores! Centenas e centenas de milhares. Se pudessem sentir as inúmeras fragrâncias...

Em poucos instantes, o que antes eram apenas burburinhos sobre o desrespeito da garota às coroas transformou-se em conversas altas e curiosas sobre qual seria o nível de veracidade presente naquele discurso inesperado.

— É a última vez que ordeno. Basta! — berrou o Rei Iros, tão alto que as raízes de seu pescoço pularam e a sua voz quebrou, caindo para um tom mais fino.

Calmamente, Cally voltou a sua atenção aos cinco irmãos.

— Uma das que se assentava no trono com vocês encontra-se decapitada em seu próprio jardim. Sei que gostam de manter as verdades ocultas de seu povo, mas não sou igual. Por isso, revelarei exatamente o que se sucederá. Aconselho que prestem atenção em minhas palavras, já que, uma vez tendo encontrado a origem, não mais podem chamar-me de maldita. Crias do dragão, aproxima-se o dia em que a profecia, bem conhecida por vocês, irá se cumprir! Transformaram-me em uma máquina de matar, no entanto eu declaro, perante toda a Corte dos Sete, que serei a última visão que terão antes que os seus olhos não mais tornem a se abrir. Você, Dunkelheit, enamorado pela grandeza e pela luxúria, sendo uma criatura capaz de voar acima das nuvens, desejou estabelecer o seu reino no topo, mas saiba que encontrará o fim, e que ele virá pelas mãos da simples menina que da terra fora formada. Eu o derrotarei, em nome e com a força do Vento! Seus dias, diferentemente dos meus, estão contados. Então, enquanto desfruto de minha liberdade, aproveite seus últimos instantes de cativeiro.

— Guardas, prendam-na! — impôs Anuza, em nome dos cinco reis. O furor que borbulhava dentro de si, incitado pela garota com quem dividira o trono por um ano, fazia com que tivesse vontade de correr até ela e matá-la com as próprias unhas.

Iros, encarando com ódio os olhos da garota atrevida, cerrou os punhos tão fortemente que fez as palmas de suas mãos sangrarem.

— Oh! — disse Cally, ao lembrar-se de um último detalhe. — Nós soltamos os leões. Eles não são os vilões da história. As verdadeiras bestas usam coroas!

A menina engoliu em seco, mas erguera o olhar para contemplar a movimentação que rapidamente se instaurou entre os monarcas remanescentes, os nobres, os guardas e os homenzinhos. O coração de Caledrina ameaçava sair pela boca, e parecia imitar, em intensidade e velocidade, os sons dos tambores que, no acampamento, costumavam embalar os passos do povo alegre.

O estardalhaço e a desordem invadiam os pensamentos da jovem, assim como dominavam todo o seu campo de visão. O povo se acumulava para ver aquela que capturara sua atenção há tantas luas. Espremendo-se para abrir caminho entre os corpos, Kyrios ia em direção à Caledrina que, ao sentir a presença do rapaz, acalmou-se, contrariando a agitação do momento. Um novo passo de Logos o levou para mais próximo dela. Uma paz inexplicável o acompanhava.

Todo o alvoroço ao redor pareceu simplesmente congelar, exceto Kyrios, que, movimentando-se e já de pé ao lado da menina, cativava-a com o oceano furioso que trazia nos olhos. A garota, de repente, esqueceu-se de todo o resto; não porque não considerava importante, ou por incompreensão sobre a seriedade de suas ações ao incitar

CAPÍTULO XLVI

a eclosão de uma revolta — a qual facilmente poderia gerar uma guerra —, mas, sim, porque, diante do garoto, ela sentia que, de forma tão simples como o processo das folhas que caem das árvores e flutuam no caminho do Vento, todo o resto se ajeitaria. Ele a via verdadeiramente e apreciava suas cores, e Caledrina tinha convicção disso, no mais profundo de seu interior.

Enquanto os reis enchiam-se de tremenda fúria, o povo entrava em uma agitação enlouquecida, e os guardas se aproximavam. Caledrina encontrou a força de que precisava quando, ao segurar as mãos do filho do Vento, sentiu as marcas que ele carregava.

Este livro foi produzido em Adobe Garamond Pro 12 e impresso
pela Gráfica Ipsis sobre papel Pólen Natural 70g
para a Editora Quatro Ventos em maio de 2023.